作家的劳动绝不仅是为了取悦于当代
而更重要的是给历史一个深厚的交代

路遥

纪念路遥先生诞辰七十周年

路遥

1949.12.2—1992.11.17

1949年生于陕北，1973年进入延安大学中文系，开始文学创作。1982年发表《人生》，轰动全国。1988年完成《平凡的世界》全三部，1991年获第三届茅盾文学奖。

路遥全集

·典 藏 版·

长篇小说卷

平凡的世界

第三部

北京出版集团公司
北京十月文艺出版社

卷五

第一章

傍晚，当暮色渐渐笼罩了北方连绵的群山和南方广阔的平原之后，在群山和平原接壤地带的一条狭长的山沟里，陡然间亮起一片繁星似的灯火。

这便是铜城。

铜城无铜，出产的却是煤。

这城市没有白天和夜晚之分，它一天二十四小时都在激动不安地喧腾着，像一锅沸水。

此地煤闻名四方。这铜城正是因煤应运而生。这里有大西北首屈一指的煤炭企业——所产煤炭不仅满足了本省工业的需要，而且还远销全国十七个省市。

正因为这里有煤，气贯长虹的大动脉陇海铁路才不得不岔出一条支脉拐过本省的中部平原，把它那钢铁触角延伸到这黑色而火热的心脏来。

无疑，铁路给鄂尔多斯地台南缘这片荒僻的土地带来了无限生机。同时，也带来了成千上万操各种口音的外地公民。如今，杂居在这座煤城的就有全国二十四个省市籍贯的人——其中以河南人为最多，几乎占了三分之一。

河南人迁徙大西北的历史大都开始于一九三八年那次有名的水灾之后。当时他们携儿带女，背筐挑担，纷纷从黄泛区逃出来，沿着陇海铁路一路西行，踪迹直至新疆的中苏边界——如果没有国界的拦挡，河南人还可以走得更远。不过，当时这些灾民大部分都在沿途落了户，至今都已繁衍了两代人了，成了当地的“老户”。河南人豁达豪爽，大都直肠热肚，常用震天价的吼声表达自己的情绪。好斗性，但拳脚之争常常不诉诸国家法律仲裁，多由斗殴双方自己私了。由于他们有着艰难的生存历程，加之大都在铁路和煤矿干粗活，因而形成了既敢山吃海喝，又能勤俭节约的双重生活方式。

铜城除过河南人之外，从北方黄土高原和南方平原地区贫困县漫流来的乡民也是它的重要组成部分。自从有了煤炭业，这里就成了中国西部的阿拉斯加，吸引来无数寻找生活出路的人。

在这个口音五花八门的“联合国”里，由于河南人最多，因此公众交际语言一般都用河南话。在铜城生活的各地人，都能操几句河南腔，哼几句嗯嗯啊啊的豫剧。

这城市四周全是山梁土峁。山上石多土薄，不宜耕作，农业人口远比不上黄土高原腹地稠密，更不要说和拥挤不堪的中部平原相比了。因为事农者甚少，加之此地又不缺乏燃料，这些山山峁峁竟然长起了茂密的柴草，甚至还有一些树木梢林，显得比黄土高原其他地方更有风光。每当入秋之时，有些山上红叶如火，花团锦簇似的夺人眼目……

山梁土峁间，由于地层深处挖掘过甚而形成空洞，地表时有下陷，令人触目惊心的大裂缝往往撕破了几架山梁，甚至大冒顶造成整座大山崩塌陷落，引起周围里氏三级左右的地震。大山以北一二百华里处就是黄河，它带着成千上万吨泥沙沉重地喘息着淌向东方……

城市在这条狭长的山沟里只能摆下一条主街。那商店铺面，楼房街舍，就沿着这条蜿蜒曲折的街道，沿着铁路两侧，沿着那条平时流量不大的七水河，鳞次栉比，层层叠叠，密集如蜂房蚁巢，由南到北铺排了足有十华里长。

火车站位于城市中心。一幢长方形的候车室涂成黄色，在这座沾灰染黑的城市里显得富丽堂皇。除过南郊军民两用的飞机场，火车站不大的广场也许是市内最为开阔的地方了。

火车从这里向南，穿越绿色的中部平原，五六个小时就可以抵达省城。而向西，向东，向北，都有公路伸出，一直可以通往邻近几个省份。这个火车站每天上下午分别和省城对开两趟快慢客车，其余就全都是运煤车了。

从陇海铁路岔出来的这条支线，它的最后一节铁轨并没有在这个车站终止。这钢铁阶梯又在这里岔出两股，一路爬坡穿洞，沿途串起了东西两面二十多个矿区。

外地人提起铜城，都知道这是个出煤的地方，因此想象这城市大概到处都堆满了煤。其实，铜城边上只有一两个产量很小的煤矿，其余的大矿都在东西两面那些山沟里。

当你沿着铁路支线拐进这些山沟，便会知道那里有着多么庞大的世界。这些相距只有十来里路的煤矿，每个矿区都有上万名工人，连同他们的家属，几乎都超过了一个山区县城的规模。密集的人口，密集的房屋，高耸的井架，隆隆的机声，喧嚣的声浪，简直使人难以相信这些小小的山沟山湾，怎么能承载如此大的负荷？

可是，你看到的还仅仅是这世界的一半。它的另一半在大地几百米深处。在那里，四通八达的巷道密如蛛网，连接成了别一个世界。大巷里矿车飞奔，灯火通明；掌子面炮声轰响，硝烟弥漫；成千上万的人二十四小时三班倒，轮番在地下作业。他们在极端艰难的条件下，用超强度的体力劳动，把诗人们称之为“黑金”的东西从岩石中挖掘出来，倒腾在飞速转动的煤溜子上。于是，这黑色的河流就源源不断从井下流到井上，从地面流进车厢，流向远方，然后在某个地方精灵般地变为看不见的电流，使得机器转动起来，使得我们的生活和整个世界都转动起来……当我们在辉煌的灯火下舒适地工作和学习，或搂着女伴翩翩起舞，尽情享受生活的时候，的确，我们也许根本不会想到在这样一些荒凉的山沟里，在几百米深处的地下，这些流血流汗、黑得只露两排白牙齿的黑人为我们做了些什么。他们的创造是多么惊人！远的不说，仅铜城矿务局三十年间掘进的巷道，就相当于三条从铜城到北京的地下隧道；所开采的煤炭装上三十吨位的火车皮，可以绕地球赤道两圈还多——而每百万吨煤同时要献出两三条人命啊！

是的，煤矿无异于战场，不伤亡人是不可能的。他们对这一切都视为平常，不会组织个什么报告团，在鲜花和锣鼓声中给世人夸耀他们的功绩。更不会幸运地收到爱慕英雄的少女们写来的求爱信——恰恰相反，再没有比煤矿工人找对象更难的了！

但是，没有煤，我们这个世界就会半瘫而跛行。因此，无数的人一代又一代献身于这个事业。眼下，仅我国国营煤矿就有四百六十多万职工，加上他们的家属已达一千万，相当于保加利亚的全国人口。

铜城有煤之说，在成书于战国时期的《山海经》中就有记载。据考古发掘证明，早在新石器时期，生活在这里的先民们就已利用精煤制作煤玉环等装饰品。到了西汉，这里竟然用煤冶铁了。造物主看来偏爱铜城。这里不仅有煤，还有石灰石、陶瓷黏土、水泥配料黄土、耐火黏土、铝矾土等。因为用煤近在咫尺，这个城市的陶瓷、水泥和耐火材料的生产业都颇具规模。其中水泥制品在五六十年代不仅为我国之最，而且雄踞亚洲之首。至于陶瓷业，早在唐、宋、金、元各个时期都已建有名扬天下的十里窑场。铜城周围甚至还有仰韶、龙山、商周各个时期的文化遗存。在商代遗址中发掘出土的就有鬲、盆、豆、罐、尊、簋等陶器，这对研究中部平原的商代文化，直至追溯先周文化的渊源，都具有极其重要的参考价值。

铜城历史的兴衰变迁，都和煤分不开。

此地最早设县制在北魏年间。但这个城市真正的兴起和发展是建国不久的五十年代初。那时，中苏关系正处于蜜月时期，有许多苏联煤炭专家来这里帮助建矿。以后因为众所周知的原因，这些蓝眼睛的“老大哥”便在中途撤走了。至今，在某些矿井的岩壁上，还留存着几个勾起人复杂情绪的俄文字母ДОМБАС（顿巴斯）。

现在的铜城行政建制为市，级别相当于一个地区。除过市区本身，另外还管辖着周围两三个县份。铜城矿务局是“国中之国”，和市政当局没有隶属关系，级别也与其相等。这两家机关互有所需，也互有所嫌，因此关系有和有争，时好时坏；要是打起官司，往往得各自的上级机关省政府和煤炭部来出面调解……

铜城及其周围的矿区，就是这样一片喧腾不安、充满无限活力的土地。它的街道、房屋、树木，甚至一棵小草，都无不打上煤的印记；就连那些小鸟，也被无处不有的煤熏染成了烟灰色……

这就是孙少平要来的地方。

第二章

从黄原起程的时候，孙少平和他的同伴就知道，他们是属于铜城矿务局大牙湾煤矿的工人。

至于大牙湾是个什么样的地方，他们一无所知。有一点他们深信不疑：那一定是个好地方。

和他一块出发的这四十来个人，全部是从农村招来的。由农民成份变为工人成份，对这些人来说，可是自己人生历史的大转折。毫无疑问，未来的一切在他们的想象中都是光辉灿烂的。

但是，虽然同为农村出身，别人和孙少平的情况却大为不同。在这些人中，只有孙少平一个人是纯粹的农民子弟。其他人的父亲不是公社领导，就是县市的部长局长。在黄原各地，男人在门外工作而女人在农村劳动的现象比比皆是。中国的政策是子女户籍跟随母亲。因此，有些干部虽然当了县社领导，他们的子女依然是农民成份。即使他们大权在握，但国家有政策法规卡着：如今不准在农村招工招干。这些人只能干着急而没办法。现在好不容易煤矿破例在农村招工，当然就非他们的子弟莫属了。吃煤矿这碗饭并不理想，但好歹是一碗公家饭。而大家都知道，公家的饭碗是铁的。再说，只要端上这饭碗，就非得在煤矿吃一辈子不行？先混几天，罢了调回来另寻出路！有的人自己的子弟刚招工还没有到矿，就开始四处活动着打探关系了——对他们来说，孩子到煤矿那仅仅是去转一圈而已。

孙少平就是和这样一群人一同从黄原起身的。

这是九月里的一个早晨，天气已经有了一丝凉意。在黄原城还没有睡醒之前，东关这个旅社的院子里就一片熙熙攘攘了。两辆大卡车已经发动起来，这些即将远行的青年，纷纷和前来送行的家人告别，然后兴奋地爬上了前面的空车。另外一辆卡车装载着这些人的被褥箱子，垒得像小山一般高。

没有人给少平送行。哥哥把妹妹送到这里后，已经返回了双水村。晓霞和兰香、金秀，都先后走了省城，去投奔新的生活。本来朋友金波说好送他，但昨天单位让他去包头出公差——他刚正式上车，不敢耽误工作。

这没有什么。对于一个已经闯荡过世界的人来说，他并不因此而感到孤单和难受。不，他不是刚离巢的小鸟作第一次飞翔；他已经在风雨中有过艰难的行程。此刻，他的确没有因为无人送行而怅然若失，内心反而弥散着欢欣而温馨的情绪。是的，无论前面等待他的是什么，他总归又踏上了人生新的历程。

他也没什么行李。原来的旧被褥在他一时兴奋之中，索性慷慨地送给了可怜的揽工伙伴“萝卜花”。晓霞送他的那床新被褥，他也给了上大学的妹妹，而只留下一条床单以作青春的纪念。就连揽工时买的那只大提包，他也让哥哥带回家里了。

现在，他仍然提着初走黄原时从老家带出来的那只破提包。这提包比原来更加破烂了，断系带上挽结着几颗疙瘩，提包上面的几块补钉还是阳沟曹书记的老婆（险些成为他的丈母娘）给他缝缀的。

他的全部家当都在这只烂黄提包里装着——几件旧衣服，几双破鞋烂袜。当然，晓霞送他的床单也在其中，叠得整整齐齐，用塑料纸裹着；这显然已经不是用品，而是一件纪念品。

他就提着这破包，激动而悄无声息地从喧哗的人堆里爬上了卡车。

汽车在一片话别声中开出了东关旅社。

当汽车穿城而过的时候，夜色还没有褪尽。黄原街上一片寂静，只有几个慢跑的老人沿着人行道踽踽而行，连他们的咳嗽声听起来都是响亮的。小南河对面，九级古塔的雄姿在朦胧中影影绰绰；地平线那边，已有白光微微泛起。

少平两只手扒着车帮，环视着这个熟悉而亲切的城市，眼里再一次含满了泪水。别了，黄原！我将永远记着这里的一切；你留在我心间的无论是忧伤还是欢乐，现在或将来对我来说都已是甜蜜；为此，我要永远地怀恋你，感谢你……

南行的汽车在黄土高原蜿蜒的山路上爬梁跨沟，然后顺着涓涓的溪流，沿着滔滔的大河，经过一整天的颠簸，突然降落似的跃下了高原之脊。绿色越走越深……

暮黑时分，汽车终于进入了向往已久的铜城市区。

展现在这些人面前的是一片灿烂的灯火和大城市那种特有的喧嚣。被一整天颠簸弄得东倒西歪躺卧在车厢中的青年，都纷纷站立起来，眼睛里放射着惊喜的光芒，欢呼他们壮丽的生活目的地。

但是他们高兴得太早了。他们真正落脚的地方不是在这里。

当汽车在火车站广场停下后，许多人立刻收拾起了车厢里的东西。但招工的人从驾驶楼里跳出来，对这些兴高采烈的人喊叫说："下来撒泡尿，马上就开车！"

那么，他们要去的地方难道不是这里？

不是。大牙湾煤矿在东面的山沟里，离铜城还有四十华里的路程。

这些兴高采烈的人听说还要坐车走，高涨的情绪便跌落了一些。

本来，在他们的想象中，他们要去的正是这样一个灯火辉煌的地方。

铜城气势非凡的夜景只给他们留下一闪而过的印象。汽车很快拐进了东面一条幽黑深邃的山沟里。他们甚至连梦寐以求的火车都没来得及看见，只听见它的一声惊人的长嚎和车轮在铁轨上铿锵的撞击声，接着就被拉进了这条与他们家乡别无二致的土山沟……

一种不安和惊恐的情绪霎时使这个刚才还欢呼雀跃的车厢，陷入了一片沉寂。黑暗中，前面坐着的人堆中传来几声唏嘘叹息。

当又一片灯火出现的时候，这些人再一次从车厢里站起来。这片灯火看起来也很壮观。于是大家的情绪又不由得热烈起来。

这的确是一个煤矿——但还不是大牙湾！

汽车再一次驶入黑暗中。

人们的情绪再一次跌落下来。

接着，汽车又穿过两个矿区，在夜间十点钟左右才驶进了大牙湾煤矿。

从灯火的规模看，大牙湾显然也是个大地方。

车厢里顿时活跃起来。黑暗中有人用很有派势的口气说："哼！看我们是些什么人！他们敢把我们塞在一个不像样的地方！"这些没见过大世面的地方官员的子弟，脑子里只保留着自己父辈在乡县的权威印象，似乎那权威一直延伸到这里甚至更遥远的地方。

汽车拉着黄土高原这些自命不凡的子弟，在矿部前的一个小土坪上停下来。他们不知道，这就是大牙湾的"天安门广场"。旁边矿部三层楼的楼壁上，挂着一条欢迎新工人到矿的红布标语。同时，高音喇叭里一位女播音员用河南腔的普通话反复播送一篇欢迎词。

辉煌的灯火加上热烈的气氛，显出一个迷人的世界。人们的血液沸腾起来了。原来一直听说煤矿如何如何艰苦，看来并不像传说中的那么差劲！瞧，这不像来到繁华的城市了吗？

好地方哪！

可是，当招工的人把他们领到住宿的地方时，他们热烘烘的头脑才冷了下来。他们寒心地看见，几孔砖砌的破旧的大窑洞，里面一无所有。地上铺着常年积下的尘土；墙壁被烟熏成了黑色，上面还糊着鼻涕之类不堪入目的脏物。

这就是他们住宿的地方？

煤矿生活的严峻性初次展现在了他们的眼前。

在他们还来不及叹息的时候，矿上的劳资调配员便像严厉的军事教官一般,吼叫着让他们到另外一个地方去背床板,扛凳子。是的，既然到了煤矿，就别打算让人伺候，一切要自己动手。背床板扛凳子算个屁！更严厉的生活还在后边哩！

一孔窑洞住十个人。大家刚支好床板，劳资调配员便喊叫去吃饭。

他们默默无语地相跟成一串来到食堂。一人发一只大老碗。一碗烩菜，三个馒头。

“有没有汤？”有人问。

劳资调配员嘴一撇，算是回答：得了吧，到这里还讲究什么汤汤水水！

吃完饭以后，这些情绪复杂的人重新返回宿舍，开始铺床，支架箱子。

现在，气氛有所缓和。大家一边拉话，一边争着抢占较好的床位；整理安放各自的东西。不管条件怎样，总算有了工作嘛！

现在，这些县社领导的子弟们纷纷把包裹铺盖的彩色塑料布打开。每人一大包，被褥都在两套以上。整洁簇新的被褥一一铺好后，这孔黑糊糊的大窑洞五颜六色，倒有点满室生辉的样子。众人的情绪又随之高涨起来。他们分别打开自己的皮箱或包铜角的大木箱，一次次夸耀似的把里面的东西取出又放回……

只有孙少平一个人沉默不语。他把自己惟一的家当——那只破黄提包放在屋后墙角那张没人住的光床板上。直至现在，这伙人谁也没有理睬他。是的，他太寒酸了，一身旧衣服，一只破提包，竟连一床起码的铺盖也没有。在众人鄙视的目光里甚至含着不解的疑问：你这副样子，是凭什么被招工的？

到现在，少平也有点后悔起来：他不该把那床破被褥送了别人。他当时只是想，既然有了工作，一切都会有办法的。没想到他当下就陷入了困境。是呀，天气渐渐冷了，没铺没盖怎行呢？更主要的是，他现在和这样一群人住在一起！如果在黄原揽工，这也倒没什么；大家一样恓惶，他决不会遭受同伙们的讥笑。

眼下他只能如此了——他身上只剩了几块钱。他想，好在有一身绒衣，光床板上和衣凑合一个来月还是可以的。一月下来，只要发了工资，他第一件事就是闹腾一床铺盖。

现在，同屋的其他人有的在洗脸刷牙；洗漱完毕的已经坐在床边削苹果吃；或者互相递让带嘴纸烟和冒着泡沫的啤酒瓶子。

少平在自己的床边上木然地坐了片刻，便走出这间闹哄哄的住所，一个人来到外边。

他立在院子残破的砖墙边，点燃了一支廉价的“飞鹤”牌纸烟，一口接一口地吸着。此刻已经接近午夜，整个矿区仍然没有安静下来。密集而璀璨的灯火撒满了这个山湾，从沟底一直漫上山顶。各种陌生而杂乱的声响从四面八方传来。沟对面，是一列列黝黑而模糊的山的剪影。

不知为什么，一种特别愉快的情绪油然漫上了他的心头。他想，眼下的困难又算得了什么呢？不久前，你还是一个流浪汉，像无根的蓬草在人间漂泊。现在，你已经有了职业，有了住处，有了床板……面包会有的，牛奶会有的，列宁说。嘿嘿，一切都会有的……

他立在院子砖墙边，自己给自己打了一会气，然后便转身回了宿舍。

现在，所有的人都蒙头大睡了。

少平脱下自己的胶鞋，枕着那个破黄提包，在光床板上躺了下来。

这一夜他睡得很不踏实。各种声响纷扰着他。尤其是深夜里火车汽笛的鸣叫，使他感到新奇而激动。此刻，他想起故乡的村庄，碧水涟涟的东拉河，悠悠飘浮的白云。庙坪那里的枣林兴许已经半红，山上的糜谷也应该泛起了黄色，在秋风中飘溢出新鲜的香气。还有万有大叔门前的老槐树，又不知新添了几只喜鹊窝……

接着，他的思绪又淌回了黄原：古塔山，东关大桥头，没有门窗的窑洞，躺在麦草中裸体的揽工汉……

第二天早晨起床后，同屋的人顾不上其他，先纷纷跑出窑洞，想看看大牙湾究竟是个什么模样。

夜晚灯火造成的辉煌景象消失了。太阳照出了一个令人失望的大牙湾。人们脸上那点本来就不多的笑容顿时一扫而光。矿区显出了它粗犷、杂乱和单调的面目。这里没有什么鲜花，没有什么喷泉、林阴道，没有他们所幻想的一切美妙景象。有的只是黑色的煤，灰色的建筑；听到的只是各种机械发出的粗野而嘶哑的声音。房屋染着烟灰，树叶蒙着煤尘，连沟道里的小河水也是黑的……大牙湾的白天和夜晚看起来完全是两回事！

在大部分人都有点灰心的时候，孙少平心里却高兴起来：好，这地方正和我的情况统一着哩！

在孙少平看来，这里的状况比他原来想象得还要好。他没想到矿区会这么庞大和有气势。瞧，建筑物密密麻麻挤满了偌大一个山湾，街道、商店、机关、学校，应有尽有。雄伟的选煤楼，飞转的天轮，山一样的煤堆，还有火车的喧吼。就连地上到处乱扔的废钢烂铁，也是一种富有的表现啊！是的，在娇生惯养的人看来，这里又脏又黑，没有什么诗情画意。但在他看来，这却是一个能创造巨大财富的地方，一个令人振奋的生活大舞台！

孙少平的这种想法是很自然的，因为与此相比较的，是他已经经历过的那些无比艰难的生活场景。

第二天上午，根据煤矿的惯例，要进行身体复查。

十点钟左右，劳资调配员带着他们上了一道小坡，穿过铁道，来到西面半山腰的矿医院。

复查完全按征兵规格进行。先目测，然后看骨缝、硬伤或是否有皮肤病。有两个人立刻在骨科和皮肤科打下来了。皮肤病绝对不行，因为每天大家要在水池里共浴。

少平顺利地通过一道道关口。

但是，不知为什么，他的心情渐渐紧张起来。他太珍视这次招工了，这等于是他一生命运的转折。他生怕在这最后的关头出个什么意外的事。

正如俗话所说：怕处有鬼。本来，他的身体棒极了，没一点毛病，但这无谓的紧张情绪终于导致了可怕的灾难——他在血压上被卡住了！

量血压时，随着女大夫捏皮气囊的响声，他的心脏像是要爆炸一般狂跳不已，结果高压竟然上了一百六十五！

全部检查完毕后，劳资调配员在医院门诊部的楼道里宣布：身体合格的下午自由安排，可以出去买东西，到矿区转一转；身体完全不合格的准备回家；血压高的人明天上午再复查一次，如果还不合格，也准备回家……

回家？

这两个字使少平的头“轰”地响了一声。此刻如果再量血压，谁知道上升到了什么程度！

他两眼发黑，无数纷乱的人头连同这座楼房都一齐在他面前旋转起来。

命运啊，多么会捉弄人！他历尽磨难好不容易来到这里，怎能再回去呢？回到哪里？双水村？黄原？再到东关那个大桥头的人堆里忧愁地等待包工头来招他？

他不知道自己是怎样走回宿舍的。

孙少平躺在光床板上，头枕着那个破提包，目光呆滞地望着黑糊糊的窑顶。窑里空无一人，大家都出去转悠去了。此刻，他也再听不见外面世界的各种嘈杂，只是无比伤心地躺在这里，眼中旋转着两团泪水。他等待着明天——明天，将是决定他命运的最后一次判决。如果血压降不下来，他就得提起这个破提包，离开大牙湾……那么，他又将去哪里？

有一点是明确的：不能回家去——绝对不能。也不能回黄原去！既然他已经出来了，就不能再北返一步。好马不吃回头草！如果他真的被煤矿辞退，他就去铜城谋生：揽工，掏粪，扫大街，都可以……

他猛然想到，他实际上血压并不高，只是因为心情过于紧张才造成了如此后果；他怎能甘心因这样一种偶然因素就被淘汰呢？

“不！”他喊叫说。

他从床上一跃而起。他想，他决不能这样被动地等待命运的宰割。在这最危险的时刻，应该像伟大的贝多芬所说：我要扼住命运的咽喉，它决不会使我完全屈服！

第三章

万般焦灼的孙少平首先想到了那位量血压的女大夫。他想，在明天上午复查之前，他一定要先找找这位决定他命运的女神。

打问好女大夫住宿的地方，时间已经到了下午。晚饭他只从食堂里带回两个馒头，也无心下咽，便匆忙地从宿舍走出来，下了护坡路那几十个台阶，来到矿区中间的马路上。

他先到东面矿部那里的小摊前，从身上仅有的七块钱中拿出五块，买了一网兜苹果，然后才折转身向西面的干部家属楼走去。

直到现在，孙少平还没想好他找到女大夫该怎说。但买礼物这一点他一开始就想到了。这是中国人办事的首要条件。这几斤苹果是太微不足道了——本来，从走后门的行情看，要办这么大的事，送块手表或一辆自行车也算不了什么。只是他身上实在没钱了。不论怎样，提几斤苹果总比赤手空拳强！

现在，又是夜晚了。矿区再一次亮起灿若星河的灯火。沟底里传来一片模糊的人的嘈杂声——大概是晚场电影就要开映了。

女大夫会不会去看电影呢？但愿她没去！不过，即使去了，他也要立在她家门口等她回来。要是今晚上找不到她，一切就为时过晚了——明天早晨八点钟就要复查！

孙少平提着那几斤苹果，急行在夜晚凉飕飕的秋风中。额头上冒着热汗，他不时撩起布衫襟子揩一把。快进家属区的路段两旁，挤满了卖小吃的摊贩，油烟蒸气混合着飘满街头，吆喝声此起彼伏。那些刚上井的单身矿工正围坐在脏兮兮的小桌旁，吃着喝着，挥舞着胳膊在猜拳喝令。

家属区相对来说是宁静的。一幢幢四层楼房排列得错落有致；从那些亮着灯火的窗口传出中央电视台播音员赵忠祥浑厚的声音——新闻联播已近尾声，时间约摸快到七点半了。

他找到了八号楼。他从四单元黑暗的楼道里拾级而上。他神经绷得像拉满的弓弦。由于没吃饭，上楼时两条腿很绵软。

黑暗中，他竟然在二楼的水泥台阶上绊倒了。肋骨间被狠狠撞击了一下，疼得他几乎要喊出声来。他顾不了什么，挣扎着爬起来，用衣服揩了揩苹果上的灰土。

现在，他立在三楼右边的门口了——这就是那位女大夫的家。

他的心脏再一次狂跳起来。

他立在这门口，停留了片刻，等待急促的呼吸趋于平缓。此刻，他口干舌燥，心情万分沉重。人啊，在这个世界上要活下去有多么艰难！

他终于轻轻叩响了门板。

好一阵工夫，门才打开了一条缝，从里面探出来半个脑袋——正是女大夫！

“你找谁？”她板着脸问。

她当然不会认出他是谁。

“我……就找你。”少平拘谨地回答，尽量使自己的声音充满谦卑。

“什么事？”

“我……”他一时不知该怎说。

“有事等明天上班到医院来找！”

女大夫说着，就准备关门了。

少平一急，便把手插在门缝里，使这扇即将关闭的门不得不停下来，“我有点事，想和你说一下！”他哀求说。

女大夫有点生气。不过，她只好把他放进屋来。

他跟着她进了边上的一间房子。另一间房子传来一个男人和小女孩的说话声，大概是大夫的丈夫和孩子——他们正在看电视。

“什么事？”女大夫直截了当问。从她脸上的神色看，显然对这种打扰烦透顶了。

孙少平立在地上，手里难堪地提着那几斤苹果，说：“就是我的血压问题……”

“血压怎？”

“这几颗苹果给你的娃娃放下……”少平先不再说血压，把那几斤苹果放在了茶几上。

“你这是干什么！有啥事你说！你坐……”女大夫态度仍然生硬，但比刚才稍有缓和。孙少平看出，不是这几颗苹果起了作用，而是因为他那一副可怜相，才使得女大夫不得不勉强请他坐下。

女大夫说着，自己已经坐在了藤椅里。

好，你坐下就好，这说明你准备听我说下去了！

少平没有坐。他在灯光下看见，他刚才跌了那跤，也忘了拍一拍，浑身沾满了灰土。他怎能坐进大夫家干净的沙发里呢？

他就这样立在地上，开口说：“我叫孙少平，是刚从黄原新招来的工人。复查身体时，本来我血压不高，但由于心情紧张，高压上了一百六十五。就是你为我量的……”

“噢……”女大夫似乎有所记忆，“当然，你说的这种情况是有的。正因为这样，我们才对血压不合格的人，还要进行第二次复查……”

“那可是最后一次复查了！”少平叫道。

“是最后一次了。”女大夫平静地说。

“如果还不合格呢？”

“那当然要退回原地！”

“不！我不回去！”少平冲动地大声叫起来，眼里已经旋转着泪水。

这时，女大夫的丈夫在门口探进头看了看，生气地白了少平一眼，然后把门“啪”地带住了。

女大夫本人现在只是带着惊讶的神色望着他。她说不出什么来。她显然被他这一声哈姆雷特式的悲怆的喊叫所震慑。

少平自己也知道失礼了，赶忙轻声说：“对不起……”他用手掌揩去了额头的汗水，又把手上的汗水揩在胸前的衣襟上。他哀求说：“大夫，你一定要帮助我，不要把我打发回去。我知道，我的命运就掌握在你的手里。你将决定我的生活道路，决定我的一生。这是千真万确的！”

“你原来是干什么的？”女大夫突然问。

“揽工……在黄原揽了好长时间工。”

“上过学没有？”

“上过。高中毕业，在农村教过书。”

“当过教师？”

“嗯。”

“那你……”

“大夫，我一时难以说清我的一切。我家几辈子都是农民。我好不容易才来到这里。煤矿虽然苦一些，但我不怕这地方苦。我多么希望能在这里劳动。听说有的人下几回井就跑了。我不会，大夫。你要知道，这是我的最后一次机会。你要相信，我的血压一点都不高，说不定是你的血压计出了毛病……”

“血压计怎会出毛病呢！”女大夫嘴角不由露出一丝笑意。

这一丝笑意对少平来说，就像阴霾的天空突然出现了太阳的光芒！

“你说的我都知道了。你回去。明天复查时，你不要紧张……”

“万一再紧张呢？”

女大夫这次完全被他的话逗笑了。她从藤椅里站起来，在茶几上提起那几斤苹果，一边往他手里递，一边说：“你把东西带走。明早复查前一小时，你试着喝点醋……”

孙少平一怔。

他猛地转过身，没有接苹果，急速地走出了房子。他不愿让大夫看见他夺眶而出的泪水。他在心里说：好人，谢谢你！

他绊绊磕磕下了楼道，重新回到马路上。

他解开上衣的钮扣，让秋夜的凉风吹拂他热烘烘的胸脯。现在他脑子里是一片模糊的空白。他只记着一个字：醋！

他立刻来到矿部前，但看见所有店铺的门都关了。

他发愁地立在马路边，不知到何处去买点醋？晚上必须搞到！明早上七点钟就要喝，而那时商店的门还不会开呢！

他抬头望了望山坡上密麻麻的灯火，突然想：他能不能到矿工的家户里去买一两毛钱的醋呢？

这样想的时候，他的两条腿已经迫不及待地向山坡上的灯火处走去了。

在大牙湾煤矿，能住进家属楼的只能是干部和双职工。大部分矿工的老婆和孩子都是“黑户”——连户口也没有，怎有资格住公家的房子呢？

说实话，矿工是太苦了。如果身边没有老婆孩子，那他们的日子简直难以熬过。在潮湿阴冷的地层深处，在黑暗的掌子面上，他们之所以能够日复一日，日日拼命八九个小时，就因为地面上有一个温暖而安乐的家。老婆和孩子，这才是他们真正的太阳，永远温暖地照耀着他们的生活。因此，他们把家属的户口都扔在农村，在矿区周围随便搭个窝棚，或在土崖上戳几孔小窑洞，把老婆孩子接过来，用自己的苦力养活着他们，而同时也使自己能经常沐浴在亲人们的温情和关切之中。

这样，在整个矿区周围的山山坬坬、沟沟渠渠，就建立起一片又一片的“黑户区”。一般都是同乡人挤在一块；口音、生活习俗都相同，有个事可以互帮。因此，就形成了“河南区”、“山东区”和黄土高原、中部平原等各地的“黑户区”。一般说来，河南人住宿比较讲究，即使几座低矮的茅草房，院落也收拾得干干净净，墙壁都刷成白的——似乎专门和煤作对比色！

不仅大牙湾，铜城所有的煤矿，都布满了这样的“黑户区”。

孙少平现在走进的正是大牙湾的“河南区”。

他穿过铁路，上了一道小山坡，随意走进一个小院子（他想不到以后会和这小院结下那么深的不解之缘！）。

这院落连同三四个小房子，都可以说是“袖珍”型的。房子只有一人多高，如果伸出手臂，就可以随便在房顶上拿放东西——那上面就搁着许多日用杂物。

“你找谁呀？”一个五岁左右的小男孩歪着头在院子里问他。

少平蹲下来，先笑嘻嘻地拉住他的小胖手，问：“你叫什么名字呀？”

“我叫明明，王明明！”

听孩子的口音，少平才知道这是一家河南人。

这时，一位三十大几的男人从屋里走出来，惊奇地打量着他，显然弄不明白一个陌生人来他家干什么？这人脸色有点白，是一种缺乏日晒的那种没有血色的白。他背驼得很厉害，镶着两颗“金牙”。从他高大的身材轮廓看，年轻时一定是个很展拓的后生。少平凭直观判断，他的驼背和那两颗假门牙都是煤矿留给他的纪念。

“你找谁？”他用很地道的河南话疑惑地问少平。

少平从地上站起来，说：“王大哥，能不能在你家买一两毛钱的醋？”他之所以这么直截了当，是因为他看出这是一个普通劳动者的家庭，不必转弯抹角。他从孩子嘴里知道他姓王。

“买醋？在我家里买醋？”河南大哥咧着镶假牙的嘴忍不住笑了。

“街上的门市部关了……”少平解释说。

但他实际上还没说清楚。王师傅莫名其妙地看着他。这时，屋里又走出一位妇女。那个叫明明的孩子跑过去拉住她的手，喊叫说：“妈妈，这个叔叔要喝醋！”

“他是不是醉了？”这女人小声对男人嘟囔。她看起来比丈夫要年轻七八岁，身体苗条而丰满，口音也是浓重的河南腔。

少平脸涨得通红，不得不结结巴巴向这家人说明了原委。

他说完后，这两口子都仰起头哈哈大笑了。

“走，进屋去坐！”王师傅过来拉住他的胳膊。

河南人最大的秉性就是乐于帮助有难处的人，而且豪爽好客，把上门的陌生人很快就弄成了老相识。

王师傅夫妇先不说醋的事，竟然把他拉到了饭桌旁。女人麻利地拿出一盘花生豆和一碟腌鸡蛋。王师傅已经把白酒倒起两大杯。

“兄弟，先喝一杯！”

少平还没反应过来，河南师傅已经把酒杯举到了他面前。

他满怀感动地举起酒杯，在王师傅的酒杯上碰了碰，抿了一小口。

一时三刻，这夫妻俩就热忱地问了他的许多情况。小明明已经坐在他怀里玩上了。

过了好一会，少平喝完了那杯酒，说他得回去睡个好觉以便明早上过关，就拿起王师傅妻子给他装好的半瓶子醋，和这家好心人告辞了。至于醋钱，还再能启齿吗？

孙少平手里提着醋瓶，一个人静静地沿着铁路往回走。现在，他面对满山遍野的灯火，对这里的一切更加充满了无比亲切的感情。只要有人的地方，世界就不会是冰冷的。他不由再一次思想：我们活在人世间，最为珍视的应该是什么？金钱？权力？荣誉？是的，有这些东西也并不坏。但是，没有什么东西能比得上温暖的人情更为珍贵——你感受到的生活的真正美好，莫过于这一点了。

他回到宿舍，吞咽了那两个冷馒头，便带着复杂的思绪躺在了光床板上。

……第二天一大早，一声火车汽笛的吼叫惊醒了他。

他立刻跳下床，匆忙地洗了一把脸，就从床底下取出那瓶山西老陈醋来。他像服毒药一般，闭住眼灌了几大口，酸得浑身像打摆子似的哆嗦了好一阵。他感到，胃里像倒进了一盆炭火，烧灼般地刺疼。

他一只手捂着胸口，满头大汗出了宿舍，弓着腰爬上一道土坡，穿过铁道，向矿医院走去。

他来到医院时，医生们还没有上班。他就蹲在砖墙边上，惴惴不安地等待着那个决定他命运的时刻。

心跳又加快了。为了平静一些，他强迫自己用一种悠闲的心情观察医院周围的环境。这院子是长方形的，有几棵泡桐和杨树。一个残破的小花坛，里面没有花，只栽着几棵低矮的冬青；冬青也没有修剪，长得披头散发。花坛旁有一棵也许是整个矿区惟一的垂柳，这婀娜身姿和煤矿的环境很不协调。在相距很远的两棵杨树之间，扯着一根尼龙绳，上面晾晒着医院白色的床单和工作服。院子的背后是黄土山。院墙外的坡下是铁路，有一家私人照相馆。从低矮的砖墙上平视出去，东边是气势磅礴的矿区，西边就是干部家属楼——楼顶上立着桅林似的自制电视天线……

八点钟，复查终于开始了。这次比较简单，哪科不行，就只查哪科。

和孙少平一块查血压的一共四个人。他排在最后一位。查验的有两位大夫，一位是男的，另一位就是那个女大夫。

前面的三个很快查完了。其中有一个的血压还没有降下来，哭着走了——这是一位从中部平原农村来的青年。

现在，少平惊恐地坐在小凳上了。女大夫板着脸，没有一丝认识他的表示。她把连接血压计的橡皮带子箍在了他的光胳膊上。

他像忍受疼痛一般咬紧了牙关。

女大夫捏皮气囊的声音听起来像夏日里打雷一般惊心动魄。

雷声停息了。鼓胀的胳膊随着气流的外泄而渐渐松弛下来。

女大夫盯着血压计。

他盯着女大夫的脸。

那脸上似乎闪过一丝微笑。接着，他听见她说:“降下来了。低压八十，高压一百二十……”

一刹那间，孙少平竟呆住了。

“你还坐着干啥？你合格了！”女大夫笑着对他点点头，然后拉开抽屉，把昨夜他装苹果的网兜塞在他手里。

他向她投去无限感激的一瞥，声音有点沙哑地问:“我到哪里去报到？”

“不用。由我们向劳资科通知。”

他大踏步地走出医院的楼道，来到院子里。此刻，他就像揽工时把脊背上一块沉重的石头扔在了场地，直起腰向深秋的蓝天长长吐出一口气。噢，现在，他才属于大牙湾——或者说大牙湾已经属于他了……

第四章

“……嗯，都是好身体！我还没顾上到你们住的地方去串门，据听说你们都是些洋小子，什么头油啦，镜子啦，床铺打扮得像结婚一样。我看过不了几天，你们那点洋血就会放了！还听说你们文化程度都不低，不是初中，就是高中。不过，识字不识字球都不顶！井下黑得什么也看不见！

“你们在老子手下干活，不准耍奸溜滑，要按规章制度来。把你们的球脑蛋子和胳膊腿都自个招呼好。听说你们都是什么部长局长的儿子，可井下的钢梁铁柱石头炭疙瘩不怕你爸，把你小子做死就做死了。干活时不要急躁，放平和一些。咱们这个矿还能开采一百年，不光足够我和你们挖一辈子，就连你们的儿孙也够挖……

“你们看见了，咱们采煤五区是个有功劳的区队。这不，墙上锦旗都挂满了。其实，还有几块哩，不知哪些龟子孙拿回家叫老婆做了枕头，这都是好绸缎……你们年轻，煤矿不是没前途！就拿我雷汉义来说，球大字不识一个，刚到煤矿时连个组织也不带，可如今又是党员，官还熬了这么大！好好干……前面是谁？你把带把烟给老子也抽一支，甭光你自己抽！”

这是采煤五区副区长。他正在区队学习室的班前会上对分到本区的新工人致欢迎词。

孙少平坐在低矮的长条铁凳上，和一群新老工人挤在一起。学习室烟雾大罩。新工人都瞪大眼惊恐地听雷区长讲话。老工人们谁也不听，正抓紧时间在下井前过烟瘾；他们一边抽烟，一边说笑，屋子里一片嗡嗡声。

雷区长从前面一个老工人手里要过一支带嘴纸烟，点着吸了几口，然后让区队办事员点新工人的名字。点到谁，谁就站起来答个“到”。

点完名后，雷区长继续讲话。

“……世事不一样了，你们的名字也和我们这些隔辈人叫的不一样！什么文军，少平，永生……永生是叫对了！来煤矿都想活，还没叫短命的。有没有结过婚的？站起来！”

有两三个新工人红着脸从人堆里立起来。

“嘿嘿，娃娃们，你们想老婆的日子在后边哩！”

学习室“嗡”一声都笑了。那几个结过婚的新工人赶忙坐在铁凳上，低倾下头。

“不要紧，等挣下两个票票，土崖上戳几个窑窑，就把你们的花骨朵接来吧……我还要说第二点……”

雷区长正要往下说，有几个老工人已经站起来，走过去在区长的光头上不恭地摸了摸，说：“对了，不要再放臭屁了！”

雷区长咧开大嘴笑着，从台子上退下来。会议也随之结束了。

这就是煤矿生活最初的一课。

在以后紧接着的日子里，矿上先组织新工人集中学习，由矿上和区队的工程师、技术员，分别讲井下的生产和安全常识。另外，工会还来人全面介绍了这个矿的情况。

十天以后，他们第一次下井参观。

这一天，新工人们都有点莫名地激动。在此之前，他们的工作衣、作衣箱和矿灯都已经分好了。

在浴池换衣服的作衣柜前，大伙说笑着穿上了簇新的蓝色工作服，脖项里围上了雪白的毛巾。每个人的屁股上都吊着电池盒子，矿灯明晃晃地别在钢盔似的矿帽上。就像新演员第一次出台，有的人甚至拿出小圆镜，端详着自己的英武风貌。一切看起来都像电影电视里的矿工一样整洁潇洒。

出现了第一件不妙的事——一律不准带烟火！尽管大家在学习时就知道了这一点，但此刻仍然有点愕然。

这些人穿戴完毕，就在区队领导和安全检查员的带领下，通过连接浴池的一条长长的暗道，蜂拥着来到井口。一个老头又分别在众人身上摸一遍，看是不是有人违章带了烟火。

少平是第三罐下井的。他走进那个黑色的钢铁罐笼，心中充满了无比的新奇感。他将要经历一个全新的世界。对他来说，这是一个历史性的时刻。

随着井口旁一声清脆的电铃声，铁罐笼滑下了井口。阳光消失了……

罐笼在黑暗中坠向地层深处。所有的人都紧紧抓着铁栏杆。谁都不再说话，听见的只是紧张的喘气声和凹凸不平的井壁上哗哗的淌水声。恐惧使得一颗颗年轻的心都提到了嗓门眼上。

一分多钟，罐笼才慢慢地落在了井底。

难以想象的景象立刻展现在他们的眼前：灯火、铁轨、矿车、管道、线路、材料、房屋……各种声响和回音纷乱地混搅在一起……一个令人眼花缭乱不可思议的世界！

所有来到井下的新工人一个个都静无声息。每个人的心情都是复杂的。他们知道，这就是他们将要长年累月工作的地方。一旦身临其境，他们才知道，一切都不是幻想中的。

真正严峻的还在前面。

他们即刻被带进大巷道，沿着铁轨向没有尽头的远处走去。地上尽是污水泥浆，不时有人马趴掼倒。什么地方传来一股屎尿的臭味。

走出长长的一段路后，巷道里已经没有了灯光。安检员从岩壁上用肩膀接连扛开了两扇沉重的风门，把他们带进了一个拐巷。

一片寂静。一片黑暗。只有各自头上矿灯的一星豆光勉强照出脚下的路。这完全像远离人世间的另一个世界。当阿姆斯特朗第一脚踏上月球的时候，他的感受也许莫过于此。

接连跋涉一百米左右的四道很陡的绞车坡，然后再拐进一个更小的坑道。这时，人已经不能直立了。各种钢梁铁柱横七竖八支撑着煤壁顶棚。不时有沙沙的岩土煤渣从头顶漏下来。整个大地似乎都摇摇欲坠。

这时候，所有行进中的新工人都不由惊恐地互相拉起了手，或者一个牵着一个的衣角。严酷的环境一刹那间便粉碎了那些优越者的清高和孤傲。他们明白，在这里，没有人和人之间的互相帮助，是无法生存的。而煤矿工人伟大的友爱精神也正是这样建立起来的。

现在，他们终于到了掌子面上。

这里刚放完头茬炮，硝烟还没有散尽。煤溜子隆隆地转动着。斧子工正在挂梁，攉煤工紧张地抱着一百多斤的钢梁铁柱，抱着荆笆和搪采棍，几乎挣命般地操作。顶梁上，破碎的矸石哗哗往下掉。钢梁铁柱被大地压得吱吱嚓嚓的声响从四面八方传来……天啊！这是什么地方！这是什么工作！危险，紧张，让人连气也透不过来。光看一看这场面，就使人不寒而栗！

他们一个个狼狈不堪，四肢着地爬过柱林横立的掌子面。许多人丢盔撂甲，矿帽不时碰落在煤堆中，慌乱得半天摸不着……

熬到上井以后，大部分人都绷着脸，情绪颓败地通过暗道，在矿灯房交了灯具，去浴池洗澡、换衣服。那身刚才还干干净净的工作衣，现在却像从垃圾堆里捡出来似的。白净的脸庞都变成了古戏里的包公。

尽管这次参观弄得众人心绪纷乱，但这对他们是必要的。他们应该尽早知道，这就是煤矿。这里需要的是吃苦、耐劳、勇敢和无畏的牺牲精神；这不是弱者的职业，要的是吃钢咬铁的男子汉！

回到宿舍以后，少平看见，那些一直咋咋唬唬的干部子弟们，此刻都变得随和起来。有人开始给他递上了纸烟。两个钟头的井下生活，就击碎了横在贫富者之间的那堵大墙。大部分人直至现在还都脸色苍白。有个可怜的家伙已经趴在缎被子上哭开了。

少平的心情是平静的，因为他一开始就没把一切想得很好。说实话，在他看来，井下的生活也是严酷的。和别人不同的是，他已经有过一些吃苦受罪的经历，因此对这一点在精神上还是能够承受的。是啊，他脊背上被石块压烂的伤疤，现在还隐隐作疼！他更多的是看到这里好的一面：不愁吃，不愁穿，工资大，而且是正式工人！

第二天，新工人都参加了考试。

试题很简单，比如什么叫柱子，瓦斯高了的征兆有哪些，瓦斯对矿井的危害是什么等等。还有一道发挥题，让自己谈谈如何为煤矿做出贡献。所有这些考题学习时都反复讲过。

有些准备离矿不干的人以为等上了好机会，故意胡答一通，心想考试过不了关正好有借口逃出这该死的地方。这样回去也能给父母亲大人和朋友们有个交代，总比偷跑回去强。是呀，父母扯旗放炮走后门把他们送来，家乡年轻的朋友们又热烈祝贺他们正式被招了工，怎好意思偷跑回家呢？好，考试得个零蛋最好！什么叫柱子？柱子就是拐杖！

但是，两天后矿部大门前张榜公布，所有的人都被“录取”了，而且成绩竟然都在七十分以上！

孙少平却以一百分的满分名列榜首——他也许是惟一认真对待

这场考试的。

在正式下井之前，全矿招收的新工人中跑了二十多人。少平宿舍里也跑了一个。

但大部分人没有跑。到了这个年龄，人就有了自尊心；再艰难，也得强打起精神，准备承受人生最初的考验。

下井干活这一天，在区队例行的班前会上，少平意外地和那晚上给了他半瓶醋的王师傅坐在了一条铁凳上。现在他知道师傅叫王世才，是全区出名的斧子工，采煤一班班长。更巧的是，他就分在了一班，而且就给王师傅当徒弟。能作为班长的徒弟，多半是因为他考试考了第一名。这使少平异常高兴——他不仅和王师傅已经熟识，同时知道他是个很好的人。一个新工人初到井下干活，遇个好师傅多么重要啊！

可是，跟王师傅的另一个徒弟却是一个粗鲁不堪的家伙。他叫安锁子，是前几年招收的工人，因此在少平面前也是老资格了。

在掌子面上，每班都有七八个煤茬。斧子工就是茬长。一般两个攉煤工跟一个斧子工。每当一茬炮放完，就要赶紧挂茬支棚。这是千钧一发的时刻，动作要闪电般快，否则引起冒顶，后果就会不堪设想！这时通常都是班长一声呼喊，人们就从回风巷冲进了掌子面。头上矸石岩土哗哗跌落着，斧子工抱起沉重的钢梁，迅速挂在旧茬上；同时，攉煤工像手术室给主刀大夫递器械的护士，紧张而飞快地把绷顶的荆笆和搪采棍递给师傅，还要腾出手见缝插针刨开煤堆，寻找底板，栽起钢柱，升起柱蕊，扣住梁茬，以便让师傅在最短的时间里把柱子“叭”一斧头锁住……所有这一切都在紧张而无声地进行，气氛的确像抢救垂危病人的手术室——不同的只是他们手中的器械都在一百斤以上！更困难的是，在这密匝匝乱糟糟的梁柱煤堆下面，危险的、暗藏杀机的煤溜子还在疯狂地转动着。在紧张、快速、沉重的劳动中，人们在低矮的巷道里连腰也直不起来；

东躲西避倒腾一百多斤重的钢铁家伙，大都在身体失去平衡的状态下进行；而且稍有不慎，踩在残暴无情的溜子上，瞬息间就会被拉扯成一堆肉泥！

只有将破碎的空棚架好，安全才有了保障。这时候，茬长们一般都蹲下休息了。攉煤工这才操起大铁锨，把炸下来的煤往溜子上攉……一班三茬炮，每茬炮过后，都要进行这样一番拼命。一天的时光就在这样紧张而繁重的劳动中缓慢地流过。一般情况下，八小时很难结束工作，常常得干十来个小时才能上井。

每当一茬炮过后，支架完顶棚，茬长们躺在黑暗中休息的时候，王世才不休息，总是操起铁锨，帮助少平和安锁子攉煤。在井下，王世才很少说话。作为班长，他只是发出一些简短的指令；那声音是低沉的，也是不容违抗的。

安锁子是个又高又粗的壮汉。劲很大,但不很灵巧。作为老资格，虽说也是攉煤工，但完全可以对少平指手画脚，而且不时恶作剧似的捉弄少平。比如，他在什么地方拉了一泡屎，便哄着让少平去那地方找个啥东西，结果让少平抓两把屎。安锁子乐得露出两排白牙大笑。众人也跟着大笑。在井下,让你抓两把屎实在算不了什么事！假如安锁子捉弄的是王世才，他会笑着把两手屎都抹在安锁子的脸上！

少平只能默默地在煤墙上抹掉手上的屎……

不知不觉，一个月过去了。

十一月初，铜城地区落了第一场雪。

这天上午十点钟左右，少平上井后欣喜地看见，外面已经是白茫茫一片。雪花仍然在纷纷扬扬飘飞着，大地上流布着微微的暖意。昨夜十二点下井时，天空还是星疏月朗，一片乌蓝，想不到现在竟成了这样一个晶莹洁白的世界。

他心情愉快地沉浸在这一片美丽之中。今天，还有一件值得高兴的事——他要第一次领工资了。

在浴池洗完澡后，他便直奔旁边二楼的区队办公室。他已经在心里算好了自己的工资。只有他和另外两个农村来的新工人在一月中上了满班。他们是四级工,加上入坑费,月工资能领到一百三十元。好大一笔钱啊！

他进入本区队办公室后，看见房子里已经拥满了人。人不要排队，由自己的私章在办事员的桌子上排队。少平把自己的章子放在桌上的那一条长蛇阵后面，然后看着办事员不断用剪子剪开一捆捆新票子的封条。

前面有两个新工人，一个领了十八元，一个领了二十元。蹲在旁边的雷区长对他们说："你们这月吃球呀？不好好下井，裤衩都要卖得吃了！甭看矿井是个黑口口，很公正！钻得多了钱就多，在地面上瞎逛球毛都没一根！不上工，就是你爸当矿长，也是这两个钱！"

那两个新工人垂着脑袋悄悄退出了人群。

这时，办事员拿起少平的章子在工资表上压了一下，便给他扔过来一摞子钱。

少平连点也没点，揣在怀里就走出了区队办公室，穿过楼道，来到外面。

飘飘洒洒的雪花像无数只白蝴蝶在天地间飞舞。矿区的黑色无踪无影，和周围山野连成一片银白。往日喧嚣的大牙湾宁静下来，充满了某种肃穆的气氛。

孙少平踏着松软的荒雪，穿过马路，径直走向那个他早已想算过的地方。

他来到了邮政所。

他是来寄钱的。除留够本月的伙食和买一床铺盖的钱外，他还剩五十元。他要把这钱寄给父亲。

这是一个庄严的时刻。是的，这是他正式参加工作后第一个月的工资。他能想象来，这张汇款单出现在双水村将意味着什么。他似乎看见，父亲是怎样捏着那张纸片走进了石圪节邮政所墨绿色的大门……

孙少平用一分钱买了一张汇款单，然后伏在柜台上开始填写。圆珠笔在他手里微微地抖着。当他在收款人栏里一笔一画写下“孙玉厚”三个字的时候，止不住的泪水已经模糊了他的双眼……

第五章

经过漫长的冬天和短暂的春天，荒凉的黄土高原又渐渐进入了它一年中最为美好的季节。

五月初，立夏前后，山野里的草木大部分都发芽出叶，连绵的山峦染上了一片片鲜绿嫩青。太阳开始有了热力，暖洋洋地照耀着广袤的大地。河流水泊清澈碧澄，映照出初夏的蓝天和蓝天上悠悠的白云彩。

一九八二年，整个黄土高原全部实行了生产责任制。这块饱经沧桑的古老土地进入了它新的历史时期。各级政权机构也由多年来一元化的革命委员会演变成了党政分家的局面。县以上重建了人大，和党委、政府一起被俗称为“三套班子”。举世闻名的人民公社先后被乡政府所取代。“革命”留下的许多遗产正逐渐在生活中销声匿迹。

双水村在外观上看不出有多大变化。山还是原来的山，人还是原来的人，东拉河依旧唱着它不倦的歌谣淌过这个平凡的村庄。

但是，双水村的确不是原来的双水村了。它的变化有的能感觉到，也有感觉不到的。一个最显著的变化是，大部分人再不为吃饭而熬煎了。仅此一点，就不能不使人百感交集地喊道：天啊……

如今，对大部分人家来说，玉米面馍已经成了家常便饭。有些门道的人家，不仅白面，就是大米也不再是什么稀罕之物。个别农户的存粮，据本村一些观察家估计，远远超过了旧社会老地主金光亮他爸。金家湾前二队长金俊武就是其中之一。

需要提醒诸位的是，这一切变化都是在短短一两年中发生的；要知道，我们曾几十年鸣雷击鼓搞农业，也没有能解决农民的吃饭问题……

可是，随之也出现了一些令人不安的情况。最突出的问题是大部分人缺钱花。

说实话，眼下人们对新政策是否久长，心中还存在着疑问。那么，趁现在手脚放活之时，赶快狠狠收几年粮食！为了多打粮，大部分农民都对土地实行了掠夺式耕种。谁也不再给土地施有机肥料。过去，为了抢担公社机关和县城的公共厕所里的茅粪，常常酿成各地农民的武斗。现在，城里大小厕所的粪便都无人问津，公家不得不掏钱雇人清理。粮食要高产，当然上化肥最足劲！

可买化肥需要钱——一年两料庄稼，得要多少化肥呀！

当然，除过买化肥，还有许多用钱之处。一家一户耕作，坏了的农具要自己添置。牲畜不蹬劲需要换个好使役的，也需二三百元。另外，市场一开放，洪水一样泛滥的各种东西也惹人眼馋。旁的不说，石圪节街上一排排花花绿绿的时髦衣裳，儿女媳妇们赶集上会想买一身，你不给钱行吗？

钱啊！成了庄稼人经常挂在嘴上的一个字眼。为了买化肥，为了买牲畜农具，为了给儿女们买一两身时新衣裳，为了像邻居一样添置一件新时代的小玩艺儿，庄稼人不得不又把囤里积攒下的粮食，扛到石圪节的自由市场上去卖掉……

俗话说，这山望见那山高。的确，在农村，人们在刚吃饱饭之后，就又有点不满足了。老百姓纷纷寻思，怎样才能把日子过得更红火一些？这心理极其正常——追求更好的生活是人的本性。

对大部分农民来说，只要土地由自己耕种，多收获一些粮食是不成问题的；这是祖传的专业和本领，他们信心十足。但要在土地之外再打点别的主意，那就不是什么容易事了。

但无论如何，只靠在石圪节街上去卖一点粮食、土豆、旱烟叶，或靠一年出售一头老婆喂养的肥猪，就想把光景日月过好，那实在是妄想！这一点收入，通常连化肥都买不回来！

芝麻盐，黑豆酱，张三李四不一样。农村也有个把踢飞脚的家伙，早已不靠土地吃饭了。他们做生意，跑买卖，搞副业，人民币在手里哗哗响，爱得众人眼睛都红了！

这双水村出现的第一个能人就是孙少安。他已经用机器办起了砖瓦窑，并且第一家在村里修整了一院新地方。紧接着，书记田福堂不甘人后跑到原西城里当起了包工头——只是因为儿女的急躁事加重了他的肺气肿，最近才不得不咳嗽气喘地回来了。副书记金俊山——他现在还兼任了村长——买了十几只奶山羊，和教书的儿子金成合伙喂养，去年秋天就向石圪节的机关卖上了羊奶，据说收入很可观。唉，说来说去，有能耐的人什么时候也有能耐！

瞧，现在双水村又一个有能耐的人，竟然要挖塘养鱼了！

这人是大队支委田海民。

三十五岁的田海民，在庄稼行里属平庸之辈。多年来，他一直是大队会计，很少出山劳动，靠拨拉算盘珠子，月月下来都是满工。加之他岳父在米家镇公私合营门市部卖货，家底厚实，三五十块的钱常支援他，媳妇银花又出身于经营者家庭，很会计算，因此小两口的光景一直在村里拔尖。

土地分开以后，虽说海民种庄稼不行，家道也没有衰败下来。但也没什么发展。

孙少安等人的发迹其他人看见眼红，海民两口子也不例外。这对精明夫妇日夜思量，看能不能在土地之外另寻一条出路。他们有一千多块存款——在农村是个了不起的数字！这些钱搞大事业不行，但弄个小打小闹的资金还是足够的。

当海民不知从什么地方搞回一本养鱼的小册子后，夫妻俩在灯下头挨着头直看了一夜。他们立刻兴奋地决定：得，干脆挖个池塘养鱼！

黄土高原山乡圪塄的农民，从来没有吃鱼的习惯——别说吃了，许多人连这玩艺儿见也没见过。听说海民两口子要养鱼，双水村的人大为震惊。哈呀，这小子看别人发了财，急得胡跳弹哩！鱼？谁吃那东西！

其实，这初中毕业的夫妻俩是有远见的。正因为这里人不爱吃鱼，因此本地很少有人养鱼。但不是没有吃鱼的。逢年过节时，海民曾目睹过原西城的干部市民怎样排着长队，在副食门市上争买外地进回来的那点冻鱼。是的，他们将不指望在农村销售他们的出产，而是准备卖给城里人的。现在这社会，四面八方门户大开，原西城里天南海北的人都来，吃鱼的人有的是！海民已经在城里打探过，好几个饭馆都提出，只要他有鱼，有多少尽管往来拿！

由于海民是村里的支委，因此很顺利地征得田福堂和金俊山的同意，以每年交三十六块钱的微不足道的代价，在村子北头东拉河岸边搞到了三亩六分荒草地，就准备在这里挖养鱼池了。

这一天下午，以每小时十二元租来的石圪节农机站的推土机，就喧吼着开到这片荒草地上，开始了引人注目的挖掘工作。推土机巨大的轰鸣声再一次震撼了这个古老的村庄。许多干毕活的庄稼人和放了学的孩子们，都前呼后拥赶到这地方来看热闹。

顺便提一提，这里正是那年双水村偷水拦坝的地方。相信诸位对六年前那场悲喜剧依然记忆犹新。唉，时光流逝得多快。当年在这里命丧黄泉的金俊斌，坟头早已被青草覆盖，而人间的生活却照样在这里轰轰烈烈地进行着……

双水村立刻被搅动得纷纷乱乱。现在，村子南头，孙少安的制砖机隆隆价响动，烧砖窑上空黑烟大冒；村子北头，这田海民租来的推土机，又在喧天吼地，搅得满天黄尘飞扬……双水村啊，你是一个永远不肯安静的世界。往日，是田福堂和孙玉亭这些人在此翻云覆雨，而现在又是孙少安和田海民这些人在大显身手啰！

双水村那些手头紧巴的庄稼人，无限感慨地立在推土机周围，观看这钢铁动物怎样在荒地上拱出一个大坑来。他们羡慕和眼红有能力折腾的人——听一些见多识广的人谈论，这土坑里捞出来的将是一把又一把的人民币啊！他们自己只有眼红的份。他们折腾不起。一来手头没有本钱，二来也没魄力到公家门上去贷款。再说，就是有钱有魄力，大字不识一个，哪来的技能？弄不好还得倒赔钱。看来他们只能在土地上戳牛屁股啰！

可是，他们委实穷得心慌啊……

在观看田海民非凡壮举的人堆里，还有他爸田万有和他四爸田万江。

田四田五老兄弟俩蹲在一起，在人堆里只抽旱烟不说话。如果这是另外的人家，村中首席艺术家田五马上会给众人编出一段逗笑的“链子嘴”来。现在，他蹲在这里却是一副平时少有的沉思面孔。

田五有他的愁肠事。他明年就满六十岁了，家里还有两个十四五岁的小女儿。他这把年纪一个人在山里挣命，勉强能糊住四张嘴，手头紧巴得连化肥也买不回来。两个女娃娃都大了，穿不起一件像样的衣服，经常破衣连身。别看他常在人面前是个热闹人，其实一个人在山里唱完一段子信天游，便由不得抱头痛哭一场。海民不管他。不是儿子不想管，是儿媳妇不让儿子管。

蹲在旁边的他哥田万江，日子过得比他还恓惶。田四的三个儿子都另过了光景，一个个老实巴交，都拉着一窝儿女，根本不可能照顾他们。老两口穷得连口锅也买不起，一直用一只漏水的破锅做饭。

老弟兄俩听说海民要挖池养鱼，就凑到一块拉谈过，看能不能在海民这里入个“股”。他们一没资金，二没技术，但粗笨活可以全包在他们身上。他们估计，尽管儿媳妇银花看不见他们的死活，但他们干重活，拿个小头，也许她能同意。

现在，他们还没有向海民提这事。不过，他们此刻热心地蹲在这里，心理上倒觉得，这事好像也是他们自己的事；听着推土机的吼叫声，心里怪激动！

两天以后，鱼池已经挖好了。海民两口子正紧张地做放水前的工作。据那本小册子介绍，放鱼苗前，要用白灰对鱼池消毒。一亩放六百斤生石灰，再泼一层大粪，用犁耕一遍——这样既能消毒，又能生微生物。

这天上午，田五田四乘银花不在工地，两兄弟就结伴来找海民，向他提出了他们的“建议”。

海民当时没有拒绝。只是为难地对两位父老说，这要征得他媳妇的同意。海民的家事由银花掌管，他只能把这一点不害臊地向两位老人当面表明。

两位老人也知道这是事实，只好等待海民去请示他媳妇。

当天晚上，海民就到父亲家来了。他告诉等待消息的父亲和四爸：银花不同意他们来干活！

田四田五一时瞪住眼睛，不知该说什么。

田五发了半天呆，长叹一口气，说：“我和你四爸等于去给你们揽工，你们都不要。你们比旧社会的地主都残酷！我和你妈吞糠咽菜把你拉扯大，如今我们不行了，你连我们的一点死活也看不见！你还算个人吗？”

田五数落儿子的时候，田四一直低垂着苍头——海民是弟弟的儿子，他无权数落人家。前一队饲养员此刻只能承认现实的打击是一件自然的事。

田海民无言地接受了父亲的一顿责骂，然后又无言地退出了这个把他养育大的破土窑洞。他在黑暗的村道上回家的时候，眼里噙满了泪水。

唉，海民不是不知道两家老人的苦情。但他无法说服自己的女人。没办法呀！他要和这女人一块生活，一块过光景日月；如果和银花闹翻，除不能解决老人们的问题，他自己的光景也要烂包！他无法在老人面前为自己的难肠辩解。他盘算只能在自己赚下钱后，背着银花偷偷给他们帮扶一点，此外便束手无策了。一个男人活到这种地步，那痛苦也是外人所不能理解的。

第二天，受到生活和感情双重打击的田五，在公众面前仍然扮演了他那惯常的乐天派的角色。在神仙山那里，他仍然神仙般快活地唱他的信天游。至于唱完后哭没哭，我们就不得知晓了……

过了没多久，又起了意外的风波。海民家的隔墙邻居刘玉升，突然传出了一个可怕的预言。这位先知先觉的神汉危言耸听地散布说，在田海民的养鱼池里，将要诞生一条“鱼精”。说这鱼精必定要在双水村殃害人和牲灵；而且以后还要到外地去作怪哩！一些迷信的村民立刻开始诅咒海民和银花，有的人并且扬言要给鱼池里撒毒药！

本来情绪十分高昂的海民夫妇，被这谣言气得连饭也吃不下去。他们惹不起这位自称掌握全村人生死命运的神汉。但他们也决不放弃养鱼——他们已经花费七百元资金了！

与此同时，田五因生儿子的气，竟然用荒诞手法编了一段“链子嘴”，使刘玉升的谣言变为戏谑性的艺术在村子里传播开来——

双水村，有能人，

能不过银花和海民。
东拉河边挖土坑，
要在里面养鱼精。
鱼精鳖精蛤蟆精，
先吃牲灵后吃人。
吃完这村吃那村，
一路吃到原西城。
原西城里乱了营，
男女老少争逃命。
急坏县长周文龙，
请求黄原快出兵！
地委书记田福军，
拿起电话发命令。
中国人民解放军，
连夜开进原西城。
进得城来眼大瞪，
报告上级无敌情——
原来鱼精没吃人，
反被人把鱼吃尽。
吃完鱼头吃鱼尾，
只剩一堆白葛针……

当“链子嘴”在村里传开后，田五却后悔极了。唉，他怎能给自己的儿子编排笑话？他太过分了！儿子光景烂包了，对他有什么好处？再说，这样能解决了他自家的困难吗？“链子嘴”没人给稿费！

这一天，田四又一脸愁苦找到田五，对弟弟说：“咱们再去找找少安，看能不能到他的砖场打一段零工？要不，秋天种麦子的化肥都没钱买……”

田五一想，也觉得可以去碰碰运气。少安人虽年轻，但为人做事都很宽厚，说不定能同情他们的处境哩。

这样，穷困无路的兄弟俩就准备麻缠他们的“老队长”去了。

第六章

其实，抱有同样愿望来找少安的人，不止田四和田五。早在春播大动农之前，村里就有许多人来找他，想为他干一段活，赚几个钱，以便解决春播所需要的化肥。来找少安的人不仅有一队他原来的“部下”，还有金家湾那面的人。

但少安只能为难地婉言拒绝了这些登门求告的人。不是他不同情左邻右舍的困难处境，而是他实在无法满足他们的愿望。他虽然买了一台不大的制砖机，开了两个烧砖窑，但用不了多少人手。除过他夫妻外，已故田二的憨小子常年在这里干活。操纵制砖机和烧窑的师傅，是他出高工资雇用的河南人。把村里这些人收留下，他根本开不起他们的工资。就是现在，尽管村前庄后传说他发了大财，实际上一月下来也赚不了多少。到目前为止，还过当年搞设备的贷款及其利息，他手头只有一两千元的现金积蓄。就他个人而言，和当年相比，那的确已经是天上地下了。但是，他的事业仍然是初创阶段，并不像人们传说的那样成了“大财主”。眼下这摊场，怎么可能招揽更多的人来干活呢?

自去年秋天以来，孙少安从没有感到生活如此顺心如意。妹妹考上了大学，弟弟当了工人，他自己的砖场也走上了正路。孙家的历史什么时候有过这样的辉煌？据神汉刘玉升传播说，他们之所以兴旺，是因为他们家老窑的风水好。这是纯粹的胡扯。前多年他们不就住在那窑里吗？可光景日月像个破筛子。这和风水屁不相干，也不是他们个人有多大能耐；如果世事不变化，他孙少安还是当年的孙少安！

这不是说，世事变了，所有人的日子都好过了。像罐子村姐姐家，光景日月一如既往。新时代也使他姐夫这样的人更有条件不务正了。王满银一年四季跑得连个踪影也找不见，全靠姐姐一个人拉扯两个孩子。只要想起他们的不幸，他和他父亲的心头就罩上了一片乌云。另外，村里一些有困难的人乞求似的找到他门上，要来他的砖场赚点买化肥的钱，这也使他的心情感到沉重。

双水村所有人家的情况，少安心里都很清楚。他知道，大部分人家虽然不再愁吃饭，但另外的发愁事并不比往年少。如今这世事，手头没两个钱，那就什么也弄不成。旁的不说，化肥买不回来，庄稼就种不进去。村里人多口众的几家人，光景实际上还不如大集体时那阵儿。那时，基本按人口分粮，粮钱可以赖着拖欠。可现在，你给谁去耍赖？因此，如今在许多人吃得肚满肠肥时，个把人竟连饭也吃不上了。事实上，农村贫富两极正在迅速地拉开距离。这是无法避免的，因为政策允许一部分人先富起来。这也是中国未来长远面临的最大问题，政治家们将要为此而受到严峻的考验。这当然是后话了。

眼下贫困的人怎么办？

办法不很多。吃救济款吗？现在石圪节全乡一年的救济款才三百元，人均只有几分钱！

当贫困的人们带着绝望的神情来找少安的时候，他常常十分痛苦。他也穷过啊！当年，他不就是这样绝望过吗？他现在完全理解这些乡邻们的处境。他同情他们。尤其是一队的人，他曾经和这些人一块劳动和生活了二十多年！现在，他眼睁睁地看着他们手无分文，而他又帮不了多少忙。从内心说，不管他自己将如何发达起来，他永远不会是那种看不见别人死活的人。他那辛酸的生活史使他时刻保持着对普通人痛苦的敏感而入微的体会。

这一天，田四和田五找上门来了。田四是他当队长时一队的老饲养员。多少年里，万江老汉就睡在饲养室，像对自己的娃娃一样精心喂养那些牲灵。少安像父亲一样尊重这老汉。田五也是当年一队的社员，他那些笑话和“链子嘴”曾给饿着肚子的人们带来多少快乐——真的，那时只要和田五在一块劳动，大家就常常忘了忧愁。

现在，这老弟兄俩佝偻着腰，豁牙漏气地央求：让他们在他的砖场打几天零工吧！

孙少安看着他们的一脸可怜相，忍不住鼻子一酸。

他怎能忍心拒绝他们呢？

可他又怎能答应他们呢？

少安已经知道，他们曾想和海民一块养鱼，但被银花拒绝了。他也知道，他们是信任他，才又求告到他门上；否则，自己的子侄都不顶事，怎么可能再求两旁世人呢？

“少安，你拉扯我们一把呀！要不，我们连一点量盐买油的钱也没有……”田五哭丧着脸说。

“总不能把粮食都卖了。你知道，我们弟兄人老了，手脚不麻利，再加上化肥买不够，一年下来也打不了多少粮，卖多了，连一家人的口也糊不住嘛！”田四诉苦说。

老兄弟俩你一言我一语，轮番给孙少安诉述他们的恓惶。他们最后满怀深情地说，现在就看好心的少安解救他们的危难哩！

孙少安一时不知如何是好。

他想了半天，说：“四叔，五叔，你们的情况，就是不说，我也知情！但我现在这点摊场，确实用不了几个人……是这，我每人借给你们几十块钱，先把化肥买回来。我知道你们现在等肥料下籽种哩，时令不饶啊！等庄稼种毕了，看我能不能再想点办法。现在正是大播种的时候，我也准备把砖场停几天，帮我爸和罐子村我姐去种地，因此现在我再没什么好办法帮助你们……”

他说的是实情。田家老兄弟俩说了一堆感激话，一人拿了五十块钱告辞了。

田四田五走后，孙少安的心情一直平静不下来。

他突然对田海民有了看法。本来，海民是应该关照两个老人的——他们不是白要他的钱，而是要和他合伙养鱼嘛！

这样想的时候，一种义气便促使少安有点冲动地走到村子北头找到海民，直截了当向他说了他对他的意见。

海民正在做放鱼苗前的最后工作。池塘里已经盈满了绿茵茵的水。他有点吃惊地看着少安，一直默不作声地听双水村这位新富翁把话说完。

海民对小他几岁的少安讥讽地笑了笑，说：“如今天下怕老婆的不是我一个人，而是一茬人。我并不为此害臊。你大概不怕？不过，据我所知，你当初也并不愿意和你爸分家。可后来你拗过秀莲了吗？兄弟，各家都有各家的难处。现在这社会，自家顾自家都挣得人屁直吼，谁能顾了别人？你如果有本事，你积你的德，给咱多关照几个村里的穷人！我没这本事。我比不上你。你已经把世事闹得红火热闹，能说这号硬气话哩！我呢？才弄起个小摊摊，连一分钱的利也没见，倒把一点积蓄都踢腾光了。再说，养鱼是个技术活，咱们人老八辈子谁弄过这事？万一失败了，我爸和我四爸不是跟着我吃亏吗？另外，像刘玉升预言的，这池子里养出个鱼精怎么办？”

海民一番冷嘲热讽，呛得少安无言以对。

是啊，海民话难听，但其中不是没有一点道理——谁家都有一本难念的经！

少安从前村返回后村的时候，一路上脑子像乱麻缠绕一般。无论怎样，那些上门向他求救的人都寄希望于他；他们的困难和不幸也使他心里难过——可是他现在却毫无办法帮助他们。他看得出来，再过几年，双水村说不定有人能起楼盖房，而有的人还得出去讨吃要饭！谁来关心这些日子过不下去的人？村里的领导都忙着自己发家致富，谁再还有心思管这些事呢！按田福堂的解释，你穷或你富，这都符合政策！

政策是政策，人情还是人情。作为同村邻舍，怎能自己锅里有肉，而心平气静地看着周围的人吞糠咽菜？

这种朴素的乡亲意识，使少安内心升腾起某种庄严的责任感来。他突然想：我能不能扩大我的砖场？把现有的制砖机卖掉，买一台大型的，再多开几个烧砖窑，不是就需要更多的劳力吗？

好！也许这是一个好门道！这样，不仅能解决村里一些人的问题，他自己的事业也扩大了！实际上，他早应该这样来考虑问题。现在，农村剩余劳力很多，只要有魄力，完全可以把事业搞大些！

当然，首先是资金问题。少安估算了一下，将现有设备卖掉，加上那点积蓄，要扩大砖场，少说也还得另筹借一万块钱。这只能向公家贷款。不怕！只要路子对头，这个风险还是敢担当的。孙少安已经不是那个借一二百块钱还心惊胆战的孙少安了——他手里已经倒腾过大宗的票子！

头脑发热的孙少安当天吃完晚饭，就到父亲那边走了一遭。他的新打算要征求父亲的意见。虽然他和父亲分了家，日子基本上各顾各的，但在这样一些重大的问题上，少安总要征求父亲的意见。父亲永远是父亲。在生活的重大关头，求得父亲的指导，这已经像原则一样固定在少安的脑子里。在任何时候，亲爱的父亲，都将是我们精神上一个最为重要和可靠的支柱！

父亲正在院子外边的那块弹丸之地上漫旱烟苗。从以往的年月一直到现在，这块旱烟地对他们家的贡献是巨大的。这里出产的那些金黄色的烟叶，不仅保障了他父子俩和他二爸的烟布袋，还有剩余在石圪节的土街上换回几个零用钱。父亲营务旱烟的本领在双水村只有田福堂才能比上。

少安进了烟地，一边帮父亲干活，一边把他的新打算给父亲谈叙了一番。

孙玉厚听完少安的侃侃叙谈，一时倒没有对儿子的宏大抱负发表什么评论。从理论上说，这是儿子自己的事。儿子已经独当门户，并且在社会上钢巴硬正站立起来，他是否再有必要对儿子的事说长道短？再说，这社会变化太快，许多事情他估摸不透。他的全部能耐也许都在土地上；土地以外的事，他心中无数。

从内心上说，孙玉厚老汉对全家目前的状况已经很满足了。家里出了工人，出了大学生，少安的日子也发达起来。作为恓惶了一辈子的老穷光蛋，他还再敢奢望什么呢？如今，二小子也开始给他寄钱了，家里有吃有穿，也不缺钱花……这一切都好像是做梦一样！

现在，儿子突然要把事情往大搞，孙玉厚心里不免有些担心。

他沉默了半天，说："这要贷一笔大款项。万一……有个三长两短，可就担当不起。"

少安又仔细说明了他的计划，而且表现出了十足的信心。

孙玉厚一看儿子决心已定，知道他的意见无足轻重，就只是说："那你看着办吧。不过，你可千万要操心哩……"

在征得父亲有限度的同意后，当天晚上睡觉时，他就又在被窝里和妻子商量开了这件事。

他们二人还同以前一样保持着他们的"老传统"——光身子搂着在一块被子里睡觉。秀莲还像往日那般丰满和多情，只是砖场没明没黑的操劳，使她红润的脸黑了一些，两只手像男人的手一般坚硬。

在少安提出他的想法后，尽管事情重大，秀莲很快也就表示了赞同的意见。她现在不仅信任丈夫的谋略，而且有点崇拜他了。几年来的事实证明，只要丈夫决心搞的事，最终没有搞不成的。在重大事情上，她越来越不愿意多动脑筋。她满足于给丈夫热情表个态，接着便是全力以赴帮助他实现自己的雄心。

这件事实际上很快就“讨论”完了。接着，秀莲又提起了她百说不厌的老话题——再生一个女孩子的事。虎子已经快满五岁，秀莲一心盼望有个女儿。

“……少安，我听说石圪节来了个私人大夫，偷着给女人取环哩。我想也去把环取了，咱再怀个娃娃！”

秀莲用粗糙的手掌亲热地抚摸着丈夫的光脊背，用撒娇的方式提出了这个他一直没有同意的事。

“唉呀，”少安不耐烦地说，“这都是些黑医生！听说碾盘村一个妇女被弄得大出血，险乎把命都要了……再说，超生下的娃娃，公家连户口也不给上，还要罚款！”

“不上户口就不上！罚款就罚款！我不信咱们就连个娃娃也养活不了！”秀莲已经生了气。

“好你哩！咱们现在准备扩大砖场，忙乱事在后边哩！你再坐个月子，这不是要人的命吗？”

“按你说，人家那些做大事的人就连娃娃也不养了！你干脆连老婆也甭要！”

“好好好，你要生咱就生！这事容易！不过，你等一半年不行？等咱砖场发展得有个眉目了，你再生娃娃也不迟嘛！老辈人说，忙婆姨生不下好娃娃！”

秀莲笑着在丈夫的胸脯上拍了一巴掌。她高兴的是，丈夫终于同意她再生一个孩子了……

几天以后，孙少安的砖场就停办了。他要抽出几天时间，帮助父亲安种他们两家的庄稼，然后还要到罐子村去，帮助兰花把籽种下到地里。与此同时，他已经开始筹划扩大砖场的事。扩大砖场少说也得几个月光景，因此，雇用的河南师傅辞退了这里的工作，到其他地方另谋生计去了。

少安的砖场突然沉寂下来，这使双水村的人都很奇怪。

不久，全村人才知道，这小子原来是要大闹腾呀!

啊啊，如果办这么大的“企业”，那不需要好多人手吗?

村中许多人立刻重新涌上少安的门，说他的砖场扩大后，无论如何首先要招收他们干活!

少安先在口头上满足了他们的愿望——他之所以扩大他的砖场，也正是想帮助他们解决一些困难。

出人意料的是，这天下午，他二爸孙玉亭也为此而找上他的门来了。

玉亭仍然是几年前的那副老样子，一身烂衣服，腰里束一根破皮带。他费劲地把那双缀麻绳的踏倒跟鞋脱在脚地上，便上了侄儿家干净的小土炕。

玉亭接过侄儿递上的一根纸烟，几口吸去一大截，然后才开口说:“听说你扩大砖场需要好多人手，能不能叫你二妈也来做个什么?我们没一点来钱处……晚上点不起灯，都黑摸着往下睡哩……”

严酷的生活不得不使这位无产阶级革命家，也低声下气地来向“资本主义”求救了。

少安说:“这事还没眉目哩。到时候再说吧!”

第七章

不知不觉，孙少平在铜城大牙湾煤矿已经下了半年井。

半年来，他逐渐适应了这个新的生存环境。最初的那些兴奋、忧虑和新奇感，都转变为一种常规生活。

他几乎不误一天工，月月都上满班。这在老工人中间也是不多的。而和他一块来的新工人，没有偷跑回家，就算很出色了。我们知道，这批新工人都是一些有身份人家的子弟，他们很难在这样充满危险的苦地方长期呆下去。

半年之中，新工人又逃跑了不少。跑了的人当然也被矿上除了名——这意味着他们再一次变为农民身份。有些没走的人，也不好好下井。他们磨蹭着，等待自己的父亲四处寻找关系，以便调出煤矿，另找好工作。不时有人放出风声，说他们的某某亲戚在省上或中央当大官。的确，局里也接到省上某几个领导人写来的“条子”，把十几个要求调动的工人放走了。同时，不断有某些县上和乡上的领导人，用汽车拉着各种土特产，到局里和矿上活动，企图把他们的子弟调回去。这类“礼物”一般只能使孩子换个好点的工种，而不可能彻底调出煤矿。煤矿的某些领导虽然不拒绝“好处”，但总不能把手下的矿工都放走吧？

少平当然没这种靠山。他也不企图再改变自己煤矿工人的身份。他越来越感到满意的是，这工作虽然危险和劳累，但只要下井劳动，不仅工资有保障，而且收入相当可观。

钱对他是极其重要的。他要给父亲寄钱，好让他买化肥和日常的油盐酱醋。他还要给妹妹寄钱，供养她上大学。除过这些，他得为自己也搞点建设，买点他所喜爱的书报杂志。另外，他还有个梦想，就是能为父亲箍两三孔新窑洞。他要把这窑洞箍成双水村最漂亮的！他自己今生也许不会住这窑洞。他只是要给故乡一个证明：证明他孙少平决不是一个没出息的人！他要独立完成这件事，而不准备让哥哥出钱——这将是他个人在双水村立的一块纪念碑！

正因为这样，他才舍不得误一天工；他才在沉重的牛马般的劳动中一直保持着巨大的热情。

瞧，又到发工资的日子了——这是煤矿工人的盛大节日。

孙少平上完八点班，从井下上到地面，洗了一个舒服的热水澡，就到区队办公室领了工资。

他揣着一摞硬铮铮的票子，穿过一楼掘进队办公室黑暗的楼道，出了大门。

五月灿烂的阳光晃得他闭了好一会眼睛。从昨夜到现在，他已经十几个小时没见太阳了。阳光对煤矿工人来说，常有一种亲切的陌生感。

他睁开眼睛，深深地吸了一口气。他真想把那新鲜的空气连同金黄的阳光一起吸进他灌满煤尘的肺腑中！

他看见，远山已经是一片翠绿了。对面的崖畔上，开满了五彩斑斓的野花。这是一个美妙的季节——春天将尽，炎热的盛夏还没有到来。

少平把两根纸烟接在一起，贪婪地吸着，走回了他的宿舍。

宿舍里除过他，现在只留五个人。另外四个人，三个偷跑回家被矿上除了名，一个走后门调回了本县。这样，宿舍宽敞了许多，大家的箱子和杂物都放到了那四张空床上。

宿舍零乱不堪。没有人叠被子。窗台上乱扔着大伙的牙具、茶杯和没有洗刷的碗筷。窑中间拉一根铁丝，七零八乱搭着一些发出臭味的脏衣服。窗户上好几块玻璃打碎成放射形。肥皂盒和盛着脏水的洗脸盆就搁在脚地当中。床底下塞着鞋袜和一些空酒瓶子。惟一的光彩就是贴在各人床头的那些女电影明星的照片。

少平已经有一床全宿舍最漂亮的铺盖。他还买了一顶蚊帐，几月前就撑起来——现在没有蚊子，他只是想给自己创造一个独立的天地，以便躺进去不受干扰地看书。另外，他还买了一双新皮鞋。皮鞋是工作人的标志；再说，穿上也确实带劲！

少平回到这个乱七八糟的住处后，看见其他人都在床上躺着。他知道，大家的情绪不好。今天发工资，每个人都没领到几个钱。雷区长话粗，但说得对：黑口口钻得多，钱就多；不钻黑口口，球毛也没一根！

在这样一个时刻，劳动给人带来的充实和不劳动给人带来的空虚，无情地在这孔窑洞里互为映照。

为不刺激同屋的人，少平尽量克制着自己的愉快心情，沉默地，甚至故作卑微地悄悄钻进了自己的蚊帐。

蚊帐把他和另外的人隔成了两个世界。

他刚躺下不久，就听见前边一个说：“孙少平，你要不要我的那只箱子？”

少平马上意识到，这家伙已经没钱了，准备卖他的箱子。他正需要一只箱子——这些人显然知道他缺什么。

他撩开蚊帐，问：“多少钱？”

“当然，要是在黄原，最少你得出三十五块。这里不说这话，木料便宜，二十块就行。”

少平二话没说，跳下床来，从怀里掏出二十块钱一展手给了他，接着便把这只包铜角的漂亮的大木箱搬到了自己的床头。

搬箱子时，这人索性又问他："我那件蓝涤卡衫你要不要？这是我爸从上海出差买回来的，原来准备结婚时穿……"

少平知道，这小子只领了十一块工资，连本月的伙食都成了问题。这件涤卡衫是他最好的衣服，现在竟顾不了体面，要卖了。

"多少钱？"

"原价二十五块。我也没舍得穿几天，你给十八块吧！"

少平主动又加了两块钱，便把这件时髦衣服放进了那只刚买来的箱子里。

这时，另外一个同样吃不开的人，指了指他胳膊腕上的"蝴蝶"牌手表，问："这块表你要不要？"

少平愣住了。

而同屋的另外几个人，也分别问他买不买他们的某件东西——几乎都是各自最值钱的家当。

所有这些东西都是少平计划要买的。现在这些人用很便宜的价钱出售他需要的东西时，他却有点不忍心了。

但他又看出，这些人又都是真心实意要卖他们的东西，以便解决起码的吃饭问题。从他们脸上的神色觉察，他如果买了他们的东西，反倒是帮助他们渡难关哩！

少平只好怀着复杂的心绪，把这些人要出售的东西全买下了。

一刹那，手表、箱子和各种时髦衣服他都应有尽有了；加上原有的皮鞋和蚊帐，立刻在这孔窑洞里造成了一种堂皇的气势。到此时，其他人也放下了父母的官职所赋予他们的优越架势，甚至带着一种惶愧的自卑，把他看成了本宿舍的"权威"。

只有劳动才可能使人在生活中强大。不论什么人，最终还是要崇尚那些能用双手创造生活的劳动者。对于这些人来说，孙少平给他们上了生平极为重要的一课——如何对待劳动，这是人生最基本的课题。

简直叫人难以相信！半年前初到煤矿，他和这些人的差别是多么大。如今，生活毫不客气地置换了他们的位置。

是的，孙少平用劳动“掠夺”了这些人的财富。他成了征服者。虽然这是和平而正当的征服，但这是一种比战争还要严酷的征服；被征服者丧失的不仅是财产，而且还有精神的被占领。要想求得解放，惟一的出路就在于舍身投入劳动。在以后的日子里，其中的两三个人便开始上班了……

总之，这一天孙少平成了这宿舍的领袖。他咳嗽一声，别人也要注意倾听，似乎里面包含着什么奥妙。

不用说，这一天他的情绪也特别高涨。他索性利用下午的一点时光，想到对面山上转一圈。到现在，他还没抽出身到矿区周围转一转。从今天起，他又倒成晚上十二点班，转悠一圈后，他可以直接去下井。

他昂扬地出了宿舍，下了护坡路那几十个台阶，沿着马路一直向东，走到矿部大楼前的广场上。这个小广场是矿区的中心地带，类似双水村大队部旁边的“闲话中心”。商店、门市和小摊贩大都集中在这一片。最大的职工食堂也在广场上面的平台上。食堂上面的第三级平台，就是整个煤矿生产的心脏。主井、副井、压风房、选煤楼都在那里。从第三级平台以上，就是山坡了，挤满了密密麻麻的“黑户”,房屋窑洞如同蜂巢。从副井旁伸出的运送矸石的绞车道，几乎在陡坡上天梯般矗起，把黑户区一劈两半，并在其间一直伸向山顶——山那边，在黄土梁的一侧，堆起了黑色的矸石山，运输带不断地把这些黑石头传送到这里，日日夜夜哗哗地响个不停……

孙少平来到矿部前的广场上，看见这里永远是那种熙熙攘攘的景象。下班的单身工人端着大老碗，蹲在二级平台食堂外面的水泥棱上，俯视着下面的小广场。另有一些休班的工人无所事事地蹲在这周围，不知在观看什么。长期在井下生活的人，对地面上的一切都充满了兴趣。如果从矿部大楼里走出一位女干部，整个广场便会掀起一阵哗然。在这女性寥若晨星的世界里，她们的出现如同太阳一般辉煌……

少平在广场南侧走下一道陡坡来到沟底。沟底的小土台上便是矿工俱乐部。这里每晚上都有一场电影，常常挤得人山人海。灯光球场就在俱乐部门前。这里是全矿的文化娱乐区。不过，白天这地方倒也清静。

从俱乐部再下一个小土坡，就到了小河边。小河叫黑水河。黑水河名副其实，水流一年四季都是黑的（想必它的源头也会是明镜般清澈）。

对于矿工来说，黑水河仍然是迷人的。它像一位黑皮肤的姑娘吟唱着多情的小曲，人们走到它身旁，就会感到如释重负似的轻松。

小河两岸，是周围农人们的菜地和一些杨柳树。如今，在五月的阳光下，青枝绿叶油光鲜亮。有一棵年老的柳树不知什么时候倒在河上，将另一头搁在了对岸。人们砍去了老树的大枝，树干便成了河上的独木桥。这是一座有生命的桥，它身上抽出许多嫩绿的枝条。

少平过了这桥，便向对面山上爬去。山并不高，但路相当陡峭。这小山是矿区的天然公园，人们在节假日都愿到这里来转悠。

他是第一次上这山。到山顶的平台上时，他才发现这的确是个幽静的地方。远处是一片小树林。平台上长满了绿绒似的青草，其间点缀着许多无名小花。双双对对的蝴蝶在花间草丛翩翩飞舞。

他坐在青草地上，向对面望去，大牙湾矿区的全貌便一览无余了。他震惊而兴奋地看见，他们的矿区原来是如此的气势雄伟！从东往西，五里长的大湾挤满了各种建筑物。山一样的煤堆，大厦一般矗立的选煤楼；火车喷吐着白烟隆隆地驶过三级平台……

他出神地望着他所生活的这个世界，心中不由生出许多感慨来。他知道，外面的人很少了解这个世界的情况。他们更瞧不起生活在这个世界里的人。是啊，人们把他们称作“煤黑子”、“炭毛”。大部分女人宁愿嫁给一个农民，也不愿嫁给他们。

他突然想起了田晓霞。

他离开黄原前，晓霞就走了省城。他们分别已有半年多了。他到煤矿的第三个月才给她写了一封信——在此之前，他的一切都处在混乱中，没心思顾及其他。从晓霞给他的回信看，她马上就在那里干得顺心如意了。他知道她很快会施展才华，成为省报的重要角色。但他最为关心的是她对他的态度。

从信上看，晓霞对他一如既往充满感情。他甚至能看出那些惊叹号和省略号后边所包含的深情。

以后的几封信同样如此。

因为她经常外出采访，半年来，他们的通信次数不像一般恋人那么多。但那几封信对他来说已经足够了。他在井下黑暗的掌子面上，常常闭住眼默念她信上的那些甜言蜜语。他内心无比骄傲的是，周围的人做梦也想不到，他，一个“煤黑子”，女朋友却是省报的记者！如果他说出这个事实，恐怕没有人相信。煤矿工人连不识字的女人都难找下，竟然有省报的女记者爱你小子？吹牛皮哩！

有时候连他自己也不相信这是真的，总觉得这是一个梦幻。

其实认真一想，也许这的确是一场梦幻！

是的，梦幻。一个井下干活的煤矿工人要和省城的一位女记者生活在一起？这不是梦幻又是什么！凭着青春的激情，恋爱，通信，说些罗曼蒂克和富有诗意的话，这也许还可以。但未来真正要结婚，要建家，要生孩子，那也许就是另一回事了！

唉，归根结底，他和晓霞最终的关系也许要用悲剧的形式结束。

这悲观性的结论实际上一直深埋在他心灵的深处。

可悲的是：悲剧，其开头往往是喜剧。这喜剧在发展，剧中人喜形于色，沉湎于绚丽的梦幻中。可是突然……

孙少平不愿再往下想。他的心情变得阴郁起来。

太阳西沉了。大地和他的情绪融合成一片同样的昏黄。

他看了看腕上刚刚买来的“蝴蝶”牌手表，时针的箭头已指向了八点。

他在苍茫的暮色中走下山来，又到其他地方转悠了好长时间才向矿区走去——不论怎样，十二点钟，他要准时从那个“黑口口”里钻入地下……

第八章

孙少平径直来到与采掘区队办公室相连的浴池，开始了下井的第一道程序——换作衣。

由许多小柜组成的一排排大作衣柜就立在水池旁边。一人占一个小柜，钥匙自带。整个浴池为三层楼，每层的格局大同小异。少平的作衣柜在三楼。

现在，中午十二点入坑的工人，正陆续走上地面。他们在通往井口那条暗道旁的矿灯房交了灯具，就纷纷进了浴池。这些人疲倦得连说话的气力也没有，沉默寡言地把又黑又脏的作衣脱下。有的人立刻跳进黑糊糊的热水池，舒服得“啊啊”地呻唤。有的人先忙着过烟瘾，光屁股倒在作衣柜前，或蹲在浴池的瓷砖棱上。所有的人都是两支烟衔接在一起，到处听得见“咝咝”的吸气、“扑扑”的吹气以及疲劳的叹息声。整个大厅里弥漫着白雾般的水蒸气和臭烘烘的尿臊味。

孙少平把自己身上的干净衣服脱下，塞进衣柜，从里面拉出那身汗味刺鼻的作衣匆匆穿在热身子上。煤矿工人也许不怕井下的熬苦，但都头疼换衣服——天天要这么脱下又穿上！尤其是冬天，被汗水和煤尘染得又黑又脏的作衣，潮湿而冰冷，穿在身上直叫人打哆嗦！

少平作衣的裤子后边，已经被矿灯盒的硫酸腐蚀开一个破洞。好在有衬裤，不至于露肉。有许多人就是露着屁股下井的。井下谁也不在乎这。和他一块干活的安锁子，经常连裤子也不穿，光身子攉煤哩。在煤矿，男人相互间对裸体都看厌烦了。

少平换好作衣，就从浴池的楼上走下来，在一楼矿灯房的小窗口，把灯牌扔进去。接着，便有一只女人的手把他的矿灯递出来。矿灯房四壁堵得像牢房一般严实，只留几个小口口。里面全是女工——一般都是丈夫因公伤之后顶替招工的。煤矿的女人太少了，就是这几个寡妇，也常是矿工们在井下猥狎地百谈不厌的话题。她们被四堵水泥墙保护得严严实实，以免遭受某些鲁莽之徒的攻击。男人们只能每天两次看看她们的手。

少平从那只女人手里接过自己的矿灯，把灯绳往腰里一束，就提着灯盏穿过暗道，向井口走去。暗道本来有灯，但早被人用斧头打掉了。如果再安，不出一天照样会被打掉。疲劳的工人常常冒出许多无名火而无处发泄，不时随手搞点小小的破坏。

穿过暗道的尽头，准备下井的工人从井口一直拥到了那几十个水泥台阶上。人们到这里仍然是沉默寡言，只听见上下罐的信号铃在当啷当啷地响着……

十几分钟后，少平便下到井底。接着，在黑暗的坑道中步行近一个小时（其间要上下爬四五道大坡），才来到他们班的工作面上。

头茬炮还没有放。所有的斧子工和攉煤工都在溜子机尾的一个拐巷里等待。人们在黑暗中坐着，或干脆大叉腿睡在煤堆里。正像农民在山里不嫌土，煤矿工人也不嫌煤，什么地方都可以躺下睡——反正这地方谁也别想把衣服穿干净！

这一段时光实在叫人闲得慌。矿工一下井，就想马上干活。每天的任务都是死的，干完才能上井，那么最好早点就干。但井下的工作程序也是死的，没有放炮，想干也干不成！

在这个时候，人们既然闲得没事，又不能抽烟，总得寻找某种消遣方式。最好的消遣方式当然是谈论女人。首先从矿灯房小窗口那只女人的手谈起，一直谈到和自己的老婆睡觉的各种粗俗不堪的细节。人们在黑暗中猥狎地说笑着，微弱的矿灯光照出一张张露着白牙的嘴巴。

通常这个时候，少平总是把随身带下井的一本书在黑暗中翻到折页的地方，然后借用手中的矿灯光，一声不吭地看起来。最近他看的是《红与黑》。这本书他以前粗粗翻过，印象不深，因此想再看一遍。

前不久，班长王世才突然提议，让少平利用这个时间，给大伙讲讲书中的故事。王世才不识字，但很爱看戏听故事。另外的人对自己的老婆也说腻了，一致支持班长的提议。

"这是本外国书。"少平对班长说。

"外国人也是人！他们的故事咱们正听得少！你说！"

"外国的男人女人一见面就一个啃一个，正美！"安锁子喊叫。

既然班长提议，大伙又都想听，少平就只好给他们讲起了《红与黑》的故事。于连这个名字像中国人的名字，大家能记下；其他人物的名字他都用什么"先生"、"夫人"、"小姐"等代替了……

今天，大家躺在黑暗的煤堆里，又准备听他讲于连的故事。

孙少平尽管今晚心情不太好，但他还是在煤溜子的隆隆声中，接着昨天的情节给大伙讲开了。今天该讲于连怎样爬着那个梯子，从窗口钻进了"小姐"的卧室。

当少平绘声绘色讲到于连爬进窗户，抱住那位"小姐"的时候，安锁子突然像发情的公牛那般嚎叫了一声，便从少平手中夺过那本书，一扬手扔在了煤溜子上。"去他妈的！于连小子 × 美了，老子在这儿干受罪！"

少平还没反应过来，那本《红与黑》就被溜子拉走了。于连，“夫人”，“小姐”以及整个巴黎的上流社会，都埋进煤堆，滚进了机头那边的溜煤眼……

安锁子的举动引起黑暗中一片快活的哄堂大笑。

少平无可奈何。一本书的毁灭引得大家一笑，那也许就是值得的？无聊而寂寞的人们呀！

疯狂的安锁子做完这件破坏性的工作，像什么事也没有发生，把裤子一脱，光屁股蹲在一边就拉开了屎。

“我操你亲妈！你不能往远一点吗？”王世才骂道。

那边只传来“嘿”一声无耻的笑。

少平知道，安锁子已经三十岁的人了，还没找下老婆；因此一听男欢女爱，就忍不住变态似的发狂。唉，去他妈的！书毁就毁了，他只能另买一本……

这时，掌子面那边接连响起沉重的爆炸声。顷刻间，浓烟就灌满了巷道。有人破着嗓子咳嗽起来。

炮声一停，王世才像只老虎一般跳起来，喊叫大家赶快进工作面！于是，那天天照旧的惊险的场面便又展开了……

接连攉完三茬炮炸下的煤，他们一个个累得像死人一般。众人先后摇摇晃晃通过黑暗的巷道，向井口走去——此刻，地面上又该是阳光灿烂的时候了。

离开掌子面的时候，少平突然感到一阵天旋地转般眩晕。他知道自己病了。其实，昨夜刚开始干活的时候，他就感到两条腿发软，身子轻飘飘的没有一点力量，脊背上时不时掠过一阵似冷似热的激流。这个班他是勉强支撑下来的。既然到了井下，就应该把这一天的工资完整地拿到手！

现在，干活的人都自顾自走了。他浑身像着了火似的，一个人手哆嗦地扶着巷道凹凸不平的岩壁，慢慢从绞车坡走下来。

下了几道坡以后，他好不容易来到风门后边——出了风门，就到大巷里了。

但他再也没力气拉开那扇沉重的门。

他颓然地坐在潮湿的地上，嘴里发出轻轻的呻吟。黑暗。无声无息。此刻，他就像身处另外一个无生命的世界，永远再不能返回到人间。

他勉强挣扎着立起来，两条腿打着颤，试图再一次拉开那扇风门。

又失败了。

他简直不知道该怎么办。即使拉开这道风门，还得拉开另外相同的一道，他才能走到大巷里。

看来，他只能等待下一班工人的到来，但这得等很长时间，说不定这期间他会昏迷过去。

他绝望地再一次靠岩壁坐在地上。

他恍惚地看见，那扇风门竟无声地打开了。接着，弯腰走进来一个人。

他只从气息上就嗅见是班长！

“我没见你出来……怎啦？”王世才用手在他头上摸了摸。“你病了……站起走吧！”师傅架着胳膊把他从地上拉起来。

一股热辣辣的激流涌上了孙少平的胸腔。他无声地立起来，依靠着师傅的肩膀，走出了风门……

上井后，少平在师傅的帮助下洗了一个热水澡，感到稍有好转，但还不可能退烧。

“走，到我家里去。你是着了凉，吃点热呼饭，再睡一觉，就屁的事也没了！”王世才换完衣服，硬把他拉起身。

他只好随师傅出了大门，从压风房那边的小坡拐上去，沿着铁路向师傅家走去。一路上，王世才一直架着他的一条胳膊。

到家后，王世才马上叫老婆单另给他做一碗酸辣面条。我们知道，这个家少平已经来过一次。那时他是一个想要点醋的生人。如今，他们已经成师徒关系了。王世才的老婆叫惠英，像所有矿工的老婆一样，对男人的关照体贴入微。她早已把菜炒好，细心地用碗扣在炉边上。她一边招呼少平吃药，一边开始侍候男人喝酒吃饭。

少平的面条做好后，明明抢着要自己端给孙叔叔。惠英只好在后面像老母鸡一样护架着他，生怕把孩子烫了。王世才一边喝酒，一边看着她母子俩不由满足地“嘿嘿”笑着。

当少平从这母子俩手中接过热烫烫一碗面条时，泪花子在眼眶里直打转。他没有想到，在远离故乡的地方，他受到了这种亲人般的关照。

吃完饭，少平就准备回他自己的宿舍去。但这家三口人都不让他走。王世才夫妇拉扯着把他带到旁边的屋子里，给他安顿好床铺。他们在他身上压了三块棉被，还在屋里生起了火……

少平一觉睡醒后，已经到了夜晚。惠英给他端来小米汤和各种小菜。王世才对他说：“我一会上班走呀，你晚上就在这里睡，不要回去了。热身子不敢再冒风。想吃什么，就叫你嫂子给你做！”

少平强忍着没有让泪水冲出自己的眼眶。

惠英也笑着说：“到这里就不要见外。你王大哥常回来夸你，说你有文化，还能吃下煤矿的苦。以后你常跟你哥回来！大灶上的饭没法吃！你说，嫂子做的饭怎样？”

“好！”少平说。

王世才手在老婆的屁股蛋上拍了一巴掌，说：“甭自夸自了！”

“别打我妈！”明明喊叫着，用他的小胖手报复似的在他爸的屁股上也拍了一巴掌，使得三个大人都忍不住大笑起来。

这个幸福的家庭强烈地感染了孙少平。

什么叫幸福？这就叫幸福。幸福在任何地方都是相同的。在这荒凉的山野矿区，在这些土窑窝棚里，人依然会活得如此幸福和美好！

孙少平在这个温暖的家庭里，一觉又睡到了大天明。

早上他睁开眼睛时，看见师傅一脸倦容立在他床头——他在井下挣了一个晚上的命，现在又回来了。

“看脸色，你大概退烧了。”师傅关切地说。

少平一下子跳下床来，感到浑身无比的轻松。是的，病完全好了。

惠英赶紧收拾饭桌，侍候师徒俩吃饭。

“今天你能喝酒了，好好陪你哥喝两杯！”惠英说着，便在两个大玻璃杯中倒满了白酒。这是煤矿工人喝酒的气度——不用小盅，而用城里人喝茶的大杯。在潮湿阴冷的井下干八九个小时的活，上地面来灌一两杯烧酒那是再好不过了；它使人晕晕乎乎，忘记疲劳，忘记惊心动魄的掌子面……

少平在喝酒的时候才知道，明天是明明的生日——小家伙要满六岁了。他寻思得给孩子买个什么礼物。

他问明明：“你最喜欢什么？”

“喜欢狗！”明明说。

对，他记起商店里有一种绒毛做的玩具狗，挺大，挺威风。就给他买这件礼物吧！

吃完饭，王世才没有睡觉，说他要到矸石山上捡点烧饭的煤去。

少平立刻说：“我跟你一块去！”

“你不要去，你病才刚好。”惠英说。

“要去就去。”王世才不阻挡他。

于是，师徒俩就一块相跟着出了门，向矸石山走去。少平担着筐子，师傅背抄着手走在后边。

对于大部分养活着黑户人口的矿工来说，尽管他们生活在一个煤的世界，整天都在挖煤，但他们自家烧的煤却不那么容易搞到。

他们当然不想出钱买煤，只好利用上井休息的空隙，到矸石山的矸石中间去捡一些碎小的煤块。这同样是一件很苦的事。在矸石山的陡坡上，人连站也站不住，而上面的矸石还在不断哗哗往下飞滚，不小心就会被砸得头破血流！

少平没让师傅动手，他自己一个人到矸石山的陡坡上，没用多少工夫，就捡了两筐子煤。

捡好煤后，他们没有急忙下山。两个人坐在山崖畔上一边抽烟，一边拉话。

王世才很动感情地对他的徒弟说："咱们煤矿工人就是苦。井下拼命干活，一天给国家出好多煤，可自己的老婆孩子连个户口也没。除非我死在井下，要不，你嫂子和明明就要当'黑人'……

"我在井下已经干了十几年，被矸石打掉两颗门牙，身上的伤疤数也数不清。有时我累得的确不想下井了。可是，每当我晚上趴在你嫂子的肚皮上，就想，这么好的女人，还给我生了这么好的儿子，可他们要吃饭呀！所以，第二天起来就又钻到地下了。你如果有了老婆，就明白我说的这些话了……你现在有没有？赶紧找一个！煤矿这么苦的活，没个老婆可是不行啊……"

少平静静地听着，眼睛一直望着远方的山峦。他没有回答师傅的问话，而心里却想着晓霞。此刻，他的心是冰凉的。

晓霞！晓霞！现在我越来越明白，我们是不可能在一块生活了。无疑，我的一生，就要在这里度过。而你将永远是大城市的一员。我决不可能生活在你那个世界里；可是，你又怎能到我这个世界来生活呢？不可能！你不可能像惠英一样，到这样一个地方来侍候一个煤矿工人；你恐怕连到这里看一看的愿望都没有……

他们在这里蹲了一会，少平便担起煤筐，师傅背抄着手跟在他后边，两个人相跟着慢慢走下山来。

第九章

当天晚上，少平又下井了。

仍然像黄原揽工时那样，他感到，精神上的某种危机，只能靠强度的体力劳动来获得解脱。劳动，永远是他医治精神创伤的良药。遗憾的是，他这个月不可能再是全班了。

第二天早晨上井后，王世才邀请跟他挂茬的两个徒弟去他家做客——今天是他儿子六岁生日。

“我顾不上！我要去看电影。听说这电影美！男的女的搂着一块睡觉，女人的奶都在外面露着哩！”安锁子说着，口水都要从嘴角里淌出来了。

“那你可要去！明明等着你呢！”师傅对少平说。

“我肯定去。你先走，我一会就来呀！”

师傅走后，少平赶紧到矿部前的商店里，用八块钱买了那只白绒绒的大玩具狗，又买了一些罐头和一盒蛋糕，就抱起这些东西，沿着铁路向师傅家赶去。

到师傅家后，桌子上已经摆满了酒菜。一家三口人还没动筷子，显然在等他。

明明喊叫着从他手里抢过那只玩具狗，小嘴在狗身上亲吻着。

他对少平说："叔叔，你什么时候一定要给我买只真的狗！"

"给你买！"少平说。

王世才夫妇把他推让在小凳上，又给他倒酒，又给他夹菜。师傅兴奋地拿锥子开啤酒瓶，把手都戳破了，仍然笑着给他斟酒，手上的血也不揩——对矿工来说，这点伤算个屁！

吃完饭，少平没一点瞌睡。他于是又一个人带上明明，到山上玩了大半天；给他捉蝴蝶，拔野花，一直到午间才返回来……

孙少平渐渐和师傅一家人建立起极其深厚的感情。他经常去他们家吃饭，也帮助他们干家务活——担水，劈柴，到矸石山上去捡煤。每当进入这个小院，他就像回到了自己家。王世才一家人也把他当自家人看待，有个什么活，就不见外地让他帮助做；有个什么好吃的，也吼喊着非让他吃不行。

少平后来才知道，师傅也是三十岁上才成家的。当地找不下老婆，他只好回到老家河南，在亲戚的帮助下，费了好大劲，才找到了惠英。惠英尽管比师傅小八岁，结婚后一直实心疼爱师傅。她出身农家，里外活都很麻利。虽然识字不多，可人很精明。至于漂亮，那在整个黑户区都是很出名的。

孙少平感到庆幸的是，他来煤矿半年多，就结识了如此好的一家人。也许这是命里有缘，使他不论走到何处，都会遇上对他特别关照的人家。在黄原时，有阳沟曹书记两口子；在这里，又有王世才一家人。是啊，在他艰难的生活历程中，如果没有这些好人，他的日子将会更加难过！

这一天他回宿舍，屋里其他几个人都挤眉弄眼对他说，昨夜他下井后，来个很俊的"娘们"，把他床头和搭在铁丝上的脏衣服都收拾走了。

和他同屋的这些家伙都开始下井劳动，因此现在敢用粗言俗语对他说话。

少平发现,他脱下的脏衣服就是不见了踪影。不过,他立刻明白,同屋人所说的“娘们”,就是惠英嫂。是的,是她拿走给他洗去了。

他心里不由一热。

“这个骚娘们是谁?”有人用脏话问他。

“少放臭屁!她是我们班长的老婆!”少平瞪了一眼那个问话的小子。

“噢……王世才那么个狗熊样,找了这么个俊老婆,比他妈唱戏的都漂亮!”

少平无法阻止这些人用肮脏的粗话评说惠英嫂。说粗话是这个行道的家常便饭。他自己尽管反感,有时嘴里也会不由冒出一句来……

转眼间就到了六月。

山野里的绿色越来越深了。碧蓝的天空通常没有一丝云彩,人的视野可及十分遥远的地平线。地面上,人们已经身着很单薄的衣衫了。

不过,井下一年四季都是潮湿阴冷的。即使三伏天,不干活还得披上棉袄。

这天因为发生了冒顶,少平他们直至上午十点钟才把活干完。尽管大家累得半死不活,好在还没造成什么伤亡。

他们几十个人,像苦役犯一般拖着疲惫不堪的身子,来到井口下面,等待上罐。所有人的脸上看不见一丝笑影,也不说任何话,身上都像墨汁泼过,只有从眼白上辨认出这是一群活物。

少平最后一罐上井。

当罐笼在井口停下以后,他一下子惊呆了。

他看见:晓霞正微笑着立在井口!

少平以为是强烈的阳光刺花了眼,使他产生了幻觉。

他赶忙眨巴了几下眼睛,却再一次看清这的确是晓霞啊!她正脑袋转来转去，显然是在寻找他——在这群黑人中找个熟人是不太容易。

他是在不知不觉中被大家拥挤出罐笼的。他这时才发现，连同先前上井的工人，大家都没有离开井口周围，呆立在旁边有点震惊而诧异地观看晓霞。是呀，谁也反应不过来，在这个女人从不涉足的地方，怎么突然会降落这么个仙女呢？晓霞是太引人注目了，尤其在这样一个特殊的环境里。她已经穿起了裙子，两条赤裸而修长的腿从天蓝色裙摆中伸出，像刚出水的藕。一根细细的黑色皮带将雪白的衬衫束在裙中。脸庞在六月的阳光下像鲜花般绚丽。

现在，晓霞认出了他。

她立刻激动地走前来，立在他面前，看来一时不知该说什么是好。

亲爱的人！你不会想到，你此刻看见的是这样一个孙少平吧？他又脏又黑，像刚从地狱里爬出来的鬼魂。

泪水不知什么时间悄悄涌出了他的眼睛，在染满煤尘的脸颊上静静流淌。这热的河流淌过黑色大地，淌过六月金黄的阳光，澎湃激荡地拍打她的胸膛，一直涌向她的心间……

她仍然连一句话也说不出来，胸前的山脉在起伏着。

他用黑手抹了一把脸上的泪水，使得那张脸更肮脏不堪。他说：“你先到外面等一等，我洗个澡就来了！”他不能忍受井口那一群粗鲁的伙伴这样来“观赏”她。

晓霞笑着转身就走。她眼中也有泪花在闪烁。

孙少平匆匆忙忙而又糊里糊涂穿过暗道，把灯盒子“啪”地扔进矿灯房，就冲上了三楼的浴池。

他十来分钟就洗完澡，把干净衣服一换，急速地跑出了大楼。

她正在门口等他。

相视一笑。

无言中表达了双方万千心绪。

“我在招待所住……咱们走吧！”她轻轻对他说。

他点点头，两个人就并肩相跟着向半山坡上的矿招待所走去。少平感到，一路上，所有的人都对着他笑。怎么晓霞也对着他笑？笑什么？他都被人笑得走不成路了！

到招待所，进了晓霞住的房子，她第一件事就是从洗漱包里拿出一面小圆镜，笑着递到他手里。

少平对着镜子一照，自己也忍不住笑了。他的脸在忙乱中根本没洗净，两个眼圈周围全是黑的，像熊猫一样可笑！

这期间，晓霞已经给他对好了半脸盆热水，拿出自己雪白的毛巾和一块圆圆的小香皂，让他重新洗一下脸。

他对着那块白毛巾踌躇了一下，便开始再一次洗脸。那块小香皂小得太秀溜，在他的大手里像一只小泥鳅，不知怎么一下子就从脖项滑进了衣领中。

听见晓霞在身后“咯咯”地笑着。他立刻感到那只亲爱的小手从他脊背后面伸进来。

他的整个身子都僵直了。

她从他脊背后面抓出那块小香皂，递给他，笑得前俯后仰。

他两把洗完脸，然后猛地转过身，用一双火辣辣的眼睛盯着她，问：“我还漂亮吗？”

晓霞不笑了，嘴里喃喃地说：“是的，还和原来一样漂亮……”她说着，欣喜的泪水就涌出了她那双美丽的眼睛。

少平大步向她走去。两个人张开双臂，紧紧地拥抱在一起。

一切都静下来了。只有两颗年轻而火热的心脏在骤烈地搏动着。外面火车汽笛的鸣叫以及各种机器的嘈杂声，都好像来自遥远的天边……

“想我了吗？”她问。

回答她的是拼命的吻。

这也是她所需要的回答。

不知过了多久，他们才手拉着手坐到了床边上。

“我做梦都想不到你会来。”

“为什么想不到呢？我早就准备上这次会面了，只是一直没有到铜城出差的机会。”

“刚到吗？”

“刚刚到。”

“矿上知道你来吗？”

“已经和你们矿宣传部打了招呼。”

“来采访我们矿？”

“采访你！”

“真的……别误你的事。”

“我这次到铜城，主要了解矿务局和铁路部门的矛盾。为车皮的事，他们一直在扯皮！我已经写了个公开报道的稿子，同时还写了个内参。到这里来主要是看你。公私兼顾嘛！”

少平再一次抱住她，拼命在她脸上和头发上亲吻着。所有关于他和她关系的悲观想法，此刻都随着她的到来而烟消云散了。或者说，他已根本不再想他们以后的事，只是拥抱着这个并非梦幻中的亲爱的姑娘，一味地沉浸在无比的幸福之中。

有人敲门。

他们赶忙松开了互相缠绕在一起的臂膀。两个人的脸都通红。

稍稍平静了一下，晓霞便前去打开门。

进来的是大牙湾煤矿的宣传部长。他来叫“田记者”吃饭。

少平并不认识他们矿的这位部长。部长当然更不会认识他。

“这是我的同学。我们还是……亲戚哩！”晓霞有点结巴地给宣传部长编织了她和少平的关系。

“你是哪个区队的？”宣传部长客气地问他。平时，一个像他这样的普通矿工根本不会放在部长的眼里。

“采五的。”少平说。

“那一块去吃饭！”宣传部长殷勤地邀请田记者的“亲戚”。

少平当然不会客气。矿上看重的是省报的记者（矿务局领导已打电话让大牙湾好好接待），但这位记者是他的女朋友！这并不是说他想依仗她的威势跟她去吃这顿官饭，而恰恰是一种男人的尊严感促使他这样做——尽管他是个卑微的挖煤工人！

部长陪着他们来到西边家属区旁边的小食堂。这里是专门招待上级领导和重要来宾吃饭的地方。少平是第一次涉足这种高雅餐厅。

这里确实很讲究。在中国，不论怎穷的地方，总会有一处招待上级领导的尽量讲究的小天地。

这小餐厅的大圆桌上还有一个能转动的小圆盘，像高级宾馆的餐桌一样。饭菜当然也不会像矿工食堂那么简单粗糙。各种炒菜，啤酒，果子露；碟子，杯子，勺子；挤得海海漫漫。每人手边还有叠得整整齐齐的餐巾纸……

由于职业的关系，晓霞在饭桌上说话很有气魄。宣传部长和另外两个陪餐的人，都恭敬地附和她说话。少平沉默地喝啤酒。晓霞在和别人说话时，却用筷子不断给他往小碟里夹菜。在这样的场合，少平心中涌上许多难言的滋味。骄傲？自卑？高兴？屈辱？也许这些心绪都有一点……

吃完饭后，晓霞用三言两语客套话打发走了宣传部长和另外的人，然后立刻就回到了他们两个人的甜蜜情意里。

她要去看他的宿舍。

少平只好把她领进了那孔黑窑洞。好在另外的人都去上班了，不会引起什么“骚乱”。

晓霞来到他的床前，然后撩开蚊帐，就忘情地躺在了他床铺上。

他立在床边，隔着那层薄纱，看见她翻他枕头旁边的书。

“你……不进来吗？”她在里面轻声问。

少平嗫嚅着说：“宿舍里的人很快就回来了。咱们干脆到对面山上去……你什么时候离开大牙湾？”

晓霞赶紧从床上跳下来，在他脸颊上亲了亲，说：“明天上午八点的飞机票。明早七点矿上的车送我到铜城机场。”

“唉……那明早上我可送不成你了。我们八点以后才能上井。”

“你们今晚什么时候下井？”

“晚上十二点。”

“我也跟你去下一回井！”

少平慌忙说：“你不要下去！那里可不是女人去的地方！”

“听你这样一说，那我倒非要下去不行。”她的老脾气又来了。

少平知道，他不可能再挡住她，只好为难地说：“那你先给矿上打个招呼，让他们再派个安检员，咱们一块下。”

“这完全可以。咱们现在就走。我给他们打个招呼，然后咱们到对面山上玩去。”

这样，他们在其他人未回来之前，就离开宿舍，径直向矿部那里走去。

到小广场上后，少平在外面等着，晓霞进楼去给宣传部的人打招呼，说她晚上要跟采五区十二点班的工人一同去下井。

等晓霞走出矿部大楼，他就和她肩并肩相跟着，下了小坡，通过黑水河上的树桥，向对面山上爬去。少平知道，此刻，在他们的背后，在小广场那边，会有许多人在指画着他们，惊奇而不解地议论着……

第十章

孙少平和田晓霞气喘吁吁爬上南山，来到那个青草铺地的平台上。地畔上的小树林像一道绿色的幕帐把他们和对面的矿区隔成了两个世界。

他们坐在草地上后，心仍然在“咚咚”地跳着。这样的经历对他们来说，已经不是第一回。在黄原的时候，他们就不止一次登上过麻雀山和古塔山。正是在古塔山后面的树丛中，她给他讲述了热妮娅·鲁勉采娃的故事。也正是那次，他们在鲜花盛开的草地上，第一次拥抱并亲吻了对方。

如今，在异乡的另一块青草地上，他们又坐在了一起。内心的激动感受一时无法用语言表述。时光流逝，生活变迁，但美好的情感一如既往。

他粗壮的矿工的胳膊搭上了她的肩头。她的手摸索着抓住了他的另一只手。情感的交流不需要过多的语言。沉默是最丰富的表述。

沉默。

血液在热情中燃烧。目光迸射出爱恋的火花。

没有爱情，人的生活就不堪设想。爱情啊！它使荒芜变为繁荣，平庸变为伟大；使死去的复活，活着的闪闪发光。即便爱情是不尽的煎熬，不尽的折磨，像冰霜般严厉，烈火般烤灼，但爱情对心理和身体健康的男女永远是那样的自然；同时又永远让我们感到新奇、神秘和不可思议……

当然，我们和这里拥抱的他们自己都深知，他们毕竟不是伊甸园里上帝平等的子民。

她来自繁华的都市，职业如同鼓号般响亮，身上飘溢着芳香，散发出现代生活优越的气息。

他，千百万普通矿工中的一员，生活里极其平凡的角色，几小时前刚从黑咕隆咚的地下钻出来，身上带着洗刷不净的煤尘和汗臭味。

他们看起来是这样地格格不入。

但是，他们拥抱在一起。

直到现在，孙少平仍然难以相信田晓霞就在他的怀里。说实话，从黄原他们分手后，他就无法想象他们再一次相会将是何种情景。尤其到大牙湾后，井下生活的严酷性更使他感到他和她相距有多么遥远。他爱她，但他和她将不可能在一块生活——这就是问题的全部症结！

可是，现在她来了。

可是，纵使她来了，并且此刻她就在他的怀抱里，而那个使他痛苦的“结症”就随之消失了吗？

没有。

此时，在他内心汹涌澎湃的热浪下面，不时有冰凉的潜流湍湍流过。

但是，无论如何，眼下也许不应该和她谈论这种事。这一片刻的温暖对他是多么宝贵；他要全身心地沉浸于其中……

现在，他们一个拉着一个的手，透过树林的空隙，静静地望着对面的矿区。此刻正是两个班交接工作的时候，像火线上的部队在换防。上井的工人走出区队办公大楼，下井的工人正从四面八方的黑户区走向井口。

孙少平手指着对面，从东到西依次给晓霞介绍矿区的情况。

后来，他指着矿医院上面的一个小山湾，声音低沉地说："那里是一块坟地。埋的全是井下因工亡故的矿工。"

晓霞长久地望着那山湾。

她看见，山湾里，坟堆连着坟堆。坟堆前都立着墓碑。有几座新坟，生土在阳光下白得刺眼，上面飘曳着引魂幡残破不全的纸条。

"你……对自己有什么打算呢？"她小声问。

"我准备一辈子就在这里干下去……除此之外，还能怎样？"

"这是理想，还是对命运的认同？"

"我没有考虑那么多。我面对的只是我的现实。无论你怎样想入非非，但你每天得要钻入地下去挖煤。这就是我的现实。一个人的命运不是自己想改变就能改变了的。至于所谓理想，我认为这不是职业好坏的代名词。一个人精神是否充实，或者说活得有无意义，主要取决于他对劳动的态度。当然，这不是说我愿意牛马般受苦。我也感到井下的劳动太沉重了。但要摆脱这种沉重是不可能的。再说，千百万人都这样沉重。你一旦成为这个沉重世界里的一员，你的心绪就不可能只关注你自身……唉，咱们国家的煤炭开采技术是太落后了。如果你不嫌麻烦，我是否可以卖弄一下我所了解到的一些情况？"

"你说！"

"就我所知，我们国家全员工效平均只出零点九吨煤左右，而苏联、英国是两吨多，西德和波兰是三吨多，美国八吨多，澳大利亚是十吨多。同样是开采露天矿，我国全员效率也不到两吨，而国外高达五十吨，甚至一百吨。在西德鲁尔矿区，那里的矿井生产都用电子计算机控制……

“人就是这样，处在什么样的位置上，就对他的工作环境不仅关心，而且是带着一种感情在关心。正如你关心你们的报纸一样，我也关心我们的煤矿。我盼望我们的矿井用先进的工艺和先进的技术装备起来。但是，这一切首先需要有技术水平的人来实现。有了先进设备，可矿工大部分连字也不识，狗屁都不顶……对不起，我说了句矿工的粗话……至于我自已，虽然高中毕业，可咱们那时没学什么，因此，我想有机会去报考局里办的煤炭技术学校。上这个学校对我是切实可行的。我准备在一两年中一边下井干活，一边开始重学数、理、化，以便将来参加考试。这也许不是你说的那种理想，而是一个实际打算……”

孙少平自已也没觉得，他一开口竟说了这么多。这使他自嘲地想：他的说话口才都有点像他们村的田福堂了！

晓霞一直用热切的目光望着他，用那只小手紧紧握着他的大手。

“还有什么‘实际打算’？”她笑着问。

“还有……一两年后，我想在双水村箍几孔新窑洞。”

“那有啥必要呢？难道你像那些老干部一样，为了退休后落叶归根吗？”

“不，不是我住。我是为父亲做这件事。也许你不能理解这件事对我有多么重要。我是在那里长大的，贫困和屈辱给我内心留下的创伤太深重了。窑洞的好坏，这是农村中贫富的首要标志，它直接关系一个人的生活尊严。你并不知道，我第一次带你去我们家吃饭的时候，心里有多么自卑和难受——而这主要是因为我那个破烂不堪的家所引起的。在农村箍几孔新窑洞，在你们这样家庭出身的人看来，这并没有什么。但对我来说，这却是实现一个梦想，创造一个历史，建立一座纪念碑！这里面包含着哲学、心理学、人生观，也具有我能体会到的那种激动人心的诗情。当我的巴特农神庙建立起来的时候，我从这遥远的地方也能感受到它的辉煌。瞧吧，我父亲在双水村这个乱纷纷的‘共和国’里，将会是怎样一副自豪体面的神态！是的，我二十来年目睹了父亲在村中活得如何屈辱。我七八岁时就为此而伤心得偷偷哭过。爸爸和他的祖宗一样，穷了一辈子而没光彩地站到过人面前。如今他老了，更没能力改变自己的命运。现在，我已经有能力至少让父亲活得体面。我要让他挺着胸脯站到双水村众人的面前！我甚至要让他晚年活得像旧社会的地主一样，穿一件黑缎棉袄，拿一根玛瑙嘴的长烟袋，在双水村的‘闲话中心’大声地说着闲话，唾沫星子溅别人一脸！”

孙少平狂放地说着，脸上泪流满面，却仰起头大笑了。

晓霞一把搂住他的脖子，脸深深地埋进他的怀里。亲爱的人！她完全能理解他，并且更深地热爱他了。

“……你还记得我们那个约会吗？”好久，她才扬起脸来，撩了撩额前的头发，转了话题。

“什么约会？”少平愣住了。

“明年，夏天，古塔山，杜梨树下……”

“噢……”

少平立刻记起了一年前那个浪漫的约会。其实，他一直没有忘记——怎么可能忘记呢！不过，在这之前，他不能想象，未来的那次相会对他意味着什么。

但无论意味着什么，他都不会失约。那是他青春的证明——他曾年轻过，爱过，并且那么幸福……

“只要我活着，我就会准时在那地方等你！”他说。

“为什么不是活着！我们不仅活着，而且会活得更幸福……反正像当初约好的，咱们不一块相跟着回黄原，而是同一个时刻猛然同时出现在同一个地方！想起那非凡的一刻，我常激动得浑身发抖哩……”

他们在这里已经坐了好几个小时，但两个人觉得只有短短一瞬间。

之后，少平带着她去后山峁的小树林中转了一阵。他摘了一朵金灿灿的野花，插在她鬓角的头发里。她拿出小圆镜照了照，说:“我和你在一块，才感到自己更像个女人。”

“你本来就是女人嘛！”

“可和我一块的男人都说我不像个女人。我知道这是因为我的性格。可是，他们并不知道，当他们自己像个女人的时候，我只能把自己变成他们的大哥！”

孙少平笑了。他很满意晓霞这个表白。

“你愿不愿意到一个矿工家里吃一顿饭？”他问她。

“当然愿意！”她高兴地说。

“咱们干脆一起到我师傅家去吃晚饭。他们是一家很好的人。”

少平接着给晓霞讲了王世才一家人怎样关照他的种种情况。

“那你一定带我去！”晓霞急切地说。

少平十分想让王世才和惠英嫂见见晓霞。真的，男人常常有那么一点虚荣心——想把自己漂亮的女朋友带到某个熟人面前夸耀一下。他当然不敢把她带到安锁子这些人的面前。但应该让师傅两口子和晓霞见见面。同时,他也想让晓霞知道,在这偏僻而艰苦的矿区,有着多么温暖的家庭和美好的人情……

这样，下午五点钟左右，他们就从南山转下来，过了黑水河，通过坑木场，上了火车道旁边的小坡，走进王世才的小院落。

师傅一家三口人高兴而忙乱地接待了他们。他们翻箱倒柜，把所有的好吃好喝都拿出来款待他俩。尽管少平说得含含糊糊，但师傅和惠英马上明白了这个漂亮姑娘是他的什么人。听说她是省报的记者后，他们大为惊讶——不是惊讶晓霞是记者，而是惊讶漂亮的女记者怎么能看上他们这个掏炭的徒弟呢？

直到吃完饭，他们热情地把少平和晓霞送出门口的时候，这种惊讶的神色还挂在他们脸上。他们的惊讶毫不奇怪。即使大牙湾的矿长知道省上有个女记者爱上了他们的挖煤工人，也会惊讶的。这惊讶倒不是出于世俗的偏见，而是这种事向来就很少在他们的生活中发生！

当少平引着晓霞，下了师傅家外面的小土坡，走到铁路上的时候，已经是夜里十点多了。再过一个多小时，他就要带着她下井。他的心情不免有点紧张。晓霞第一次到一个危险地方，他生怕出个差错。好在王世才也知道了晓霞要下井，说他一会亲自领着他们去。

现在，他们在黑暗中踏着铁轨的枕木，肩并肩相跟着向矿部那里走去。远处，灯火组成了一个烂漫的世界。夜晚的矿区看起来无比壮丽。晓霞挽着他的胳膊，依偎着他，激动地望着这个陌生的天地。初夏温暖的夜风轻轻吹拂着这对幸福的青年。在黑户区的某个地方传来轻柔的小提琴声，旋律竟是《如歌的行板》。这里呀！并不是想象中的一片荒凉和粗莽；在这远离都市的黑色世界里，到处漫流着生活的温馨……

晓霞依偎着他，嘴里不由轻声哼起了《格兰特船长和他的孩子们》中的那支插曲。少平雄浑的男中音加入了进来，使那浪花飞溅的溪流变成了波涛起伏的大河。唱吧，多好的夜晚；即便没有月亮，心中也是一片皎洁！

当他们忘情地在铁路上走出一段后，猛然在旁边的山崖下蹿出一条黑影，径直堵在了他们面前。

他们不由紧张地站住了。少平从轮廓上看出，这是他的师兄安锁子！

这头变态的公牛要干什么？他是否发了疯？

少平不由捏紧了双拳。

“你们吃过饭了？”黑暗中果真是安锁子在说话，“我听说你的……女人来了。又听说你们到师傅家去吃饭。我划算吃完饭天黑看不见路，就……”

“那你怎不上师傅家来？”少平没有明白安锁子说的是什么意思。

“我……没好意思。”安锁子嗫嚅说，“我是专门拿手电给你们照路的，怕天黑，你们有个闪失……”

天啊，原来是这样！少平真想为他的“雷锋精神”而扇他一记耳光！

“走吧，我在前面给你们照路……”安锁子殷勤地说。

他说着便调转身，捏亮了手电——他们眼前即刻出现了一道多余的光亮。

少平一时反应不过来他该怎么办。这家伙！竟然干这种令人哭笑不得的事！

不过，他感觉，这令人厌恶的举动似乎还不包含恶意。

他只好和晓霞在安锁子照出的道路上继续往前走。他给晓霞介绍说：“这是我们一个班的工人，叫安锁子。”

晓霞并不知道这是怎样一个人，听说这人和她的少平一块干活，赶忙走前一步，要和安锁子握手，安锁子立刻把手电筒从右手倒在左手，慌得手在腿膝盖上擦了擦，像抓炭火一般握了一下晓霞的手。

少平几乎要笑了。唉，这个人……

走到有灯光的马路上时，安锁子连看也没看他们一眼，就说：“现在能看见路了……”说完后便像逃跑似的返身走回了黑暗中。

直到现在，孙少平也无法理解安锁子究竟为什么要这样。有些人的某种行为也许永远使别人无法理解——甚至连他本人也理解不了！不过，从内心深处，少平对他这粗鲁的师兄倒也有一丝怜悯的温情……

这时，他们看见，宣传部长正立在矿部门前，笑容可掬地在恭候着他们了。

第十一章

短短一天之中的经历，使田晓霞眼花缭乱，应接不暇。感情与思绪一直处在沸点，就像身临激流之中，任随翻滚的浪山波谷抛掷推涌，顾不得留意四周万千气象，只来得及体验一种单纯的快感。

瞧，现在她又怀着无比的新奇与激动，在矿部二层楼的一个单间里换上一身矿工的作衣，准备经历一次井下生活了。

当她换好衣服来到隔壁的时候，少平、宣传部长和安检员，都忍不住笑了。晓霞穿的是男人的作衣，衣服太大，极不合身，显得像孩子一样。她在墙上的镜子前照了照自己的模样，也忍不住笑起来。

这时候，王世才赶到了。

于是，他们一行五人出了矿部大楼，走进井口旁的区队办公室。少平和王世才去换作衣，宣传部长去给晓霞领了一套灯具。

等上下井的工人们都完毕以后，他们最后一罐来到地下。

晓霞立刻震惊地张大了嘴巴。当走到大巷灯光的尽头，踏入无边的黑暗之中后，她由不得紧紧抓住了少平的衣袖。接着便是过风门，爬滑溜的大坡，上绞车道。少平一路拉扯着她，给她说明旁边的设备，介绍井下的各种情况。她只是一直惊讶地张着嘴，一句话也说不出来。

现在，他们爬进了工作面旁边的回风巷。本来，接连通过的那些巷道就已使她震惊不已，而没想到还有这么令人心惊胆战的地方！

她紧紧抓着少平的手，和他一起弯腰爬过横七竖八的梁柱间。这时候，她更加知道她握着的这只手是多么有力、亲切和宝贵。热泪不知什么时候已经和汗水一起在脸上漫流。她也不揩这泪水——黑暗中没有人会看见她在哭。她为她心爱的人哭。她现在才切实明白，他在吃什么样的苦，他所说的沉重倒究是怎么一回事！

他们好不容易到了掌子面煤溜子机尾旁边。

王世才像猴子一般灵巧地穿过那些看起来摇摇欲坠的钢梁铁柱，到机头那边让溜子停下来。震耳欲聋的巨大响声停歇了。他们在这头稍事停留，等待王世才返回。

掌子面一茬炮刚过，顶棚已经支护好了。正在攉煤的工人也暂时停下来。他们知道这是来参观的人。因为班长亲自带路，还跟着矿上的领导和安检员，知道来参观的是个“大人物”。安锁子似乎知道来的是谁，不过，这家伙今天倒没说什么粗话，而且把屁股上开洞的破裤子也穿上了。

溜子停下一会后，王世才又像猴子一样从溜槽上爬过来。“走吧！”他在黑暗中招呼大家说。

少平几乎是半抱着晓霞，艰难地从溜子槽上爬过掌子面，好不容易来到漏煤眼附近的井下材料场。

他们这才又直起了腰。

现在，晓霞的衣衫已经被汗水湿透了，脸黑得叫人认不出来她是女的。

直至现在，她还紧张得没说一句话。是的，她反应不过来这就是井下生活，这就是她亲爱的人长年累月劳动的地方！她眼前只是一片黑色：凝固的黑色，流动的黑色，旋转的黑色……

现在，已经是深夜两点钟了。按原来说好的，少平不再上井送她。那么，他们就要在这儿分手告别——就在此刻！

相见时难别亦难，东风无力百花残。此时此刻，真有一番生离死别的滋味！

黑暗中，她再一次紧紧握住了他的手。她愿自己的手永远留在这只手里而不再放脱。

“我就不上去了。”他说。

“我还要来大牙湾……”她说。

宣传部长和安检员在旁边等着她。

他放开了她的手。他和师傅目送着他们离开材料场。

一直到巷道拐弯处时，她又回过头来，在一片漆黑中徒劳地寻找他的身影。她看见远处有灯光在晃动。她无力地举起自己手中的矿灯，摆动了几下——这是最后的告别……

晓霞不知道自己是怎样上井的。

当她洗完澡回到招待所，躺进干燥而舒适的被窝里，就像刚刚从雷鸣电闪的暴风雨中走回来。脑子里一片空白，只有不尽的黑色在眼前流动着……

第二天一大早，太阳还没有从远方的地平线上露脸，她就坐进大牙湾矿那辆惟一的小轿车离开了这里。矿上前来送行的领导在车窗外挥手道别，但她根本没有在意那几张殷勤的笑脸。眼前流动的仍然是黑色。

她泪眼朦胧地告别了大牙湾。大牙湾的一切都深藏在她心中。别了，大牙湾。我说过，我还要回到这里来。这里有我梦中都思念的那个人。任何堂皇的地方，怎么能和这里相比？我最喜爱的颜色也将是黑色。黑色是美丽的，它原本是血一般鲜红，蕴含着无穷的炽热耀眼的光明……

汽车飞驰过绿色的山野。

太阳升起来了，山岭上高压线的铁塔一座连着一座，一直排向遥远的天边，像蓝天上展翅腾飞的雁行。山坳里，那些相距不远的矿区，用黑灰两种色调在黄土地上涂抹出它们巨大的图形。满载的运煤专列隆隆地冲上缓坡，喷出的乳白色蒸气淹没了铁道旁那些小小的村庄。

汽车从盘山路降入沟道。视野立刻窄狭了。紧接着，就是铜城市区林立的楼房和耳熟的嘈杂市声。

晓霞在铜城南郊飞机场大门前下了车，提起她那只漂亮的皮革包，和司机打了声招呼，就走进候机室的大厅。

大厅极其宁静。稀稀落落的旅客迈着四平八稳的步子，在售货柜前悠闲地踱来踱去，挑挑拣拣买东西。有几个人坐在舒适的皮沙发里，静静地望着大厅天花板上的枝形吊灯。扩音器里放出轻柔的音乐，一位新近走红的女歌星正用沙哑的嗓子娇声嗲气唱一首流行歌曲——

假日里我们多么愉快，
朋友们一起来到郊外，
天上飘下毛毛细雨，
淋湿了我的头发，
…………

田晓霞竟不知所措地在光洁如镜的水磨石地板上呆立了片刻。眼前这样的场所本来是她极熟悉的，现在倒有点陌生了。她耳朵里还在轰隆隆地响着溜子的转动声，眼前仍然流动和旋转着一片黑色……

她在候机室的大厅里呆立了片刻，才慢慢地回到了眼前的现实中。这里太宁静了，静得叫人有点心慌。

她看了看腕上的手表，还来得及吃点东西。

她很快走进候机室餐厅。

现在，她双脚踏上了柔软的红地毯。

红地毯不时在她眼里变为黑色。

她恍惚地在柜台上要了一杯热牛奶和一小块蛋糕，然后端到餐桌上静静地吃起来。不一会，透过餐厅的大玻璃窗，就看见省城飞来的客机降落在了停机坪上，机翼在阳光下闪着耀眼的银辉。

半小时后，她坐着这架飞机冲上了碧蓝的天空。

飞机进入水平飞行后，她解开安全带，侧过脸从舷窗望出去，只见下面一片白云在翻腾。在那飞卷奔跃的白色浪潮的远方，她似乎看见他从地平线那边向她走来，黝黑的脸庞，露出两排整齐坚实的白牙齿微笑着，双脚踩踏白云彩大步地向她赶来……

少平！少平！她心里默默地呼叫着他的名字。喉咙一直像被什么堵塞着，胸腔里烫伤似的灼热。

不到一个小时，飞机就在省城西郊的机场降落了。

她用手指悄悄抹去眼角的两颗泪珠，提起皮革包走下舷梯。六月灿烂的太阳美好地照耀着外面的世界。候机楼前面巨大的花坛里，五彩缤纷的鲜花如锦似绣。远处都市无尽的建筑群矗立在绿色的树海之中。

田晓霞突然看见，在停机坪出口处的铁栏杆后面，她的同事高朗正在人群中向她招手。他显然是专门来接她的。

她心头即刻涌上一股说不清的滋味。

高朗是和她一起进省报的。他是西北大学中文系的毕业生。由于去年进省报的大学生就他们两个，而且又同时分在了城市工业组，彼此很快就熟悉了。报社向来是个论资排辈的单位，他们作为“孙子辈”，不免和“老子辈”“爷爷辈”们有些撞磕，因此两个同辈人的关系也自然变得亲密起来。高朗知识面宽阔，人也不错，他们很能谈在一块。只是不久前，晓霞敏感地意识到，这家伙对她有点过分地殷勤，似乎要表达什么“意思”了。她向来不是那种狭隘姑娘，不愿因此就伤害一个好人。现在也还没必要告诉他自己有了男朋友。如果他真的要说出什么“求爱”之类的话，那时她才可以直截了当告诉她和少平的关系。

顺便说说，高朗的父亲是这个省会城市的副市长；他爷爷就是中央那位大名鼎鼎的高老。高步杰老汉现在是中纪委常委。这样说来，高朗实际上也是原西人，和晓霞是同乡。不过，他在北京爷爷膝下长大，上大学时才考到这个城市。但他从来没有回过原西县，故乡观念十分淡薄。他可以说是一个“完整”的北京人。

晓霞现在已经和高朗握过了手。他们相跟着出了候机室，来到外面的广场上。

高朗是带着市政府的小车来接她的。他看来情绪很高涨，似乎专意为接她而打扮了一下：皮凉鞋闪闪发光；笔挺的西裤，雪白的短袖衫，脖项里打一条深红色领带。晓霞看他这一身装束忍不住想笑——他几乎像国际旅行社的导游或高级宾馆的侍应生了！

小车飞快地驶出机场内那条足有五华里长的林阴大道，然后加入到大街上洪流一般的汽车和行人之中。

车速慢下来了。透过车窗，都市五光十色的景象在缓缓流动。两边商店的大玻璃橱窗中，假时装模特儿带着永远不变的微笑，在机械地作三百六十度的旋转。大街上行走的人们都已经换上了夏装；浓密的中国槐下，姑娘们五彩斑斓的花裙子飘飘曳曳，像孔雀尾巴一般耀眼夺目。四面八方传来录音机播放的刺耳的流行歌曲和电子音乐。

“我算得很准，知道你今天回来，而且是坐飞机回来！”高朗仰靠在后车座舒适的椅背上，用略带北京土味的普通话说。

“谢谢……最近有什么重要新闻？我可是几天没看报了！”她岔开了话题。

“国内新闻嘛，总就是那些工农业简报！最重要的新闻是，六月十四号世界杯足球赛开幕式上，比利时队以一比零战胜了上届冠军阿根廷队。唉，阿根廷算是倒霉透顶了！就在输球的同一天，他们驻马尔维纳斯群岛的军事长官梅嫩德斯将军打起白旗，向英国军队投降了！”

“是吗？还有什么重要新闻？”

“另外嘛……红色高棉又在磅湛省打死了十几个越军。”

他们都笑了。

汽车驶过繁华的解放大道，在鼓楼旁他们熟悉的“黑天鹅”酒店前停下来。高朗已经在这里请她吃过两次饭——他看来今天又要在这里款待她了。说实话，她现在可没什么兴致在这里吞咽这顿山珍海味。

但她不好拒绝热忱的高朗。她隐隐地感到，她是否应该和他进行一次不很愉快的谈话了？当然不是今天！

她尽量不使高朗看出她的为难，便和他一块走进了酒店二楼的雅座。

又是红地毯。杯盏里是红葡萄酒，盘子里是红鲤鱼，高朗的脸泛出兴奋的红光，柜台上播放轻音乐的收录机闪着红色的讯号……

可是，她眼前却又流动起排山倒海般的黑色。她的心又回到了远方幽黑的井下。黑色。是的，黑色。黑色之中，他和他的同伴们黑脸上淌着黑汗，正把那黑色的煤攉到黑色的溜子上……

但她现在已经优雅地坐在了这里，品尝着佳肴美味……生活！生活！你的滋味可不都是香甜的，有时会让人感到那么辛辣和苦涩！

“你……心事重重？”高朗举起手中的酒杯伸到她面前，一双聪慧的眼睛热辣辣地盯着她。

她莞尔一笑，拿起酒杯和他碰了碰。

“阿根廷失败了……说说，你的心情怎样？”高朗问她。似乎这件事和他们有什么重大关联。其实，这只是新闻记者的职业习性。

“我的心情很复杂。”她不经意地说，“你知道，我喜欢伟大的撒切尔夫人。我佩服她为英国绅士们的脸面，有魄力派出了那支远征舰队，耗费巨额英镑去万里之外保卫一个荒岛。当然，在感情上我为不幸的阿根廷哭泣。它那可怜的篱笆竟然连自家门口的一块菜地都圈不回来……”

“糟糕的是，他们的足球都踢输了！比利时几个后卫像膏药一样贴着马拉多纳，他被踢倒好几次，躺在草坪上爬不起来。”

“倒下的不是马拉多纳，是阿根廷。这几天，那个国家整个地倒在地上痉挛着！”

“能想来！紧接着，便会是议会的混乱，政治家和将军们唾沫星子乱溅互相指责……来，咱们为巴西干杯吧！祝他们夺得本届世界杯赛的冠军！”

田晓霞和她的同行说了许多闲话，好久才吃完了这顿饭。她立刻抢着用自己的钱结了账。

高朗对她的执拗很了解，只能无可奈何地使自己反主为客。

“今晚有一场音乐会，是罗马尼亚国家交响乐团的演出，我已经从市政府搞到了两张票。”他用多情男子那种温柔的语调邀请她。

“我今晚怕去不成了。”她对他抱歉地笑了笑，“我要到北方工大去看一下我的妹妹。”

“你在工大还有个妹妹？这你可从没说起过！”高朗在惊讶中掺杂着极其失望的情绪。

晓霞说的是兰香。在离开大牙湾的时候，她就想到要去看一下少平的妹妹——是的，这也是她的妹妹。

第十二章

孙兰香在北方工业大学已经快上完了一个学年。

我们记得，当兰香第一次出现在我们面前的时候，她还是一个脸蛋上吊着泪珠的农村小女孩。我们也不会忘记，她提着那个小筐筐，怎样用小手给家里捡拾烧饭的柴火；在石圪节上初中时，她又是怎样忧心如焚地与父亲和大哥商量自己是否应该继续念书。同样，我们也不会忘记，上高中时，为了给自己买件短袖衫，她曾怎样瞒着家人和同学，在夜幕遮掩下到医院打短工的情景……

现在，我们可爱的兰香已经是令人羡慕的北工大的大学生了。

如今，当她再一次站在我们面前的时候，简直使我们难以联想起她就是以前的那个兰香。

她已经成长为青年。从外表看，已不再存留任何一点农村姑娘的痕迹。一身朴素大方的夏装勾勒出修长健美的身材。发端稍稍烫过，潇洒地从鬓角拢过；耳后的三角区和优美的脖项像用雪白的大理石雕出似的。每当她挎着那个洗得发白的黄书包出现在公共场所，男生中即便是纯粹的书呆子，也不得不抬起头望她几眼。她成了大家公认的“校花”。外系有人传播她是“杭州人”，父母亲都是上海芭蕾舞团的演员。甚至有人说她就是电影演员孙道临的女儿……

不到一年的时间里，兰香就完全适应了大城市的生活。这是一件很自然的事。实际上，她的天资早已引导她进入了一个更为广大深远的世界——宇宙。

她的专业就是研究宇宙。脑子里活动的概念超出了地球的范围——什么物质与时空，三维宇宙，四维宇宙，白矮星，黑洞……

不过，现在他们上的还是基础课——要在三年级开始才进入专业课程的学习。当然，一些基础课轻松的人，早已在图书馆借阅许多艰深的理论专著了。

大学生活是极有规律的。这种规律生活也适应她——她整天钻研的就是“规律”。

早晨六点半，校园里响起广播声后，同宿舍上下架子床八个女生就都纷纷起来。大家也不洗脸，穿着运动衣裤到外面跑一圈。约摸六点五十分返回来，打仗一般冲进洗漱间刷牙洗脸——一层楼只有两个水房，人很拥挤。洗漱完毕，换上衣服，就到了七点。她们挎上书包下楼，在食堂买一个油饼或馒头，一边啃着，一边横穿过校园内的中央大道，进入西面有门卫的教学区。

通常大家先跑到教室用自己的书包占好座位，然后才到外面的广场上朗读外语。教室是阶梯式大课堂，坐在后边听不清老师讲课，因此同学们都想在前面抢先占个有利位置。

教室外面的广场其实是个小花园。周围有喷泉、假山和廊亭；花朵艳艳，绿树婆娑。

八点钟开始上完两节课后，要倒一次教室，于是又有一场争夺座位的紧张战斗。

午饭时，兰香通常在就近的学生食堂买一两个馒头和一份简单的菜，一边看书一边吃。他们学校的食堂是高教部表扬过的，主副食花样翻新，什么高级菜都有。但所有价钱高的菜兰香都不敢问津。二哥每月给她寄三十块钱，加上十一块助学金，勉强可以维持一种简单的学生生活。当然，吃饭的时候，已经不像中学时那样，男女分成两大阵营；同班同学大都是男女混杂一起，有说有笑一块吃。也不同中学时那样，不会因为菜好菜坏就让人感到高贵或低贱。甚至谁买了一份好菜，大家抢着就瓜分了。大学，这是人生的一个分水岭。当你一踏进它的大门，便会豁然明白，你已经从孩子变成了大人。青春岁月开始了。这是你的黄金年华，连空气都像美酒一般醇香醉人。

下午一般没有课。兰香和大部分同学一样，有时上图书馆、阅览室，或到电化教学楼去看电视教学片。

一到星期六下午，本市的学生都回家去了。星期天，在校的学生首先洗一周积下的脏衣服；这一天，所有学生宿舍的窗口都挂满了晾晒的衣服，像五颜六色的万国旗一样迎风飘扬。有些星期日，兰香也和同宿舍的女生一块相跟着去市中心，买点女孩子的日常用品。星期天也是恋人们的黄道吉日，成双成对的男女纷纷走出校园，到野外或公园里去度过一个甜蜜的日子。恋爱现象常常在第一学期就开始，以后当然会如火如荼地展开。学校既不提倡，也不干涉。这是明智的。要让这个年龄的男女“安分守己”，那简直是徒劳的。

那么，我们的兰香是否也有了这方面的“情况”？

说实话，像她这样漂亮出众的姑娘，不知使多少男生神魂颠倒。尤其是一些高年级学生，甚至在电影院里厚着脸皮寻着和她说三道四。她已经接到过好几封外系男生的求爱信，都红着脸悄悄在厕所里烧了。

至于班上，给她献殷勤的男生好多，但一般说来，还都比较含蓄。兰香也不在意这些。她整天沉潜到功课和书中，对这种事都视而不见。可她担任班上的学习委员，因此也避免不了和一些同学打交道。这也有好处，使她在其间变得大方多了。

在所有班上的男生中间，有一个人她倒不十分反感——尽管这个人也明显地表露出对她抱有特别的好意。

这个男生叫吴仲平。虽然听说他是干部子弟，但人很质朴，常穿一身随随便便的衣服。他长得黝黑而挺拔，爱好体育，是校足球队的前锋。听说吴仲平高考分数很高，原先辅导员让他当班长，但他硬是不当；最后没办法，只勉强同意当班上的文体委员。平时这人不多说话，但考试常和她不相上下，也是班上的学习尖子。

她和吴仲平最初的接触是在阶梯教室的一次课前。那天上高等数学。她在打铃前进了教室，但显然已经来迟了，前面的座位都被人占据。她正准备到教室后边找个座位，走道旁边一位男生把他身边空座位上的书包拿开，并看了她一眼。通常，同学们都互相帮着用书包占座位，兰香原估计这个放书包的座位肯定有了主人。

她当时一怔。她不由用眼睛询问这个叫吴仲平的男生：这个座位是否没人？

他迅速无声地点点头。她便在他旁边坐下来了。

事后，兰香才发现，放在空椅上的那个书包不是别人的，而是吴仲平本人的。

那么，他为什么要多占一个位子呢？给谁占那个位子？别人？她是最后一个进教室的，在此之前，所有的人都有了座位。

她的脸不由得红了。她用数学般严密的逻辑推导出，那个座位实际上吴仲平就是为她而占的！

兰香内心第一次泛上一种特别异样的情绪。她一时又难以理清这种心绪究竟是什么。这可不是用逻辑所能解决的——再缜密的逻辑也难以推断人的微妙心情。

总之，对孙兰香来说，这的确是异乎寻常的一天。她现在还不会想到，这一天对她的一生将意味着什么。无论是个人还是社会，许多意义深远的重大事件，往往是从某些微不足道的小事开始的（我们甚至可以浪漫地假想，根据中美苏三国政府首脑在日内瓦达成的协议，他们作为夫妻一同乘坐我国“东方号”宇宙飞船，与苏联和美国的飞船在太空实现了历史性的对接，轰动了全人类——当然，这部描写当代生活的书将不可能叙述这些属于未来的事件了)。

从那天以后，她和吴仲平就渐渐熟悉起来。他们常常在学校的图书馆和社科书目阅览室不期而遇，同时会很自然地坐在一块，讨论许多问题。她很快知道，在班上，她只能和这个人一块讨论课程以外更艰深的学术问题。他们各方面的资质都很接近，完全可以用对方能听懂的语言对话。对于天才来说，能在一个小范围内找到知音，那概率大概如同海中捞针。

他们立刻建立起一种宝贵的友谊。双方小心翼翼，不深究他们关系的性质，也不专意设置阻挡交流感情和思想的篱笆。相互的来往既诚恳自然，又不回避比别人更亲密一些。他们有时一起在学生食堂吃饭，吴仲平显然家境阔绰，常买许多好菜，兰香也不客气地沾他的光；要是她先进教室，总会用自己的书包给他占个座位。

同学们已逐渐发现他们两个关系要好。但没有人大惊小怪。在班上，几乎所有的女生都分别有比一般人关系更要好的男生。这在大学的环境是很正常的。这种关系最后也不一定都会发展为恋爱或婚姻关系。

最近几天，校园里一片喧闹。不是学校出了什么事，而是因为在西班牙进行的第十二届世界杯足球赛。人们纷纷谈论的是马拉多纳、济科、苏格拉底、普拉蒂尼、薄涅克和闪闪发光的罗西。所有人的目光都投向那个阳光灿烂、海水蔚蓝的遥远国度。即使在深夜，一切有电视机的公共场所都不时传来洪水般的呼啸声。

一般来说，许多女同学也喜欢看足球比赛，但绝没有男生们狂热。

当巴西队被淘汰出局后，许多球迷都互相抱头痛哭。这情景早在预选赛中国队最后一场在新加坡输给新西兰队而失去出线机会时，也同样有过。

孙兰香起先对这种狂热还有点难以理解——来大学之前，在家乡那些土圪塄里人连肚子都吃不饱，谁还关心这种事呢!

但她的朋友吴仲平（现在可以这样称呼他们的关系了）却是个十足的球迷。他本人就常踢足球，因此这是很自然的。他硬是把兰香也拉进了这种狂热中。他甚至对她说：不喜欢足球是一种没文化的表现！她尽管对这种说法不以为然，但看了几场后，也有点着迷了。仲平是内行，在旁边不断给她解释各种比赛规则和某个球的妙处。她费了好大劲才弄明白怎样才算“越位”。

这一天是星期六，晚上同样有球赛。上午上课时，许多球迷就有点心神不宁了。

中午吃完饭，吴仲平约她晚上到电化教学楼去看球赛。她答应了他。平时他们一般不去那么远的地方——这意味着，班上就他们俩坐在外系一群生人中间；这和那些谈恋爱的人在街上看一场电影有什么差别?

可是，这又有什么呢!

兰香回到宿舍后，同屋的人都上床准备睡午觉了。

这时，有人在敲门。

她顺手拉开门，惊讶地看见，立在门口的竟是田晓霞!

尽管那年她二哥请晓霞在他们家吃羊肉饺子，兰香只见过她一面，但她马上就认出了她。

“姐，快进来！”兰香赶忙招呼说。

晓霞看见宿舍的人都睡了，就说：“我不进来了，咱们到外面去说说话。”

兰香看晓霞执意不进来，就穿了件衫子，把门带住，和晓霞走出女生宿舍楼。

来到操场上后，晓霞掏出五十块钱对兰香说：“这是你二哥给你捎的。”

“你去我二哥那里啦？他怎样？他这个月已经给我寄钱了，怎还捎这么多钱！”

“我刚从你二哥那里回来，他都好着哩。”晓霞说着又从提包里拿出一件黑红格子相间的漂亮裙子，说：“这是我给你买的，不知你喜欢不喜欢……”她抬头亲切地看了看她，“你真漂亮！”

兰香不好意思地笑了笑。

一股温暖的热流漫上了她的心头。这不仅是因为她意外地受到了一种亲切的关怀，而是她立刻意识到，这个关怀她的人和她二哥有着十分深厚的感情。

“我在省报工作。我把电话号码留给你，星期天就到我那里来！”晓霞从提包里摸出采访本撕下一页，把她的地址和电话号码写在上面，交给了兰香。“我还有点事，得马上回去。有什么事你就给我打电话。我和你二哥一样，不要把我当外人！”

兰香一时激动得不知该说什么。她挽着晓霞的胳膊，一直把她送到校门外，看着她坐上了公共汽车。

晓霞姐走后，兰香已经无意回宿舍去睡觉。她心头荡漾着无比欢欣的情绪，在校门外马路对面那一大片蔬菜地中间的小路上，溜达了很长时间。她不时停下脚步，望着远处高耸入云的广播电视转播塔，将自己汹涌的心绪漫散到浩渺的蓝天之中……

孙兰香根本没有想到，吃过晚饭之后，又有人来找她。

这次来的是亲爱的金秀。在这个大都市里，金秀仍然是她最亲的人。每隔一两个星期，她们总要见一次面——通常都在星期天。医学院离这里很远，中间要换两次车，但两个好朋友多时不见面，就想得不行嘛！

金秀的个子还没长高，可也不算太低。她一直比兰香显胖，娃娃脸上一对水汪汪的大花眼，谁见了都会喜爱的。兰香往往从秀身上才意识到她们已经不是娃娃了。秀的胸部在雪白的短袖衫下高高突起，一头黑发用红绸带一束，瀑布一般披在肩后，满身洋溢着青春的活力和激情。

今天不是金秀一个人来。她还带着一个显然比她们年纪大几岁的男青年。

“这是顾养民，也是咱们县的老乡。医学院四年级学生。”秀向她介绍说。

“我和少平、金波，在原西高中是一个班的。”养民补充说。

兰香听说是她二哥和金波哥的同学，又是老乡，很快就和顾养民消除了陌生感。她给他们泡了茶，还从箱子里翻出一些吃的来。三个人很快就兴致勃勃地谈起了他们共同上过学的原西中学。

他们东拉西扯，愉快地谈了故乡的许多事情。直到晚上，当吴仲平冒失地闯进宿舍来叫她去看足球比赛的时候，金秀和顾养民便马上要告辞了。

吴仲平一看他搅散了兰香的客人，十分懊悔地先一步离开了这里。

兰香挽留不住金秀和顾养民，只好把他们送出了学校。

当兰香看着金秀亲热地和一个男人相跟着渐渐远去的时候，不知为什么，她的眼睛潮湿了。心中产生了一种说不清楚是忧伤还是喜悦的情绪，让她鼻根感到辛辣。她一下想起了她和秀小时候那些“丑小鸭”式的日子。想不到她们已经悄悄长大，现在竟大方地和一个“男人”相跟在一起了。

兰香调转身，迎着清爽的晚风，穿过校园内的中央大道，激动地向电化教学楼走去——在那里，也有一个“男人”在等待着她。

第十三章

每年一进入农历六月，从小暑到大暑这一段时光，是农村中活路最为繁忙的季节。在这些日子里，庄稼人常常累得连腰也直不起来。所有的秋田要连着锄几遍草，同时还要施关键性的一次肥料。如果错过节令，一年的劳苦就算是白费了。马上就要立秋，那时百草结子，收成好坏已成定局，想弥补点什么都来不及了。

孙少安和父亲一块起早贪黑把两家的秋田锄了三遍草，施足了肥料，就又赶到罐子村帮助兰花去锄完了她家的地。

立秋之前，庄稼活总算松懈了下来。孙少安就像在拳击场上打完了最后一个回合，已经丧失尽了力气。

但是，更重大的事情正亟待他马上行动。他要立即开始扩建他的砖场——这要求他付出更大的力气才行。

从大动农开始到现在，他的砖场就偃旗息鼓了。往日双水村南头听了叫人心乱的喧嚣声已停歇多时。

这一段，村民们的目光都移到了北头田海民夫妇的养鱼场。海民的养鱼场看起来一切都顺利。春天投放的鱼苗已长了几寸长，活泼的鱼儿不时跃上水面吹气吐泡，每天吸引许多人前去看稀罕。刘玉升关于这里要出“鱼精”的预言，至今还没什么迹象，村民们渐渐也忘掉了这种鬼话。相反，这海民夫妇作为双水村的新能人，已经在东拉河流域有了一定的知名度。可以料想，他们的名声还会更响亮。

但双水村的许多人仍然对孙少安的砖场抱有最大的期待。人人皆知，少安是暂时“熄火”。一旦他重新发动起来，就会像雷声一般轰响。更重要的是，少安的事业将不再只是他个人的，而与村中的许多人都有关系。大伙已经在前一队长那里得到许诺，只要他的砖场扩大了，他们就可以去那里干活，赚几个他们急需要的钱。

现在，那些得到许诺的无能庄稼人，都眼巴巴地盼望村子南头再一次响起轰隆隆的机器声。当初，这声音听起来叫人感到刺耳。这阵儿，大伙可是迫切地想听见这非同凡响的声音哩！

少安，少安，你何时才能让大伙眉开眼笑？

孙少安完全能理解这些村民的焦急心情。现在，人们把仅有的一点化肥全部撒到了秋田中，而白露前后就要种麦子，所需要的化肥钱还没有着落。他们把全部希望都寄托在了他的砖场上。

可是，要扩建砖场又谈何容易！

这需要一大笔钱。他卖掉现有设备，加上手头那点积蓄，只能凑个五六千元。而仅买一台400型制砖机就需要九千元——连同运费和提货花费的盘缠，少说也得一万。另外，扩建烧砖窑和添置相应的设备，没有五六千元就别想投入生产。

粗粗一算，他至少也得到银行贷一万块钱的款。不容易啊！

但孙少安既然雄心已定，对他未来的事业就不会犹豫踌躇。

秋田里的大忙乱一结束，他就拖着两条疲惫不堪的腿四处跑开了。经过一番艰难机巧的讨价还价，他把原来那台小型制砖机卖给了石圪节新开张的砖瓦厂。这台制砖机原价五千左右，他卖了四千五百元。机器他已用了一两年，这个卖价已经相当不错。

接着，孙少安就心急火燎去找他的同学刘根民。

根民现在是石圪节乡乡长，手中握有大权。老同学对他的支持一如既往。不过，他有点遗憾地说：“你来得太迟了！前不久，省上的山区建设委员会发放了一批无息有偿投资贷款，现在都已经被人贷光。你只能通过农业银行贷机械设备款，月息九厘六。”

这有什么办法呢？怨自己命不好！他只能贷有息贷款。

当然，这么大数字的款项，乡信用社无权批准，得要上报县农业银行。根民说他可以给周文龙县长挂个电话，让周县长在县农行通融一下。

这样，孙少安返回村子，就找到管公章的田海民，让他给乡信用社写一份贷款申请。海民说他不会写。少安只好和他一块凑合着，总算写成一份“申请书”——

申请

石圪节信用社：

我村村民孙少安，在村上建有一座砖场，由于设备陈旧，产量低，经济效益差，今年准备增修设备，提高产量，因资金周转困难，特向贵社申请代（贷）款壹万元，希解决为盼！

此致敬礼！

双水村村民委员会（盖章）

孙少安拿着这份贷款申请书又返身折回石圪节。乡信用社的信贷员告诉他，刘乡长已给他们打过招呼，因此他们虽然没按规定去他那里调查，就写好了可行性报告。当然，这要上报县农业银行。县农行批复后，其中九千元机器款和另外的运费将转账结算，不准提现金，钱会直接汇到河南巩县。他可以提剩下的几百元现金作为零用钱。按往常，县农行的审批少说也得半月二十天。

“这太慢了！”少安着急地叫道。

但没有办法，他只能回村去耐下心等待。

可是刚过三天，石圪节的信贷员就跑来说，他申请的贷款县农行已经批复了。信贷员惊讶地对少安说：自他当信贷员以来，县农行还没有这么快就批复这么大宗的贷款！

孙少安心里明白，是根民给周县长打了电话，才如此迅速地解决了他的问题。现在这社会，即使办正经事，也得走旁门拐道！

这样一来，他就得立刻动身到河南巩县去提货了。

亲爱的秀莲连忙昼夜为他出远门而打点行装。

到河南去！这对少安来说，也是一次非同寻常的经历。在此之前，他最远只到过黄原。现在，他将不仅走州过县，还要通过本省省城，到外省去办一宗大事。过去，都是河南人到他们这一带来做生意；而现在，黄原人也要涉足那个漂泊者们的故乡去了。

中国的大变革使各省的人都变成了不安生的“河南人”。如今，汽车、火车、轮船、飞机，客员急骤暴满，其中很大一部分是各地的个体户生意人。最为有趣的是，大多数火车卧铺的软席都被这些腰里别着大把人民币的生意人占据了。瞧吧，这些人穿着粗劣的西装，脖项里挽结着死蛇一般皱巴巴的领带，操着醋熘普通话，登着脏皮鞋，理直气壮地踏进了铺红地毯的软卧房间；而把许多身份优越的老干部挤到了拥挤不堪的硬卧车厢。干部有权，但权力有限。人民币魔力无边，只要肯出高价，二道贩子手里有的是软卧票。至于软卧票如何流入二道贩子手中，普通人只有想象的权力。以后这种局面一直维持到一九八七年，铁道部才不得不发了一个专门文件予以限制——因为铁路上连外宾的软卧都不能保障了。

一九八二年夏天从黄原山区出发的孙少安，还没有这种气派。他仍然属于贫困地区那些艰苦创业者的行列。他的装束在石圪节一带农民中间就算是很“现代”了，其实仍然是一副土包子模样。他身上装着一点有限的钱，勉强可以去河南打个来回。当然，他已经远远不是杰出的柳青所描写的那种五十年代的创业者形象，到外地办事还背着家里的馍。孙少安甚至很有气魄地在个体商贩那里买了两条高价“红塔山”牌香烟，以备一路上应酬。

他在黄原没有停留。

他在铜城也没有停留。

他甚至在繁华的省城也没有停留。

他心急火燎，坐罢汽车，又坐火车，急迫地向河南赶去。制砖机提不回来，一切都无从谈起！再说，那是一件万把块钱的东西啊！一点都不敢大意！

本来，他应该从铜城拐到大牙湾去看看弟弟。或者至少应该在省城停留一天，去看看上大学的妹妹。说实话，正是弟弟和妹妹有了出息，才使他对生活更有了信心，以至于激发起更大的雄心和魄力。他很想顺路见见这两个亲人，可又实在耽搁不起时间。看来只能在返回时再去看望他们了。

少安是第一次坐火车。他找了一个靠窗户的座位，听着车轮在铁轨上的铿锵声，出神地望着车窗外绿色无边的中部平原。最使他惊讶不已的是，眼前竟连一座山也看不见了。啊啊，世界上还有看不见山的地方？

列车喧吼着驶过辽阔的中部平原，在闻名天下的三门峡跨过铁路大桥，进入河南省。这里的黄河已经很宽阔了。少安记得，几年前他去山西丈人家买那头骡子时，也曾在一座大桥上仔细看过黄河。不过那里的黄河水面很窄，桥也没这里长。想当年，他是骑着光脊背骡子过桥的，而现在坐着火车跨过了这座更为壮观的大桥。那时过黄河，他是为了买头骡子；现在他却是为自己的砖场买一台价值近万元的机器！

孙少安带着创业者的激情，一到河南巩县，立刻就办妥了制砖机的事。

等他返回省城，算了算时间，觉得制砖机几乎和他同时出发直达铁路终点铜城，因此无法停下来去看妹妹，只好遗憾地即刻向铜城赶去。

现在，他连到少平那里走一趟的时间也没有了。从铜城把制砖机运回双水村，需要很快在此地包一辆专车。可是他在铜城人生地不熟，到哪里去包车呢？

他突然想到了他们村的金光明。听说光明去年就调到这里，当了原西百货公司驻铜城采购站的站长。

他费了好大劲，才在“劳动饭店”找到了金光明——原西的采购站在这里长期包着两个房间。

金光明戴一副金丝边眼镜，看来不像个商业干部，倒像个大学讲师。他很热情地接待了少安。尽管金家的人都对他二爸孙玉亭反感透顶，但这几年对他们一家人还比较尊重。这种新关系最初的建立，应该归功于少平——我们知道，正是他利用给金光亮家的三锤补习功课，才打破了金、孙两家将近十年的“三不政策”。

同村人突然相逢在异乡，倒使两个人都感到十分亲切。当少安向光明提出他的困难后，神通广大的金光明二话没说，很快就跑出去给他联系好一辆车。

“正好，”金光明高兴地说，“我给我哥买好了两箱蜂，还发愁没个熟人捎回去呢。这下咱俩的问题都解决了！”

“那还有啥问题！蜂可以直接运回咱们双水村。”少安说。

“先还不敢运回村里！你先捎到原西城我一个熟人家里，这人是个养蜂行家，罢了叫我哥到城里去，先学一学，再把蜂运回去。你知道，我哥没养过这东西，一下运回去，他老虎吃天，无法下手！”

光明立刻给原西城他的熟人写好一封信，交给了孙少安。他然后感慨地对少安说：“你还是有气派！敢弄这么大的事！我哥和我弟弟虽然生活没什么大困难，但钱也不宽裕，买化肥常得我操心。归根结底日子要自己过哩！我给我哥买了两箱蜂，弄好了，也是来钱处。我弟弟的情况稍好些，听说光辉媳妇在咱们村的公路边上卖茶饭，还有些收入……”

“收入不错！”少安说。

当天晚上，光明在另一间房里临时搭了个铺，少安就在这里睡了。

第二天，他坐在包车的驾驶楼里，拉着他的制砖机和光明捎给他哥的两箱子蜂，离开了铜城。

他在黄原住了一个晚上。当天下午，他跑到东关去打问雇用一个烧砖师傅。原来的师傅在他的砖场关闭后就走了，现在他不得不另雇人。烧砖是技术性很强的活，需要有个行家指导——哪怕掏大工钱也得雇个内行师傅。

交运的是，他很快就找到了一个人——他是个河南人。不过，这人说不能马上跟少安起身，得把他手头的瓦盆卖完才行。

少安一听说他卖瓦盆，心中不免有些疑问：他究竟会不会烧砖？他随即拐弯抹角问了这人一些烧砖的事，河南人倒也说得头头是道。

于是，少安当场拍板，把他的住址留给了河南人；这人保证说，他过几天一定会及时赶到双水村。

在黄原顺路办完这件当紧事，第二天少安就回到了原西。他先到城里卸下了金光亮的蜂箱子，然后在中午前后回到了亲爱的双水村。

从离开村子到返回来，他一路上只用了八天。

他的返回对双水村来说，当然是一件大事！尤其是那些企图指靠他的人，一听说他回来了，立刻兴奋地纷纷从金家湾和田家圪塄赶到了他的砖场。人们笑逐颜开地抚摸着他买回来的庞然大物，把这钢铁家伙看成是他们共同的财神爷。田五在闹哄哄的人群中说开了“链子嘴”——

孙少安，走河南，
买回个东西不简单，
嘴里吞下泥疙瘩，
屁股后面就屙砖！

众人的热烈情绪使少安深受感动。在生活中，因为你而使周围的人充满希望和欢乐，这会给你带来多大的满足！

第十四章

几天之后，卖瓦盆的河南人不失前约，如期地来到了少安门上。

河南师傅一到，少安的砖场就重新开张了。他一下子雇用了村中三十几号人马，开始另建四个大烧砖窑；同时开动新买回的大型制砖机，打制砖坯。

自实行责任制以来，双水村还没有过这么多人聚在一块劳动。村子南头这个小山湾里，机器的吼叫和喧腾的人声不免叫人想起当年农业学大寨的场面。但今非昔比，这里不再有红旗和高音喇叭；而最主要的是，这砖场属于孙少安个人，其他人都是来赚他的“工资”——男劳一天三元，女劳一天一元五角。少安的媳妇贺秀莲，脸上带着出人头地的满足，既是她丈夫的“副统帅”，又是给众人记工的会计。

所有来这里干活的人，都是双水村目前的“穷人”；有田家圪塄的，也有金家湾的。孙少安尽量满足了村里所有想来他这里赚几个紧用钱的村民。有些家户的男劳还要忙自家地里的农活，他就让他们的婆姨和子女来上他的工。他的行为大得人心，双水村有许多人为他歌功颂德。

他二妈贺凤英也来了。她还当着村里的妇女主任，只不过这职务早成了个名义。几年来，她和她丈夫在村里都没什么“工作”可做。那光景依旧过得没棱没沿，她不得不屈驾来侄儿这里赚几个买化肥的钱。少安夫妇不好意思叫二妈也和众人一样去刨土挖泥，只好让她帮秀莲在家里做饭。

孙少安搞起这么大摊场，又雇用了村里这么多人，在东拉河前后村庄马上传扬开来。有些邻近村庄没办法的庄稼人，也跑来想上他的工。他赶快婉言谢绝了。现在这么多人就够他心惊胆战的——一月下来光工钱就得开两三千块！实际上，他最多用二十几个人就够了，只是因为同村人抹不开面子，才用了如此多的人——他这样做完全是出于一种人情和道义感，而不是他有多大经济实力。

众人在这里当然不能像在自己地里干活，可以随便晚出早归；得像以前的生产队一样，天明出工，天黑收工。

后半晌，那些从自己地里早归的村民，都不由纷纷串到这里来，蹲在砖场周围，观看少安的红火场面。在这些旁观者中间，有时也能看见我们的孙玉亭同志。

热爱大集体场面似乎是玉亭的天性。尽管他也知道，这场面和当年的农田基建大会战屁不相干，但几年来他终归又看见了一群人凑到一块劳动的场面，不能不使他触景生情，唏嘘感叹。有时候，在这纷乱的人头上空，他恍惚看见一面面红旗在风中招展……别了，往日那火红的岁月！

孙玉亭蹲在侄儿的砖场边，吸着从他哥烟布袋里挖来的旱烟，心绪烦乱地思前想后，不时用手指头把流在嘴唇的清鼻涕抹在他的破鞋帮子上。世事变了，他还是一副穷酸相。一身破烂衣服，胸前的钮扣还是缺三掉四，旱烟照样由他哥供应。要不是大女儿卫红已长成个懂事姑娘，相帮这对“革命夫妇”种地，一家五口人恐怕连口也糊不住。这不，凤英现在也只好投在“资本主义”门下，赚几个“下眼”钱。

玉亭不仅光景没变，其他“爱好”也没变。他一直不间断地到小学教师金成那里取来报纸，抢着赶天黑看完（晚上他点不起灯）。如此关心“政治”的人，至少在东拉河一带的农村实属罕见！

由于玉亭经常看报，因此在任何时候都很了解“目前形势”。

当侄儿扩建后的砖场装起第一窑砖坯的时候，对“目前形势”很了解的孙玉亭，忍不住给侄儿出了个“点子”。他对少安说：“目前报纸上正宣传帮穷扶贫的万元户哩！你比他们报纸上宣扬的那些人都突出！因此，你要叫人知道你的光荣事迹哩！”

“怎？咱自己给报纸上写稿子表扬自己？”少安笑着对一本正经的二爸说。

“还要咱自己写哩？只要你闹腾一番，他上面的人抢着报道哩！”孙玉亭嘴一撇，惊奇办大事业的侄儿竟然如此缺乏“政治头脑”。

“你说怎闹腾哩？”少安仍不明白他二爸的意思。

“嗨！这有什么难的？你干脆弄个隆重的点火仪式，给乡上和县上的机关发出请帖，让他们都来参加。你破费一点钱，办几桌酒席，晚上再包一场电影，把气氛造得轰轰烈烈。你现在又不是出不起这两个钱？再说，钱是小事，关键是个政治影响！你既然要刮风下雨，为什么不先来个吼雷打闪？你连光荣都不会光荣！”孙玉亭说到兴头上，竟然居高临下指教开了侄儿。

二爸的一番话倒使少安大吃一惊。没想到这个破败的“革命老前辈”现在还保持着这么高昂的“政治”激情。

吃惊之余，少安才细细思量，他二爸这个提示说不定还有些“意思”哩。说老实话，在此之前，他可从没往这方面想。因为村中许多人缺钱花而求到他门上，他也诚心想帮助这些人，这才促使他扩建了砖场。既然如今事情到了这一步，按二爸说的，宣扬一下又有什么不好？孙家已经晦气了几辈子，利用这机会冲冲晦气也值得！

另外，那年他冒充了一回冒尖户，心里很不美气，总想堂堂正正在世人面前“光荣”一回……好，现在这也许正是个机会！

不过，他又盘算，人家上面的干部会不会接受他一个老百姓的邀请，来参加这样一个仪式呢？

当他支吾着对二爸提出这个疑问后，孙玉亭立刻胸有成竹地说：“没问题！上面正打着灯笼寻找这号先进典型哩！出了这号典型，也是他们的成绩。不怕！这事如果你情愿，就交给我来办！准保落不了空！”

孙少安被他二爸煽得心火缭乱。他即刻去征求“内当家”的意见。秀莲满心支持，说：“二爸这主意好！过个事情，你还能认识上面的干部，以后也好办事！”秀莲把孙玉亭策划的“政治活动”说成了“过事情”——就像农村办婚嫁喜事一样。尽管说法不同，其实也就是那么一回事！

少安放话以后，孙玉亭立刻紧张地行动起来。他就像当年帮助田福堂“闹革命”一样，拖拉着一双缀麻绳的破鞋，兴奋地前后村乱跑，连自家地里的活都不干了，撂给了他的大女儿卫红。

孙玉亭先张罗着在自家土炕的破席片下，找出了几张春节写对联剩下的红纸，让凤英剪了一叠“请柬”，由他亲自用毛笔填写好邀请的单位和人名；接着就火烧屁股一般蹿到了乡上。因为乡长刘根民是少安的同学，少安自己不好意思去，就把这些事全权交给二爸去执行。

我们真没有想到，玉亭在新形势下仍然可以发挥自己的“特长”。我们更想不到，他这次竟然利用这特长为“资本主义”鸣锣击鼓！无论如何，这孙玉亭还是孙玉亭；虽说“政治”不同以往，但革命热情未减半分！

当孙玉亭给乡长送上请柬，并眉飞色舞描绘了他将为侄儿设计的“点火仪式”后，刘根民也有点激动了。乡长恍然大悟地说：“是呀，少安的确是咱们石圪节乡的好典型！这样，玉亭，你把给县上的请柬放下，我现在就给周县长打个电话，争取让县上最少来个乡镇企业局的副局长参加这个点火仪式！”

孙玉亭眼巴巴地看着刘乡长给周县长打完了电话。

刘根民放下话筒，咧开嘴笑着说：“你回去给少安传话，到时周县长要亲自来参加他砖场的点火仪式哩！”

孙玉亭惊得目瞪口呆。兴奋使他浑身冒起一层鸡皮疙瘩。他拖拉起破鞋就往回跑，一路上绊了好几个马趴……

啊啊！县长也要来？孙少安一听事情闹了这么大，心里又高兴又焦急。高兴的是，他似乎真的成了个人物，连县长也要来上他的门。焦急的是，他怎样才能把这个“仪式”搞好，千万不敢闹出什么笑话来！

少安和妻子一商量，便把在他这里做工的婆姨女子都抽出来，在他二妈和秀莲的共同指挥下，碾米磨面，紧急准备待客的茶饭。与此同时，玉亭马不停蹄跑着在乡上联系好一场电影，准备在“点火仪式”结束后的当天晚上放映。

临近点火的头一天，秀莲喂肥的那头猪也在他们新家的院畔上被宰倒了……

这消息一时三刻就传遍了全村。几天来，双水村大人娃娃都早就议论着孙少安的点火仪式，热心地等待这一天的到来。

这一天终于来临了。双水村又一次沉浸在节日般的气氛中。许多庄稼人今天都不再出山，纷纷赶到村子南头孙少安新建的院落及其新建的砖场，准备观看这新时代的新把戏。

孙玉亭凭借丰富的想象力，用一把破扫帚做好了一个火把，并且浇了一瓶煤油，以便在那个庄严的时刻点燃炉火。

中午前后，石圪节原武装专干、现任副乡长杨高虎，率领乡上所有在机关的干部，先一步赶到了双水村。高虎不是生人。当年双水村搞农田基建大会战时，他就是副总指挥；并且曾协助公社主任徐治功镇压过孙玉亭和王彩娥“麻糊事件”引起的那场大动乱。前两年还来这里搞过生产责任制。

高虎一到，撇下其他人，自己先抓紧时间上庙坪山打了一会山鸡——这是他永远的爱好。与杨副乡长一起到来的还有乡上的电影放映队，他们已经动手在砖场的空地上撑起一面雪白的幕帐。

乡长刘根民还没有到。他此刻正在石圪节对面的公路上等候从原西上来的周县长。根民刚给县政府办公室挂了电话，说周县长和几个部局长以及县委的通讯干事，已经坐面包车出发了。

下午两三点钟，孙少安的砖场周围聚起了黑鸦鸦一片人群。村中大部分人都赶到了这里，加上过路的外地村民和乡干部，足有二三百人。

四点钟左右，从南面开来的一辆面包车，停在了少安家院子下面的公路上。刘根民先从车里跳出来；紧跟着，一些提黑人造革皮包的“大干部”一个接一个出了车门。

孙少安一直撵到车门口去迎接乡县领导。

当刘根民把少安介绍给周文龙时，县长握住他的手，先大大赞扬了一番他帮扶贫困户的可贵精神。

相隔几年，周文龙的变化也让我们大为惊讶。想起几年前，他在柳岔公社搞那一套极“左”做法，至今还令人不寒而栗。生活和时代的浪涛渐渐冲刷掉他身上的那些“革命”火药味，使他看起来成熟多了。省党校学习两年毕业后，他先是任原西县革委会的常务副主任——我们记得，为此，田福军曾和张有智有过一次艰难的谈话。党政分开后，文龙就担任了县长职务。

外界并不知道，县委书记一直和周文龙闹矛盾。凭过去对这两个人的印象，人们一般会认为有智同志肯定是正确的。可是，说实话，原西县这几年的工作主要是周文龙在扑腾着搞。他有文化，有专业知识，接受新思想快，又能吃下苦，经常在全县各个地方跑。而令人费解的是，有智这两年精神状态越来越消沉，动不动就跑到老中医顾健翎那里开一大包补药。工作能推就推，权力不该抓的也抓住不放。而文龙由于自己过去犯过错误，只能忍受和迁就县委书记这一切所作所为。这两个人先后发生的变化，应该提醒我们不能老是用一种眼光来看待人。不要以为一个人一时正确，就认为他永远正确。也不要因为一个人犯过错误，就断定他永远不可能再加入优秀者的队伍。道理是如此简单，事实又不断在佐证，可是生活中用不变的眼光看待人的现象却是常常存在的。幸亏田福军不是这种人，因此才不抱偏见，甚至不计个人恩怨而重用了这个曾经竭力反对过他的人……

现在，周文龙进了少安家。他开始热诚地详细询问少安的砖场情况，并不时和县上有关的部局长商讨全县范围内怎样发展蓬勃兴起的乡镇企业……

半个钟头以后，这一群上面来的领导人就在孙少安的陪同下，向他的砖场走去。孙玉亭拖拉着烂鞋，脸上带着消失了几年的狂热，手忙脚乱地在前面引路。

同一个时刻，在少安家的两个边窑里，妇女们正忙乱地准备饭菜，菜刀在案板上叮叮咣咣直响——一旦点火仪式结束，就要开始吃庆贺饭。这顿饭招待的可不是一般人！做饭的妇女们脸上都带着某种紧张神色，像是在操持敬神的祭品。为了使领导们吃饭时凉快些，田五和几个人把村里借来的几张饭桌，支架在了院子背阴的凉崖根下。

现在，以周县长为首的一群乡县领导，已经来到了砖场上。

人群立刻拥挤着包围了这些领导，纷纷观看“大干部”究竟是个什么样——老百姓能这么近看一回县长也不是一件容易事；这将是他们一生中的重大经历。

双水村我们所熟悉的那些人物，大部分都在这里露了脸。即使像金俊武这样矜持自尊的人，也经不住如此场面的诱惑，站在人群中张着惊愕的嘴巴观看这气势非凡的一幕。

可是，令人奇怪的是，我们在人群中没有发现孙玉厚老汉。

少安他爸到哪里去了？他儿子这样体面排场的大喜事，他怎么能不来跟着荣耀一回呢？

孙玉厚老汉现在就在东拉河对面山上他的玉米地里。此刻，老汉一个人心不在焉地锄庄稼，似乎和河这面的事毫不相干。

玉厚老汉今天一早就出山了。他只让少安妈过去帮儿媳妇去操劳。他自己不想参与儿子的红火热闹。不知为什么，他一点也不为儿子的壮举而感到高兴和荣耀。相反，他心中一直有种莫名的惧怕和担忧。他说不清楚他惧怕和担忧的倒究是什么。总之，即使全中国的人都为他的儿子欢呼，孙玉厚老汉也永远心怀这种惧怕和担忧啊！

当然，他今天实际上也无心做活，只是到这里来躲避某种在他看来类似灾祸一般的事件。他不时把锄撂到地里，蹲在地畔上的玉米林中，忧心忡忡地看着对面那片乱得像马蜂窝似的人群和那块高悬在人头上的“耍电影”的白布帐。在这全村欢腾喜庆的日子里，蹲在这里的他简直就像个不吉祥的怪物。而老汉自己瞅着对面人群头上的那块白布，也奇怪地联想起丧事上的孝布。

他嘴里吸了一口凉气，浑身打了一个寒颤……

这时，在东拉河这面人头攒动的场地上，孙玉亭一脸庄严点燃了他那把破扫帚，交给了侄儿。一股呛人的煤油味弥漫在空气之中。孙少安尊敬地将火把又传递给周县长。县长满面笑容走到烧砖窑口，点燃了炉火。人群中立刻掀起了一片喧哗声。干部们举起胳膊使劲鼓掌。整个点火过程的形式，倒像是召开奥林匹克运动会！

接下来，村、乡、县各级领导先后都即席发表了热情洋溢的讲话——当然都是表彰孙少安和贺秀莲的。

等最后讲话的周县长话音一落，孙玉亭就指挥人放开了鞭炮。霎时，噼噼叭叭的鞭炮声，人群的喧闹声，加上熊熊的炉火、飘飞的硝烟和乱脚蹚起的黄尘，把这个“点火仪式”的热闹气氛推向了高潮……

我们发现，刚才代表双水村“致词”的是羊奶喝得红光满面的金俊山（他已成了奶羊专业户）。

那么，有这么多“上级领导”光临的大场面，而且就在双水村，村里的党支书田福堂岂能不在这里露脸呢？当然，我们也知道，他一直和孙少安有隔阂。但是，福堂向来是个精明的政治家，他不会因此就连“大场面”都不顾——他终归还是双水村的“一把手”嘛！

第十五章

在孙少安砖场的“点火仪式”闹翻了双水村的时候，田福堂正一个人躺在他家院墙外那个破碾盘上，无声无息地晒太阳。

他的状况看起来十分令人震惊。

福堂的身体是完全垮了。他瘦得像一根干柴棒，原来合身的衣服如今显得袍褂一般宽松。脸色苍白不说，还蒙着一层灰暗；多时没刮剃的胡须乱糟糟地在脸上围了一圈。碾盘旁边的土地上，吐下一堆肮脏的黏痰。

他半闭着眼睛，蜷曲在这个早年间就废弃的破碾盘上，一动也不动。如果不是那干瘪的胸脯还在起伏，我们会以为他不再是个活人。

夏日的阳光热烘烘地照耀着大地。在这样的日子里，人们都巴不得躲到阴凉地方去，而田福堂却专意在这里晒太阳。只有这毒辣辣的阳光和热烫烫的石碾盘，才能使他冰凉干瘦的身体得到某种抚慰。他感谢夏天的阳光给他带来了温暖。

他没福气在这破碾盘上长时间安静地闭目养神。过个一时半刻，猛烈的咳嗽就像风暴一般把他掀起来，使他不得不可怜地趴在碾盘边上，在呕吐似的“哇哇”声中，把黏痰、鼻涕连同泪水一齐甩在旁边的土地上。这种折磨是可怕的，每一次都像要把五脏六腑从胸膛里掏出来。

咳嗽完毕，他像白痴那样发半天呆，才又躺倒在碾盘上，享受一会难得的安宁时光。

我们没有料到，当年双水村或者说整个石圪节一带的风云人物，如今已成了这副样子。在这样的时候，我们不能不对他寄予深切的同情。我们猜想，这位曾经立志要成为永贵式人物的农民政治家，此刻内心中也大概为自己而悲哀。他不知是否明白，他日趋衰败的不仅仅是自己的身体？

福堂，你此刻蜷曲在这里，像被抛弃了的孤儿。是的，大伙能看得出来，你早已对双水村的公众事务不再那么热心。但从根本上说，是双水村的公众事务不再热心于你的指导了。你现在只能孤独地躺卧在这里，反刍你往日吞咽下去的东西。

的确，对田福堂来说，现在没有什么地方比这个破碾盘更使他感到亲切。躺在这里，他起码能获得片刻的安宁。寻找安宁就像当年寻找轰轰烈烈的政治运动，成了他今天的愿望。

他身下的这个破碾盘，像一张天然床铺。滚石年经月久在上面碾出的凹槽，刚好使他的瘦身板蜷曲于其间。躺在这个石头凹槽里，就像躺在摇篮里一般舒适和妥帖。

看得出来，他身下这破碾盘曾是用一块上好的石头琢打而成。石色湛蓝如水，不含任何一点杂质。从那一圈碾出的深槽判断，这碾盘已很有一些历史了。大概是滚石直把一边碾断一块之后，这碾盘才寿终正寝，结束了它的使命，被搬迁在院墙之外。想不到它现在又被主人派上了新的用场。

福堂自己也说不清这碾盘的历史。在他记事的时候，他们家用的就是这块碾盘。据他早已死去的父亲说，他也不知道这碾盘最早在什么时候起用的。那么，其历史最少可以追溯到福堂爷爷的手里。

不过，关于这块碾盘，福堂还记得，一九四七年国民党军队进攻到这里，胡宗南将军的士兵曾在这碾盘上用美国人的面粉烙过饼子。这件事是后来听他爷爷说的。那时他二十一岁，和父母都跑到哭咽河后沟的山崖窑躲避战乱。爷爷和奶奶死活不走，他们非要留下看家不行。记得老奶奶还用灶里的炉灰把脸抹得看了叫人恶心——她怕白军欺负。听爷爷说，那些军队就在这碾盘下烧起火，在上面烙了一整天洋面饼子，还给爷爷吃过一块。当这些士兵用他们家的尿盆盛菜时，爷爷对他们说，这是尿盆。结果一个戴大盖帽的军官扇了他一记耳光，吼叫道：老子还没吃饭，你就要盆……

十几年前，这块碾盘终于在他手里用坏了。碾盘的一边掉了一大块——也许这碾盘的毁坏应该由胡宗南将军负责。

碾盘坏了后，福堂只好把它搬弃到现在这地方，另外又请米家镇的石匠打了块新的——原来的滚石仍然可以用。他现在用的碾子是新旧配套而成。

自从他的身体彻底垮掉以后，这块当年丢弃在这里的破碾盘，就成了他生活中的重要伙伴。他本人的境况似乎和这破碾盘差不多，也是被丢弃在这里的。

在白天悠长的日子里，只要有太阳，他就一直躺在这碾盘上。即使冬天，外面天气稍微暖和一些，他也要拿块狗皮褥子垫到上面，长久地仰卧在这里……

此刻，一轮咳嗽刚刚平息，他发了一会呆，便又躺在了碾盘上。他半闭着眼睛，在阳光热烘烘的烤晒下，似乎进入了一种无意识状态。

其实，在他瘦弱的胸脯下面，心潮却在滚滚不息地涌动着。外动内静，外静内动，永远如此。只要咳嗽平息，思绪接着便会活跃起来。现在，翻来覆去思考的不再是“革命运动”，而是自己儿女的事。

在很大程度上，他正是被家庭接二连三的灾难彻底击倒在这块破碾盘上的。当润生突然提出要和一个有孩子的寡妇成亲时，他就对这打击招架不住了。在此之前，女儿和女婿的不幸婚姻已经使他痛苦不堪。紧接着，如同当头响了一声炸雷，他的女婿双腿被汽车砸断。女儿重新回到废物一般的女婿身边并没有给他带来什么安慰——尽管盼望他们和好一直是他最大的心愿。润叶最终要和一个残废在一块过日子，这还不如当初就和李向前一刀两断！他知道，对于他的女儿来说，真正的灾难才“正式”开始了……

对田福堂来说，灾难绝不仅来自女儿女婿。最使他老两口痛心的，是他们视为掌上明珠的儿子，竟然鬼迷心窍，一心要和远路上那个该死的寡妇结亲。他们好说歪说，就是说不转这小子。结果，不知是真的神经出了问题，还是装疯卖傻，这润生整天哭哭笑笑，东转西游，几乎快成了死去田二的接班人。更为可怕的是，儿子在前几天终于跑了——他给他妈留话说，他要去找那个寡妇，而且永远不再回这个家来……

命运啊，如此残酷无情！这叫他老两口怎样在这世界上活下去呢？

他如今躺在这里，尽管嘴里还出气，但确实像死人一般。他活过了今天，却不知道明天该怎么办……

田福堂不是不知道孙少安今天要大耍一回排场。昨天，孙玉亭还拖拉着当年他送给他的那双破鞋，来到这碾盘前，请他今天去“出席”哩。去你的蛋！老子现在这摊场，有什么心思去赶你们的红火热闹？

但玉亭溅着唾沫星子，不屈不挠地要他代表双水村党支部去为他侄儿致“祝词”。他连眼皮也没往起抬，说：“我病成这个样子，怎去？你是不是眼睛瞎得看不见了？你叫金俊山去！”

“你终归是咱村里的一把手！”玉亭继续打劝他。

“一把手是个屁！我现在只剩一把干骨头了！”他厌恶地对他

的前助手说。

“县上的周县长要亲自来出席哩！”孙玉亭又提醒他。

“我没见过个县长？我家里地委书记都有！你赶快拍县长的马屁去吧！看他能不能把你也提拔一下！”他恶毒地挖苦孙玉亭说。

孙玉亭不敢和他顶嘴，只好悻悻然走了。

田福堂知道，在这种时候，你把孙玉亭骂成个龟子孙，他也不在乎。他现在什么也不顾，只顾跑烂鞋地张罗这宗“喜事”。他会拖拉着烂鞋，一时三刻就蹚过东拉河，兴奋地出现在金俊山的院子里……

“狗改不了吃屎！”田福堂在心里骂孙玉亭。

但说来奇怪，田福堂虽然不愿去出席孙少安的“点火仪式”，并且把孙玉亭臭骂了一通，但他对玉亭来请他去代表双水村“致词”这一点，倒还满意。

哼，不管怎说，我田福堂还是村里的首要人物！这号事，不管你们情愿不情愿，还得来请我。我不去才轮你金俊山哩！甭看你金俊山成了双水村的“总理”，任何时候都是共产党领导一切！孙悟空一个筋斗十万八千里，也翻不出如来佛的手掌！甭看你们……

一阵猛烈的咳嗽打断了他的思索——正是因为内心活动过于激烈，才使这次咳嗽提前到来了。

田福堂把一堆黏痰和鼻涕甩在旁边的地上，呻吟着重新躺进破碾盘的凹槽里。唉，心强命不强呀！要是家里不出这么多灾事，他的身体也许不至于垮到这种程度；只要他身体不垮下来，那双水村这阵儿头一个红火人说不定还是他田福堂。孙少安办了个砖场，他田福堂就办个铁厂让你们瞧瞧！

不过，从内心说，他对孙玉厚的大小子还是佩服的。这小子气魄就是不小！敢到银行贷万把块钱，还雇用了村中几十号人马，弄起了砖场。现在，又请来县长，雷鸣击鼓搞什么“点火仪式”。田福堂承认，在农村，这孙少安就是个人才。他由此也自然想起了当年少安和润叶的那些“瓜葛”。唉，现在这小子扬眉吐气，前后沟踩得地皮响；而他可怜的女儿却和一个残废人生活在一起……

对于少安和润叶最终没有成亲，田福堂即使现在也无半点懊悔之意。女儿的不幸是另一回事，而决不是说她没有和孙玉厚的儿子结婚！孙少安再飞黄腾达，也是个泥腿把子。他有文化的女儿应该找个吃官饭的丈夫——当然不是缺胳膊少腿的！

眼下，他对孙少安最大的心病倒不在于他“发财”，而是他强烈地意识到，双水村的公众逐渐被这小子吸引过去了。孙少安现在尽管连个党员也不是，但几乎已经成了村中的“领袖”。某一天，双水村的“权力”是否要落入这家伙的手中？

田福堂虽然已不再热心双水村的公众事务，农村的“官”现在也没什么权力，但他只要还在出气，就不准备把党支部书记的职务交给别人。

对田福堂这样的人来说，权力即就是象征性地存在，也是极其重要的。活着时，权力是最好的精神食粮；死去时，权力也是最好的“安魂曲”。他害怕的是，他要眼睁睁看着把权力交到别人手里。不，他哪怕躺在这破碾盘上不再起来，双水村党支部书记的职位他决不放弃！哼，不管你们活得如何美气，如何红火热闹，但我仍然是管你们的！

田福堂咳嗽一轮子，又不由自主地乱想一阵子……

太阳已经西斜了，田家圪崂后面大山的阴影，像一只怪鸟的巨翅渐渐从山坡上铺展下来。田福堂的心情也暗淡了。他就像一只毫无抵抗能力的小鸡，怀着恐惧等待那黑色的翅膀将他笼罩和吞没。

他挣扎着从破碾盘上欠起身子，看见有许多人正纷纷从南面的公路上走出来，大声喧哗着，有的蹚过东拉河，向金家湾走去；有的在田家圪崂四散开走回各自的家中。田福堂知道，这些人是刚看罢孙少安砖场的“点火仪式”——那个荣耀的铺排场面大概已经结束了。

田福堂忍不住从多痰的喉咙里发出一声叹息。他感叹历史的飞转流逝，感叹生活巨大迅疾的演变。是呀，想当年，在双水村这个舞台上，他田福堂一直是主角；而现在，是别人在扮演这个角色了。他年老多病，一个人孤零零地躺在这里，成了生活中一名无足轻重的“观众”。

这时候，像往常一样，老伴胳膊窝里夹着他的夹袄，从大门外的院墙根下向他走来。只有这个人不会抛弃他！她用那永远的感情给予他温暖和关怀。田福堂眼里不由盈满泪水。他伤心地看见，无尽的煎熬和岁月的操磨，亲爱的娃他妈满脸皱纹，头发也已灰白。他知道，几天来，她为出走的儿子几乎夜夜在流泪……

现在，田福堂不再考虑其他事，又一次为不成器的润生痛苦得浑身发抖。他老两口终于未能挽回最后的局面，眼巴巴地看着儿子离开了这个家，寻找他那个“花妈妈”去了。而今，只丢他们老两口守在这空荡荡的院落里。这和埋进坟墓有什么区别？

田福堂一想起儿子，便涌上一腔愤慨。他爱润生，但又恨他。他之所以恨他，是因为他辜负了他对他的爱。瞧，他竟然甩下自己的父母亲，寻找一个寡妇去了！

哼，你说你不回这个家了？就是你小子回来，老子也要把你打出这个家门！你把田家的门风败坏完了，你这个败家子……

老伴走到他面前，把夹袄披在他身上，说：“太阳快落了。回家里去。”

“等一会再……”

“操心凉了……”她忧愁地看着他。

“死不了！”

她犹豫了一下，对他说：“你是不是出去寻一寻咱润生……不知道娃娃……”她哽咽得说不下去了，撩起围裙只是个揩眼泪。

“我才不寻他哩！他活着死了都和我没相干！你不要急。你就当咱一辈子没生养过儿女！”田福堂说着，一阵猛烈的咳嗽使他一个马趴跌倒在破碾盘边上。他感到喉咙里吐出来的不是痰，而是血。

老伴赶紧跪在他身边，哆嗦着抱住了他。等咳嗽平息下来后，这两个孤苦的老人竟然在这个破碾盘上抱在一起，出声地痛哭起来。

太阳在群山中沉落了。无边的昏暗刹那间便笼罩了大地……

第十六章

当一个人集中地凝视着自己的不幸时，他就很难想象别人的苦难。

远在双水村的田福堂夫妇既然不能理会儿子的一肚子苦水，又怎能想到在外县这个荒僻的村庄里，他们所诅咒的那个年轻的寡妇，却是如何在水深火热中挣扎……

自从答应了润生的求爱以后，不幸的红梅就一直在等待这个男人的到来。

在最初那些日子里，这个本来对生活已经绝望的人，热情慢慢又在心中死灰复燃。她万万没有想到，命运又使她和田润生相遇。而且他不嫌她孤儿寡母，竟然很快就提出要和她一块生活。她能感觉来，老同学对她是一片真心。这就像冰天雪地里遇上一盆炭火，她在无限的感激中立刻对他产生了不亚于当年对顾养民和死去的丈夫所具有的那种恋情。而这种恋情也许更为深厚——因为她在艰辛的生活旅途上已经精疲力竭，急需要静静地投身于一个男人的怀抱，永远和凄风苦雨告别。

当润生向她表明了心迹，继而返回原西和他父母通报这件事之后，郝红梅就沉浸在新的热望与期待中。她顿时感到，胸腔里那颗冰冷的心重新被热血融化，开始强有力地跳动起来。她从墙上摘下那面被灰尘蒙盖的镜子，用手帕揩净，忍不住端详自己的容颜。她看见，那瘦削的脸颊上，似乎泛出了两片红晕。她再一次体验到女人的那种羞涩的幸福。

紧接着，她不由自主地开始收拾自己的家。

自从丈夫死后，她就无心再打扫这孔窑洞。东西乱七八糟扔在四处，窑壁上吊着肮脏的灰线。现在，她就像过春节一样，头上罩起花毛巾，用了整整一天工夫，把这孔窑洞收拾得干干净净。她寻思，要是润生做通了父母亲的工作，说不定很快就会来这里和她成亲。当然，他们不会请客待宾“过事情”，但应该让润生有一种“新房”的感觉。此外，她又打开箱子，细心地查点了两个人的铺盖。那床从没沾身的新被褥让润生盖。出于一种忌讳，前夫用过的所有东西她都不能让新夫碰摸着。

几天之内，红梅就把所有要准备的东西都准备好了。有些事要等润生来后，两个人得商量一下再说。

所有这一切她都在静悄悄地进行。村里人谁也不知道她将再嫁；连前夫家的人也不知道。她先不准备给公婆和前夫的弟弟说这件事。她知道他们挡不住她。他们也不会挡。事情明摆着，他们总不能让她守一辈子寡——这不是旧社会！她有权利重新为自己建立一个完整的家庭！

当然，在她正式和润生结婚前，一定得给前夫家里的人打招呼——因为她的孩子，使她和这家人的关系永远不可能割断。孩子不仅是她的骨肉，也是他们的骨肉。

不过，这一切都要等亲爱的润生到来之后，才能进行……

可是，润生却迟迟地没有到来。

起先，红梅还没有十分焦急。是呀，润生要说服父母也不是一件容易的事。在农村，除非实在没办法，一般人很少娶寡妇为妻；

更何况，她还带着个孩子！至于像润生这样的家庭，她上高中时就知道，在农村属于“上等”人家，并且还有在门外工作和当大官的亲属。人家不是找不下对象，为什么要她这样一个可怜的寡妇呢！

不过，郝红梅相信田润生对她的感情是深切的——他们甚至已经在一个被窝里同宿过一夜……

三个月以后，润生还没有来。

郝红梅这才有点焦急起来。

正在她惶惶不安的时候，突然收到了润生的一封信。红梅高兴的是，润生在信中除过像往日那样表示对她热烈的爱恋和思念外，并且还告诉她，说他很快就会回到她的身边。他没在信中提及他父母的态度。红梅猜测，老人大概同意了；要不，润生不会说他马上就来……

但是，整整一个秋天过去了，田润生还没有来。

冬天又过了，仍然不见他的踪影……

日月如水地流逝，转眼间就是一年。现在，郝红梅依旧孤单地带着自己的孩子，像土拨鼠一般悄无声息地生活着。

她苦心等待的那个人终于失去了音讯……

可怜的红梅再一次陷入到绝望之中。心头复燃的火焰重新熄灭，脸颊上泛出的那两片红晕也消失了。生活又回到了往日那一片凄风苦雨之中。

这就是你的命运，她想。既然你生来就要无尽地受苦受难，你为什么要相信那偶然一瞬间出现在你面前的光辉呢？你呀，永远不要再抱什么幻想！命运决定你就该如此生活……

那种由希望所带来的幸福，以及这幸福被粉碎后的痛苦，都很快退潮似的一齐消失了。郝红梅又日复一日开始了她那麻木不仁的生活。她带着自己的孩子，做饭，喂猪，种地。没有笑容，也不哭泣。没有过去，也无未来。天明时，她去干活；天黑时，她就睡觉。

所谓明天，也无非是和今天同样的一天……

她的小亮亮跟着她，就在这寂寞的日子中一天天往大长。他是个好动的孩子，一刻也不停地跑动和玩要。母子俩相依为命，他从不离开她身边。她在地里劳动的时候，他就在周围玩。他最爱玩的是打窑窑，每天都要在地里造几孔“窑洞”。唉，他父亲就是打土窑才丧命的……

不知哪一天，孩子突然问她：“妈妈，人家都是爸爸在地里干活，你为什么不让爸爸干？我的爸爸在哪儿哩？”

孩子的问话像尖刀一般戳在了她的心口。她几乎想放开声哭一鼻子。

她强忍着泪水对儿子说：“你爸爸……到外面去了……”

“他什么时候回来？我可想他哩！”亮亮追问她。

她把儿子紧紧搂在怀里，无声地痛哭起来……

在这期间，她父亲从原西的老家来此地看过她两次。老人面对她的悲惨遭遇，也只是流泪和叹息。他一边流泪，一边打劝她歪好再寻个人——出走也可以，招个人上门也可以。总之，她不能一辈子就这样一个人里外操磨。父亲第二次来的时候，说他已经在原西老家那里打问好几个“茬茬”，让她回去见见人；如果能行，就赶快解决这件事。

不，她不回原西去。她现在心灵上的新创伤还在流血，为什么要回原西重温往日的伤痛？再说，她熬苦惯了，如今孩子也已经长大，她不愿再去寻找一个陌生的男人。

郝红梅绝不再相信，她还能在这人世间找到温暖和幸福。如果和一个不合心意的男人生活在一起，那还不如就这样静静地度过一生。她觉得，她有能力独自把亮亮带大。只要这孩子有出息，她还要好好供养他念书哩！要说她对未来还抱点什么希望的话，那就是她的亮亮。她不愿孩子到别人门上受委屈。虽然是这样的艰难，但她要像老母鸡一样，用她的翅膀保护这孩子，以免使他受到伤害。她深知生活本身有多么严酷！

但是，她无法向父亲说明的还有另外一个理由。

可怜的人！我们知道，你内心深处还在思念着润生。

是啊，自从这个人出现在她的生活中，她就深深地依恋上他了。这是她悲惨岁月里的爱情，因此这爱深沉而又深刻。尽管一年来他杳无音讯，但她仍旧深藏着一缕揪心的期待！

有时候，她躺在夜晚的黑暗中，不由得回想起他怎样把那一块块石炭背到她院子来；又怎样用两条瘦弱的胳膊真诚而亲切地搂抱她，并且喜爱地亲吻她的亮亮……是的，他爱她，爱她的孩子；她和孩子也爱他。她终归是上过学的知识妇女，因此她仍然希望未来家庭的组成应该以爱情为基础。说实话，当初她和养民的爱情是不成熟的。她和前夫是在这种不成熟的爱情破灭后结婚的，开始时也并没有多少感情。后来生了孩子，她刚开始萌发了一些爱，结果他却离开了人世。她感到,她和润生的感情才是一种成熟了的感情——因为在此之前，她已经饱尝过生活的各种滋味……

花朵是美丽的，果实的价值更高。

可是，说来说去，在她的爱情之树上，无花也无果。

但不论怎样，她绝没有再找另一个男人的打算！她准备就这样一个人带着她的亮亮，静悄悄地在这个世界上活下去……

郝红梅万万没有想到，她竟然不能这样静悄悄地生活！

在以后的日子里，村里一些男人不时出现在她破败的院落。这些人有老有小，大都是光棍。

她的另一种灾难开始了。

这些酸眉醋眼的男人你来我往，坐在她的炕栏上，厚颜无耻地说些不堪入耳的骚情话。尤其是一个叫毛蛋的老光棍，还殷勤地给她担水扫地，强制性地坐在她的灶火圪塄里，帮她拉风箱。天黑时，如果不是她摔盆子掼碗表示出厌恶，毛蛋是不会离开她家的。

郝红梅知道毛蛋们企图在她这里得到什么。

不！他们的企图不会得逞。她需要男人，但不需要这种男人。

她发愁的是，她又对这些人的纠缠无可奈何。她总不能把这些斜眉吊眼的家伙用棍子打出她的家门。她鼓不起这种勇气。在农村，处理这种局面自有许多为难之处。这些人都是同村邻舍，有的还是她死去丈夫的长辈。如果他们还没动手动脚，只说些八竿子打不着的骚情话，她只能在容颜上表示自己的愤怒而别无他法。但这些死皮赖脸的家伙又根本不在乎她的容颜，只管到她这里来“串门子”。

红梅的生活陷入了新的困境。夜晚，她有时还能听见院子里传来令人心惊的脚步声。她不得不在门叉子里别上切菜刀……

炎热的夏天来临之后，郝红梅便格外地繁忙起来。

一大早，她就做好了两顿饭。家里吃一顿，饭罐里提一顿，然后引着孩子一整天都泡在地里。

中午她不回家。母子俩在地里吃完饭，找个阴凉处睡一会，又继续开始干活。儿子也有他自己的“营生”——刨土窑窑。

沉重的劳动使她双手打满了血泡。血泡又被锄把磨成了硬茧。那张原本俏丽的脸庞，被毒火似的阳光烤晒得又红又黑。少女时期的娇艳荡然无存了，看起来就像秋天北方山野里一株朴素的红高粱。毫无疑问，她早就成了真正的劳动妇女。

但是，心灵的凄苦和劳动的折磨，仍然没能改变她身上那种漂亮女人的诱人魅力。现在，她那苗条丰满的身体更给人一种健康的美感。直到如今，她仍然保持着上学时的卫生习惯，牙齿刷得雪白，内衣经常换洗得干干净净；一身灰土之中，散发出芬芳的香皂味。

不用说，在农村庄稼人的眼里，郝红梅是个“洋婆姨”。那些老小光棍们提起她来，就像提起他们永远吃不够的肥猪肉一样，馋得直淌口水。

这一天，红梅在河对面锄她的玉米。

临近中午，她照例和亮亮在地里吃完早晨带来的饭，就躺在凉崖根下睡了。好动的儿子从不睡午觉，他继续到后边那个小土圪塄去完成他的“土建工程”。

红梅躺在地上，用一块花手帕遮住脸，不一会就睡着了。

其实，在野地里睡觉从来都是不踏实的。风声，流水声，小鸟的啁啾声，时刻伴随着恍惚的梦境。她常常半睡半醒，心中总是牵挂着不远处玩耍的孩子。

她耳边似乎隐约传来锄头在地上刨土的声音，而且听起来很近，就像在身边。

锄地？谁锄地？锄她的地？谁给她锄地？

睡梦中的一连串发问，使红梅醒了。

她睁开眼睛，揭去蒙住脸上的手帕。

她的心脏一下子狂跳起来！她看见，老光棍毛蛋只穿件短裤，几乎裸着身子在给她锄地。

他现在已经“锄”到了她身边，眼睛盯着她，咧开嘴只是个笑，手里的锄头接连砍倒了好几棵玉米。

她一下子从地上站起来，一时倒不知道自己该怎么办。

这时，毛蛋一把将锄扔下，突然脱掉自己的裤子，张开双臂扑过来搂住了她。

在她还没有反应过来的时候，饿狼一般的毛蛋就把她按倒在地上，并且开始扒她的裤子。

她惊恐而绝望地喊叫了一声，抓起一把土挣扎着扬在毛蛋的脸上。毛蛋一声不吭，只管扒她的裤子。

在这危急之时，亮亮听见母亲的哭叫跑过来了。孩子没命地哭着，举起手中的小镢头就在毛蛋的光屁股上砍了一家伙！

毛蛋一声惨叫，爬起来提起自己的裤子大撒腿跑过了小河。

亲爱的儿子用暴力把暴力下的母亲解救了出来。

红梅勉强束住了自己的裤带，浑身抖得像筛糠一般。她头发散乱，目光呆滞，满脸灰土，竟连哭泣都忘记了。

她也不管儿子的哭叫，慢慢爬起来，向旁边那棵椿树走去。

她来到树下，解下自己的裤带，在椿树的枝杈上挽结起一个环。她把裤腰别好，就毫不迟疑地把自己的头向那个高悬的环伸去。透过那环，透过椿树的枝叶，她看见了破碎的蓝天、乱针般飞散的阳光，以及一朵被撕烂的白云……

当她把头伸进那个将结束她一生悲惨命运的圈套时，她突然看见了儿子糊着鼻涕泪水的小脸。

孩子扬起肮脏的脸，问："妈妈，你在干什么？"

泪水淹没了她的双眼。她把头从那环中缩回，弯下腰紧紧搂抱住孩子，放开声号啕起来。

午间的山野死一般寂静。轻风吹拂过绿色的玉米林，像千万双小手在挥扬。村中传来一声牛的沉重的哞叫……

三天之中，郝红梅没有出她的家门。

可是，三天之后，我们看见，这不幸的人又出现在了她那块未锄完的玉米地里。小亮亮欢蹦乱跳，继续在打他的小土窑洞。她头上罩块白毛巾，脸上带着惯常的麻木，一声不吭地锄她的地……

在一个满天飞霞的傍晚，有个提着小包的瘦高个青年，从前沟道的架子车路上走来。他蹚过霞光染红的小河，来到了这块玉米地，一直走到了她面前。

这是田润生。

对红梅来说，这个人就像从天而降！

她说不出话，流不出泪，只是惊讶地看着他。世界在一瞬间凝固了。紧接着，天地一齐像飞轮般旋转起来。

亮亮惊恐地依偎在红梅身上——他对任何走近母亲的男人都永

远怀着惧怕。孩子问：“妈妈，他是谁？”

她嘴唇颤动着，哽咽地说：“这是……你的爸爸！”

她抱起儿子，幸福地闭住眼睛，投向他伸开的双臂之中……

第十七章

远在另一块蓝天下的孙少平，根本不会想到，他少年时期的恋人，历经那么多磨难后，最终投身于他同村同学田润生的怀抱。

生活就是这样不可思议。就他而言，往日那些令人断肠的情思，随着时光的流逝，早已不留任何痕迹地消失了。而谁能想到，如今命运又把他和另一个同村人纽结在一起？

青春年华如同晨曦与晚霞，绚丽多彩而又变幻莫测。

就说他和田晓霞吧，目前的关系也许仍然是一种云雾难辨的境况。

不久前，光彩照人的田晓霞突然出现在大牙湾，着实使孙少平感到难以言状的幸福和激动。

本来，他成了一名正式工人，对自己的生活已经够满足了；在他内心深处，对他和晓霞未来的结局，并没有寄托十分的期望。他的社会地位和生活道路决定了他对这件事的悲观论断。他永远是这样一种人：既不懈地追求生活，又不敢奢望生活过多的酬报和宠爱，理智而清醒地面对着现实。这也许是所有从农村走出来的知识阶层所共有的一种心态。

可是，无论他怎样想，亲爱的晓霞却风尘仆仆到这黑色王国看他来了。

她来了，像一股清风，一缕阳光，一时驱散了他心头缭乱的云雾。在那短暂而美好的日子里，他再一次饱饮了爱情的甘露。时间在那一片刻不再流动。忘记了过去，也不想象未来。他真愿那一瞬间变为人生的永恒……

现在，随着晓霞的离去，那种缭乱的云雾又渐渐开始在他心头凝聚。唉，一旦她在他眼前消失，她就变得像故事中的人物一样虚幻——他又看不清她的真实存在了。

在孙少平的想象中，身处都市的田晓霞生活一定是满地鲜花，一片流彩飞霞；转而想想自己，现在仍然是满脸煤黑，一身臭汗，在阴暗的井下牛马般干苦力活。如果没有晓霞的存在，他在他的环境中就会心平气静，用煤矿工人一天中的喜怒哀乐来组成自己的全部生活。可现在，他却不能不从自己心灵的湖水中一次次腾升起浪漫的彩虹，企图探寻和连结一个飘渺的世界。是的，浪漫的彩虹！飘渺的世界！而实际上，他自己的生活天地永远只是这单调肮脏的井上井下和无休无止的流血淌汗！

唉唉！你可不能沉醉于一种现在还说不来的幻想之中；你必须凝视着你双脚踩踏的土地。大牙湾的一切对你才是真实可信的。无论这里有多么艰苦，但这里的生活是真正属于你的。你只能在这黑色世界里，寻找你生存的价值。别难过，想想看，当初你漂泊黄原，在那样的境况中，你都从没失去昂扬的意志；而现在，正如你已经感受到的那样，生活才真正算走上了大路。你应该感谢命运给予你的机遇。你有了工作；你不再为吃饭和睡觉而熬煎；你还有可以自由支配的金钱。话说回来，就是你和她的爱情，也许还不全是你所想象的一道稍现即逝的彩虹……那么，你，又有什么可伤感的呢？

自从晓霞离开煤矿后，孙少平就一直纠缠在一团纷乱的思绪中。他对自己和晓霞关系的疑虑是自然的，也不是始于今天。想想他所处的地位和境况，我们完全可以理解他的心情。我们也不必过分担心。少平向来具有说服和开导自己的本领；他不会因此就使自己的精神陷于困顿——直接的结果有时却恰恰相反，他反而奇妙地对生活更加激发起了热情！

是的，少平每当抬头望见巨塔般雄伟的选煤楼和小山一般的煤堆，或耳听火车和煤溜子隆隆不息的喧吼声，他便会忘记焦虑和痛苦，周身的血液由不得沸扬激荡起来。有时候，在黑暗的井下，他和同伴们在死亡的威胁中完成了一天的任务，然后拖着疲惫的双腿摇摇晃晃走出巷道，升上阳光灿烂的地面，他竟忍不住两眼泪水濛濛。是啊，他们有理由为自己的劳动自豪。尽管外面的世界很少有人想到他们的存在，但他们给这世界带来的是力量和光明。生活中真正的勇士向来默默无闻，喧哗不止的永远是自视高贵的一群。只不过，这些满脸黑汗的人，从来不这样想自己，也不这样想别人。劳动对他们来说是一件惯常的事：他们不挖煤叫谁挖呢？而这个世界又离不开这些黑东西……

拼命挣扎八九个小时上了地面，有家室的工人马马虎虎洗个澡，连那可爱的太阳都不多瞧几眼，就纷纷走向各个黑户区，钻进了那些低矮的窝棚土窑中——那里有属于他们自己的太阳。他们会安然地坐在小饭桌前，抚摸着孩子，大口大口地喝酒吃菜。那些腰里束着围裙的婆姨们，就像和丈夫久别重逢似的温柔亲热，殷勤地侍候他们吃好、喝好、休息好；然后暖好被窝，周到地给他们性的体贴和关怀。作为一个没有户口、没有工作的煤矿工人的妻子，这就是她们的天职。矿工们正是在妻子温暖的怀抱中，重新恢复了力量和勇气，再一次唤起庄严的生活责任感，几个小时后，又穿上冰凉肮脏的工作衣，从那个“黑口口”里钻入到地层深处……

没有家室的光棍们，只好到职工灶上狼吞虎咽吃喝一顿，然后大部分人都回到集体宿舍，倒在自己的床铺上蒙头大睡了。也有一些心神不安的人，出去在矿区无所事事地乱窜一通。他们有时会蹲在二级平台食堂外的墙棱边，永不厌烦地观看下面小广场上的人来人往。特别是碰巧从矿部大楼里走出一位女干部，那这一天就算是交了好运。看女人不犯法。看！直要把你看得连路也走不成；最好再看得你跌一个马趴！

在煤矿这个大世界里，什么人也有，什么事也出。在某些方面，它像军队一般严格。在另外一些方面，它又散乱得无边无沿。有人勇敢地流血牺牲，有人却在偷鸡摸狗；有人栽花种草，有人却看哪里干净便故意把哪里弄脏；有人学英语，有人说脏话。即使同一个人，有时候会把事干得叫你肃然起敬，有时却又叫你哭笑不得，甚至使你讨厌和憎恶。

这是一个奇特的生存部落。先进与落后，文明与野蛮，高尚与卑俗，新的与旧的，全都混杂并存，交织在一起。

当然，煤矿看起来似乎比任何一个地方都乱，但实际上任何生产单位都又很难和它严密的秩序相比。矿务局总调度室对全局二十几个矿井下面成千上万人的劳动，每时每刻都了如指掌。局长本人的电话任何时候都能直接和某个掌子面上的班长通话。这是一张联络紧密的大网，即使某个最小环节的失误，也会引起全局的震动。

别以为乱就会失去秩序——你去看看蜂房里的情况就明白了。

但煤矿终究是煤矿。对于一个生活在其间的人来说，除过在生产岗位上按章作业，生活中就大都得靠自己管自己了。人是这么多，劳动又这么沉重，谁告诉你应该怎样生活或不应该怎样生活？当然，要是你犯了法，公安局会来找你的。

对于大部分矿工来说，劳动，赚钱，睡觉，把自己的小窝尽量弄合适一些，有精力的话，再去看一场电影，这就够满足了。

但孙少平无法长期忍受这种生活。他慢慢开始为自己找点另外的事，以弥补他精神上的空缺。

他首先想到的是学习。前不久，他曾经对晓霞谈起过他的抱负——准备将来报考煤炭技术学校。

晓霞走后不久，他就满怀着对自己未来生活的激情，四处奔波着，终于找全了过去高中时的数、理、化课本和一些参考书。

尽管这是复习过去的功课，但和从头学没什么区别。我们知道，他们上学的时候，基本没有学什么文化，大部分时间都搞了“革命”。

整整一代人知识素质的低落，也许是“文化大革命”最为严重的后果。教育的断层造成当今国家中生代人才的断层。其消极痕迹，到处斑驳可见。而迅猛发展的生活进程又对人的知识提出了严厉的要求。被贻误了的一代只能痛苦地在以下二者中选择：要么被生活淘汰；要么走“在职进修”的道路。好在国家也认识到了问题的严重性，到处在开办“电大”、“业大”和“自修大学”，为这些人创造学习条件。

少平上井后，尽量抓紧时间演习功课。这是一件相当沉重吃力的事，甚至比挖煤都要艰难。不过，这种艰难带给人的是心灵的充实。人处在一种默默奋斗的状态，精神就会从琐碎生活中得到升华。

正当孙少平沉醉于各种公式、定理和化学分子的时候，晓霞的一封信却把这一切打断了。

这封信看起来和往常的信没有什么不同。信中除过海阔天空，谈东论西，也同往日一样表达了她对他的炽热感情和无尽的思念。只是在信的后面，她隐约地提到和她一块工作的一个男人似乎在追求她。而最使他震惊的是，她竟然没有“攻击”这个人。她并且坦率地告诉他，这个人的名字叫高朗，也是原西籍人，还是什么中央某个“老”的后人等等……

一刹那间，少平感到就像一块矸石砸在了他的脑袋上，眼里火星乱飞！

他随手把信扔进箱子，一个人脚步趔趄地走出宿舍。

他糊里糊涂穿过矿区，而又不知道他该去哪里，眼前一切都是朦胧迷茫的；矿区各种建筑物像顽皮的儿童胡乱堆垒的积木。高耸的井架倾斜了；不是天轮在旋转，而是整个天空在旋转。

“天啊……”他嘴里喃喃地叫道。

他自己并不清楚，他沿着铁道的枕木，一直走出了矿区，已经来到了东头的山野里。

他呆立在一块收割过小麦的地边上，茫然地望着辽远的山峦和模糊的地平线。他牙齿咬着嘴唇，眼里旋转着泪水，喉咙上堵塞着哽咽。此刻，他又想起了早远年间的那个傍晚，他从原西中学的篮球场上走出来，恍惚地立在原西河边的情景。现在，他再一次为了爱情的伤痛，而难过地立在这里。生活使他重新扮演了往日的角色。生活，生活，这就是生活！

随着一声汽笛的长嚎，一辆自东而西的运煤专列隆隆地驶过旁边的铁道。气势磅礴的火车头喷出一团白雾淹没了他。淹没！一个平凡而普通的人，时时都会感到被生活的狂涛巨浪所淹没……

你会被淹没吗？除非你甘心就此而沉沦！

不，你仍应该挣扎着前行。你对这件事本来就忧心忡忡，并且早已做过悲剧结局的判断。那么，这幕残酷的戏剧早点收场有什么不好？你仍然应该是你！你说呢？他伤感地问自己。

是这样！他悲壮地回答自己。

孙少平没有想到，他一直惴惴不安的事终于发生了，而且来得这么快。既然或迟或早总有这么一天，也许的确越早越好。

可是，他的思路从这方面走入极端以后，又不由回过头来掂量她在信中所说的另外的话。是呀，她还说她在爱他，想念他。

也许这话依然是真诚的。

应该相信她吗？

他立刻冷笑了一声。

这冷笑不是对晓霞，而是对他自己。

你，一个掏炭小子，怎么能和那个叫高朗的记者相匹敌？别再做梦了，你这可笑的家伙！

当然，你……也是可怜的。他有点哽咽地对自己说。

太阳的最后一线光辉在地平线那边完全消失了。满天红霞变为沉沉暮云，如同火焰熄灭后剩下了一堆灰烬。

孙少平在苍茫的暮色中转过身来，怀着痛苦的失落感，沿着铁道旁空荡荡的小土路，向矿区走去。大脑里的生物钟提醒他，不久就该下井了。他一边走，一边抬起肿胀的眼皮，看见前面又亮起了那一片熟悉的灯火。

他过了冷清清的小火车站，不由从旁边拐上山坡，向师傅王世才家走去。现在，也许只有那个亲切的院落，才能给他一些抚慰。

真的，走进师傅家，就像回到了自己家。他立刻被一种温暖的气息所包裹。惠英一边责怪他好长时间不来吃饭，一边麻利地为他斟酒端菜，明明拉着他的手，竟然给他讲起了故事。师傅催促让他趁热吃菜，多喝一点酒。他破例喝了一大玻璃杯白酒，直喝得头晕晕乎乎，两条腿像离开了地面……

晚上，他和师傅相跟着从家里走出来，准时来到井下。多大的痛苦也不能打乱日常生活的节拍——这就是他精神强大的根本所在！

这一个晚班，孙少平几乎发疯似的干活。为了心中的痛苦，为了使这痛苦变为麻木，他借着酒劲，百斤重的钢梁铁柱在手中抡得像孙悟空的如意金箍棒。攉煤的时候，他把上衣也脱光撂在了回风巷中。铁锹雨点般在煤堆中起落。在他旁边不远处，安锁子背对着他，身上一条线不挂，撅着光屁股一边攉煤，一边嘴里还骂着什么——他就是不骂人，也要骂骂煤溜子或铁锹什么的。

孙少平突然在一片纷乱中，看见溜子上拉出来一根钢梁，几乎像闪电一般朝安锁子的光屁股上戳去。在他还来不及发出那声惊叫的时候，就见从老坑里蹿出一条黑影，把那根长矛似的钢梁拼命往自己那边一扳，紧接着便传来一声悲惨的喊叫！

这分明是师傅的声音！

少平丢下铁锹，几步就奔到了他身边。

所有干活的人都跑过来了。有人立刻用灯光晃动着，让机头那边停下了溜子。带班的副区长雷汉义也从机头那边跑过来。

那根钢梁无情地从王世才的肚子里戳进去，一直从后背上穿出来。

他死了！

少平把师傅抱在怀里，在黑暗中闭住了眼睛。

不息的热血在涓涓地流淌。这是矿工的血。血渗进煤中；血成为黑色——这染血的煤将变为熊熊炉火。难道我们还不能明白，为什么炉火总是那样鲜红……

雷汉义双膝跪下，用自己的嘴对着那张没有气息的嘴，做人工呼吸。虽然毫无指望，但矿工们一个接一个对着王世才的嘴，希望用自己的气息让班长复活。

雷汉义沉默地摆了摆手，人们停止了这徒劳的努力。副区长再一次双膝跪地，在老战友的额头上亲了亲。

黑暗中一片死一般的寂静。

不知什么地方，梁柱在大地的压力下，发出“叭叭”的声响。

少平抹了一把脸上的泪水，把师傅背起来，离开掌子面。所有的人都跟在两边，沉寂地爬出了回风巷。

下绞车坡了。安锁子和其他人分别捉着师傅的胳膊腿，生怕被岩壁碰磕着——他身上的伤已经够多了……

在风门口，雷汉义自己背起了王世才。他叫几个人跟他上井，然后打发少平和其余的人都回掌子面继续干活。

区长的话就是不容违抗的命令。

是的，生产不能停——这就是煤矿！

安锁子不服从区长的决定，非要护送师傅上井不行。

雷汉义对安锁子说：“你他妈的吊着腹子怎上去？”

这时，大家和安锁子本人都才发现，他连裤子也没穿，还光着屁股。

当师傅的尸体在井口的报警铃声中升上地面的时候，他刚刚淌过血的掌子面上，煤溜子又隆隆价转动了……

第十八章

对于煤矿来说，死人是常有的事。这不会引起过分的震动，更不会使生产和生活的节奏有半点停顿。

当医院后边的山坡上又堆起一座新坟的时候，大牙湾的一切依然在轰隆隆地进行。煤溜子滚滚不息地转动，运煤车喧吼着驶向远方；夜晚，一片片灯火照样灿若星汉……

王世才却和这个世界永别了。不久，青草就会埋住他的坟头，这个普通人的名字也会在人们的记忆中消失。

只是他近二十年间的劳动所创造的财富，依然会在这个世界上无形地存在；他挖出的煤所变成的力量永远不会在活人的生活里消失。

我们承认伟人在历史进程中的贡献。可人类生活的大厦从本质上说，是由无数普通人的血汗乃至生命所建造的。伟人们常常企图用纪念碑或纪念堂来使自己永世流芳。真正万古长青的却是普通人的无名纪念碑——生生不息的人类生活自身。是的，生活之树常青。

这就是我们对一个平凡世界的死者所能够做的祭文。

一个普通人的消失对世界来说，的确像什么事也没有发生。

可是，对大牙湾煤矿黑户区这个小院落来说，这似乎就是世界的末日。我们知道，这里曾有过一个多么温暖而幸福的家。现在，妻子失去了丈夫，儿子没有了父亲。他们的太阳永远陨落了……

几天来，不幸的惠英一直在床上躺着。

直到现在，她还不相信丈夫已经死了。她披头散发，两只眼睛像蜂蜇了那般红肿。即使风摇动一下门环，她也要疯狂地跳下床，看是不是丈夫回来了？面对空荡荡的院落，她只能伏在门框上大哭一场。可怜的明明抱着她的腿，跟她一起嚎哭。

她自己水米难咽，但总得要给孩子吃饭。

饭桌上，她像往日一样把丈夫的筷子和酒杯给他摆好。这是一种无望的期待。但她又相信，丈夫一定会像过去那样罗着腰从门里走进来，坐在这张饭桌前，抚摸着明明的头，笑眯眯地端起酒杯一饮而尽……

但是，他永远不再回来。

她躺在床上，凄苦地搂着可怜的儿子，不管白天还是晚上，眼前尽是一片黑暗。梦境中，她感觉她还躺在他结实的怀抱里。醒着时，耳朵在固执地谛听着外面院子的动静，期盼某种奇迹的出现。

这天，她真的听见了院子里传来一阵脚步声！

她破门而出。

走进这小院的是孙少平。

几天来，孙少平和这不幸的母子俩同样悲伤。晓霞的来信和师傅的去世，使他精神上扛起了双重的十字架。他先顾不得再为自己的感情而痛苦，却被师傅的死压得喘不过气来。眼前这个家庭的全部灾难，也就是他自己的灾难。没有任何考虑，他就自动地、自然地对这不幸的家庭负起了责任。

少平知道，惠英嫂和明明眼下多么需要人来安慰。师傅死得太突然，他们很难在这个打击中恢复过来。如果是在疾病中慢慢被折磨而死，亲属也许不至于长时间陷入痛苦。而在毫无精神准备的情况下，突然失去了最亲近的人，那痛苦就格外深重。

他无法用言语来安慰嫂子和明明。言语起不了什么作用。他来到这个愁云笼罩的家庭，只能干一些具体的活。

他干活，并且尽量弄出声响，使这死气沉沉的院落有一点活人的气息；使这痛苦不已的孤儿寡母重新唤起生活的愿望。他干活，也使他自己冰冷的心恢复一点热力。他知道，人的痛苦只能在生活和劳动中慢慢消磨掉。劳动，在这样的时候不仅仅是生活的要求，而且是自身的需要。没有什么灵丹妙药比得上劳动更能医治人的精神创伤了。少平对此已经有过极为深刻的体会。

现在，他走进这个不幸的家庭，第一件事首先是做饭。

他笨手笨脚，忙里忙出，做好饭让明明吃，并把饭碗双手端到嫂子床前。在他们吃饭的时候，他就到院子里去劈柴、打炭、补垒残破的院墙。随后，他又担起桶，到土坡下的自来水管去挑水。

在这些日子里，他再也没心思去动一下课本。他一上地面，就匆忙地赶到这院落，默默地干起了活。除此之外，他不知道该怎样使惠英嫂从这可怕的灾难中缓过气来。

孙少平把门里门外的活干完，把房子和院落收拾得干干净净，就引着明明到矸石山上去捡煤。他在山里给明明逮蚂蚱，拔野花，千方百计使孩子快乐……

这天，他担着从矸石山上捡的两筐子煤块，引着明明回到师傅家。明明一进门，就把他给他拔的那一大束野花捧到妈妈床边，说：“看，孙叔叔给我拔了这么多花！妈妈，你说好看吗？”

“好……看……”惠英嫂嘴角第一次掠过一丝笑意。

孙少平猛地转过身，眼里旋转起两团热呼呼的泪水。噢，那一丝笑意正是他所期待的！他多么希望惠英嫂从黑暗中走出来，重新鼓起生活的勇气——为了明明，也为了她自己。

孙少平天天如此，来这个院落干活，带着明明到矸石山上去捡煤。每次从山上回来，他都要给明明拔一束野花，让孩子送到母亲面前。他还把这五彩斑斓的花朵插在一个空罐头瓶中，摆在惠英嫂卧室的床头柜上。花朵每天一换，经常保持着鲜艳。鲜花使这暗淡灰气的房屋有了一线活力和生机。

惠英嫂终于从床上爬起来，开始操持家务了。

当然，这不是仅仅因为那束鲜花。她没多少文化，不会像诗人那样由花而联想到什么“生活意义”。不，她在很大程度上是被她死去丈夫的这个徒弟所感动。她想她不能就这样一直躺在床上，让少平门里门外操劳。她承认，正是有了少平的帮助，才使她感到生活中还不是无依无靠。既然命运使她成为现在这个样子，她就得再挣扎着去生活。

按照国家的政策，她不久就顶替死亡的丈夫，被矿上录用为正式工人。随之而来的是她母子俩都吃上了国库粮。令人心酸的是，这一切都是她亲爱的人用生命所换取的。

但这无疑给这个寡妇增加了生活下去的力量。

她像大多数因失去丈夫而被招工的妇女一样，被安排到矿灯房去工作。少平很为惠英嫂高兴，这样，她或许能在工作中慢慢抹掉心中的伤痕。

“你不要再为我们操心了。嫂子有了工作，日子就能过下去。”她对少平说。

“你不要担心，嫂子。家里有什么事，都有我哩！”

她含着泪水对他点点头。

说实话，至少在眼下，她不能没有他的帮助。这不仅是生活中的一些具体事，而更主要的是，她在精神上需要一个依托。要不是在大牙湾有了工作，她就准备带着明明回河南老家去。无依无靠无工作的孤儿寡母，怎么可能在这样的地方生存下去呢？

现在，她有了工作，维持两个人的生活还是可以的。再说，她和丈夫已经在这里营造起一个满不错的窝。当然，最重要的还是丈夫生前带了个好徒弟，可以给她帮许多忙。就是回到河南老家，父母兄弟也不一定能这样对待她母子俩。

惠英开始在矿灯房上班了。

矿灯房和井下一样，也是一天三班倒。每班九个人，其中一个人轮休，因此实际上班的是八个人。一个管一个窗口，四个灯架，共四百盏矿灯。上班以后，首先清理卫生，关掉充好电的灯源；然后就开始在窗口收上井工人的矿灯，再把充足电的矿灯发放给下井的工人。

这工作说来也不轻松。每盏灯交回后，要擦干净，并且要充好电；如果某盏灯坏了，也要自己修理。最容易出的毛病是接触不良。惠英没上过几天学，起先工作很吃力。少平就抽空给她讲电的基本常识，并且让惠英把一盏不用的旧矿灯提回家，给她一次又一次做示范修理。

现在，少平每次上下井，总是在惠英嫂的窗口交接他的矿灯。他敢肯定，没有哪个人的矿灯比他的矿灯更干净了。同时，每当他下井前从窗口那只熟悉的手中接过自己的矿灯，里面还总要传出一声关切的叮咛："千万操心些……"

少平走过黑暗的通道，眼睛常常热泪濛濛。惟有下井的煤矿工人，才能深深体会这一声叮咛多么令人温暖。

上井以后，他洗完澡走出区队办公大楼，有时会看见亲爱的明明正立在马路边等他。他知道，是惠英嫂打发他来叫他吃饭的。如果她下班早，总会提前做好饭让明明来叫他。

不需要任何推诿，他拉起明明的手，就向东边山坡上那个院落走去，如同回自己的家一样自然。

对孙少平来说，这是一种新的生活。由于他对师傅的感情，使他不能不对惠英嫂和明明担当起爱护的责任。同时，井下沉重的劳动之后，他自已也希望能在这里的家庭气氛中得到某种松弛。他帮助惠英嫂干那些男人的力气活，也坐在她的小饭桌前，让惠英嫂侍候他吃一碗可口饭，甚至喝一杯烧酒，以缓解渗透在身上的阴冷。

但是，他并没意识到，有人已经对他和惠英嫂“另眼相看”了。尽管他们像姐弟一样互相关怀，可在某些人的眼里，这似乎已经超出了常规。每当他走进这个小院，周围那些闲得没事的黑户婆姨，总要互相挤眉弄眼议论大半天。

孙少平和惠英嫂目前还都不知道这些风言风语。在他们看来，一切都是正常的，根本不会想到有人会嚼舌头。他们的来往依旧照常。惠英嫂甚至利用轮休假，亲自跑到他住的单身宿舍，帮他拆洗被褥。

这一天，他在惠英嫂家里吃完饭，明明又一次提出，让他给他买一只狗。

少平这才记起，他早已给孩子答应了这件事，却一直没有办。这是孩子的一件大事。明明爱狗；有只狗，他的日子也就不寂寞了。

月初，他领罢工资的当天，就坐公共汽车去了铜城。

在这几天里，铜城街上陡然增加了一倍以上的人口。只要煤矿一开工资，这个城市总要热闹那么几天。矿工们腰里别着大把的人民币，纷纷从东西两面的沟道里坐汽车，搭火车，涌到了这街上。所有的饭馆都挤满了猜拳喝令的矿工。百货商店，副食商店，个体户的各种摊点，营业额都在暴涨。四面八方的生意人，这几天也都云集这个有利可图的城市。连省上一些大百货公司都来这里设了临时售货点。当然，像双水村金富一类的扒窃能手，也会准时赶来捞几把矿工的血汗钱。不用说，这几天也是派出所和公安局最头疼的日子。

孙少平来这里主要是买一只狗。

他在前后大街的人群里串了大半天，最后好不容易在火车站附近碰上一个狗贩子。他马上挑了一只全身皮毛黑亮而两个耳朵雪白的小狗娃。狗贩子一口要价十五元。少平没讨价，付了钱抱起狗娃就走。

他半后晌回到大牙湾，一下火车就直接去了师傅家。

这只狗娃可把明明高兴坏了。他把这小东西抱在怀里，不断地亲吻它。

少平动手在院墙角给小狗垒窝。

“叔叔，它叫什么名字？”明明抱着小狗，在旁边问他。

“它还没名字。你给它起个名字吧！”他一边说，一边在垒好的狗窝里填进一层柔软的麦秸。惠英嫂也高兴地拿了一些旧棉絮，帮他垫在麦秸上。

“就叫它小黑子吧！”明明喊叫说。

“好，就叫小黑子！这名字很好听！”少平对明明说。

这一天，因为家庭增加了一个新成员，三个人的情绪都很好。饭桌上，他们一直在谈论着这个被命名为“小黑子”的家伙。明明顾不得吃自己的饭，蹲在地上为小狗喂食。

就在这天晚上，少平下井后，却遭遇了一件极不愉快的事。

当头一茬炮放完，又支护好了顶棚，大伙刚开始攉煤的时候，他旁边的安锁子突然大声喊叫说：“哈呀，王世才死了还没多日子，他老婆就撑不住了！”

“那你去解决一下问题嘛！”有人下流地说。

“轮不上咱！少平比咱年轻足劲，早顶王世才的班了！”

掌子面的黑暗中传来一片哄笑声。

孙少平头“嗡”地响了一声。一种无言的愤怒使他掼下铁锹，走过去几拳就把那个不穿裤子的家伙打倒在了煤堆里。

安锁子哇哇乱叫，少平只管在他的光身子上又踢又踏。所有干活的人都笑着，谁也不制止这种殴打——打架在煤矿就像是玩游戏，谁还把这当一回事！

孙少平正当气圆力壮之时，他把这个壮汉在掌子面上打得乱滚乱爬。最后，他索性抓着安锁子的两条腿，一直把他拉到机头那边的漏煤眼上。

他扯着安锁子的两条腿，颠倒着把他悬在那个黑色深渊的口上。

煤溜子在轰隆隆地转动着，煤流像瀑布似的从安锁子身边跌入了那个不见底的黑窟窿里。安锁子吓得杀猪般嚎叫起来——要是少平一松手，他顷刻间就会掉入那个可怕的黑色地狱之中！

这时候，带班的副区长雷汉义过来了。他也没制止这危险的“把戏”，反而嘿嘿地笑着在旁边说：“好！我还正愁没人顶替王世才当班长哩！孙少平这小子能打架，就能当个好班长！好！把那小子撂下去！”

雷汉义立在一边，乐得只管笑。

孙少平把安锁子从漏煤眼上拉出来，像死狗一般把他扔在一边……

少平并没意识到，对安锁子的这次暴力行动，使他无形中在矿工中提高了威信。拳头和力气在井下向来是受尊重的。能打就能干，也就能统帅这群粗野的汉子。雷汉义说的是事实，有一些班长和区队干部就是打架打出来的！

但是，孙少平虽然打倒了安锁子，可他自己受伤的却是心灵——安锁子的话严重地伤害了他。不仅如此，这也是对惠英嫂和死去的师傅的侮辱。

在澡堂里换衣服的时候，安锁子讨好似的给他递上一根纸烟——挨了一顿饱打之后，他就立刻服服帖帖承认了少平的“拳威”。

少平接过他的纸烟，眼里含着泪水说：“你小子不知道，师傅正是为了救你才送了命。要不，死的是你小子！”

安锁子沉默地低垂下了他那颗肉乎乎的脑袋。

中午，少平也没去惠英嫂那里吃饭。他一个人在火辣辣的阳光下，走到医院后面的小山坡上。

他在山坡上转悠着拔了一大束野花，然后走到那一片坟地里，把花束搁在师傅的坟头。他静悄悄地坐在墓地上，难受地闭住了眼睛。

他似乎听见旁边有脚步声。

他睁开眼，看见是安锁子。他并不感到惊讶。

安锁子手里提一瓶白酒。他揭开瓶塞，把酒全洒在师傅坟前的石头供桌上，嘴里嘟囔着说："你活着时爱喝两口，我来给你祭奠一点……"

安锁子倒光一瓶酒后，把瓶子甩到坡下，也过来坐在他身边。

两个人谁也不说话，沉默地一直坐到太阳西斜……

第十九章

列车像拉犁前的黄牛那般沉重地叹息了一声，又颤栗了一下，然后发出几声惊人的长鸣，就悠悠地滑出车站，喷吐着白雾向南驶去。

车轮撞击铁轨的铿锵声迅速地急骤起来。

在动人心魄的隆隆声中，两边那些苍老的破房旧屋跳舞一般飞快地旋转着退向后边。

铜城顷刻间消失了。

接二连三穿过几条幽深的隧道后不久，宽广辽阔的中部平原便展现在眼前。

短短的时间里，就像从一个世界来到另一个世界。从车窗望出去，平原上麦田里复种的玉米已经严严实实遮罩了大地，在夏日炫目的阳光下像漫无边际的绿色海洋。遥远的地平线那边，逶迤的南岭在蓝色的雾霭中时隐时现。纵横于广大平原上的河流，如同细细的银练盘绕在墨绿色的丝绒中。

列车像惊马一般奔驰在平坦的原野上。

车厢两边的窗口，不断飘飞出纸屑、食品袋、空汽水瓶和废啤酒罐。

车厢内，头顶的电风扇嗡嗡地作三百六十度旋转，把凉风均匀地送到各个座位。男女旅客都光膀子裸腿，吃着，喝着，赏心悦目地瞭望着盛夏丰茂碧绿的田野。

孙少平坐在紧靠窗口的座位上，眼睛里闪着新奇和激动的神色。他是第一次坐这么舒适的火车——在此之前，他只是坐过大牙湾到铜城运煤车的闷罐；相比之下，那和坐下井的罐笼没什么差别。

他也是第一次去省城。

如此说来，他的新奇和激动就不难理解了。如果你出身于山区农村，第一次坐火车，第一次到平原，并且第一次去大城市，你就会和此刻的孙少平抱有同样的心情。

少平是代表大牙湾煤矿来铜城矿务局参加完乒乓球比赛后，临时决定作这样一次远行。他得了一个全局男子单打第二名，并且和另外一个人合作，取得了男子双打第一名的好成绩。他左手横握拍的近台快攻，给所有参赛的选手留下了极深的印象。据说，大牙湾煤矿已经广播了他的成绩——一件也许并不重要的事，使他成了他们矿的"著名人物"。在煤矿这样的地方，你有点什么特长，很快就能显示出来。

乒乓球比赛结束后，照例有几天休假。对一个矿工来说，这也是很难得的：不下井，照拿工资奖金。

孙少平突然想，他为何不利用这几天假日去省城看看兰香呢？再说他自己也从没到过这个一直在梦想中的大都市。此外，他近期来心情很压抑，想走远点散散心。当然，在内心深处，他也想见见晓霞的面。自从接到晓霞那封令他伤心和痛苦的信后，他一直没有给她回信。个人感情上的折磨和师傅的死使他在这一段时光里心火缭乱，度日如年。无论如何，他要见见她——哪怕这是最后一次见面。如果命运决定他必须和她分手，那么最好及早地结束这一切……

现在，他坐在这车窗口，心情倒很愉快。飞驰的列车和隆隆的声响使他心潮涌动。他自豪地想，正是他们挖出的煤变为熊熊的炉火，才让这庞然大物奔腾不息地驶向远方。他白汗衫的胸前印着“大牙湾煤矿”几个红字——这是乒乓球比赛前矿上发给他的。此刻，他为自己是个煤矿工人而感到骄傲。他竟抱着一种优越感环视车厢内的旅客，像个悲剧诗人一样在心中问他们：你们是否想到这列车因什么才滚滚前行呢?

“看看你的车票！”

他突然听见一个操河南腔的女高音在旁边喊着说。他扭过头，见一位女列车员立在他面前，显然是对他说话。

他赶忙从衣袋里摸出车票递给她。

女列车员把那个硬纸片翻过正过看了几遍，才又给了他，一声不吭地离去了。

少平原来以为她是查所有人的车票，想不到她只是查他一个人的。

他忍不住难受地咽了一口唾沫，把头向车窗那边扭去。

车窗外，绿色在飞一般旋转。前方一声汽笛长鸣，一团白雾贴着车厢扑面而来，给他脸上蒙了一层冰凉的水汽。

是的，他刚才还为胸前的那几个红字而骄傲。但正是这几个字说明了他那低贱的身份。在列车员的眼里，不买票混车坐的大概只能是煤矿工人。

去他妈的！他索性就像一个真正的煤矿工人那样，肆无忌惮地表演了一个小小的“国技”——把一口痰像子弹一般吐出窗外，使对面那位染红指甲的女士厌恶地把头一拧，给了他一个愤怒的后脑勺!

他微微一笑，心理上产生了一种阿Q式的平衡。

下午两点左右，列车驶进了省城车站。孙少平被汹涌的人流夹带着推出了检票口。

他在万头攒动的车站广场，呆立了好长时间。

天呀，这就是大城市？

孙少平置身于此间，感到自己像一片飘落的树叶一般渺小和无所适从。他难以想象，一个普通人怎么可能在这样的世界里生活下去？

他怀着一种被巨浪所吞没的感觉，恍惚地走出拥挤的车站广场，寻找去北方工大的公共汽车站——兰香早在信中告诉了他，出火车站后，坐二十三路公共汽车，可以直达他们学校的大门外。

他向行人打问了半天，终于找到了二十三路公共汽车的站牌。

好在这是起点站，他上车后，还占了个座位。

一路上，他脸贴着车窗玻璃，贪婪地看着街道上的景致。他几乎什么具体东西也没看见，只觉得缤纷的色彩像洪水般从眼前流过。

将近四十分钟后，他下了车。他立刻就看见了北方工业大学的校牌。

他的心踏实下来了。

少平事先并没给兰香写信说他要来，因此妹妹见到他既惊讶又兴奋。

她立刻跑着到学校招待所为他订了个床铺，然后引着他来学生食堂吃饭。兄妹俩高兴得几乎还没顾上说什么。

兰香买好饭菜，他们刚坐在一张小桌前，便有一个男生过来和妹妹打招呼。

兰香给她的同学介绍说：“这是我二哥！”

“我叫吴仲平。”这年轻人很热情地握住了少平的手。

“我们是一个班的。”兰香在旁边补充说。

“我再去买几个菜。你能喝酒吗？”吴仲平问他。

少平对他点点头。

不一会，吴仲平就端来几大盘菜，又提了两瓶青岛啤酒，三个人便坐在一起吃起来。

少平大为惊讶的是，他没想到妹妹已经出息得这么大方，竟然和一个男同学亲密到如此程度了！

这就是他那个吊着泪珠、提着小筐筐拾柴火的妹妹吗？他似乎都不认识她了。

不知为什么，他感到眼窝有点发热。他为妹妹的成长感到欣慰。她也许是家族中第一个真正脱离老土壤的人。妹妹的这种变化，正是他老早就对她所希望的。在这一刹那间，他自己的一切不幸都退远了。为了有这样值得骄傲的妹妹,他也应该满怀热情地去生活……

第二天上午，兴高采烈的妹妹陪他去上街。在此之前，她已引他转悠了他们美丽如画的校园。

行走在大城市五光十色的街道上，少平倒不像初来乍到时那般缩手缩脚。他是一个有文化的人，很快便知道这个世界大约是怎么一回事。惟一使他感到别扭的是，行人用那种误解的目光把他和妹妹看成了情侣。

兰香大方而亲切地挽着他的胳膊，不时给他指点街道上的情景。她穿一件天蓝色裙子和白短袖衫，稍稍烫过的黑发刚漫过脖项，朴素中洋溢着青春的光彩。

走到一个叫骡马市的地方，少平坚持要带妹妹去看一看衣服。

这是一个个体户出售成衣的大市场。街道两旁花花绿绿摆得一眼望不到头。衣服大都是广州上海一带进来的。还有一些香港和外国的冒牌货，价钱稍贵一些，但式样相当时髦。

兰香说她夏衣足够，少平就给她买了两条牛仔裤和一件高雅的春秋衫。

妹妹红着脸说："我还没穿过牛仔裤……"

"你穿牛仔裤肯定好看！不过，假期回双水村，可不要把这裤子穿回去。村里人不用说，就是咱们家里人也看不惯！"少平笑着对妹妹说。

这天下午，妹妹安排他们到市中心的流花公园去划船。在此之前，她的男朋友吴仲平已经提前到公园租船去了。兰香还给金秀打了电话，约好在公园湖边的游船售票处碰面。

妹妹领他到公园后，吴仲平已经租好了船，并且买了一堆饮料。不一会，金秀也来了。

少平高兴的是，他的老同学顾养民和金秀一块相跟着来了。他们紧紧握手，抢着询问各自的情况，情绪相当激动。他们没想到在这样一个地方又见面了。

不一会，五个人就荡起小船，驶向碧波涟涟的湖心。

孙少平知道，此刻和他同游的其他四个人，平时也许很少涉足这种公共娱乐场所——他们大部分时间都泡在图书馆里。今天，他们之所以安排这样一个活动，纯粹是为了他。是的，大城市人接待小地方来的亲友，必定要安排他去看看动物园，到公园里划划船。

哦，这也很好。他的确大开眼界。尤其是轻松地置身于这样优美的环境，又是和自己亲密的人在一块，这使他非常愉快。

阳光灿烂，湖水碧澄；岸柳婀娜，花朵绚丽；清凉的风像羽绒般轻柔地抚摸着人的脸庞。金秀兴致勃勃地喊叫说："咱们一块唱个歌吧！"

"新歌还是老歌？"吴仲平说。

"应该说现在的歌还是过去的歌。"兰香笑着纠正她的朋友。

"好好，你说得对。过去的歌我就会唱个《让我们荡起双桨》。"

"那正合适。"顾养民说。

于是，由金秀尖利的高音起头，众人就随她一齐唱起来——

让我们荡起双桨，
小船儿推开波浪。

水面倒映着美丽的白塔，
四周环绕着绿树红墙。
小船儿轻轻，
漂荡在水中，
迎面吹来了凉爽的风……

欢乐的歌声随着小船在碧绿的湖水中流泻。兰香、金秀、顾养民、吴仲平，都像孩子一般沉醉在歌声中，脸上挂着灿烂的笑容。

可是，孙少平的眼睛却潮湿起来。他透过朦胧的泪眼，看见远方地层深处的一片黑暗中，煤溜子在转动，钢梁铁柱在地压下弯曲颤抖，淌着汗水的光膀子在晃动……

晃动……小船停泊在了岸边的码头。

孙少平从恍惚中醒过来，跟随这些快乐的人走进了公园餐厅。热情的吴仲平即刻就备办好了酒菜。

孙少平强迫自己回到眼前的现实中。是的，煤矿和这里虽有天壤之别，但都是生活。生活就是如此。难道自己吃苦，就妒忌别人的幸福？不，他在黄原揽工时就不止一次思考过类似的问题。结论依然应该是：幸福，或者说生存的价值，并不在于我们从事什么样的工作。在无数艰难困苦之中，又何尝不包含人生的幸福？他为妹妹们的生活高兴，也为他自己的生活而感到骄傲。说实话，要是他现在抛开煤矿马上到一种舒适的环境来生活，他也许反倒会受不了……

第二天上午，妹妹要去上课。少平说他自己一个人再到街上逛逛——他没好意思对妹妹说他想去找晓霞。

聪敏的兰香却猜到了他的心思。她对他说：“你应该去看看晓霞姐。她上次来我这里，还送给我一条裙子和五十元钱，说是你让她捎来的。其实我明白，这钱是她给我的……”

少平呆住了。晓霞在信中可从来没提过这件事！

一刹那间，说不清楚是幸福还是痛苦，使他感到心头涌上一股酸楚的滋味。

“这是她的地址和电话号码。”妹妹说着把一张小纸片递到他手里。

他把这纸片装进衣袋。其实，晓霞的地址和电话号码他都知道。

在兰香上课前半小时，少平还没动身上街的时候，兄妹俩做梦也想不到，他们的姐夫王满银突然闯到这里来了。

这个逛鬼的出现，着实使他们吃了一惊。一年四季，这个人的踪迹家里人谁也不知道。他怎么会逛到这里来了？

“哈呀，早听说兰香考上了大学！喜事呀！我也忙得没顾上来看看！”王满银满脸黑汗，撩起衫襟子往脸上扇风。那件几乎是透明的尼龙背心脏得像小孩的尿布。

“你吃饭了没？”兰香问他。不论怎样，这个人歪好还算个姐夫，又是上门来看她的，总不能劈头把他臭骂一通。

“吃得饱饱的！”王满银在肚子上拍了拍，“我就是来看看你！哈呀，你真不简单！咱们的光荣嘛……我马上就得走，晚上还要坐火车到兰州去贩点白兰瓜。我以后再来……听说你到了铜城煤矿？”王满银有点怯火地扭头问少平。正是因为少平在这里，他才准备马上离开。他知道两个小舅子都不是好东西，他们都敢打他哩！

少平没有搭理他。真的，要不是在妹妹的宿舍里，他早就对这个混蛋姐夫不客气了——他把姐姐和两个外甥害得好苦！

这王满银却又从衣袋里摸出一片生意人用的简易计算器，对小姨子说：“把这东西给你留下！你用得着！这东西加减乘除又快又灵……你看！”他用手指头压着计算器，嘴里念叨着：“一加一，等于……你看，这不是，二！”

兰香哭笑不得地说：“你快拿走，我们不用这！”

“噢……”王满银只好把那玩艺儿收起来，喝了几口兰香为他泡的茶水，就悻悻地走了。兰香正好也要去上课，就和这个二流子姐夫一同出了宿舍。

他们走后一会，少平才离开学校，到市内去找田晓霞。

当他从解放大道的繁华闹市处走到省报大门口时，却犹豫地徘徊起来。

从报社门口望进去，是一条绿树婆娑的林阴大道。一座赭红色的小楼掩映在绿色深处。那就是她工作的地方。他不知道，当他涉足于那地方的时候，等待着他的将是什么。

周围的市声退远了，耳朵里像有只蚊子在嗡嗡吟唱。他感到视线也变得模糊不清，眼前流转着似是而非的物体和混杂难辨的颜色。

他困难地咽了一口唾沫，终于鼓起勇气走进了报社门房。

“找谁？”一位老头问。

“田晓霞。”他说。

“噢……是工业组的。让我给她打个电话。你先登记一下！”

少平还没登记完，那老头便放下话筒，对他说：“田晓霞不在！出差去了！”

孙少平放下笔，怔住了。

不知为什么，他在遗憾之中也有一种解脱似的松宽。

他旋即走出报社大门，来到街上。

现在，他迈着煤矿工人那种松松垮垮的步子，在一个儿童服装店，为明明买了一支玩具卡宾枪和一身草绿色小军衣——上面还有领章哩！

接着，他又串游到一个杂货铺，买了一个炒菜的铁锅。惠英嫂家里的炒菜锅是铝制的，他知道用铁锅炒菜才符合科学要求——这常识是他从最近一期《读者文摘》上看到的……

孙少平第二天就离开省城，搭火车回到了大牙湾煤矿。

第二十章

就像大晴天冷不丁下起了冰雹——孙少安的砖烧砸了！所有千辛万苦烧制的成品砖，出窑的时候，无一例外地布满了裂缝，成了一堆毫无用处的废物。

问题全部出在那个用高工资新雇来的河南人身上。这个卖瓦盆的家伙实际上根本不懂烧砖技术，而忙乱的少安却把掌握烧砖火候的关键性环节全托付给他来掌握，结果导致了这场大灾难。

灾难是毁灭性的。粗略地估算一下，损失都在五六千元以上。这几乎等于宣布他破产了！旁的不说，村中几十人在他这里辛苦了近一个月，他却连一分钱的工资也给大家开不出；而他自己还在银行贷一万元巨款，每月利息近百元……

绝望的人们所做的第一件事，就是把那个吹牛皮的河南人痛打了一顿。河南人除过受了点皮肉之苦，屁也没损失——他带着预支的一个月高薪落荒而逃了。

一天之内，所有帮孙少安干活的本村人，都咒骂着别人也咒骂着自己，灰心丧气地各回了各家。一些人走时还留下话：你孙少安小子无论如何得给我们开工资，要不，马上种麦子，我们拿什么买化肥呢？

现在，红火热闹的砖场顷刻间就像散了的戏场。人走空了，只留下遍地狼藉。我们记得，不久前开张的时候，这里曾有过什么样的风光！

此刻，在这个一夜间败落下来的场所，少安夫妇相对而泣。他们就像遗弃在战场上的败将，为无可挽回的惨局而悲鸣。

孙少安的灾难马上在双水村掀起大喧哗。人们各自怀着不同的心情，纷纷奔走传告这消息。叹喟者有之，同情者有之，幸灾乐祸者有之，敲怪话撇凉腔者有之。听说田福堂激动得病情都加重了，一天吐一碗黑痰。神汉刘玉升传播说，他某个夜晚在西南方向看见空中闪过一道不祥的红光，知道孙少安小子要倒霉呀……

夜幕降落的时候，少安和秀莲仍然没有回家去。他们坐在一堆烧坏的砖头上，脸上糊着泪痕，默默无语地看着东拉河对面那轮初升的明月。

他们一时无法从这灾难性的打击中反应过来；他们做梦也想不到，命运会发生如此戏剧性的转折。在此之前，他们没有任何一点精神准备啊！

少安用哆嗦的双手勉强卷起一支旱烟棒。满脸泪迹斑斑的秀莲凑到他身边，从他手里拿过火柴，为他点着了烟。亲爱的人伏在他膝头，又一次失声地哭起来。

少安沉重地叹了一口气，像乖哄孩子一样亲切地抚摸着妻子满是灰土的头发。

他无法安慰她。

秀莲哭了一会，却反过来安慰他说："事情到了这一步，你……不敢太熬煎。急出个病，咱更没活路了！"

"怎么办……"少安脸痛苦地抽搐着，不知是问秀莲，还是在问自己。

"咱难道不能重起炉灶？"秀莲在月光下瞪着那双大眼睛问丈

夫。

少安仰起头，像精神病人那样，对着灿烂的星空怪笑了几声。

“重起炉灶？”他痛不欲生地看着妻子，“钱呢？你算算，连贷款和村里人的工资，咱已经有一万大几的账债。如今两手空空，拿什么买煤？拿什么付运费？拿什么雇人？咱两个能侍候了这台机器？更可怕的是，烧砖窑倒闭了，月月还得扛一百来块的贷款利息。另外，我们拿什么给做过工的村里人开工资？眼下这是最当紧的！村里人实际上是等米下锅哩……”

“能不能再去贷款？”

“天啊！我已经没这个胆量了。”少安叫道，“再说，咱已经贷下这么多，现在又破了产，公家怎么可能向一个毫无偿还能力的人再贷款呢？”

“哪咱只能卖机器了？”

“不！”少安对妻子喊叫说，“就是卖了机器，连公家的贷款都还不利索，更不要说给村里人开工资了。咱们将来能不能翻身，还得指靠这台机器哩！要是卖掉，咱这辈子再也没能力买了。公家的贷款咱可以赖着，月月扛利息就是了。现在最主要的是，怎样才能给村里干过活的人开工资……”

没有任何办法。

两个人沉默地陷入到痛苦的深渊之中。他们忘记了饥饿，忘记了睡眠，一筹莫展地坐在这一堆破砖头上，不知该怎么办。

夜很深了。金家湾那边最后几点灯光也已熄灭。月亮静静地照耀着寂静中昏睡的大地。东拉河闪着银白的波光，朗朗喧响着在沟道里流淌。晚风凉意十足，带着秋天将至的讯息，从大川道里遒劲地吹过来，夹带着早熟的庄稼所特有的诱人芳香……

炎热的夏天即将结束。

孙少安砖场的熊熊炉火也随之熄灭了。

对于一个平凡的农民来说，要在大时代的变革浪潮中奋然跃起，那是极其不容易的。而跌落下来又常常就在朝夕之间。像孙少安这样一些后来被光荣地奉为“农民企业家”的人，在他们事业的初创阶段是非常脆弱的。一个偶然的因素，就可能使他们处于垮台的境地；而那种使他们破产的“偶然性”却是惯常的现象。因为中国和他们个人都是在一条铺满荆棘的新路上摸索着前行，碰个鼻青眼肿几乎不可避免。

这就是人们面对的现实。

而问题在于，我们能不能在这条路上跌倒后，爬起来继续走下去？

当然，我们毫不怀疑整个社会将奋然前行！

但是，这个倒在泥泞中的名字叫孙少安的人，此刻却爬不起来了。他个人的力量无法使自己从这场突发的灾难中恢复过来。

此刻，他颓丧地坐在这一堆破砖头上，像一只被风暴打断翅膀的小鸟，在夜风中索索地颤抖着。无论他多么坚强，他终归是双水村一个普通农民。他有什么能力抗击命运如此冷酷的打击呢？

当然，我们记得，这位性格非凡的青年，在过去一次次的灾难中都没有倒下过，而是鼓起勇气重新为创立家业苦斗不已。但那时他一贫如洗，尽管精神痛苦却也没什么大负担。现在，他一下子背了这么多账债，简直压得连气也透不过来了！

孙少安和妻子在他们倒闭了的砖场，痛不欲生地坐到了深夜。

他们突然看见，父亲佝偻着高大的身躯，背抄着手在月亮照得白花花的公路上走出来，转到前面土坡的小路上，一直走到了他们面前。

父亲沉默地立着，叭叭地抽着旱烟，火光在烟锅里一明一灭。“回去吧，你妈把饭做好了……”他开口对他们说。

泪水再一次从少安眼里涌出来，在他憔悴不堪的脸颊上淌着。

这样的时候，只有最亲近的人才不会抛弃他！他知道，父母亲现在也为他的灾难而急碎了心。想想分家以后，他实际上没有给老人多少关照；而眼下自己又栽倒在地不能爬起来，让老人跟着他担惊受怕……

秀莲也站起来，劝少安回家去。

于是，夫妻俩垂头丧气地跟着父亲，离开了烧砖场。

月光皎洁，大地如银似水。夜色是这样美好，人心却如此灰暗！

母亲在他们新居的锅灶上，已经做好了鸡蛋面条，颤巍巍地把冒着热气的饭食端到炕上。少安和秀莲都无心下咽，一人只挑着吃了几根面条。

母亲用围裙揩拭着眼泪，对他们说："不管怎样，要吃饭哩……"

孙玉厚老汉蹲在脚地上，低倾着苍头，一直在抽烟。他握烟锅的手在微微地抖着。一生所遭受的各种打击，早已使他对家庭面临的任何灾难都闻风丧胆，却想不到儿子如今又闯下这么一场大祸。太可怕了！一万大几千的账债，别说他和儿子了，就是虎子手里也还不清！

尽管这几年他家的日子越过越红火，但一种宿命的观点一直主宰着孙玉厚老汉的精神世界。记得他父亲活着的时候，就一再对他说过，孙家的祖坟里埋进了穷鬼，因此穷命是不可更改的。看来，还是他父亲说得对。米家镇那个死去的老阴阳，却胡扯说他们宅第的风水是双水村最好的。好个屁！看，这好风水如今给他们带来了什么样的灾祸！

其实，在少安决定要把砖场往大闹腾的时候，他老汉心里就直打小鼓。儿子的刚愎自用使他当时没勇气阻挡他实现那个宏图大业；而他愚笨的老古板脑筋，又怎么可能替他明察其间暗藏的危险呢？

他只是没去参加儿子那个红火翻天的"点火仪式"。对他来说，生活中出现不幸，那倒是惯常而自然的事；一旦过分地红火而幸运，他倒会产生一种莫名的恐惧和担忧。

现在，他的恐惧和担忧终于变成了事实。

重温当年父亲的“教诲”，孙玉厚老汉再一次确信：孙家的不幸是命里注定。我的儿子！有吃有穿就蛮不错了，你为什么要喧天吼地大闹世事呢？看看，人能胜了命吗？你呀！你呀！你想给村里人办好事，众人把你抬哄成他们的救星；可是现在，他们都成了你的债主！你瞧，还是人家田福堂和金俊山谋划大。人家都谋自己的光景，谁管两旁世人的事？你既不在党里，又不是领导，你为什么要给村里众人谋利？如今，人家除过登门讨债，谁再会看见你的死活……

孙玉厚老汉不时把清鼻涕用手掌揩在鞋帮子上。他蹲在脚地忧心如焚地思前想后，被儿子的灾难打击得抬不起头来。

炕头上那盏豆粒似的灯光，静静地映照着两辈人四张愁苦的面孔。满窑里一片死气沉沉。

屋外，月亮已经移到了田家圪崂的山背后，半个村子被深沉的黑暗所笼罩。远处，公鸡们正在激昂地合唱今晚的第三支歌。

孙玉厚和老伴叹息着，默默无语地回了他们的住处；他们担心那边早已睡熟的老母亲和小孙子。

父母亲走后，少安和秀莲都没有脱衣服就倒在了他们的土炕上。这对患难夫妻忍不住紧紧搂抱在一起。他们浑身酸疼，好像走了好长时间的路。唉唉！在灾难面前，他们更加感到了相互间的恩爱是多么宝贵。

明天，他们将怎么办？

少安抱着妻子，难受地絮叨说：“村里人的工钱，赶种麦前无论如何得给他们开一点。要不，咱还有什么脸活在双水村？众人是信任我，才投到了咱门下。如果他们去黄原打一个月短工，也把种麦的化肥钱赚回来了……可是，咱拿什么给人家开工钱呀！”

秀莲沉默了一会，突然严肃地对丈夫说："事到如今，我也想过了，只能让我回一次娘家，看能不能让姐夫先给咱们借一点钱。有林在村里办醋厂，多了拿不出来，一千来块估计还可以……"

少安听妻子这么说，便"腾"地坐起来。他感激地望着仰面而卧的秀莲，似乎在完全的绝望中获得了一点生机。

他说："有个一千多元，咱先给众人都开上点工资，这样他们就能凑合着把种麦子的化肥买回来……干脆，咱两个一块回你们家！"

"你不能走。咱歪好还有个烂摊场，需要照料。再说，马上要收秋，爸爸一个人也忙不过来。"懂事的秀莲劝丈夫。

少安想不到在这种时候，秀莲的头脑倒比他冷静。

"那你什么时候动身？"他问妻子。

"还能等什么时候哩！我天一明就准备挡车走。"

少安温柔地俯下身子，再一次紧紧抱住亲爱的人，在她那零乱得像沙蓬一样的头发上亲了又亲。

两口子一时无法入睡。

他们索性爬起来，为秀莲收拾起了走山西的行囊。

为了不使虎子缠磨着撵秀莲，他们先不准备给父母那边打招呼；等秀莲走了，少安再设法编个谎话哄儿子。秀莲也不会在山西久留，无论能否向姐夫借到钱，她都会很快返回来的——她惦记着这个烂包了的家庭。

一大早，夫妻俩就出了门。

外面三分曙色，七分黑夜。

公路上已经有汽车开过。

太阳冒花时分，他们终于挡住了一辆去柳林的汽车。当少安看着妻子一个人坐车走了的时候，难受得抱住头在公路边上蹲了好长时间……

几天之后，一些给他干过活的村民，结伴来到他家里，咄咄讷讷地诉说他们的苦情，希望他给他们开工资。在众人想来，少安即使破了产，他们这点钱总还是能开了的。当然，对于他们每个人来说，也的确没有多少钱。可几十个人加在一起，就是一笔相当巨大的款项，孙少安除过卖掉制砖机，否则根本无力付这账债。

他现在只能摆出一副可怜相，给众人宽心说，他妻子已经去丈人门上借钱，一旦借回来，一定先给众人解燃眉之急。大家慑于他过去的威望，只能叹息着等待他老婆从山西返回。其中也有几个人，已经对他不那么恭敬，嘴里开始说些讽言嘲语。少安无力逞强，只能忍受。任何时候，处在失败者的位置上，就得忍辱受屈。

是的，仅仅一夜之间，许多人就用另一种眼光来看孙少安了。实际证明，这个几年来喧天吼地的人物，看来也不过如此罢了！双水村大部分舆论认为，他小子要从这场灾难中翻过来几乎是不可能的！

在目前这种境况中，孙少安本人也承认了舆论对他做出的判断。惟一能安慰他的是，几天后，亲爱的妻子总算从山西娘家门上借回一千多块钱，使他能给村中干过活的人多少开些工资，暂时缓解了一下迫在眉睫的危机……

第二十一章

当秋日金色的阳光从田家圪塄那边漫过公路，漫过东拉河，斑斑驳驳照亮金家湾的那阵儿，就到了庄稼人吃早饭的时辰。在此之前，人们已经在山里干了好长时间活，肚子饿得贴到了后脊梁上。现在，他们迈着懒洋洋的步子，走回了自己的院落。

早熟的秋田作物已经开始收割。禾场上，埝畔上，院子里，到处都堆起了干枯的豆蔓，金黄的玉米棒。地里的南瓜卸光了。用不了几天，就得动镰割糜子。红薯和土豆涨破了地皮。远山浮现出大块的斑黄。

在庙坪三角洲那里，黄绿相间的树叶间垂挂着红艳艳的枣子。早晨的阳光渐渐抹去灰淡的薄雾，草叶上滚动着白花花的露水珠。放学的孩子们唱着歌在哭咽河的小桥乱了队形，纷纷四散开奔回了家。炊烟从各家窑顶袅袅升起，像蓝色的绸带在晨光中飘曳……

金俊武把一捆豆蔓扔在院子里，像往常那样坐到院外的小石凳上，带着一丝满足的神色点起了一锅旱烟。不多时分，他老婆李玉玲就麻利地把饭菜端到他面前的小石桌上。夫妻俩面对面坐下吃起来。他们的两个孩子，一个在原西上了高中，一个在石圪节上初中，除过星期天，家里就他们两个人。

金俊武四十八岁，额头和眼角有了很深的皱纹。不过，那对铜铃大眼依然光气逼人。

看得出来，他还是双水村的一条汉子。

这几年，俊武没去闹腾生意，一心都扑在了土地上。按他的精明，本来是块做买卖的材料。但俊武有俊武的想法。做买卖要资本，那就得去贷款。再说，一个土包子农民，很难摸来行情（如今叫什么“信息”）。一旦赔了，就没个抓挖处。前不久孙少安砖场的倒塌就是明证。

在金俊武看来，土地上做文章最保险。就是有个天灾，赔进去的也只是自己的力气。当然，他现在不会再按老古板种地。他一直和石圪节农技站“挂钩”，照科学方法拨弄庄稼。因此同样大小的地块，他总能比别人多收近一倍的粮食。

金俊武眼下的光景，并不比村里其他能人们差。粮食大宗卖过之后，仍然是村中存粮最多的家户。现在，除过一孔住宿的窑洞，其他两孔窑全部塞满了粮食。就这样还盛不下，他不得不又在院子里搭起一个专门存放玉米的棚子。

金俊武和他老婆李玉玲一边吃饭，一边合计着准备雇用几个人帮助他们收秋。今年雨水充足，秋庄稼格外厚实，光他们两个无力收割完这么多的庄稼。他们种地也种的太贪心了！瞧，连塄畔边的一点零散地都种了荞麦。现在，这荞麦正在开花，他们饭桌周围像落了一层白粉粉的雪。勤劳的俊武从哭咽河沟道把家搬到这里的那年，就在院子内外栽了不少果树。桃三杏四，枣圪蹴起就是。如今，那些枣树的枝头开始缀上了红艳艳的大枣。他的玉玲和他一样精明而能干，四十几岁的人，看起来就像三十出头的小媳妇那般俊俏，走起路来刮风似的轻快。无论是光景还是年龄，金俊武夫妇都处于他们的辉煌年代。

两口子正边吃饭边商量收秋的事，他们的邻居金光亮手里端个茶缸子，一路吧咂着嘴喝蜂蜜水，笑嘻嘻地走过来，坐在旁边的小石凳上。

金俊武夫妇赶忙敬让着叫前地主的大儿子吃饭。

但金光亮笑着摇摇头，说他吃过了。他抿了一口自己的蜂蜜水，香得张开嘴“哈”地一声，眯住眼陶醉地说：“好东西啊！再好的饭也比不上这蜂糖。怪不得丸药都用蜂糖做哩，十全大补嘛！过去咱们谁知道外国还有蜂？我这蜂是意大利的！听说光明是走后门才给我买了两箱……”

每过几天，金光亮就情不自禁要到这个饭桌前来能一能他的“意大利”蜂。就目前而言，金光亮也许是全双水村最为得意的公民。地主成份的愁帽刚摘不久，二小子就当了中国人民解放军。紧接着，门外工作的大弟弟又给他捎回来两箱子“意大利”蜂。除过冬天，他一年三季动不动就到石圪节或米家镇卖蜂蜜，票子虽不是大把抓，也足让双水村大部分人家眼红。今年以来，他也不再出山劳动，整天和他的蜂为伍。山里的庄稼有他的大锤和三锤耕种。这人轻闲得三天两天就赶集上会，又喝的是蜂蜜水，光景日月绿格铮铮。他不能叫谁能哩？

金光亮这样得意洋洋地说话的时候，他的“意大利”蜂就在旁边金俊武家的荞麦花上嗡嗡嘤嘤地采蜜。并且不时吟唱着从三个人之间穿过，像是进行飞行表演。

精人金俊武只好对浅薄的金光亮微笑着点头，表示对他和他的“意大利”蜂心怀敬意。但他老婆李玉玲却气得把脸转向一边，给金光亮个后脑勺。

在李玉玲的想象中，金光亮的这些“毛老子”在她家的果树和荞麦花上采蜜，很可能把里面最好的养料都采光了，因此对这蜂充满了仇恨。而更使她气愤的是，老东西金光亮还常跑来能他的这群毛老子哩！

李玉玲曾几次给丈夫建议，在自家的果树上喷些“六六六”，把这该死的“意大利”蜂都毒死，让老地主的儿子再能！

但金俊武坚决地阻挡了她这危险想法。俊武虽然个性强，可他从来不做这种短事。采就采去吧，能就能去吧，这金光亮几十年抬不起头，快六十岁的人了，也让他张狂上几天……

金光亮这时又抿了一口蜂蜜水，正准备继续夸耀他的“意大利”蜂，却突然像蜂在屁股上蜇了一下，一闪身站起来，慌乱地说：“看我这忘性！我得要挪一下蜂箱子哩！”他话音未落，便端着茶缸子急忙回家去了。

俊武和玉玲扭头一看，见光辉的媳妇马来花提着个大竹篮子，从坡底下走上来了。

这夫妻俩都忍不住笑起来。

马来花和她大哥金光亮是一对冤家。尽管她丈夫和光亮是亲兄弟，但来花一直和大哥不和。尤其是二哥金光明给大哥家捎回两箱子“外国蜂”后，来花不仅更敌视金光亮，连光明当教师的媳妇姚淑芳也不搭理了。她认为，有工作的老二两口子在偏爱老大一家而歧视他们。为此，急得姚淑芳给铜城的丈夫写了好几封信，数落他不该光给大哥家买那两箱该死的蜂——这蜂已经把弟兄三家的关系搅和得一烂包！

马来花是双水村有名的泼辣女人。她在金家湾这面说话，河对面田家圪崂的人也能听见。别人家都是男人做生意，来花却让丈夫光辉安分守己劳动，她自己在村子公路边上卖起了茶饭，一天下来，收入也相当不错。村里的女人指教丈夫的时候，常常说：“你还算个男人？你连人家马来花的脚后跟都拾不上！”而男人们却又顶嘴说：“我有个马来花当老婆，也就能过好光景！”

马来花最出名的还是她那张嘴。喜笑怒骂，威震全村。特别是金光亮，只要一听见她的声音，就像听见老虎的声音，常常吓得落荒而逃。马来花却专意把那些最难听的话往她大哥耳朵里送。

唉，狗不和鸡斗，男不和女斗，再说，又是自己的弟媳妇，金光亮挨了骂也只能装个没听见……

这阵儿，来花上了塄畔，凑到俊武家的饭桌前，大声嚷嚷着说："又给你们能他那群毛老子来了？什么时候，蜂糖能把他噎得不出气呀！"

俊武夫妇不吭声，只是个笑。

马来花坐在这饭桌前，扯开大嗓门指桑骂槐乱吼了一通，直到她丈夫金光辉来才把她硬拉回了家。光辉也管不住自己的女人和她那张不饶人的辣子嘴，只能常常在大哥和老婆之间扮演一个尴尬角色。

具有戏剧性的是，当年被田福堂用革命行动从哭咽河赶到这里的两大户人家，而今的关系呈现出一种新的组合。俊武夫妇和大哥俊文一家人也不和睦，而和隔墙的金光辉一家倒很亲密。相反，金光亮一家和金俊文一家却相处融洽。那边老二家光明在门外工作，媳妇姚淑芳本人是公派教师，不参与两个农民弟兄的矛盾。这边老三家的俊斌早已亡故，改嫁的王彩娥走了石圪节，虽然有个院落，但已经"黑门"；院子里蒿草一人高，门上的铁锁都生了锈。

生活使弟兄妯娌们发生龃龉，却分别和外人结成了友好联盟。

这四家的光景都很殷实，但发达的途径却各有不同。当然，富中之富，首推金俊文一家；我们已经知道，他们是靠金富的"三只手"发了大财……

吃完饭，李玉玲把碗筷一收拾，就转回家去了。俊武点着一锅旱烟，有滋有味地抽着。这时候，他看见金俊山吆着他那头黑白大花奶牛从塄畔下面的小路上走过来。双水村的这位领导人自从新添了这头奶牛，似乎又年轻了好几岁。他现在既养奶羊又养奶牛，牛羊奶增加了大笔收入，同时也把自己喝得红光满面。

金俊山让他的宝贝奶牛独个儿回家去，自己径直从金俊武家的土坡小路转上来。金俊武看出，俊山是找他来拉话的。他同时发现，俊山哥竟然用大红布给他的奶牛做了两个乳罩，便忍不住笑了。这金俊山真有意思！他把奶牛打扮成了个婆姨！

金俊山在小石凳上坐下后，俊武喊叫让玉玲端出一杯茶来。金俊山不抽烟，但有茶瘾。

俊山喝了一口茶水，对俊武说："我前几天就想找你……"

"什么事？"俊武问。

"唉，你又不是不知道。咱们学校的窑洞，那年炸山打坝后，就震坏了。如今，缝子越裂越大，娃娃们都怕得不敢进教室。听我金成说，他头天给裂缝上贴根纸条，第二天就又裂开了。看来，这窑洞十分危险，不敢再让娃娃们在里面上课。我给福堂说过几次，他说他不管……"

金俊山的话又自然勾起了金俊武对往事的回忆。

他一想起当年田福堂逼他们搬家的情景，就压抑不住满腔愤怒。他骂道："田福堂龟子孙为了扬名，造下的孽太深了。你不要管！这是他屙下的，叫他自己去拾掇！"

"唉，那人如今身体也垮了。再说，咱们总不能眼看着让村里的娃娃压死在窑洞里；出个事，可就不得了呀！"金俊山抱着现实主义态度说。

在我们的印象中，从过去到现在，金俊山在双水村似乎永远扮演一个收拾残局的角色。

"那你找我有什么办法？"金俊武的脸色仍然不好看。

"我想找你商量一下，把二队原来那两孔公窑腾出来，先让娃娃们搬进去凑合着上课。"金俊山说。

"里面那些乱七八糟的公物往哪里搁？"

"搁在原来的饲养室。"

看来这事金俊山早已谋划好了。俊武想了想，觉得俊山哥是好意。要不，学校窑真的塌了，出个人命事，也的确不是玩的。他于是就同意了金俊山的建议。

一两天后，在村民委员会主任金俊山的主持下，双水村小学从岌岌可危的原址搬到了金家湾二队的公窑里。这次学校的搬迁实际上是对田福堂和孙玉亭的一次公开声讨。世事再不同往年，如今人们破口大骂这两个“革命家”造下的罪孽。那时叱咤风云的田福堂是打着为全村人谋福的旗号在哭咽河上炸山打坝的。现在，那个早已豁口的废坝和这个搬空的破学校，为田福堂的历史留下两座耻辱的纪念碑。金俊山和金俊武利用搬迁学校这一机会，巧妙地提高了他们在村民中的威望。不用说，田福堂在双水村的权势又下跌了一截。

正当某些户族观念甚强的金姓人家借机抱着恶意的态度，嘲笑败落的田福堂和孙玉亭的时候，金家户族里却暴发了最不光彩的丑事——金富和他父母亲一齐被县公安局拘留了！

这是一个天刚麻麻亮的早晨，一辆警车突然停在村子的公路边上。车里跳下来一些身穿法衣、腰里别着手枪的人。他们迅速过了东拉河的列石，一直向金俊文家院子走去。

村中倒尿盆的女人们首先看到了这情景。消息立刻传到了家家户户。人们拖拉着鞋，一边穿衣服，一边往村中跑。当大伙跑到公路上的警车旁时，就见公安人员已经把金富和他爸他妈从家里拉出来了。一家三口人头垂到胸前，手上都戴着明晃晃的手铐。他们被押过东拉河，来到公路上的警车旁。警察把围观的村民豁开，将三个犯人塞进了警车。警车一声长嚎，车顶上旋转起红灯，便刮风一般扬着黄尘朝县城方向开走了……

警车一走，村民们才如梦初醒，纷纷议论起来。虽然抓的是别人，但这阵势把大伙都吓得脸色煞白。双水村大人娃娃几乎全聚集在了公路上。

人们在这个时候，才开始直言不讳地谈起了他们村的这窝窃贼。在此之前的几年里，金俊文一家为了堵村里人的口，不时分别给众人一点小恩小惠，使得大家只能在背后议论他们，而不好意思在公众场所扬他们的贼名。

有人立刻告诉公路上议论成一窝蜂的村民，现在，金俊文家除过二小子金强住的一孔窑洞，其他两孔窑里，还留几个民警在抄点他们的赃物哩！听说光票子就抄出来四五万块！

啊啊，偷下那么多？

人们马上前呼后拥蹚过东拉河，向金俊文家的院子赶去。不多时分，那院里院外就挤下黑鸦鸦一大片人。

公安人员正把金俊文家里的布匹、衣服和其他东西，一件件造册登记，然后分门别类摞在炕上。

人们怀着极大的好奇心，轮流挤到两孔窑的门口，探着脖子观看里面的景致。

所有看罢的人都纷纷议论说，比石圪节供销社的货物都丰富！

这一天，双水村的大部分人都推迟了出山。直等到公安人员拿封条把金俊文家的两个窑门封住后，人们才散开了。

当天，金富一家老小三口被捕的消息，就传遍了整个石圪节乡。几年来，这家人的名声早已扬遍周围的村社；石圪节乡没有人不知道双水村有个大名鼎鼎的金富！

两天以后，又从原西县城传回更惊人的消息：金富一案共逮捕了十七个人，有的还是从外县捉回来的。据说，这是一个大盗窃团伙，首领就是金富，贼娃子们称他为“老板”。同时，石圪节乡政府也贴出告示，说在后天的集市上，县法院要专门把金富一家拉到这里来公开宣判……

第二十二章

除过那年徐治功搞的物资交流大会，石圪节还从来没有聚集过这么多人。

今天，县法院要在这里公判盗窃犯金富一家子。在人们的记忆中，也很少有过一家三口人被同时押上了法场。

因此，乡民们看这场面，比看县剧团唱大戏都有兴致。

法场就设在当年的戏场上。

我们不会忘记，那年在这同一地方，金俊文夫妇在戏场上出售大儿子从外地偷回来的各色时髦成衣，是何等的喜气洋洋。而高瞻远瞩的金俊武当时就预言他们“好吃难消化，吃了屙不下”！

现在，这两辈三个人脸色灰白立在戏台子前，一人一副手铐，六条腿索索地抖着。法院的人在历数他们的罪行。台下，无数双眼睛在盯着他们——其中包括双水村的男女老少和他们自家的人。

人群里最畅快的要数石圪节“胡记理发馆”的王彩娥了。金俊文的前弟媳妇描眉擦粉，穿着入时，此刻站在人群里一边嗑葵花子，一边向周围的陌生乡民臭骂数落这家人的坏德行；甚至把金俊武和李玉玲也骂在了一块。

法院最后的宣判结果是：判处盗窃团伙首犯金富有期徒刑十八

年；窝赃犯金俊文有期徒刑四年；张桂兰有期徒刑二年，缓期二年执行。

当天，金俊文父子又被警车拉回了原西，而缓刑的张桂兰似乎从阴曹界走了一回，浑身半瘫着被二小子金强架着胳膊引回了双水村。

谁能想到，当张桂兰母子脸上无光回到自家院落后不久，石圪节乡副乡长杨高虎带了一帮子人，敲锣打鼓进了隔壁金光亮家的院子。高虎他们是给金光亮送他儿子金二锤在南方前线的立功喜报来了。

观看金俊文家道败落的村民们，即刻又转而观看了金光亮家的荣耀场面。光亮喜得嘴咧了多大，满院子嚷嚷着给众人散发带锡纸烟；并破例用蜂蜜水款待了乡上送喜报的官员。

双水村啊！悲剧和喜剧在轮番上演……

这时候，金家湾这面的头号能人金俊武却陷入了严重的危机之中。

从表面上说来，大哥一家秋风落叶般的衰败与他金俊武并没有什么。犯法的是他哥一家而不是他们！几年来，正是因为深恶痛绝大哥家靠鼠窃狗偷发不义之财，才使他和俊文别了兄弟之情。

可是现在，当这个家庭一夜之间完蛋之后，他内心却感到异常痛苦。是的，他们自食恶果，罪当应得；他们的下场他预料到了。但是，他们和俊文终究是一家人啊！大祸不能不殃及他们。其他先撇过不说，识文断理的父亲生前在东拉河一道川为金家带来的好名声，被大哥一家完全葬送了。好名声是金子都买不回来的。树活皮，人活脸，他金家的子孙后代都成了众人唾骂的对象！

“大哥，你造下的罪孽太深了……”金俊武蹲在自家的脚地上，双手抱住头，痛苦地长吁短叹。

金俊武在脚地上抱头叹息，他妈躺在炕头被子里双拳捶胸，痛哭、喊叫、呻吟。在大儿子夫妇和孙子被捕的那天，金老太太就被二儿子背到他家的炕头上来了。毫无疑问，老太太遭受了她有生以来最重大的打击。在金先生的遗孀看来，这要比小儿子被洪水淹死都更令她痛苦。她和丈夫一生自豪的就是他们的声誉；别人的爱戴和尊重胜于任何金银财宝。可是，死去的丈夫和活着的她，谁又能想到他们的儿孙变成了一群贼娃子，被官府五花大绑拉上了法场？老天爷，为什么让她活着的时候，目睹后人们这一幕又一幕的悲剧？

俊武的媳妇李玉玲没有哭，也不叹息。她只是吊着个脸，立在婆婆头前，过一会嘟囔一句安慰老人的话。李玉玲在满脸愁苦之中也不免露出一丝畅快情绪——好，这群贼娃子！再叫你们能！活该！最好枪毙上两个！

几年来，大哥一家人煜耀他们不光彩的财富，并且在他们面前耍阔弄势，早已使李玉玲恨透了他们。现在，她脸上装出和婆婆、丈夫一样的难受，心里却在畅快地笑着。

这个时候，在隔壁金强的那孔窑洞里，犯人张桂兰被子蒙头，软瘫地躺在炕头上。她实际上还没有从自己的噩梦中醒过来。几年的劣迹也许得她一生去反省。真令人痛惜！贪图金钱使这个性格开朗、爱说爱笑的劳动妇女，成了一名罪犯。从中我们深切地意识到，大时代的浪潮不仅改变物质世界，更重要的是，也在改变人。许多原来没出路甚至看来没出息的人，变得大有作为，并且迅速走上了广阔的生活大道；而可悲的是，有的好人却变坏了，渐渐向堕落的深渊滑落……

金俊文的另外两孔窑洞被公安局查封，门上交叉贴着白纸条，上面还盖着官印。

在院墙根那个小房间里，金强脸上糊着烟黑，正给他妈熬米汤。他眼睛肿得核桃一般大，头发乱得像一团刺猬。

金俊文的二小子是全家惟一的守法公民了。这个当年曾和他哥一样调皮捣蛋的青年，不知什么时候脑筋开了窍，在不知不觉中成了一个相当出色的青年。

双水村人是慢慢才把金强和他家其他人区别开来的。后来，几乎全村人都夸赞起了这个青年。小伙在土地上的那股勤劳劲头，很像他死去的三爸金俊斌。但他又比他三爸活泛，尊老爱小，见人不笑不说话。不论谁家有难处，只要他能帮上，就会尽力而为。更主要的是，他和人交往的时候，总谦让着叫自己吃点亏——这对于一个农民来说，是最受人尊敬的品质。事物就是这样奇怪——一条西葫芦蔓上却结出了一颗南瓜！

几年来，金强背着大哥和老人的贼名，异常痛苦地生活着。家里所有的农活也都撂给了他。有时候，当耳朵边传来别人对他家的无情讥笑时，他真想操起杀猪刀子，把父母和大哥都一起捅死！他忍受着耻辱和折磨，没明没黑泡在山里，眼泪直往肚子里流。没办法啊！他还鼓不起勇气跑到公安局去告发他的亲人，以便及早结束这黑暗的生活……

现在，他脸上染着烟灰，坐在灶火圪塄里一手拉风箱，一手往炉灶里添柴。

此刻，他并不难受，反而觉得心里很轻快。当公安局把铐子戴到父母和大哥手上的时候，他感到自己精神上的镣铐却“哗啦”一声打开了。他的日子也许将更艰难，但他自己是清白的。做一个清白人多么好啊！他知道，双水村大部分人不会把他和家里的其他人混为一谈。

金强听见院子里传来脚步声。他抬起头，在烟熏火燎中看见进来的是卫红。他立刻感到浑身像抽了筋似的绵软……

卫红是孙玉亭的大女儿。此刻，她怎么独个儿走进这个丧失了名誉的家庭呢？

其实，在此之前，世界上没有人知道，孙玉亭的这个大女儿，一两年前就和金强产生了很深的感情。

他们的恋爱是从大山里开始的。

责任制以后，碰巧孙玉亭的几块地都和金强家的地紧挨着。玉亭和凤英劳动实在差劲，好多情况下，都是他们的大女儿卫红一个人在地里干活。至于金强家，我们知道，其他人都在忙“生意”，山里的活也是金强一个人干。

两个青年常常在相邻的地里不期而遇。卫红终究是个女孩子，地里的活干起来相当吃力。有些活路她实际上根本干不了，急得坐在地上抹眼泪。这时候，金强就把自己地里的活撂下，过来先帮她干活。人心是肉长的。久而久之，孙卫红感到，世界上再没有比金强更亲的人了。金强帮她干完活，她就又过去帮金强干活。后来，他们实际上是一同在耕种两家相邻的土地。他们在劳动中建立起无比深厚的爱情。两个人在山里同吃各自带来的饭；休息的时候，卫红给他补裰柴草挂破的衣衫，他给卫红挑扎在脚心的葛针……

谁都知道，金家和孙玉亭家的矛盾极其深刻。两个相爱的青年也都清楚这一点。但爱情的藤蔓可以越过任何篱笆而盘缠在一起。他们是双水村的罗密欧与朱丽叶。

因为前两年“朱丽叶”年龄还小，婚姻尚未被提起。但两个人心里都明白他们的关系实际上属于何种性质……

在家里出这样的大祸以后，金强已经忘记了他的“朱丽叶”；他更不会想到，亲爱的卫红在这时候走进了他的家门——她可是从来也没上过他家的门啊！

不过，一个可怕的念头闪电般在金强的脑际掠过：卫红是不是来告诉他，他们的关系从今往后就一刀两断了？

完全可能！是啊，哪个女人再愿跟他这样家庭的人结亲呢？

金强顿时感到两眼一阵发黑。

他从灶火圪塄里站起来，望着立在他面前默默无语的卫红，不知该说什么。

卫红仍然默默无语。金强看见，她眼里噙着泪水。她立了一会，便坐在灶火圪塄，替他拉起了风箱。

金强木呆呆地站在旁边，闭住了眼睛——泪水汹涌地冲出了眼眶。

他不由自主地叹了一口气，用手掌抹去脸上的泪水，揭开锅用勺子搅了搅米汤。

开锅以后，卫红站起来，低头抠了一阵指甲，似乎鼓了很大的勇气，开口说："我想……到你这边来过日子……"

这位十九岁的姑娘说完这句话，脸一直红到了耳根旁。

金强又感动又激动，说："你给你爸你妈说了没？"

"没……"卫红仍然低头抠手指甲，"最好叫个大人给他们说一说……"

大人？他家哪来的大人？大人都成了罪人！金强知道，玉亭叔革命性很强，他怎么可能让卫红和一个"阶级敌人"的子弟结婚呢？再说，那年为玉亭叔和他三妈王彩娥的事，两家人结仇太深……

金强伤心地叹了一口气，对自己亲爱的人说："你先回去，罢了叫我想个办法。"

卫红走后，悲喜交加的金强先硬劝说着让他妈喝了一碗米汤。

此后，他就一个人蹲在院墙角里，困难地咽着唾沫，不知该怎样给玉亭叔说他和卫红的亲事。

他突然想起了他二爸。二爸尽管和他们家、玉亭叔家的关系都不好，但这终究是个"大人"。他知道，二爸二妈对他一直都是好心相待，不像对父母和哥哥那样心怀敌意。事到如今，也许只能依靠二爸为他做主……

金俊武听完侄儿给他叙说了他和卫红的事后，震惊得目瞪口呆，一时倒不知说什么是好。

金俊武能料到他哥他嫂和大侄子的下场，但万万料不到二侄子和孙玉亭的女儿黏到了一搭。

他首先气愤地想起孙玉亭和俊斌媳妇的“麻糊”事件。虽然那事过了好几年，一想起仍然叫人怒不可遏。

不过，另有一股热流随即淌过了这个硬汉的心头。他为孙玉亭的女儿如此深明大义而感动不已。不简单啊！一个十九岁的女娃娃，能在这样的关头做出这样的抉择，能不叫人眼窝发热吗？

金俊武没有往下考虑，就一口答应了侄儿的请求。

金俊武同时意识到，他将要负起的是一个大家庭主事人的责任。弟弟俊斌那门人，死的死，走的走，已经断了根。哥哥俊文一家三口虽然活着，但基本上也完蛋了，只留下金强一条完整的根苗。他金俊武不能让这家人也绝了门。金强已经二十六岁，如果不是卫红这么好的孩子，哪个女娃娃还愿意和贼门人家结亲？要是金强打了光棍，大哥那门人也就断了种代，金家的后世不堪设想！要是这样，他怎能对得起死去的父亲？

但是，金俊武答应了侄儿之后，才感到这事十分棘手。他和孙玉亭多年来一直势不两立，怎么可能做通他的工作呢？再说，上玉亭的门本身就令他万分为难！

唉，事到如今，他金俊武只能下脸去为侄儿求亲——金家再有什么资本逞强斗性哩！

金俊武突然出现在孙玉亭家的黑窑洞里，也着实让玉亭两口子大吃一惊。

虽然金俊文一家已经臭不可闻，但金俊武仍然是金俊武。对金家湾事实上的领袖登门拜访，感情上敌对的玉亭夫妇也不能不流露出某种荣幸之色。在农村，不管你身居何种要职，如果你家境贫困，就自然对家境好的人心怀敬畏；更何况，这金俊武不仅光景在村中拔尖，同时也是双水村的领导之一，而且敢和卓越的田福堂分庭抗礼！

贺凤英马上用一只豁口破碗，为金俊武倒了一点白开水。金俊武反客为主，给孙玉亭递上一根纸烟。

俊武不绕圈子，开门见山说明了他侄儿和卫红的事，希望玉亭夫妇能支持两个娃娃的婚事。

"……我哥一家是完了。你们清楚，几年来，我和他们也早断了来往，别了兄弟之情。但金强是个好娃娃，这村里人都能看得见。

"至于咱们两家的关系，过去的已经过去了。往后成了亲戚，我想也不必再计较过去的那些碰磕。同村邻舍，有点什么不美气也是难免的。你们都有文化，我想会宽怀大度对待这些事。再说，就是我们之间有点不和，也不应该影响娃娃们的亲事……"

金俊武雄辩而诚恳地对他的前对手说了一大堆热忱话。

孙玉亭脸由红变白，又由白变红，夹纸烟的手指头索索地抖着，别过脸不再看金俊武。贺凤英也吊着个脸一言不发，低头在锅台上拿切菜刀砍一颗老南瓜。

黑窑洞里一时寂静无声。

过了一会，孙玉亭红脖子涨脸对金俊武说："这事弄不成！我怎能把卫红给了犯罪分子的后代？就是这话！你们是白日做梦！妄想把我的女儿拉入那个黑染缸？我一千个不答应！一万个不答应！"

谈判破裂了。

金俊武碰了个硬钉子，尴尬而痛苦地退出孙玉亭的院子。

金俊武刚走，孙玉亭就把大女儿叫到跟前，盘问了半天。卫红不仅说出真情，还顶嘴说她非和金强结婚不可！

恼羞成怒的孙玉亭费劲地脱下一只破鞋，一直追赶着把女儿打出院子，又撵着打到了坡底下。贺凤英喊叫着冲出来，打了孙玉亭一记耳光，才制止了他的疯狂。作为母亲，不论她是否同意这门亲事，凤英当然要护着女儿。

贺凤英怕出逃的卫红寻了短见，一路哭着去寻找孩子。当她路过田福堂家的硷畔时，躺在碾盘上晒太阳的支书问妇女主任：“你哭什么哩？”

凤英毕竟是妇道人家，马上鼻子一把泪一把向支书叙说了事情的根根梢梢。

田福堂一阵猛烈的咳嗽过后，脸上露出一丝讽刺的笑容，说：“好事嘛！玉亭还给我做工作，让润生和寡妇结亲，说两个人有了爱情，大人就不应该阻挡。他怎能阻挡自己娃娃的爱情哩？再说，卫红又寻了个打着灯笼也找不下的好人家……”

在孙玉亭家闹翻天的时候，金俊武却在自己家里愁得一筹莫展。他先不想把他的失败告诉侄儿，以免孩子遭受打击。

但他又有什么办法攻克孙玉亭这座顽固的堡垒呢？

金俊武一下子想起了孙少安。是的，也许只有少安才有能力说服他二爸。当然，俊武知道，少安现在砖场倒闭，处境险恶，心情很坏，此刻麻烦他实在不合时宜。但他已走入绝路，只能去求他了！

金俊武决定马上去找孙少安。

第二十三章

金俊武一见孙少安，才吃惊地发现，前一队长已经被砖场的倒塌折磨得不成人样了。小伙高大的身躯像他父亲一样罗了下来，脸色憔悴而黑瘦，眼角糊着眼屎，嗓子也是沙哑的。

俊武先安慰了他一番。尽管他出于诚心，但话语是空泛的。他知道，几句安慰话解决不了少安的问题。如果少安缺的是粮食，那他金俊武有能力帮助这位年轻的朋友。

孙少安尽管心情坏到了极点，但他不能拒绝俊武的请求。

他答应当天就去找他二爸。

哈呀，这孙玉亭真的成了个人物！他刚把双水村的一条好汉赶出了门，另一条好汉又上门求他来了。

玉亭这阵儿腰杆子确实很硬。他吸着少安的纸烟，拿板作势地听侄儿七七八八给他说好话。

“不同意！就是这话！你别再给我灌清米汤了！”孙玉亭很有气魄地打断了少安的话。如果在前不久，少安红火热闹的时候，他决不敢对侄儿如此态度生硬——那时是他有求于侄儿。可是现在，你少安小子还不如我！我穷？我不欠债呀！你小子屁股后面欠一堆账债，有什么资格来教导老子？

"你甭再为金俊武小子说情了！你自己连自己屙下的都拾掇不了。你先甭说其他事，你二妈的四十块工钱我们还等着用哩！你最好先把钱给我们开了，再去管两旁世人的事！"

孙玉亭俨然以一副债主的神态对他以前敬畏的侄儿说话。

孙少安气得嘴唇直哆嗦。他没想到，连无能的二爸也不把他当一回事了。

唉，也许在所有人的眼里，已认定他孙少安这辈子再也爬不起来。既然是这样，人们有什么必要尊重一个在生活中软弱无力的人呢？

孙少安一看他没本事再说服张狂的二爸，只好沉着脸从这个破墙烂院里走出来。他难受地咽着唾沫，喉骨结在不停地上下滑动。他并不计较二爸那些过分刺人的话，而更多的是为自己的处境悲哀。唉，他孙少安现在竟手无缚鸡之力了！

少安下了二爸家的小土坡，半路正好碰见担水的妹妹卫红。他拦住妹妹，询问了她本人对自己婚事的态度。

卫红很有主见地告诉大哥，她坚决要和金强成亲。

孙少安大受感动。他以前没有想到，他二爸二妈那样的人，竟生下这么个好娃娃。少安感到，卫红妹妹在骨子里有孙家的那种硬劲。

他于是给妹妹出主意说："这是你自己的事，不管你爸你妈是什么态度，只要你本人坚决，你就按你的想法去行事！你知道，婚姻是自由的，到时候谁也挡不住你们！"

卫红抹去眼角的泪水，严肃地对大哥点了点头。

孙少安走出田家圪崂，蹚过东拉河，直接去金家湾向俊武报告了他的努力没有任何结果。

于是，这宗亲事就暂时被搁置起来……

冬至过后不久，阳历一九八二年快要结束的几天，随着西伯利亚大规模寒流的到来，黄土高原落了第一场雪。

雪下了一天两夜，大地和村庄全被厚厚的积雪埋盖。田野里鸟兽绝迹，万般寂静。家家封门闭户，只有窑顶烟囱中升起一柱柱沉重呆滞的炊烟。野狗吐着血红的舌头，嘴里喷着白雾，在雪地上奔蹿。无处觅食的麻雀挤在窑檐下，饿得叽叽喳喳叫个不停……

大雪停歇的那个无风的早晨，村里人出门以后，就见金俊武和侄儿金强，黑棉袄钮扣上挂着红布条，从白雪皑皑的庙坪走过来，不管碰上大人还是娃娃，都双膝跪地磕上一头。人们朝金家湾北头望去，见俊武家的院墙上，插起一嘟噜白色岁数纸。

所有的人立刻明白：是金老太太谢世了！

金老太太的去世，意味着一代人在这个古老的村庄即将最后消失。扳指头算算，那一茬人中，现在残存的就只有孙玉厚的老母亲了。

不管老太太的后人们有多少劣迹，但她本人和已经亡故多年的金先生，一直受到普遍的尊敬。他们的好德行甚至得到了整个东拉河流域的确认。

因此，双水村各姓人家都纷纷对老太太的去世表现出真诚的哀悼。人们争抢着去打墓；乐意帮助金家操办这场丧事。

帮忙的外姓村民，老太太娘家门上的人，以及金家其他亲戚，都先后拥进了金俊武的院子。当然，金家湾这面姓金的人家，全都成了事中人。

俊武家地方太小，其中两孔窑堆满了粮食；他哥家的两孔窑又被公安局查封了。因此，丧事的许多具体事宜得分散在金家湾各处进行。金俊山父子被聘为总料理。俊山精通乡俗礼规，做各种安排；他儿子金成记账。

金俊武毫不犹豫地决定，他要按农村习俗的最高礼规安葬他母亲。这个大家庭已经晦气十足，母亲的葬礼一定要隆重进行；让世人看看，金家仍然是繁荣昌盛的！

不用说，金家全族人都是宾客；外族人每家也将请一个人来坐席。这等于要款待全村人来吃喝。不怕，他金俊武有的是粮食！

金家湾这面许多家户都在替金老太太的丧事碾米磨面。光辉家的院子里，五六个人在杀猪宰羊。从米家镇请来的阴阳先生，正在金俊海家做纸火。金波他妈忙着一天五顿饭侍候这位“圣人”；他们家的炕上和箱盖上，摆满了纸糊的房子、院落、碾磨、课幡、引魂幡和童男童女。

与此同时，在金家祖坟那里，打墓人掘开了金先生的坟堆，把先生的骨骸装进一个小木棺函中，准备和老太太合葬。

金老太太装穿好七八身绸缎寿衣后，便入了早年间做好的镂花柏木棺中。

棺木停放在院子搭起的灵棚里。长明灯从屋里移出，放在棺木前。灵案上摆满供果和一头褪洗得白白胖胖的整猪。一只活公鸡绑住爪子，搁在棺木之上。

棺木两边的长条凳上，老太太的直系亲属轮流坐着守灵。吊唁的人川流不息。亲戚们过一会就轮着来一批，跪在灵棚前唱歌一般哭诉一番，但真正流眼泪的是少数人。哭得最伤心的是大媳妇张桂兰——她多半是借此哭自己的命运。前来吊唁的村民只是送点香火，烧烧纸；辈数小的跪下磕两个头。

入葬的前一天，亲戚、金家全族的大人娃娃和所有被邀请的宾客，从早到晚一直不断地轮流吃两顿非吃不可的饭。第一顿是饸饹油糕；第二顿是“八碗”和烧酒。隔壁金光亮弟兄三家的窑洞全都摆满了宴席。

下午，雇用的一班吹鼓手来了——进村以后，先放了三声铳炮。所有的孝子都到村头去跪迎五个穿开花破棉袄的乐人。

夜幕一降临，隆重的撒路灯仪式开始。吹鼓手前面引路，孝子们一律身穿白孝衣，头戴白孝帽，手拄哭丧棒，真假哭声响成一片；

他们跟在吹鼓手后面，从金俊武家的院门里出来，沿着哭咽河边的小路，向金家祖坟那里走去。许多人手里都拿着白面捏成的灯盏，走一段,便往右边的雪地上放一盏,并且随手抛撒着纸钱。返回来时，又向路的另一边间隔搁置面灯。入夜，雪地上的路灯如同流萤一般闪闪烁烁，其阵势蔚为壮观。双水村的老年人们纷纷羡慕地议论感叹：金老太太生了个真孝子，把丧事办得多体面啊！

第二天大出殡以前，又进行了著名的“游食上祭”仪式。全体男女孝子，手拄哭丧棒，披麻戴孝在老太太灵前间隔按辈数跪成方阵。仍然由吹鼓手领路，后跟两个三指托供果盘的村民，在孝子们的方阵中绕着穿行。托盘人为田五和一队原会计田平娃。这两个人左手举盘，右手拿着白毛巾，迈着扭秧歌一般的步伐，轻巧地走着，像是在表演一个节目。

接下来是“商话”。一般说来，这是孝子们最心惊的一个关口。这实际上意味着老人能不能顺利入土。

所谓“商话”，就是由死者娘家的人审问孝子们在老人生前是否对她孝顺；或者她死后的葬礼是否得到尽心操办？这时候，死者娘家门上来的人，哪怕是三岁娃娃，在孝子面前都是权威人士，像君主立宪国的皇室成员，神圣不可侵犯。如果他们中任何一个人从中作梗，孝子们就别想让老人入土！

现在，俊武的两个七十来岁的老舅舅盘腿坐在炕头，身后是其他小辈的“皇室成员”，一个个都不由自主摆出高高在上的架势。

金俊武领头跪在炕栏下的脚地上。他身后跪着自己的妻子李玉玲和大嫂张桂兰。接下来是金强和俊武两个上学的儿女。其他孝子们从脚地上一直跪到了门外的院子里。其阵势真有点像群臣跪拜新登基的皇上。

俊武先概要地向娘舅家的人汇报了他们生前照顾老人的情况，其中当然也有一些必要的检讨。接着，他又详细叙说这次是如何操办母亲丧事的。最后，他请求舅舅们提出意见；如有不满足，他将尽力弥补缺憾。

接下来，孝子们就敛声屏气，等待娘舅家的质询了。

在这种情况下，死者娘家的人多少总要提点意见，向孝子们发难；俗称“抖亏欠”。

为首的大舅庄严地盘腿坐在炕头，耷拉着松弛的眼皮，像老法官一般沉吟着说：“其他嘛，也就不说了。我姐和我姐夫东拉河一道沟谁不知道他们的好名声？如今，他们入土合葬，你们为什么不给他们做个道场，让礼生来唱唱礼呢？”

所有孝子们的心都在咚咚跳着。他们想不到这老家伙竟提出了如此高的要求。俊武的媳妇李玉玲头叩在地上，心里骂道：“老不死的东西！看你死了还能要个什么花子！”

俊武给大舅磕了三头，回话说：“本该按你老说的这样做。只是咱们周围请不下和尚道士。要做道场，只能到白云山去请礼生，但路太远，还不知人家来不来……”

他大舅合住眼一言不发——这等于拒绝了外甥的理由。

事情眼看着陷入了僵局。

这时候，二舅咳嗽了一声，扭头看了看他哥，说：“也就不要再为难娃娃了。俊武为办他妈的丧事，已经尽了力，这我们能看见……”

二舅是个明白人，主动为外甥开脱。

大舅沉默了一会，抬起眼皮说：“那就这样吧。起来……”

金俊武和所有孝子都赶忙向炕上这一群严厉的审判官磕头谢恩。

迎完村民们送的挽幛和祭饭后，就要起丧了。

八个壮汉涌前来准备抬棺木。前面两人手提长条板凳，以备抬棺人路上歇息时停灵。

米家镇已故米阴阳的儿子继承了父业，现在是周围最有名气的阴阳——此时他手拿切菜刀，走到棺木前象征性地在鸡头旁砍了砍，然后把那只将属于自己的老公鸡扔在地上，背过身嘴里念了一会咒语，喊道：“起殃！”

三声铳炮轰鸣，吹鼓手奏起哀乐，棺木被八个人抬起来。

金强扛着引魂幡打头，后面是举课幡和童男童女的孝子。接下来是吹手，然后直系孝子手扯棺木上的纤帐，一路哭说着出了院门。岁数纸和老太太生前的枕头在院畔上点燃了。与此同时，双水村所有人家的院畔上都点起一堆避邪的火。

棺木在坡下作程式性停留。女孝子们在这里烧过纸磕过头后，就返回家不再去坟地。

重新起棺后，只留了男性孝子。吹鼓手也停止了奏乐。人们在雪地上艰难地行进着，好不容易才把这分量很重的柏木棺抬到金家祖坟。

在墓地上，阴阳成了主要角色。孝子们都怀着敬畏的感情，由年轻的米阴阳用罗盘指导着将棺木吊入墓穴。这里的一招一势，稍有不慎，按迷信说法，都会给后辈人招致灾祸。

坟堆起后，米阴阳念招魂曲：“……每日儿烧香在佛前，三载父母早升天。千千诸佛生喜欢，万万菩萨授香烟……啊哈！朱砂硼砂磨合砂……磨合钵罗啊，钵弥罗……罗罗罗饭钵……钵钵罗饭罗……”

米阴阳一念完，在坟旁画一十字，再画一圆圈，又向坟堆撒了五谷，葬礼就全部结束了……

母亲的丧事全部办完后，金俊武夫妇累得睡了两天两夜。从大哥一家三口被捕到母亲去世，使他们处于一连串的事变之中，身体和精神全有点撑不住了。他们知道，老母亲正是因为俊文家的祸事才一病不起的。

现在，这一切都完结了。在这对夫妇的内心深处，倒像是收割完一季庄稼，可以长长地出一口气。他们剩下的惟一心病，就是侄儿金强的婚姻问题。在这件事上,李玉玲和丈夫的熬煎是一致的——他们都喜爱和同情可怜的强娃。

但是，俊武夫妇并不知道，事情在孙家那里有了突破性的转机。

春节前的几天，孙卫红又一次向父母提出她要和金强结婚；而且强硬地表示，不管大人同意不同意，他们赶春节就到石圪节乡政府去领结婚证呀!

不用说，孙玉亭又把女儿和金家压到一块臭骂了一通，坚决反对这门婚事。

但玉亭奇怪的是，他老婆却不再对这件事说话。

贺凤英不再说话，不是说她还支持丈夫，而是基本上默许了女儿的抉择。

凤英有凤英的想法。她和玉亭没有生男孩，能在本村找个女婿，老了也有人照顾他们的生活。再说，虽然金俊文家的三口人犯了法，但金强是个好后生，既能吃苦又会抚弄庄稼——这正是他们夫妇所欠缺的。有了金强，他们就不要再低声下气求大哥一家人了。更重要的是，她已经知道女儿和金强生米做成了熟饭，无法再阻挡这门亲事。她甚至对吼天喊地的玉亭抱着一种嘲笑的态度。

当丈夫准备再一次收拾女儿的时候，贺凤英不得不告诉玉亭：卫红已经怀孕了!

孙玉亭就像被一闷棍敲在头上，顿时傻了眼。天啊！谁能想到他孙玉亭的女儿做出如此丢脸的事呢？这叫他以后怎样再教育双水村的人民?

玉亭同志应该知道，自他和王彩娥的“麻糊”事件之后，他就早没资格在两性问题上教育别人了。

孙玉亭气倒在了他的烂席片炕上。他也知道，局面已经无可挽回。女儿怀着金强的娃娃，不让她和那小子结婚，谁再要她呢?

不管孙玉亭反对不反对，春节前，卫红和金强相跟着去石圪节乡政府领了结婚证。鉴于金强家的状况，懂事的卫红不要金家举行任何仪式，准备直截了当从田家圪崂走到金家湾就行了。

在双水村一片惊讶的议论声中，孙卫红和金强无声无息地生活在了一起。

孙玉亭尽管痛苦不堪，但女儿终究是自己的亲骨肉。在孩子离家之前，他在一堆过去的学习材料中翻出一个红皮笔记本——这是那年评法批儒时石圪节公社奖给他的。他将这笔记本作为结婚礼物送给了女儿，并且在上面很有才华地写了两句题词：一颗红心两只手，世世代代跟党走。

第二十四章

一九八三年春天，社会大变革的浪潮异常迅猛地向深度和广度发展。以深圳经济特区为标志，中国条件优越的东部地区的改革，已为全世界所瞩目。

落后的西部地区，就像过去参观大寨那样，由各级领导带领，纷纷组团结队，到温暖的南方去取经，也捎带着游览了一些名胜古迹。

过去没啥名气的深圳成了中国新的耶路撒冷。

穿臃肿老式棉衣的西部人，参观游览一圈回来以后，有的羡慕惊讶那里的开放与发达；有的则摇头叹息，大发“国将不国”的哀叹，说东部地区完全成了“西方世界”……

不管怎样，去那里转了一圈的西部各级领导，都受到了巨大的冲击。有些干部率先改革了自己的服装，穿起做工粗糙的西服，戴起鸭舌帽、变色镜，披上了米黄色风雨衣。当然，他们各自也或多或少取回了一些“经”。他们最为震惊的是，像江苏省某些乡镇企业的经济产值竟然超过北方某些地区的产值。看来，仅仅在农业经济上做文章显然远远不够了。必须大力发展乡镇企业。东部地区的口号成为新的经典在西部传播开来：无农不稳，无工不富，无商不活！

一九八三年开春以后，不管条件是否成熟，各地的乡镇企业星罗棋布般发展起来。各种确有才能的人和一些冒险家纷纷申办起各种工厂和公司。挂着“总经理”、“董事长”等等头衔的名片满天飞。其中有些单位的全部人马就是“总经理”自己一个人——他们的“公司”就在腋下的皮包里装着。

从总体而言，沉睡的西部打了一个哈欠，伸了一个懒腰，开始苏醒过来，似乎准备动一番干戈了。发展经济的热情急骤地高涨起来。

但是，在双水村这个普通的小山村里，作为先行者的孙少安，当全社会乡镇企业蓬勃兴起的时候，他的事业却像一只被巨浪打碎的小船抛在岸边，失去了继续前行的能力。

砖场倒闭至现在，已经有半年的时光。孙少安的精神仍然没有从这场灾难中恢复过来。

这半年中，他又复原成一个地道的庄稼人，整天闷着头在地里干活。村里和外面世界的事，他都漠不关心。那些事和他有什么相干哩？他现在欠一屁股账债，处于水深火热之中，熬煎得吃不下饭，睡不着觉。

这时候，他也体验到类似孙少平的那种感觉：只有繁重的体力劳动，才使精神上的痛苦变为某种麻木，以至使思维局限在机械性活动中。他真没勇气去面对自己残破不堪的现实啊！砖场死气沉沉。日子死气沉沉。村里干过活的人，工钱还没给人家开完，而一万元贷款，利息已经滚了好几百元……

他实际上又不可能处于麻木状态。一旦细细盘算他的光景，他就不寒而栗。

孙少安在山里常常把镢头扔在一边，颓然地四肢大展睡在土地上，面对高远的天空长吁短叹。他不尽地回味自己坎坷的人生道路，双眼噙满了泪水。他诅咒命运的不公平，为什么总是对他这样冷酷无情！想一想，他已不再年轻——今年三十一岁，过了而立之年；可是，到头来，他不仅仍然两手空空，还背负着沉重的债务！

有时候，走入绝境的他，竟然像孩子一般在山里天真地幻想，会不会出现个奇迹让他摆脱这厄运呢？比如过去年代金家的老地主就在这块地里埋下一窖金银财宝，让他一镢头挖出来了……他对自己的荒唐想法报以刻毒的冷笑。得了吧，孙少安！你这样躺着胡思乱想，还不如起来干一会活。你已经是这样可笑，说明你活该倒霉。看来，你要重新振作精神是多么不容易！你往日那股劲头哪里去了？你就甘心这样像死狗一般沉沦吗？

是啊，我为什么变得这么软弱无力？我过去不是没有经历艰难困苦；而那时不是一次又一次用顽强不息的意志渡过了重重危难，并且一次次转危为安吗？当然，这次危难不比往常，是太巨大太可怕了；但总不能用这样一种灰心丧气的态度去逃避这危难。再说，能逃避了吗？

那么，你应该怎么办？你又怎样才能度过你一生中这场毁灭性的灾祸？

他又有什么办法呢？他不是没想过办法。因为想不出办法，才逼得他胡思乱想啊！

孙少安心里明白，惟有他的砖场重新上马，他才有希望翻身。

可是重开砖场需要资金。贷款是不可能了。公家的钱是扶持有能力偿还本息的人，而再不可能给他这样一个破产户。问私人去筹借吗？惟一有两个钱的“挑担”常有林，他已经在人家手里借了一千多块，用来安抚村中给他干过活的亲朋好友——现在，这笔账债还未还清，村民们碍着他的老面子，才不好三番五次上门逼债，但他已经在这些信任他的人面前抬不起头了……

痛苦的少安总是一个人早出晚归——他不愿见村里人的面。

有时候，他从山里回来，也不直接回家，一个人坐在黑暗的东拉河边，一支接一支抽自卷的旱烟棒；或者孤魂一般游荡到他那荒凉清冷的砖场，用手摸半天油毛毡棚里的制砖机……直到等心焦的秀莲来寻到这里，他才默默无语地跟妻子回家去吃饭。

半年来，孙少安真正体验到什么叫“患难夫妻”。亲爱的秀莲不仅像他一样承受着破产的痛苦，而且还要千方百计安慰他。

她给他说宽心话，给他做好吃喝，给他温柔的抚爱和体贴。甚至在他苦闷至极，无端地向她发火的时候，她也心甘情愿当他的出气筒。

晚上，在大多数情况下，他都是搂抱着她睡觉——这已不仅再是肉体的需要，而是寻找一种可靠牢固的精神依托。没有秀莲，他说不定神经都要错乱了……

又是一个深沉的夜晚。

秀莲已经入睡了，他仍然在黑暗中醒着。

他心绪烦乱，把胳膊从妻子温热的脖项里抽出来，坐起穿好衣服，一个人静静地呆在黑暗中，抽着自卷的旱烟棒。焦躁中他不知自己想了些什么。

“你？睡吧……”

旁边传来妻子轻轻的说话声。

他扭过头，在微光中看见秀莲那双大眼睛睁得圆圆的。她看来早就醒了。

“唉……”少安长叹了一口气，“睡不着嘛……”

沉默。

妻子理解他，知道他说的是真话。

“咱们不能再这样等死了！”秀莲也坐起来，脊背上披了件衫子，往他这边挪了挪，用手拉住了他的手。

“可咱们又有什么办法呢？”少安把妻子的手亲切地用力捏了捏。

“反正你不能再整天闷着个头，从家里走到山里，又从山里走到家里。你应该出去跑一跑！一眼看见，窝在双水村是没有出路的！”

“你是说让我像当年少平那样出去揽工吗？”少安侧过脸，不解地问妻子。

“不。我是说，你应该到乡上和县上走一走，看能不能再贷下款。”

“谁还再敢给咱贷款呢！”

“你不会找找刘根民？他总不会眼看着老同学走到死路上！”

“就是根民想帮助我，他也拿不出钱。贷款要县上的银行批准哩……”

“那你不会到县上去？你去寻他周县长！他都亲自跑来为咱们的砖场点火，说不定会支持咱哩！”

“咱有什么脸再去寻人家县长？人家支持咱，是叫咱往好办哩！现在咱把砖场弄垮了，人家怎再支持你？”

“这又不是咱故意往坏办！是那个河南师傅……该死的……”

“人家还管你这号事！”

“可是，你难道就不能跑到县上去试试吗？不行了拉倒！这总比坐着等死强！过去，你可从来都没这么窝囊过……”

秀莲说得有些伤心，但没有流泪。她知道，这时候她不能在丈夫面前流泪。她不是没有流过眼泪，只是一个人悄悄偷着哭罢了。

妻子的话严重地刺激了少安。他并不生秀莲的气，反而猛地感到，妻子的话是多么正确。是呀，他孙少安为什么变得这样没出息？难道他真的就这样一筹莫展、灰心丧气地坐着等死吗？

他感到脊背上掠过一道寒冷的颤栗。心脏在胸膛里狂跳不已。

他“腾”地从炕上站起来，举起双拳在黑暗中咬牙切齿地挥舞了几下。

“我操他妈！”他骂道。

他不知道他在骂谁。

孙少安重新坐到妻子身边。他的心情久久不能平静下来。他满怀深情搂抱住妻子滚圆的肩背。他感激她。这不是说她替他想出了什么起死回生的妙方，而是她重新唤起了他生活的勇气。

对，他不能就此而甘愿沉沦！他还应该像往常那样，精神抖擞地跳上这辆生活的马车，坐在驾辕的位置上，绷紧全身的肌肉和神经，吆喝着，呐喊着，继续走向前去……

不知不觉中，窗户纸已经发白了。

屋外，那只老公鸡扯着嗓门唱起了嘹亮的晨曲。公路上传来汽车的隆隆声响。

“我今天就出去跑一趟。”

多少天来，少安第一次用平静而清爽的语调对妻子说话。

秀莲望着他笑了。她的笑容看起来是那样令人心酸。丈夫重新振作起精神，对她来说，那就是希望。只要亲爱的人不倒下，再大的苦难都没有什么。是的，没什么。当年她从山西撵来和他一块生活的时候，不也是困难重重吗？只要人本身钢巴硬正，即使去讨吃要饭，那又有什么可怕！

秀莲赶紧点火做饭。

她给丈夫烙了几张白面葱饼，又打了一碗荷包蛋。丈夫吃饭的时候，她给他收拾好那个多时不用的黑人造革皮包；又把那身过去做生意穿的“礼服”从箱子里翻出来。她要把出门的丈夫重新打扮得像往常一样。人凭衣衫马凭鞍，一身好衣服能给人添许多精神！

孙少安穿起那身礼服，把黑人造革皮包斜挂在肩头（里面装着仅存的几盒“牡丹”牌香烟），在妻子满含期望的目送下，出了家门，顺着公路向南走去。

他先来到石圪节乡政府，找到了他的老同学刘根民。

他的情况根民一清二楚。

“……唉，我只能给周县长写封信，你带着去找他，看县上能不能帮助你解决困难。少安，我和你一样急，只是乡上根本解决不了你的问题。这里没权给你贷几千块钱呀！”根民很诚恳地对他说。

“我又不是不知道这些情况！你千万不要为难！你能给周县长写封信，这就蛮好了。”少安为一次又一次麻烦他的老同学而感到十分内疚。

孙少安带着根民写给周县长的信，从石圪节搭车当天就去了原西县城。

他碰了个大钉子：周县长到省上开会去了，一个星期都回不来。

少安垂头丧气走出县政府大门，在原西街上漫无目的地走着。

他痴呆呆地立在十字街旁一个角落里，愁得像个傻瓜一般。触景生情，往事又一幕幕浮现在眼前。他想起了当年他和润叶在这里的交往；想起他和牲畜一起拉着沉重的架子车往中学送砖；想起那年“夸富”会上的游行；想起他气势非凡地在这里交谈生意，请人家吃山珍海味……现在，他一副破落相，如同鬼魂一般游荡在这街头，叫天天不应，喊地地不灵……

他在恍惚中突然想起一个熟人。

他决定去找找以前在他们公社当过领导的徐治功。听说徐主任已经从水电局调到了乡镇企业管理局，正是他们这号人的“娘家”，何不去他那里碰碰运气呢？

孙少安几乎不抱什么指望。但人到急处,往往盲目瞎碰。他知道，徐主任在石圪节时，对他的看法很不好。那年为多留了一点猪饲料地，他还组织大会批判过他。

出乎少安预料的是，徐主任——现在应该叫徐局长，很热情地接待了他，似乎已经忘记了他们之间曾经有过不愉快。少安马上觉得，人家徐主任终究是大官，心胸开阔，不计前嫌，而他却用老百姓的肚量估摸人家，实在是……

不过，治功热情倒很热情，但这里不能给他解决任何问题。

“走，我引你到农业银行去！你的情况我知道哩！周县长都亲自到你的砖场参加过点火仪式嘛！”

孙少安很受感动地跟着徐治功来到了县农行。在这一刻里，徐治功简直就是一位下凡的天使！

治功在县农行的营业室还没把话说完，负责贷款的营业员就打断了他，说：“这个人的情况我们知道。我们不可能再给一个不仅无偿还能力，而且还破了产的人贷款！”

徐治功又急忙叙说了周县长如何为孙少安的砖场点火的情况——他几乎把这件事编成了故事。

营业员看来有所松动。不过，他说：“那你们得寻承保单位。”

徐治功难住了。尽管周县长支持过孙少安，但这小子已经搞塌火了，他徐治功可没胆量承保——孙少安再塌火了呢？

徐治功于是接连给县上和城关镇几个企业单位挂了电话，询问看谁家能给孙少安贷款做个承保单位。

没有人答应这件事。

徐治功双手一摊，表示这事他已经无能为力了。不过，他安慰他的前臣民说：“等周县长回来，我一定给他汇报你的情况！”

再还有什么可说的呢？少安说了一堆感谢徐局长的话，就只好返身回双水村了。

当他坐在北行的公共汽车上，望着车窗外绿意盎然的山野，视线渐渐模糊起来。他难受的不仅是他没有贷到款——这结局实际上比他预料的还要好；他只是不忍心目睹妻子那双殷切期待的眼睛……

第二十五章

“四人帮”垮台以后，中国最为瞩目的现象之一，就是文学在全社会的大爆炸。从刘心武的那篇小说开始，以社会问题为主题的文学作品，哪怕是一个短篇小说，常常立刻就引起全社会的喧哗。也许有史以来，中国文学直接的社会效应从未达到过如此巨大的程度。

（究其原因需要冗长的篇幅，这里就不再累赘了。）

在这种状况下，作家这个行道变得异常地吃香起来。一时间，有志于此道的人多如牛毛。文学作品的数量逐年骤增，犹如决堤洪水；水来土掩，各种文学杂志纷纷面世；中国眼看就要成为文学的“超级大国”了。

当然，这好现象中也包含一些令人忧虑的成份。有许多人因“文化大革命”耽搁了学业，理工科没指望，就在这方面寻找出路，因此将文学弄成了纯粹的谋生手段。另有个别人对此几乎中了魔法，竟丢了工作，撇下妻室儿女，夹着成堆的废稿和几句敷衍的退稿信，一脸宗教般的狂热，长年周转于各编辑部。

为了迎合这种文学的狂涛巨浪，有许多文学单位和报纸杂志，纷纷办起了什么“文学讲座”、“刊授大学”、“函授大学”……以此满足和吸引成千上万的文学青年。尽管这类活动收费实在不低，但参加者蜂拥如潮。由主办单位出钱雇用的一些已经出名的作家，纷纷到各地去进行演讲，听众竟场场爆满。有时候，这类“讲座”还售门票，并兼售演讲者本人的著作，使得这类活动让各方面都受益匪浅。

三四月间，省作协《山丹丹》文学月刊的文学讲座在黄原地区搞面授活动。来讲课的有著名老作家、省作协副主席黑白和新近冒出来的“第五代”诗人古风铃。

在黑老的关怀指导下，黄原地区去年初就成立了文联。此次活动就由地区文联协助《山丹丹》编辑部来搞。因为黑老亲临讲课，地区文化局也出面了。

客人到达的当天晚上，田福军就以地委和行署的名义，在黄原宾馆宴请了黑老一行人。出席作陪的有管文、卫、体的副专员，兼着文联主席的地委宣传部长；当然也少不了地区文化局长杜正贤和文联副主席、诗人贾冰。杜正贤的女儿杜丽丽已经是《黄原文艺》的诗歌编辑，又是这次具体安排活动的工作人员，因此也参加了这个隆重的宴会。

为了确实安排好这次活动，地区文联在黄原宾馆和黑老他们相邻的楼层包了两间房子，贾冰和杜丽丽各住了一间。贾冰负责侍候黑老，杜丽丽负责陪同诗人古风铃。

几年来，杜丽丽在贾老师的指导下，已经成了小有名气的女诗人；不仅在省级刊物上发了一些诗，而且还在《诗刊》上露了一次面。起先，她的诗师承贾冰；后来，便自然地在意识上超越了她的老师，加入了新诗人的行列。不过，她知道，比起古风铃，她已经又成了落后流派中的一员。

杜丽丽和古风铃是第一次见面。但她早已崇拜这位在全国有影响的青年诗人。古风铃是《山丹丹》编辑部的诗歌组长，已经出版过两本诗集，据说他的诗都引起了外国的注意。丽丽特别庆幸这次能亲自陪同这位著名的新派诗人。

杜丽丽和田润叶同岁，今年已经三十了，但看起来还像二十出头的姑娘那般光彩鲜嫩。和团地委书记武惠良结婚到现在，她坚持说服了丈夫，至今还没要孩子。至于那穿着打扮，一直在黄原领导潮流。她自豪地宣称，她在街上走过时，男人们的“回头率”达到了百分之九十以上！

古风铃名不虚传，高高的个子，一头长发披到肩头，白净的脸上围了一圈炭黑的络腮胡，两只眼睛流动着少年般的光波。上身是棕红色皮夹克，下身是十分紧巴的牛仔裤；裤膝盖磨白处，用钢笔横七竖八写着一些令人莫名其妙的话，几乎把裤子变成了草稿纸。不看他的诗,光看人就知道他绝非凡俗之辈。从他嘴里说出的是“超越”、“嬗变”、“集体无意识”等等新鲜的词汇和费解的概念。据他所说，舒婷、北岛等人已经成为历史上的诗人，不值一提了。丽丽感到惭愧的是，她现在还把那两个诗人奉为神明哩。

黑老的课讲完后，古风铃就在黄原影剧院做了一场有关现代派诗歌的报告。

由于事先就出了布告，听讲者拥满了整个剧院。尽管大部分人几乎没有听懂古风铃一上午说了些什么，但所有听讲的文学青年都对这个人佩服得五体投地。在古风铃演讲的时候，杜丽丽替他在影剧院门口推销诗人新近出的那本书名带有天文学味道的诗集《光子》。这本诗集印了两千册，其中征订数不足二百，剩下的一千八百多册得靠自己推销，否则出版社就不出版。因为诗人在影剧院里主要谈他的这本诗集，所以他带来的二百册《光子》，赶散会就被杜丽丽卖得一干二净。

“谢谢你万能的帮助！”讲完课回到宾馆后，古风铃十分满意地对丽丽说。

“这都是因为您的著作本身具有魅力！”丽丽崇拜地对古风铃说。

“不必称‘您’。就年龄来说，我应该叫你姐姐。”

“就水平和成就来说，您是我的大哥！”杜丽丽有点庸俗地说。她实在为古风铃的话而受宠若惊。

以后的几天里，黑老在杜正贤和贾冰陪同下，去原北县农村体验生活。古风铃对此不感兴趣，没有跟随他们去，就由杜丽丽陪同在黄原市内和周围一些有点特色的地方转悠。多数情况下，他们都不坐车，步行相跟着东跑西颠地活动。不用说，古风铃给他的崇拜者传授了不少写诗的“秘诀”。他还动手改了她写的几首诗，对她的写诗才能给予极高的评价，并且答应在《山丹丹》上接连用头条位置发她的几组诗；说一定要把她推向全国去！

杜丽丽兴奋得神魂颠倒。她把古风铃比作她的“启明星”。两个人立刻成了相互高度理解的知音。一个晚上的半夜时分，古风铃敲开了杜丽丽的房门。丽丽丝毫没有拒绝，两个人就在黄原宾馆睡到了一块。

几个晚上的云来雾去，杜丽丽就彻底爱上了古风铃。

这一天中午，杜丽丽正和古风铃在她房间的床边上抱在一块亲吻，听见有人敲门。两个人赶紧分开。古风铃坐在沙发上，丽丽前去开门。

丽丽打开门，看见是她的丈夫武惠良。

直等到惠良手里提着洗澡的东西和换洗衣服走进来后，杜丽丽才想起她原先约好让惠良中午来这里洗澡。

丽丽有点慌张地介绍古风铃和惠良认识。两个男人握了握手。古风铃搪塞了几句，就过他房间去了。

武惠良先坐进了沙发。

丽丽为了使自己平静下来，钻进卫生间替丈夫收拾澡盆去了。

武惠良虽说是个行政领导，但也读了不少书，因此头脑极其聪慧。他一进来，就感觉这房子里有一种令人疑惑的气氛。他发现妻子和那个怪模怪样的诗人，脸上的神色都很不自然。丈夫对妻子的敏感几乎要胜过雷达对空中飞行物的敏感。

但是，没有什么直接的证据来证实他的猜疑是有道理的。

不过，他相信他的直觉。没有错！在他妻子和刚离开的那个人之间，已经发生了一些不可言传的事！

卫生间的水在哗哗地响着。看来那个澡盆还得收拾一段时间！

是的，丽丽得让自己平静下来，恢复到一种“正常”状态才露面。卫生间成了掩饰她的庇护所。

他要不要现在立刻走进去？

不！这样反而会降低了他自己的人格。

武惠良呆呆地坐在沙发里，手里还提着换洗的内衣。他内心狂涛骤起，思维在闪电般排除或肯定各种可能和不可能。他多么希望一切都是他的错觉啊！

但是，他在无意间却找到了该死的“证据”。他看见，那个平展展的床铺边上，竟有两个挨得很近的塌陷的窝。这分明是两个人一块坐过的地方！

武惠良感到两眼一阵发黑。

他索性闭住眼仰靠在沙发背上，困难地咽了一口唾沫。

“都好了，你快去洗吧。”他听见妻子在说话。

他睁开眼，没有马上起来。

“你怎啦？”丽丽问。

“没什么……”他站起来，向卫生间走去。

武惠良糊里糊涂在澡盆里泡了一下，竟然忘了擦肥皂，就穿上衣服走出来了。

坐在沙发里的丽丽像被惊醒一般猛地抬起头——她显然没有想

到丈夫会这么快就洗完了澡。

武惠良先迅速瞥了一眼床铺。

那两个窝没有了。整个床铺平平展展，恢复得和妻子的脸色一样。

还要再说什么吗？

一切都全然明白了！

“我今晚上回家去住。”丽丽对丈夫说。

“你随便吧！”他生硬地说，连看也没看她一眼。

丽丽愣住了。

她似乎觉察出惠良的情绪不大对劲。难道他已看出了她和古风铃的关系？不可能吧？可也难说！她知道丈夫是个极其敏感的人。

武惠良匆匆地走出了房间，甚至都没给妻子打个招呼。

他拎着装脏衣服的提包，既没有回家，也没有去机关，两只眼睛模模糊糊，恍惚地穿过街道，在东关老桥旁的石台阶上走下来，坐在黄原河边的一块石头上。巨大的痛苦压得他喘不过气来。他的脑子像被挖空了似的，一时间都不知道该怎样思考这个突然出现的灾难。这是人生的灾难。毫无疑问，他的生活将要改变了；他处在极端可怕的危机之中……

黄原河静静地在眼前流淌。无声的汹涌。

在毫无察觉之中，夜幕扑落了。

他从石头上起来，感到浑身酸疼；尤其是两个肩膀的骨缝，像被斧头砍开一般。

他从河边走上街道。万念俱灰。满城辉煌的灯火不再像往日那样令他陶醉。曾记得，在这之前的每一个夜晚，当他在灯火映照的大街上骑车回家的时候，总是一天中最为愉快的时刻；因为那个温暖的房屋里，亲爱的人这时已经为晚饭做准备。等他一回去，两个人说笑着一块动手，然后马上就可以坐在小饭桌前，头挨着头，一边看电视，一边吃饭……别了，我的爱，我的幸福！

武惠良拖着囚犯般沉重的脚步，走回了地区文联他们那间住房。

踏进家门，他看见丽丽已经把饭菜摆在小桌上，一个人静静地坐着，显然在等他。

见他回来，她没有说话，站起来把碟子上扣菜的碗揭开。

他没有说话，也没有去吃饭，而把提包一丢，就倒在床上睡了。

一切都是沉重的，连空气也不例外。

他听见她收拾碗筷，把所有的东西都送回了厨房。

她也没有吃饭。

最后一丝侥幸心理荡然无存。这已经无可辩驳地再一次说明，她身上肯定发生了非同寻常的事。要不，她总会和他说点什么的，因为他已经对她明显地表现出了反常的情绪！

他索性脱了衣服，蒙住头睡在被子里。

他听见她在洗漱；在脱衣服；在拉被子；并且在他旁边睡下了。

长时间的无声无息。

过了好一会，他感到她的手在隔着被子轻轻扳他的肩膀，并且小声问："你……怎么啦？"

武惠良狂怒地一把揭开被子，翻身起来，瞪着痛苦而凶狠的眼睛大声喊："你自己知道怎么啦！你说！你和那个该死的家伙干了些什么！"这时候，团地委书记已经把行政领导干部的那种修养抛到了九霄云外，像个粗野的庄稼汉一般怒吼着。

丽丽避开那两道剑一般的寒光，把头扭向一边。不过，她很老实地说："我不准备隐瞒你，我是和古风铃好了……"

"这不是真的！"他痛苦地叫道。

"是真的。"她说。

"你撒谎！你在气我！"

"没有……"

武惠良疯狂地抱住妻子，绝望地哭了，浑身在痉挛地抖动着。

“你应该打我……”她说。

“不！回答我，你再爱不爱我了？你要说出你的真心话！如果你不再爱我，我现在就走出这家门！”

“我仍然爱你！像过去一样爱你！”丽丽眼里也涌满了泪水。

“那你和古风铃……”

“我也爱他。”

武惠良放开妻子，两眼呆呆地望着她。

“我不应该骗你。我爱你，也爱他。”丽丽平静地说。

“你什么时候变成了这样的人？”

“我也不知道。我一直爱你，但在感情上不能全部得到满足。你虽然知识面也较宽阔，但你和我谈论政治人事太多了。我对这些不感兴趣，但我尊重你的工作和爱好。我有我自己的爱好和感情要求，你不能全部满足我。就是这样。未认识古风铃之前，我由于找不到和我精神相通的朋友，只能压抑我的感情。但我现在终于找到了这样的人……”

“那么，咱们商量个办法吧！怎样离婚？”

“离婚？我可没这样想过！”

武惠良嘴唇哆嗦着问：“难道你既不和我离婚，又和古风铃一块鬼混吗？”

“怎能用这样粗鲁的话评论我们的关系？你现在的思想还停留在过去的年代。你现在很痛苦。我理解你的痛苦。我也痛苦。我的痛苦你未必理解。这既是我们个人的痛苦，也是现代中国的痛苦。我相信有一天你会理解并谅解我，因为你自己也许能找到一个你满心热爱的女人……”

武惠良抡起胳膊，在妻子脸上狠狠打了一记耳光。

丽丽没有吭声，倒在被窝里睡了。

武惠良光身子坐在床上，想哭，但哭不出声来。此刻，他看起来是这样的强暴，可实际上又是多么的软弱！

他一直呆坐到后半夜，然后拉灭了灯。

他流着泪扯开妻子的被子，痛苦地呻吟着，一次又一次和她性交……

第二十六章

几天以后，古风铃把痛苦的种子撒播在黄原，自己一身轻快回了省城。他已经给杜丽丽声明，他不可能和她结婚。杜丽丽也从没这样想过。他们对于家庭和两性的看法，都属于观念全新的一代。

但武惠良却无法接受这个冷酷的现实。

多年来，惠良一直搞行政工作，而且担当了领导职务。在他那一代人中，算是前程远大之辈，有多少青年男女对他羡慕不已。谁又能想到，这样一颗光彩夺目的政治新星，个人生活竟然蒙上了一层暗淡的阴影呢?

现在，团地委书记眼神无光，两颊凹陷，头发零零乱乱，说话前言不搭后语，像完全变成了另外一个人。只是因为过去的印象，他的下属还没有充分发现他的不正常状况。

武惠良的痛苦在于他对妻子爱得既专一又深刻。而发生了如此严重的事情后，他反倒更不能割舍这种爱恋。恰恰是因为爱得太深，这种打击就更悲惨。

不幸的是，他连痛苦都是不自由的。他领导着一个大部门，每天得应付各种工作，还要竭力掩饰自己的情绪，对不同的人做出不同的笑脸。更难为人的是，还得去参加许多热闹欢乐的场面——这是团的工作所必不可少的……

只有每天下班以后，他走出机关大门，才可以把自己真实的坏心绪表现在脸上。通常他不再按时回家，而像孤魂一般在城外黄昏笼罩的山野里转悠。

这一天傍晚，他又来到古塔山。古塔山周围已经辟为公园，各处修起几个凉亭，并且在山后一个大水库上搁置了几条小船——这都是在地委书记田福军倡导下修建起来的。

武惠良沿着弯弯曲曲的山路，一直走到水库边上。

天色已经暗了下来。水库边没有什么人迹。春天轻柔的晚风吹拂着他烫热的脸庞。水波轻轻涌动，发出细语般的喧哗。不远处，那几条游船静悄悄泊在岸边。

武惠良坐在一片枯草地上，点燃了一支香烟。他望着暗淡的波光和模糊的山色，眼里噙着泪水，喉咙里堵塞着哽咽。这时候，他才震惊地感到，他走到了人生的迷途之中。过去，无论在工作上，还是在生活上，他都曾达到过兴奋的高潮。尤其是美满的家庭和热烈的爱情，不仅给他带来了个人生活的满足，而且还促使他在事业上奋发追求。他在丽丽身上寄托的是永恒的爱，因此他才舒心爽气地在工作中施展他的才华。可是刹那间，一切都像肥皂泡一样破灭了。他以前所相信的一切都变得迷离混沌，精神上所有的支柱都开始摇摇欲坠。因为理想太光辉，一旦破灭，绝望就太深。他不能容忍丽丽的背叛行为。这就是新人吗？全是瞎扯淡！说来说去，还是为了满足自己的欲望！人本身就是自私的，可我却真诚地相信人，真是咎由自取！

武惠良把烟头丢在地上，然后起身走到那边泊船的小房里，向看船的老头租了一只小船，在昏暗中一个人划向湖心。

他漫无目的地划着船，回想着以前他和丽丽的一切情景，心中爱与恨难解地交织在一起。矛盾。无法解决的矛盾。他真想一纵身跳入黑暗的湖水中……

可是，我为什么要死呢？我如此年轻，生活才刚刚开始，我为什么要死？春天来了，满山青绿，遍地黄花，它们都生机盎然，而我为什么要死？

他闭上眼睛，用力划着船，嘴里不由自主地唱起了歌——

正当梨花开遍了天涯，
河上飘着柔曼的轻纱，
喀秋莎站在峻峭的岸上，
歌声好像明媚的春光……

他抹掉满脸泪水，睁开眼睛，发现小船似乎又回到了原来的地方。是的，只不过转了一圈而已。他面对的仍然是眼前的现实——冷酷而无情的现实。

起风了，水面的波浪涌起来；涛声和山林的喧哗响成一片。

武惠良挥动双臂，发狠地用力划着，既和风浪搏斗，也好像在和命运搏斗……

一直到晚上十一点钟，他才把小船泊在岸边，从土路上摸索着走下古塔山，来到清冷的黄原街头。

夜晚的大街上行人稀疏；地上的灯火和天上的星月组成了一个迷乱的世界。

他拖着沉重的步伐向家里走。他不知前面等待他的是什么。现在，他和丽丽都是硬着头皮走自己的路。也许他们都不知道接下来该怎么办。

进家之后，屋里弥漫着一股烟气和烧酒味。

丽丽也没有睡，一个人头发散乱地坐在小桌旁，正在抽烟——她是这两天才开始抽烟的。桌上还放一瓶烈性西凤酒。

她对他的进来没有反应，端起酒杯仰头又灌了一口。

武惠良一言未发，也坐在小桌边。他只觉得心中一片凄苦。几天以前，这个家还是那么温暖和谐，现在却像低等旅馆的房间一般乱成一团。

乱的不是房间，是人，是人的心。

他默默无语地抽了一支烟，又接上了另一支。

丽丽站起来，从厨房里寻出一个酒杯，给他放在面前，满满倒起一杯。

他端起酒一展脖子喝了个净光。

她也喝了自己的一杯。

第三杯时，她说："咱们干一杯吧！"

他拿起酒杯，两个人当啷一碰，各自都一饮而尽。

武惠良眼泪像断线的珠子一般从脸上淌下来。

"别哭……也许以后我们不会在一起吃饭了。本来我不希望那种结局，可你……我求你别哭了……"

武惠良还是没说话，又灌了一杯酒。

酒没有了。

两个人木然地呆坐着。

城市已经完全寂静下来，只有春汛期的黄原河在远处发出雄浑的声响。隔壁的房间里，传来男人的深沉的鼾声。

武惠良站起来，想要离开这个小桌，丽丽却伸手拽住了他的胳膊。他索性伏在饭桌上，出声地哭起来。几天里，他第一次这样无拘无束地痛哭。他哭他自己的悲惨命运；他也受不了丽丽折磨她自己！

酒力猛烈地挥发了。他离开小桌，跌跌撞撞走过去，一头倒在床上，继续哭着。

丽丽也走过来，躺在他身边，说："你冷静点。哭解决什么问题？

我们一起谈谈……对你，我一直真诚地爱着。可现在我也真诚地爱古风铃。如果我不说出这一点，那才真是对不起你了。

“当然，在感情上，你们两个都有权利要求我，但问题是你的确受了伤害。我也不知该怎么办……虽然我知道你无法原谅我，但我还想和你一块生活下去。至少咱们应该试一试，看我们能不能还生活在一起……”

武惠良不哭了。他开口说：“你要试你试吧，反正我没有多少信心。归根结底，对你来说，我将会是多余的人。到目前这种局面，我承认这是必然的。因为你成了诗人，你瞧不起我的工作。我自己永远都成不了什么诗人……既然是这样，你去寻找和你相般配的艺术家去吧！如果我仍然赖着和你在一块，最后不高尚的反而是我了……”

“你在讽刺我。我承认，是我不高尚，从一开始就不高尚……”

“那么，最伟大最光辉最高尚的就只有古风铃了？”他刻毒地讽刺说。

丽丽不再言传。

沉默。久久地沉默。

丽丽酒喝得太多，已经睡着了。

但武惠良却睡不着。他恨自己太软弱，为什么一再在丽丽面前哭鼻子呢？他即使失去了她，也不能在她面前失去男子汉的尊严！

他实在是太累了。想睡，但又睡不着。他爬起来，摸进厨房，另外找出一瓶白酒，接连喝了几杯，又回来躺下。还是睡不着。又起来喝了五六杯，倒在床上昏昏然然，仍然没有完全入睡。

夜，一个彻夜不眠的夜……

天亮以后，丽丽出门上班去了。但他却爬不起来，心跳每分钟达到一百几十下。

他没有按时上班去。

武惠良灰心丧气地躺在床上，屋顶似乎在头上面旋转——生活的信心粉碎了，崩溃了！

他昏乱地想，也许人生正如某些人所说，就是一场疯狂的角逐，一切都不过是逢场作戏罢了！既然是这样，也就索性宽容地看待一切，包括宽容地看待自己。为什么要那么认真呢？是的，世界上怕就怕“认真”二字。他太认真了！人和社会，一切斗争的总结局也许都是中庸而已。与其认真，不如随便。采菊东篱下，悠然见南山；有钱就寻一醉，无钱就寻一睡；与世无争，随遇而安……

这样想的时候，他浑身不免冒出一身冷汗。这还像一个团地委书记吗？这是一种彻底的堕落！纯粹的市侩哲学！

一身冷汗出过之后，他感到身上轻松了一些，于是便穿衣起床，在厨房里用凉水抹了一把脸。

他看了看墙上的大电子石英钟，时针刚指向九点。

他叹了一口气，就出门骑上自行车，到团地委去上班。

不管他内心怎样忧心如焚、万念俱灰，一旦置身于他的工作环境，便又不由得像往日那样忙碌起来。

第一个走进他办公室的是少儿部部长田润叶。

润叶已完全是一位工作老练的干部。她穿一身朴素的衣服，剪发头稍稍烫了一下，身体比过去略丰满一些，脸色又恢复了很久以前的那种红润光鲜。

她把一份稿子放在武惠良的办公桌上，说：“后天全区优秀少先队员表彰会的开幕式，你要讲话。我替你拟了个稿子。你看一看，不合适的地方再改一改。”

武惠良茫然地对她点点头，就把稿子拉到自己面前，假装着翻了翻。

润叶走后，惠良无心看讲话稿，一只手捏住下巴，呆呆地望着光洁如镜的棕色办公桌面。他突然感叹地想，润叶和丽丽虽然是老同学、好朋友，可是她们的一切又多么不同！以前，他和丽丽都曾同情润叶在爱情生活中的不幸遭遇。时过几年，润叶却失而复得，重新找到了自己的生活——尽管向前已经残废，但他们的感情现在却是融洽的。而当初润叶又是多么羡慕他和丽丽的婚姻。她怎能想到，他们现在已经破碎得像一堆瓦碴……人生啊，是这样不可预测。没有永恒的痛苦。没有永恒的幸福。生活像流水一般，有时是那么平展，有时又那么曲折。瞧，现在该轮上他武惠良羡慕断腿的李向前了！

痛苦至极的武惠良不由冒出个念头，想把自己的一肚子苦水给润叶倒一倒。人在这样的时候，总想和一个人谈谈自己的不幸——但这应该是一个适当的人。也许只有润叶是适合倾听他诉苦的人。她和丽丽是同学，又是朋友；而几年来，他自己又和润叶一块共事，她会理解他的。另外，润叶也是经历过感情挫折的人，她大概不会小看他说出这样一件不该说的事。

唉，不管怎说，在任何时候，诉苦总是一种软弱的表现——尤其是一个男人向一个女人诉苦！

但武惠良无法抑制自己，还是决定要向他的下级诉说他的不幸与痛苦。

这样决定之后，他甚至产生了一种力量；而且情绪也镇定了一些。就像一个溺水的人，突然发现了某种似乎脱险的方式，使他减少了许多谵妄和迷乱。

下班以后，他一个人静静地坐在办公室里，肚子丝毫没有饥饿的感觉。他似乎觉得，田润叶就坐在他对面，倾听他诉说自己的苦情……是的，他第一次这么专注地思考起了他的下属部门的这位部长。准确地说，是他第一次集中精神凝视除丽丽之外的另一个女人。在此之前，他的全部心思都在丽丽身上，很少考虑到别的女人的长长短短。

现在，他眼前浮现的只是润叶这个人。他惊异地发现，她的一切方面似乎比丽丽都更要接近生活中的正常人标准。她朴素、清爽、有头脑。热情，又不放纵感情。丽丽一开始就是浪漫主义主宰生活中的一切——对一个女人来说，这也许是一种危险的素质。活跃的分子天性就是不稳定的。人需要火，但火往往能把人烫伤，甚至化为灰烬。瞧，他终于被亲爱的杜丽丽烧的这般焦头烂额了！

唉唉！他现在多么需要清凉的风抚慰这受伤的心灵。给润叶谈谈他的苦恼，心情或许会平静一些？而说不定她还能给他出点主意，让他清醒地处理这场感情危机、人生命运的危机。他眼下已经失去了智慧，失去了判断力，在自己的事上能力连三岁的娃娃都顶不上！在工作中，他是她的上级；而现在，他愿意润叶成为他的上级，指导他怎样从这迷津中走出来……

他的头一直抵在办公桌冰凉的玻璃板上，昏乱中竟然荒唐地喃喃自语说："我的上级啊！"

但是，武惠良却不知怎样对他的"上级"诉说他的苦情；因为她毕竟是他的下级，而且还是个女同志！

不能在办公室！上班时，怎能在办公室说这种事？即就是下班以后，他要是单独把润叶留在这里说话，别人也一定会有闲言碎语。再说，她下班后还要回去照料残废的丈夫……

连个诉苦的地方也找不到。这就是你的处境。你现在应该认识到，你的悲剧有多么深刻。

那么，把她约到外面去？

笑话！这成何体统！

……人哪，活着是这么的苦！一旦你从幸福的彼岸被抛到苦难的此岸，你真是处处走投无路；而现在你才知道，在天堂与地狱之间原本也只有一步之遥！

武惠良想来想去，觉得只能到润叶家里去。虽然向前在家，但他可以和她在另外的房间单独说这件事。以前，他为工作的事几次去润叶家，向前都是主动推着轮椅进了卧室，让他和润叶在客厅里谈话。好，就这样……什么时间去呢？干脆过一会就去吧！

武惠良由于实在压抑不住内心的痛苦，决定当晚就去润叶家向她倾倒肚中的苦水。他在办公室停留了一个钟头，估计他们吃过了晚饭，就丧魂失魄地走出机关，连办公室的门也忘记锁了……

第二十七章

命运总是不如人愿。但往往是在无数的痛苦中，在重重的矛盾和艰难中，才使人成熟起来，坚强起来；虽然这些东西在实际感受中给人带来的并不都是欢乐。

田润叶和失去双腿的李向前在一块生活已经很有些日子了。在这些悠长的日月里，润叶逐渐适应了她的家庭生活。

当然，起先很长一段时间，这共同的生活还谈不到十分美满，因为丈夫终究是一个肢体不健全的人。生活中的许多不方便，大都要她一个人来操持。经济方面没有什么问题。向前虽然吃劳保，单位上也还有一些补贴，加上她的工资，两个人的光景满可以过了。她要给双水村的两个老人寄点钱。但向前父母亲工资高，又只有这么一个儿子，钱尽量让他们花。

夫妻生活中至关重要的性生活，向前也还具备正常人的功能；只不过有点让她难堪的是，干这件事的时候，需要她帮助他。

总之，人残废了，这个家庭还是完整的。

在地委家属楼的两居室单元里，他们的房间收拾得既干净又清爽。润叶是个爱整洁的人，回家一有空闲，就擦抹清扫，连厨房都经常保持一尘不染。家具都是时新式样。彩色电视机是她为向前解闷而老早就买回来的——只是后来公公和婆婆又给了他们两千元现金。前不久，李登云还托武惠良的叔叔在省城为他们买了一个双门电冰箱。从物质方面说，他们在同代人中间是相当优越的。

润叶从几月前由一般干事提拔成了团地委少儿部部长，因此工作变得繁忙起来。不过，无论工作怎样忙，她都一如既往，千方百计照料丈夫。她是妻子，也是保姆。在向前初回家不能自理生活的日子里，她给他喂饭喂水，端屎端尿，洗脸洗身，还要每天用柔言细语安慰他。每当向前因失去双腿而一次次陷入绝望的时候，她就像阿姨一样乖哄他、抚爱他，并且帮助他和自己发生肉体关系，使他重新获得生活的愿望和信心。

正是在这种自我牺牲和献身之中，润叶自己在精神方面也获得了一些充实。她开始更现实地看待生活。在这种思想的支配下，她对工作的态度也更认真和踏实了。生活的风浪改变了我们的润叶。青春炽热的浆汁停止了喷发，代之而立的是庄严肃穆的山脉。

我们不由再一次感叹：是该为她遗憾呢？还是该为她欣慰？

不论我们希望润叶成为怎样的人，但润叶只能是她自己。

啊，润叶！难道她不仍然为我们所喜爱吗？

后来，向前的情绪也渐渐稳定了下来。有时候，他拄着双拐走下楼，在家属院里转悠转悠。星期天，润叶用轮椅推着他，到黄原城外的山野里玩大半天。他拒绝她推着他去看电影，也不去街上的稠人广众处。她理解他的心情——他怕她受到众人目光的伤害。

不用说，向前也力尽所能设法体贴她。他本来就是一个很会体贴人的人。

有了轮椅以后，他的活动方便了些。她一上班，他就坐着轮椅拿拖把拖地；并且转着把各个房间替她清扫揩抹得干干净净。他坚持把打扫卫生的工作从她手里接替了。他说他有的是时间，一整天无事可干，这点忙总可以帮她的。

她提拔成少儿部长后，工作一繁忙，有时下班回来就要晚一点。向前对她说："干脆让我给咱做饭！你负责把东西买回来就行了，其他你不要管！"

"你能行吗？"她既感动又疑虑地问。

"保准能行！你又不是不知道，我做饭比你强。你放心去工作！"

她两眼含着泪水笑了。

那天下班她进门后，向前就把饭菜都做好放在桌子上，静静地坐在轮椅里等她。她看见，他像孩子一样，舌头舔着嘴唇，天真地笑着，望着她。泪水从她眼里涌出来了。她走过去，忘情地搂住他结实的脖项，在他脸上亲吻了一下。

"我能行吗？"他仰起脸问她。

"能行！能行！"她亲切地抚摸着他的头发说。

从此之后，家务就全由丈夫包揽了。她除去买粮买菜，上班前在厨房里稍微准备一下，其余就都由向前来操持。他乐意干，她也愿意让他干；这样，他会觉得他在生活中还是一个有用的人。

的确如此，劳动使向前的情绪越来越好了。他有时候咿咿唔唔唱几句歌，或者和妻子开开玩笑。

在这样的过程中，润叶也加深了对丈夫的爱情。她体验到，爱情，应该真正建立在现实生活坚实的基础上，否则，它就是在活生生的生活之树上盛开的一朵不结果实的花……

当武惠良一脸痛苦走进他们家的这个晚上，他们两口子都已经吃完了饭，正坐在一块看电视。

润叶赶紧给她的领导冲茶。向前一边招呼惠良坐进沙发，一边推着轮椅从小柜里取出一盒带嘴"大前门"烟，放在茶几上，就转而进了卧室，并且把里间的门也带上了——他知道惠良要和妻子谈工作，他不应该使他们感到不方便。仅就这一点，润叶也就不能不对向前充满了感激与尊敬。

润叶坐下以后，才发现武惠良的神色有些不大对头。

她惊讶地发现，一贯潇洒自如的团地委书记脸色惨白，头发乱蓬蓬地耷拉在额头，心中似乎很有些苦衷。

是政治方面受到了什么打击？这没有任何迹象！包括她二爸在内的所有地委领导都很器重他的才干。团地委内部，几个副书记和大部分中层领导也都很尊重他，看不出有谁在背后捣他的鬼。那么是生活方面有了麻烦？这更不可能！他和丽丽的感情一直如胶似漆，这是团地委所有人都知道的。

倒究出了什么事，使得这个人的情绪如此颓败？

润叶当然先不便说什么，只是问他吃饭了没有？武惠良撒谎说他吃过了，然后不由自主叹息了一声，把头垂到了胸前。

是的，他出什么事了——她的猜测没有错。

“怎么啦？”她含糊地问。

武惠良抬起头来。润叶震惊地看见，他眼里噙满了泪水！

“怎么啦？”她瞪大眼睛又问他。

武惠良接连叹息了几声，接着便大约把他蒙受的灾难与耻辱向润叶叙说了一番。

润叶惊讶地听他说完，但一直不相信她耳朵所听到的那些话是真实的。她紧张得两只手捏出了两把汗。

“这……”

她简直不知该说什么是好。

没有想到！做梦也想不到！她多少年羡慕的这个美满的家庭，竟然到了破裂的边缘！她先来不及思索这件事的本身，却再一次被生活的曲折复杂而强烈地震撼了。生活！你为什么总是这样令人费解，令人难以想象？

“我……能为你们做些什么呢？”她说着，寒栗仍然不时从脊背掠过。

“我也不知道。”武惠良垂着头说，“我实在痛苦得不行，才来向你倒这苦水。这事只有你能倾听……反正我的生活被毁灭了……也许你能和丽丽谈谈，她现在满不在乎地抽烟喝酒。我的心都要碎了。尽管我痛不欲生，但我不愿意她这样折磨自己。我甚至都不想再怨恨她。事情看起来是偶然发生的，可实际上也是必然的。不幸的种子一开始就埋藏在我们之间，只不过我们起初都没有看见罢了。没有完美的社会，怎能有完美的人。你知道，我一直深深地爱着她，就是现在也一样。细细想起来，我们之间本来就存在着差异。这不是说谁比谁强，而是性格、爱好和对生活的看法不尽相同。正因为如此，才终于导致了这场悲剧……你无论如何去看看她吧！”

“我一定去！”润叶没有思考就答应了下来。

“当然，我不是让你去说合我们的关系。谁也不能解决我们的问题。我们的问题归根结底要我们自己解决。只不过怎样解决我和她现在都不太清楚……”

“那么，我应该和丽丽说些什么呢？”润叶深深地同情不幸的惠良。他现在看起来像没娘的孩子那般可怜。

“先劝她不要抽烟喝酒了……也许只有你能劝说她。千万不要责备，也不要表示忧虑，她讨厌别人同情或教育她……”

武惠良坐了好大一阵工夫，才步履踉跄地离开了润叶家。本来，田润叶很想对自己的领导说一些安慰话，结果却什么也没有说出来。她知道，一个人到了这种地步，别人的任何安慰都无济于事——她已经是一个经历了感情折磨的人，深深懂得个中滋味！

润叶回到卧室之后，向前已经躺在了被窝里。她发现他用一种探寻的目光在看她。是的，她情绪不好，脸色当然也不正常，这肯定使丈夫感到诧异了。但她又不能给他解释发生了什么事。

她脱掉衣服，钻进了他为她弄好的被窝里，随手拉灭了灯。她久久地不能入睡，脑子像一团乱麻。尽管这是丽丽和惠良的不幸，但就像当年她自己的不幸一样使她心绪如潮水般涌动。她反应不过来这是怎么一回事。难道世界上就没有自始至终的爱情和幸福吗?

唉，丽丽，你是怎么搞的……

几年来，由于她自己的不幸，也由于丽丽成了小有名气的诗人，走了另一条道路，她们之间的交往便少了许多。但不论怎样，她们是从小到大的好朋友，偶尔遇在一块，仍然像姐妹一样亲热。不过，她发现，她们的共同语言已经很少了。丽丽说的许多话她理解起来十分费力，甚至根本听不懂。每次到她家，她们主要是说过去在原西的事。她和惠良反而倒有许多话题可以谈论……她没有想到，他们终于发生了这样的事……

润叶老半天不能入睡。她知道，向前也没有睡着——他看起来像睡了的样子，其实一直醒着，因为他没有打鼾。唉，可怜的人，他太敏感了。他或许猜测她和惠良之间发生了什么事！不过，无论怎样，她现在还不能对丈夫说出事情的原委来……

第二天下午，惠良告诉润叶，丽丽没有去上班，在家里呆着；如果她要找丽丽，可以直接上他家去。润叶考虑晚上还要照顾向前，再没有什么空闲时间，就赶紧骑了自行车去文联家属院找丽丽。

润叶见到丽丽后，看见她穿得邋邋遢遢，拖着拖鞋，一边抽烟，一边在房子里走来走去，桌子上还放着满杯的酒。情况正如惠良告诉她的那样。

丽丽对她的到来似乎没有感到惊讶。她把她让进椅子里坐下，先开口说："我知道惠良会告诉你的。"她神经质地笑了笑，"是他让你来教导我的吧？"

"没有。惠良是很痛苦。他让我来劝劝你，叫你不要抽烟喝酒了……"润叶说着，伸出手拉住了丽丽的手。

丽丽却一下伏在她肩头哭了。她对润叶说："我不是不爱他。但他不会原谅我。看来分手是不可避免了……"

“如果不是不得不走这一步，还是不走的好。命运中的大错，往往是在一时的荒唐中造成的……”

“但是，我不能欺骗惠良，也不能欺骗我自己。我爱古风铃。矛盾和痛苦正在这里。你知道，我是一个理想主义者。理想主义者都矛盾和痛苦。但我又不能使自己违心地活一辈子……

“我知道我对惠良的伤害太深了。他是一个善良的人。你大概不会相信，在我爱上古风铃后，我很多很多的痛苦都是想到惠良的不幸。如果不是这样，我现在就不会这样折磨自己……”

润叶无法理解丽丽的这种“矛盾”。不过，她相信她的痛苦是真实的——这是属于一个现代人的痛苦，也许更具有外人难以理会的深刻性。

润叶一开始就知道，她不能来用一般的传统道理说服她的朋友。她不可能说服丽丽不要再跳这种痛苦的“爱情三人舞”；她也没有这种水平和智慧。实际上，她还是只说了一些毫无用处的开导话，带着对生活的新的迷茫，走出了这个令人窒息的房间……

田润叶不知是怎样走回自己家门口的。

她这时才发现，她已经比平时晚回来一个小时了。

她匆忙地把钥匙捅进锁眼，打开了房门。

走进会客厅，她愣住了：桌子上摆着做好的饭菜，上面都用碗扣着，但不见向前的踪影。她很快瞥见桌子上有一张纸条。她一步跨过去，把纸条拿起来，只见上面写着——

饭在桌子上，可能凉了，你热一热。别了，亲人！我感谢你给了我幸福。

润叶像疯了一般撞开卧室的门。她一下子呆立在门口。她看见，向前一只手撑着拐杖，立在窗户下，另一只手正费力地把一根麻绳子往穿窗帘环的铁棍上扔——看来他已经费了大半天劲，仍然没有把绳子搭在铁棍上。

她猛冲过去，一把抱住了他，接着把他按倒在旁边的床上，哭喊着说：“你在干什么！你这个混蛋！”

向前脸色苍白，瞪着一双无精打采的眼睛，突然嘴一咧，在妻子的怀抱里哭了。哭了一会，他呻吟着说：“我不愿再连累你了……你不应该和我这样的人一块生活。你应该有一个健康体面的男人。我知道，终有一天，你也会受不了这种生活的。我应该早一点解脱你……”

润叶很快明白，向前的确对她和惠良敏感了。于是哭着对他说了惠良和丽丽的事，惊得这个要寻无常的人嘴巴张得大大的，半天合不拢。

她突然冲动地把他的手放在自己的肚子上，说：“你难道要把我和孩子都扔下吗？”

“啊？有咱们的……儿子了？”

李向前泪流满面，把脸深深地埋进了妻子的怀抱里。

卷六

第二十八章

黄土高原火热的夏天来临了。荒凉的山野从南到北依次抹上了大片大片的绿色。河流山溪清澈碧澄，水波映照着蓝天白云，反射出太阳金银般灿烂的光辉。千山万岭之中，绿意盎然，野花缤纷；庄稼人进入了一年一度的繁忙季节。令人醉心的信天游在无边的高原上不断头地飘荡。大自然和人的生活都随着夏天的到来而变得丰富多彩。

黄原城也一改冬日的灰暗，重新展现出它的活力和生机。瞧，街道两旁的中国槐和法国梧桐，都翻起了绿色的波浪；大大小小的街心花园，五颜六色的鲜花开得耀眼夺目。黄原河还未进入汛期，河水清澈透底，甚至能看见水中墨点似的蝌蚪和缠绕着蛤蟆衣的鹅卵石。在古塔山那里，几个古色古香的凉亭，已经深埋在树海之中；远远望去，会激起人许多诗意的联想，犹如梦境中出现的江南景象。大街上，姑娘们都穿起了鲜艳的花裙子，满眼都是流彩飞霞。因为没有了取暖炉子冒出的黑烟，城市上空洁净如洗，豁然开朗；人们倏忽间就像生活在了别一个世界。

在这些火辣辣的日子里，地委书记田福军忙得像热锅上的蚂蚁，团团乱转。

前不久，省委派来工作组在黄原搞党政机关机构改革。说穿了，这是一次人事大变动。因此上上下下刮风下雨，闹得云来雾去，不可开交。

根据中央和省委的指示，地区一级新的领导班子年龄在五十岁以下的要占三分之一，大专文化程度的要占三分之一，而且要采取个人推荐和组织推荐相结合，民意测验与组织考察相结合，下级党组织考察与党委人事安排小组考察相结合的办法。一旦地委行署新的领导班子组成，便立即着手各部、局、委、办的机构改革工作。所有这一切，当然要牵扯许多领导干部的命运；而一个领导或上或下，又牵扯一批干部的命运。

不必讳言，在中国及其执政党内，干部中大山头不明显，但小山头小圈子则处处存在，世人皆知。因此，在那些日子里，黄原地委和行署都乱得没人上班了。干部们四处乱跑，搞各种秘密活动。省里来的工作组，几乎没明没黑被许多人包围着，倾听这些人说某个领导的好话或坏话……

现在，这场混乱终于结束了。地委行署的班子变化很大。老人手除过他、正文和世宽没有改变外，年龄大点的都退到了二线。继而上任的副书记副专员都是一些年轻而有大专文凭的干部。

田福军本人比较满意这个新班子。当然，他知道许多干部对此有各种不同意见和看法。

新班子组成之后，各部局和县的领导机构也进行了相应的改革。这样，工作才逐步转入了正常。田福军立刻从农业和工业两个大的方面开始作新的部署与安排。

农业方面问题不是很大。这两年，他主要依靠现已被提拔为副专员的原农业局副局长姚旺林搞“四法”种田，使得全区的粮食产量大幅度增加。姚旺林是北京农业大学的毕业生，南方人，毕业后主动要求来黄土高原工作。经过十几年的探索，在总结了黄土高原几千年农民种地的经验后，创造了“四法”种田的科学方法。所谓“四法”，即垄沟种植，水平沟种植，间作套种和生物肥田。这种方法已经引起了农牧渔业部的高度重视，被中央一位领导誉为北方旱作农业的典范性方法。由于全区普遍采取这种先进的种田法，加之地委在四月份又做出了在农业方面十条放宽政策的措施，今年的粮食产量有希望突破历史最高纪录，达到十三亿市斤左右，比去年要增长百分之三十五。农村工作下一步的重点是集中精力发展乡镇企业。要鼓励农民搞小买卖，搞长途贩运，搞建筑行业，搞砖瓦厂，搞小煤窑，搞各种编织活动；并且要迅速改造农业经济结构，将单一种粮发展为搞大规模经济作物，种花生，栽果树，栽泡桐，办各类养殖业。去年，他和专员呼正文与省上有关部门争得红脖子涨脸，终于将全区的烤烟种植面积由原来的三万亩扩大到二十万亩……

麻烦的是全区的工业。如果按中共十二大的精神，工农业生产总值要在本世纪末翻两番，就黄原地区而言，光靠发展乡镇企业和扩大农村的多种经营根本不可能实现这样一个惊人的目标。必须在骨干企业上下大功夫。没有工业的翻番，总产值的翻番就是一句吹牛皮话！

黄原在历史上一直是个贫困落后地区，但实际上又不穷。它的优势在资源方面。这里有石油，有煤炭，还有一百六十多万亩次生林。田福军设想，旁的先不说，如果原油能搞到六十万吨以上，产值就有四五亿元人民币。另外，应该将炼钢厂、丝绸厂、水泥厂和第二毛纺厂的规模扩大——现在那种状况根本见不了几个钱！

唉，设想仅仅是设想，困难却大得无法设想。主要的困难在两个方面，一是交通运输，二是缺乏人才；外地的知识分子不愿来这里，本地的知识分子又大量外流……

田福军和正文商量后，决定召开县委书记县长会议，地区部门的一二把手也参加，让大家出主意想办法。

田福军在这个会的开头，很动感情地讲了一番话，把县一级领导鼓动得人人像屁股下面用棍撬一般坐不住了。福军在这样的场所讲话从来不用稿子，而且也不在主席台上坐。他通常都是一边抽烟，一边在大家的座位中间走来走去，讲话时有点东拉西扯，但不离主题，并随意插几句黄原式的幽默，引得众人哄堂大笑。不过，这次讲话却出了点丑：他从裤兜里掏手帕揩汗，竟然在手帕中间混着一只尼龙丝袜子。当他边说边用袜子揩脸时，县长县委书记们笑成了一堆。田福军半天才发现大家为什么笑，把他自己也逗得大笑起来。他有脚气病，夏天爱光脚穿鞋，但爱云一定让他穿袜子，他一急，就常把袜子脱了塞在衣袋里，结果当场闹出这么个笑话……

就在这次会上，有人提出了是否可以利用一下黄原的“政治优势”的问题。他们说，除过资源，黄原还有一个优势，就是“三老”干部多。这是事实。因为这里是老区，出去的干部多，光北京就不知有多少黄原籍的高级领导。这些人有的仍然在位,有的虽退居“二线”、“三线”，但仍能影响“一线”。他们都很关心黄原的建设，现在何不利用这个“优势”，和中央的一些部门搞“横向联系”呢？这种“横向”或“纵向”联系只能对黄原有好处！

其实，田福军也早有这个打算。这个会议于是就决定，以地区的名义，在北京开个汇报会。名义上是“汇报会”，实际上是让中央的一些部门支援黄原的建设哩！

会议结束之后，地委和行署决定让常务副专员冯世宽挂帅，负责筹备北京汇报会的有关事宜。田福军准备自己亲自到省里去找乔伯年，争取让省上的领导也能赴京参加他们的活动，以增加这个汇报会的分量。

可是，还没等他动身，就接到省委办公厅的通知，说国务院一位副总理要来黄原视察工作，让他们做紧急接待准备。

对一个地区来说，这是一件大事。

于是，田福军和呼正文直接住进了黄原宾馆，开始布置有关的接待事宜。第二天，省委常务副秘书长张生民也赶到了黄原，和他们一块做准备工作。生民在这方面是行家里手，在任上不知接待过多少中央首长，因此芝麻一行，茄子一行，安排得井井有条。

在副总理到达的前一天，省委书记乔伯年也赶到了黄原。

副总理的专机预定从北京起飞后，直接到黄原机场降落。根据张生民的要求，在专机降落之前，大街上除清扫得一干二净外，从飞机场到宾馆的道路上，还间隔站了许多警察。警察一律是白手套，佩戴着不装子弹的手枪，肃立在街头。为了防止一些人闯进宾馆找中央首长告状，张生民还出主意将地区人民来信来访办公室也搬到了宾馆门口，专门做堵挡工作。

上午十点半，专机降落在黄原机场。省地领导分别陪同中央首长乘两辆中型面包车来到宾馆。跟随副总理来黄原视察工作的有国家计划委员会副主任，农牧渔业部副部长，国务院农村发展研究中心副主任。另外，还有中央纪律监察委员会常委高步杰。我们知道，高老是黄原原西县人，对家乡的建设一直很关心；他这次跟随副总理来黄原是大家预料中的事。

副总理住下后不久，即通过保卫处向地区领导传达了他的批评意见：为什么要在街上站那么多警察？并指示把宾馆门口的礼宾哨也撤掉。同时规定，不准搞什么照相和录像活动，也不准搞宴会；下午两点钟就直接去农村视察工作……

看来，生民同志又有点“画蛇添足”了。于是，警察岗哨立刻撤掉，保卫工作转入外松内紧。

中午吃饭时，原来准备的山珍海味都没敢上。四菜一汤，只在中间摆了一盘装饰性的菜花。田福军坚持要让副总理尝尝本地出产的一种酒，但张生民吓得不敢再“越轨”。

“不怕，由我给副总理解释！这是我们自产的东西，也是我们的一点心意！”田福军没有听从生民的意见。

副总理实际上是一个很随和的人。他个码高大，脸色黝黑，满头白发，如果不是穿了一套西装，倒像个种地的老农民。他说话鼻音很重，不时用手势加强语气的分量。吃午饭的时候，他倒首先把桌子上的酒瓶抓起看了看，说：“黄原还能酿酒啊？”

田福军赶忙说：“我们的酒在省里还小有名气哩，销量很不错！”

“好，让我来尝一杯黄原酒！”副总理爽快地说。

张生民心里的一块石头总算落了地。

副总理喝了一杯酒，细细品咂了一会，说：“就是不错！有点西凤酒的风格，但要比西凤绵一些。”

这顿饭的主菜是大块子煮羊肉。副总理竟然豪爽地用手抓着吃，餐巾揉成一团，撂在旁边的桌子上。他的这种极随便的作风，使饭桌上的气氛立刻轻松起来。高老还不时和副总理开玩笑。

下午两点钟，中央和省地三级领导分别坐着中型面包车，到黄原市山区农村看了那里的一个养鸡场和另外两个村的“四法”种田。

离开最后一个村子时，副总理看村边的土场上有两个农民，就让车子停下来。

他走过去，在各级领导众目睽睽之下，和这两个老乡拉呱了一会家常，询问了他们的家庭生活状况。他问他们：“农民现在最需要什么？”老乡说：“最需要化肥！还需要自行车和缝纫机，不过，想要好的哩！”在场的人都被逗笑了。

副总理又扭头问这个乡的乡长：“你感到乡上现在什么工作最难搞？”这位乡长如实禀告：“计划生育最难搞！”副总理和大家都仰头大笑了。

在返回黄原的路上，一行人又看了一个集体办的小煤窑。副总理当场对国家、集体和个人一齐上开采煤炭资源发表了许多重要意见。

上面包车以后，副总理开玩笑对田福军说：“福军，你们应该设法让煤矿工人把脸洗干净嘛！”在大家的笑声中，高老说：“小煤窑条件差，工人洗澡很困难，他们自己开玩笑说，连他们老婆的肚皮都是黑的！”车上的人都笑得前仰后合。

第二天上午，在宾馆二楼会议室里，由田福军主持，专员呼正文向副总理汇报了黄原地区几年来的工作情况。副总理对这个地区的工作给予了充分的肯定和赞扬；尤其对“四法”种田表现出极浓厚的兴趣。他说，咱们国家是缺水国家，特别是北方，依靠灌溉无法解决问题。因此，农业可以分为灌溉农业和旱作农业。旱作农业不靠灌溉，而靠改良土壤，保存天然雨水。“四法”种田正是旱作农业典范性的经验。

“你们是否可以在黄原开个全国性的旱作农业会议呢？当然主要是北方各省参加。”副总理对旁边农牧渔业部副部长说。

“我们很快着手准备召开这样一个会议！”副部长把副总理的指示写在了自己的笔记本上。

当呼正文汇报到黄原地区老干部多，住房十分困难，而地区又没有资金解决的时候，副总理笑着说：“我很同情黄原！让他想点办法吧！”他指了指国家计委的副主任。

副主任当场表态，给他们二百万元（不过，地区的同志们白高兴了一场，因为这笔钱后来都被省上有关部门卡走了）。

副总理两天的视察圆满地结束了。他给人们留下亲切的印象，离开了黄原。

送走副总理一行人之后，省委书记乔伯年又在黄原留了一天。中纪委常委高步杰老汉也没有随机回北京。

好机会！田福军和呼正文立刻把他们打算在北京开汇报会的想法，详细向乔书记和高老作了汇报。

高老说：“我早就让你们搞这样一个活动！乘我们这些老头还活

着，给咱们黄原人民好好谋点福利！不怕！你们来！北京那里有我张罗哩！”

乔伯年也同意，并表示到时他一定去北京出席这个汇报会。

不过，乔伯年在黄原多留一天，是要和田福军单独谈一件重要的事——这事是有关田福军本人的工作调动问题。

下午，乔伯年在宾馆告诉田福军，中央组织部和省委决定，要调他任省委副书记兼省会所在地的市委书记。当然，他的主要工作将在市上。

田福军感到这个任命很突然。前不久，黄原就有这种传闻，当时中央组织部也来过人——不过，他以为是谁又写信把他告下了，中组部是来调查他问题的。这种任命在党内属于机密，想不到他还不知道，社会上就早传开了……

“那么，黄原地区的班子呢？”田福军问乔书记。

“由正文接替你的工作，世宽任行署专员。”

田福军沉默了一会，说：“那等我把北京汇报会开完后，再接替新的工作行不行？”

“那当然可以了！”省委书记说。

第二十九章

田福军对自己即将面临的新的使命，精神上没有任何准备。他感到紧张，甚至有点畏惧。他知道，他要咬的将是一颗硬核桃。省会所在市连同它管辖的郊县，人口达三四百万，占全省总人口的十分之一还多。这是一个中外闻名的大都市，他能领导好吗？他的主要工作经验是从领导农业方面积累起来的，而这一套经验怎么能适应了主要以工业和商业为主的大城市的工作？另外，年龄不饶人啊！他已经五十二岁了，体力和精力远远不能和过去相比。

但命令不可违。他得鼓足勇气，准备在新的岗位上接受严峻的考验。

在调动工作的正式文件下达之前，他全力以赴要把黄原的几件事办好。说实话，他对黄原有一种依依不舍的感情。这不仅因为这里是生他养他的故乡，更主要的是，他在这块土地上抛洒过汗水，付出过心血。他个人和这里的一切都融合在了一起……

在布置了下半年全区的整党工作后，地区又协助农牧渔业部在这里召开了北方十五省（区）旱作农业会议。黄原很少开过这样规模的全国性会议，因此接待工作和为会议做的各种准备，着实让他们大伤了一番脑筋。

这个会一完，田福军立即着手北京汇报会的各项事宜。

在此之前，认真负责的常务副专员冯世宽，已经为汇报会做了许多工作。汇报稿已被地委几个写材料“高手”草拟完毕。这个总共不到二十分钟的稿子，主要向关心黄原建设的中央首长汇报三中全会以来这个地区的变化。其中如实汇报：本地区有百分之二十的人“先富起来”了；百分之十五的人还处于贫困状态中；其余的人温饱问题基本解决。当然，重要的内容是讲存在的问题和困难。地委主管宣传的副书记还出点子搞了一个录像，说到时给中央领导和老首长们放一放，让他们有个直观印象。这个录像除拍摄了黄原改革方面一些好的变化外，大量展示了困难和落后的一面；画面上有毛驴驮水，中小学教室和一些县级医院破破烂烂的房屋设施。另外，准备汇报完毕后，要招待与会的首长们吃一顿黄原风味的饭。冯世宽征求了各方面的意见,最后采纳了地委行署几个老顾问的“方案”，拟定吃南瓜、羊杂碎和软小米油糕。众人都认为很好，很有意义，很有特色。

大约有眉目以后，田福军指示冯世宽在电话上向省委作个汇报。

省委接电话的是常务副秘书长张生民。生民当即告诉世宽，到时省委正副书记乔伯年、吴斌、石钟和省长汪昭义都要和他们一起去北京参加这个汇报会。在听了冯世宽对一些具体事的汇报后，张生民在电话中沉吟了一会，出主意说，地区去北京的所有同志都应该穿西装。他指出，这样就可以向中央的同志们表示，虽然黄原是个贫穷落后地区，但干部们的精神状态都是属于改革型的！

冯世宽立刻把省委常务副秘书长关于穿西装的建议向田福军和专员呼正文作了汇报。这两个领导商量了一下，决定就按生民同志的意见办，指示冯世宽筹划这件事。世宽这几年思想也解放了，加之他过去对这些形式上的工作就很有一手，因此立即有气派地打发两个干部到广州去订做了几十套高级西装，花了约一万块钱。田福军和呼正文并没意识到，这件事以后将给他们带来什么样的麻烦。他们当初并没穿西装的打算；恰恰相反，准备以老区艰苦朴素的面貌出现在北京。只是生民同志的意见听起来又很有道理，因此才决定这么办了。

黄原方面的事宜全部准备好以后，地委和行署就派冯世宽为首的先遣队，提前赶到北京，以便和高老一块筹办那里的事情。

因为还有七八天时间，田福军很快插空到黄原周围几个县转了一圈。从某种意义上说，这带有告别的性质。

直到临近动身去北京的前一天，他才返回黄原。

当天晚上，他正在办公室整理文件，地区公安处一位副处长突然进了门。这是原西籍干部，也是他的老熟人。田福军以为哪里发生了恶性案件，便紧张地等待这位副处长向他汇报案情。

副处长阎生华不是来汇报什么恶性案件的。他是来报喜的。他告诉地委书记：黄原地区公安处，已经被省上评为全省精神文明的先进集体了！

“这很好。地区公安处这几年确实做了许多工作。”田福军鼓励说。

“咱们地区的刑事案件，这几年一直保持全省最低程度！”生华有点自满地说。他接着还举了个例子：某偏僻村庄的村民外出赶集走亲戚从来不锁门，只挂上门关子，以防猪狗钻进去就行了；下地劳动，工具也不往家里拿，就在地里搁着；可多少年来，全村没有发生一次失盗事件……

“这有点远古文明的味道。”田福军微笑着说，“你还有什么具体事？”

阎生华一本正经坐在他对面，说：“既然咱们成了精神文明的先进集体，就应该好上加好，多做一些工作。我有个想法，不知……”阎生华迟疑地望了一眼田福军。

“你说！”田福军有点烦。这位副处长如果要谈他的工作，本来应该去找分管政法的副书记。

阎生华见书记不耐烦，就赶忙谈起了他自己有关精神文明的“想法”。他说：“近来，外面的坏风气传到黄原不少。比如，现在街上留长头发的青年越来越多，流里流气的，许多老同志都看不惯。我在处里是分管治安的，因此，我想派些人到街上去，劝说这些青年把头发剪短一些。咱们也不强迫！只是做说服工作……”

田福军惊讶地张开嘴巴，将这位副处长看了大半天，才说：“你再没个干上的了？管这些事干啥嘛！头发长短和你公安处有何关系？精神文明不文明，其标志就是头发长短吗？老弟呀，现在都是我们这些短头发的人掌权；要是有一天留长头发的人掌了权，说我们这些留短头发的人不文明，不留长发不准我们上街，我们该怎么办？人家留长头发，我们好办，拿剪子一剪就行了；可到时我们的短头发要往长留，那可是得一些日子啰！”

田福军揶揄生华的话，倒先把自己逗得仰头笑起来。

阎生华大概也意识到他已把精神文明搞得有点庸俗了，便红着脸尴尬地起身告退。

阎生华走后，田福军想笑，又笑不出来，反而陷入了长久的深思之中。是呀，这个地区经济文化的落后，造成了人的意识的落后。瞧，我们的生华同志竟然把“精神文明”搞到了何种程度！黄原，需要现代文明的大冲击——但这只能在经济大发展的基础上发生。唉，如果铁路能通到这里就好了。铁路的到来，必然会使这里的经济极大地发展起来，随之也会把外面各种新鲜的思想、观念和生活方式带进来，虽然可能要付出丧失某些优良传统的代价，但黄原历史前进的步伐将无疑会大大地加快……铁路！铁路！这次去北京搞这个汇报会，哪怕其他方面一无所获，只要能争得中央和省上的支持，把铁路从铜城修到黄原就是最大的收获了！这不是他田福军一个人的梦想，而是全区一百多万人民的梦想……

在地区的人马准备向首都进发的时候，北京那里诸方面的工作也接近就绪了。

十多天里，冯世宽带着地委行署的两个秘书长，以及地区经委、计委和财政局的负责人，以省驻京办事处为大本营，中纪委常委高步杰为总顾问，没明没黑为汇报会的召开而奔波……

实在可以这样说：如果没有高老的帮助和支持，这个汇报会也许开不出什么样子；甚至开成开不成都很难说。

冯世宽一到北京，就首先带着黄原来的所有干部集体拜见了高老。我们知道，高老和世宽也是熟人了。那年老汉回家乡时，曾经批评过原西的工作——那时正是世宽当县革委会主任。老头对此事记忆犹新，不过倒没对世宽本人产生什么隔阂。尤其是此次世宽作为急先锋赶来北京为黄原的建设奔忙，高老更是全力以赴帮助他做工作。高老不愧为高老；他经验丰富，熟人又多，大部分事情很快就被处理得妥妥帖帖。

高老首先应用政治智慧，把此次活动正式定名为“振兴黄原经济汇报会”。接下来，他让冯世宽等人以黄原地委和行署的名义，给中央写了个报告——因为在人民大会堂开会需要中共中央办公厅批准。

等冯世宽写好报告，高老就去了一趟中南海，亲手将报告送给他的老战友、籍贯是本省中部平原的一位中共中央政治局委员。这位政治局委员二话没说，立刻批示同意，并请另一位中共中央政治局委员，也就是前不久去黄原视察过工作的那位国务院副总理出席。同时，会议定在人民大会堂西大厅举行。

最主要的事定下后，冯世宽这才松了口气。他用长途电话向田福军和呼正文作了汇报。大家又高兴又紧张——没想到有两位政治局委员要出席他们的会议！

紧接着，由高老亲自出面，又分别请了几位全国人大的副委员长、全国政协的副主席和许多中央部委的领导人。几乎所有黄原籍和本省籍以及在这个省搞过工作或沾点什么边的高级干部，都被一一请动了。气势磅礴的高老原准备请到八百人，但本省籍的那位政治局委员没有同意，嫌规模太大，只批准了二百人；而且确定，不准打扰中央六套班子的一把手。这个高步杰！简直要把这个汇报会弄成个高级干部的代表大会了！

汇报会召开的头一天，省地领导人都坐飞机赶到了北京。

当天晚上，冯世宽在省驻京办事处向两级领导详细汇报了会议的准备情况。大家都对他们的工作深表满意。

第二天一早起来，黄原参加会的所有人都在办事处各自房间里，对着墙壁上的大镜子，换上了广州订做的十分考究的银灰色西装。许多人是第一次穿这“洋”衣服，不会打领带。于是，一些年轻的秘书就从这个房间跑到那个房间，给领导们帮忙穿衣服，那气氛使大家都不由失笑。呼正文说：“这像是个集体出嫁仪式！”在大家的哄笑声中，黄原这群“土八路”几乎变成了一个日本来的贸易代表团。

省上和地区的同志们提前半小时来到人民大会堂西大厅。

中央来的领导第一个当然首先是高老。大家都迎上去，感谢他为这个汇报会所做的努力和贡献。当田福军上前握住高老的手时，高老突然指着他的脚说：“福军啊，你怎么一身西装，脚上却穿了一双布鞋？”众人朝田福军的脚看去，果真发现他穿了一双圆口黑斜纹布鞋；只是不像平常那样光着脚丫子，总算还穿着袜子。大家都笑了。田福军慌忙说：“疏忽了！现在怕来不及换皮鞋？”

“算了，算了，这既体现了改革精神，又保持了老区艰苦朴素的光荣传统嘛！你这身打扮就是黄原当代生活的写照！”省委书记乔伯年开玩笑说。

紧接着，中央首长和所有的领导们都陆续到来了。省地两级领导在大门口分别把客人迎接进来。

上午九点钟，田福军主持开会。先由专员呼正文照稿子作了二十分钟汇报。接着，便开始放录像。

录像看完后，曾在这个省担任过省委书记的一位全国人大副委员长首先发言。他很动感情地说，黄原人民过去对革命做出了很大的贡献，但全国解放后，那里群众的生活一直很苦。周总理在世时视察过黄原，当时为黄原人民贫困的生活状况都难受得流了泪……副委员长说着，自己也流泪了。他最后强调说，中央和各部委应该帮助和支援黄原的建设。

紧接着，许多老同志争抢着发言，基调和那位副委员长都一样。这些人不是在黄原出生，就是过去艰苦岁月里在这里工作过，因此感情都很激动。全国解放以后，他们都进了大城市，对黄原以后的情况很不了解。现在，通过这个机会，使他们又一次唤起了对这块土地的深情厚谊。他们想帮助黄原是出自真情；而且他们都大权在握，也有能力帮助黄原。

最后，两位政治局委员先后讲了话。他们讲话的主要精神是，黄原人民的确为中国革命做出过重大贡献，但主要还得靠自力更生、艰苦奋斗来搞好这个地区的建设。当然，应该帮助的还要大力帮助……

汇报会开得时间虽短，但应该说很完满。临毕时，省委书记乔伯年和省长汪昭义也表了态，说中央这样关怀黄原，省上也要努力支援这个地区的建设。

汇报会结束后的几天里，地区领导和各部局来的人分别与中央有关部委、有关单位搞起了“横向联系”，很快就落实了二三十个项目。仅劳动人事部就给了三百五十万人民币，为黄原修建一个劳动服务公司。地区有些单位闻风而动，纷纷带着南瓜、羊杂碎和软小米油糕，来北京搞“横向联系”。连地区文联都跑来向全国文联和作协要了近一百万元，修建“创作之家”，让全国的作家艺术家来黄原休假和搞创作。黄原的“新招”名扬四方。省内其他地区对黄原发“浮财”除眼红外，也不无讥讽，说田福军带了个“讨吃团”，到北京讨吃去了！

田福军和呼正文不管三七二十一，缠住个乔伯年，主要为黄原“跑”铁路。经过艰难的谈判，终于达成了协议，由铁道部、省上和黄原地区一块投资，先搞第一期工程，将铜城的铁路修到黄原原南县的煤炭基地……

当田福军和他的“赴京讨吃团”返回黄原后，万万没有想到，有人却写信把他们告到了中共中央纪律监察委员会，说他们铺张浪费，以权谋私，搞不正之风，去北京开会每人做了一套高级西装……

富有戏剧性的是，由中纪委常委高老亲自派出的调查组跟着他们的脚后跟到了黄原。告状信反映的情况属实。田福军和呼正文分别做了检查，并决定将所有人的西装都收回来，由黄原驻省城办事处在其新开的门市上折价售出；所短的钱由每个人自己垫付。

福军为这个错误感到很痛苦。他在忙乱中竟然没有想到这是一起违纪事件——世宽为什么事先不按价向每个人收钱呢？唉，当初就不应该听从生民这个馊主意！在人民大会堂开会时，他就感到不舒服；西装革履，灰蓬蓬坐下一片，哪像贫困地区来向人家求援呢……

几天以后，调令下来了。田福军带着某种内疚的情绪，匆匆告别了亲爱的黄原，赶赴省城去接受新的使命。

第三十章

有时候，现实生活中某些引起社会强烈震动的突发性事件，往往是历史所发出的回声。为了探寻此类事件的起因，我们常常不得不回过头从遥远的过去说起……

二十五年前，也就是那个有名的一九五八年，“大跃进”的浪潮席卷了中国大陆。从群众运动的规模来看，简直可以说是“文化大革命”的一次预演。那时间，浪漫主义进入了从中央到地方的政治生活。为了“超英赶美”，把国家富强的标志钢铁产量搞上去，人们连吃饭的锅也砸了，用砍倒的树木代替焦炭，大炼钢铁。中国大地火光熊熊，其非凡气势令全世界瞠目。其结果把一点好钢好铁也炼成了废钢烂铁。

与此同时，全国各行各业都在争抢着大放“卫星”——自人类历史上第一颗人造卫星上天之后，“卫星”一词就成了“超级成就”的代名词。在农村，某地亩产刚宣布超过五千斤，另一地的“卫星”立刻放到了亩产一万斤。报纸每天都用套红大标题庄严地报道这些弥天大谎。记得笔者那时刚上小学，为了使本村亩产成为全公社之最，曾在秋夜里跟随大人们把其他地里割倒的庄稼，偷偷集中背运到一小块地里。新成立的人民公社领导人来这里装聋作哑目测了“亩产”，就厚颜无耻地向县上“如实”作了汇报，从而使我们村和我们乡分别获得了县上奖励的两块丈二长的大红绸锦旗……放“卫星”已使全国处于谵妄状态。连作家协会的某位老诗人也拍着胸膛吼叫说，他要在一九五九年就把荷马踩倒在脚下！

全国都实行了“食堂”制，人们“各取所需”，随吃随拿，喜气洋洋地踏进了光辉的“共产主义社会”。不过，据说上层还在争论：是先让“老大哥”苏联进入共产主义社会呢，还是我国先宣布已经进入了共产主义社会？

当然，“结论”还没有得出，中国不久就进入了骇人听闻的三年困难时期，饿死了许多人。在以后著名的七千人大会上，据说发动这场“运动”的毛泽东主席做了检查。遗憾的是，这位中国历史上划时代的伟大老人，并没有记取这个教训，以后又一错再错，从一九六六年开始导致了中国更大规模的混乱，使得整个国家陷入了痛苦与绝望的深渊……

就在那个“大跃进”年头，离省城六十公里的某地区，决心放一颗大“卫星”：在位于中部平原和南部峻岭间的黑龙河上，修建本省最大的水库。其气势之大，令人咋舌。全区动用了两万民工，费时一年零四个月，动用一千万方土，在这个浅山区修起了占地一万二千亩的“跃进”水库。水库要淹没许多村庄，牵扯两个公社的几千人口。于是，只能把这些人撤出，另寻安插之地。

但这几千农业人口的大迁徙绝非易事。平原地区本来人口就已爆满，哪里愿意接受这些占地吃粮的人呢？而这些祖辈生活在浅山区的人又宁死也不进入贫瘠的南部大山之中。经劝说和强迫相结合，好不容易才将这些人疏散到了几百里路以外的铜城地区——那里有一个自然环境看起来与此地差不多的无人区。

当时这些人迁徙他乡的场面十分悲惨。几千人哭声恸地，喊声震天。是啊，这里是他们不知生息了多少辈子的故土；现在，他们自己连同祖先的骨头都要搬到一个陌生而荒僻的地方了。不久，这里的一切将要永远地埋葬于深水之下！

但他们无法抗拒残酷的现实，立刻被汽车和火车拉到了远方的“新垦区”。初到异地的几年里，由于不服水土，有一百多位老人相继离开了人世。这是一场人为的大悲剧！

至于那个劳民伤财的“跃进”水库，好景不长。没多久，山洪过后所沉积下的淤泥开始逐渐把这个水库变成了一座土坝。到七十年代中期，库区完全淤成了平地。滚滚的黑龙河拦挡不住，它带着嘲弄人的哗哗声响，依然如脱缰的野马，从旁择道而继续往北方的平原上奔腾远去，丝毫也没有放慢奔向黄河与大海的步伐。

这时候，根据新的行政区划，水库所在地的区域归属了省会所在市。市上决定，在这个一万二千亩的坝地上建立一个国营农场，职工逐步扩大到了六百人。沧海桑田，当年万顷绿波变成了金色的麦浪。这里先后起楼盖房，出现了商店、医院、俱乐部和学校……

在这些漫长的年月里，当年那些迁走的老乡，不时从几百里路上来到这里。通常都是一些老者带着一些青年和小孩，在这里转悠几天；晚上，他们就分别露宿在一个固定的地方。这是一种悲伤的“寻根”活动。当年这里搬走的那些老人，几乎都已客死他乡。现在的这些老者，那时还都是青壮年。可是，二十来个年头过去了，他们仍然在怀念这块母土。母土啊！对于一个人来说，永远都不可能在感情上割断；尤其是一个农民，他们对祖辈生息的土地有一种宗教般神圣的感情。现在，他们要带着自己的儿孙来这里寻找他们生命的根。

所有这些人都能根据周围的环境，准确地追寻到他们当年老住宅的所在地。他们一般都要在那地方露宿几天，才含着泪水，带着痛苦，怅然若失地离开了。不用说，他们对这里的农场职工怀着一种仇视的心理。在他们看来，这是自己的地方啊！怎么能让这些陌生人盘踞在自己的土地上耕作和收获呢？

一九八〇年以后，随着整个国家政策的放宽和改变，一场酝酿已久的危机开始在这里露出了苗头。有个把外迁的乡民，把“寻根”活动放在了农场的收麦季节。他们甚至携儿带女，就在周围搭个窝棚，开始抢收农场的麦子。农场职工劝阻不下，结果发生了多起斗殴事件。

到了一九八二年夏天，此类事件愈演愈烈。更多的外迁乡民涌到了周围，纷纷安营扎寨，开始哄抢着收割农场的麦子。这一年，农场损失了三分之一的粮食。事件反映到了市委。但市上拿不出行之有效的办法。派去的几个公安人员，被乡民们打得鼻青眼肿回来了。逮捕闹事者吗？闹事者有几百人，该逮捕谁？

市委的这种无所作为的态度，终于导致了不可收拾的局面。

在此期间，从黑龙河库区迁往铜城周围的乡民中，有几位“领袖”人物组成了“返乡委员会”，发起了一个颇有声势的回乡运动。当年迁出的几千口人现已繁衍成了几万，“委员会”的号召如干柴上浇油，立刻燃起了一片大火！

今年一入夏，黑龙河农场的麦子还没完全成熟的时候，上千愤怒的人就从铜城涌到了这里，一天之内把农场全部的麦子抢收得一干二净。更为严重的是，所有农场职工的房屋，甚至校舍，都被乡民们占据了。他们声称，这是他们的土地，他们永远不准备再离开自己的故乡；他们振振有辞，说他们是当年极“左”路线的受害者，按现在的政策，理所当然要纠正这个历史错误！

就这样，一夜之间，农场职工和他们的家属就从家里被赶到了野地里。庄稼被乡民们抢收光了，他们连吃饭都成了问题。学校的教室睡满了拖儿带女的农民，他们的孩子没地方去上课……

事件很快上报到了市委。市委书记秦富功这才动了肝火，指示市公安局出动大批武装警察赶到黑龙河农场。

这个行动实际上越发刺激了事件的恶性发展。手无寸铁的农民根本不怕全副武装的警察。有些老汉泪流满面，扯开衣服，露出干瘦的胸膛，对警察说：“打吧！打死我也不离开这地方！宁愿死在故乡田地，也不活着回铜城去！”警察也是人，他们怎忍心用暴力去对付这些年纪像自己父亲一样的老人呢？

警察和农民僵持在那里，毫无办法。

农场的职工家属一看事情仍得不到解决，也开始采取他们自己的行动了。他们把单位上所有的汽车和拖拉机都隆隆价发动起来，几乎所有的职工家属，包括老人和儿童，都纷纷上了车。有的人还把红布标语围在车帮子上，上面写着“我们要吃饭！”“我们要工作！”“孩子要上学！”等口号，十几辆载满人的汽车和拖拉机便直接开进了省城。

省城大乱。这条汽车和拖拉机组成的长龙进入繁华的解放大道后故意放慢了速度，变为一种游行节奏。车上有人开始领呼口号，大人娃娃的喊声响成一片。街上正在行驶的车辆都被堵塞在各个十字路口。大街两旁的行人纷纷驻足而立，饶有兴致地观看这多年不遇的景致。的确，自“文化大革命”结束后，人们还是第一次观看这样的群众游行示威活动。交通警察措手不及，木鸡一般呆立在指挥台上。游行车辆畅通无阻开过繁华闹市，直接来到了市委大门口前的小广场。

市委机关顿时被包围了。成千的人拥进办公大院，吵吵嚷嚷，乱成一团。市委书记秦富功赶忙出来向人群讲话；劝说大家回去，说问题市上会妥善解决的。但农场职工家属一定要市委书记当面答复他们提出的条件。有人立刻连喊带叫，拥上前去围攻这位市委的领导人。十五分钟还不到，秦富功的心脏病就犯了，被救护车拉到了省红十字会医院。

市委的干部一看书记住了医院，纷纷夹起公文包溜回了家。与此同时，几千人等于把市委和一墙之隔的市政府占领了。

警察奉命赶到了现场，但很快被群众包围起来。

省委常务副书记吴斌几乎和警察同时赶到市委。在外地视察工作的省委书记乔伯年和省长汪昭义已经在电话上知道了情况，正在赶回来的途中。

吴斌一看这情况，知道他也一时无法控制局面——因为其间有大量的老人和儿童，绝对不能动用武力。他急忙返回省委，迅速将情况用电话报告了中共中央书记处。

当天下午，下起了倾盆大雨。

但市委大门前的广场上仍然挤满了黑鸦鸦的人群。

现在，黑龙河农场的职工家属们，正纷纷向围观的市民诉说他们的苦情。其中有些人无钱买饭，就涌进市委的干部食堂，把馒头拿出来让老人和小孩吃。有的人一边啃着馒头，一边向众人做“宣传”工作，让社会同情和支持他们。几个外国旅游者也混在人群之中，兴致勃勃、似懂非懂地打听出了什么事？

两天之后，世界各大通讯社转发了美联社驻京记者就此事件的一条与事实大相径庭的报道；而台湾的《中央日报》竟兴高采烈为此专门发表了社论，欢呼“大陆义民反抗中共暴政”。

现将美联社的这条“消息”转述如下——

〔美联社北京18日电　记者：布兰特雷·马拉德〕来自中国C省的外国旅游者证实，该省省会发生了大规模公众游行示威活动，抗议地方当局大幅度提高食品价格。据几位在现场的外国人提供的消息，愤怒的市民占据了中共党委机关，并将干部食堂的高级食品拿出来在大街上分享。当局出动了大批武装警察，据悉有几百人被捕……

当省委书记乔伯年和省长汪昭义赶回省城时，事态已经到了这样严重的程度。党的总书记迅速在新华社有关此事的内参上作了批示；中共中央书记处指示省委省政府立刻做出妥善处理，并随时将处理进展情况电告中央。乔伯年和汪昭义两天两夜没有休息，亲自到现场做说服工作，才暂时平息了这场风波……

经中央同意，省委决定改组市委。秦富功同志被免去了省委副书记兼市委书记职务，等人大会议召开时，拟增补为省人大常委会副主任……

田福军正是在这个背景上接替了秦富功的职务。

现在，他已经在市委上任了。爱云和岳父要等一段时间才能搬下来，因此他就在办公室里间临时支了一张床。从家庭方面来说，全家将团圆了。儿子晓晨和女儿晓霞已经兴奋地来看了他；见他忙，都坐一会就回了各自的单位。可就工作来说，却比黄原更沉重了；因为所面临的许多事，都是他原来所不熟悉的。

田福军上任还没有几天，黑龙河农场事件又旧病复发了。那里的问题因为没有从根本上得到解决，农场职工们不满意，又开始聚集闹事。这次闹事的方式和上次一样，许多人再次坐着汽车来到市委要求解决遗留问题。不过，这次规模没有上次大，老人儿童没有来——孩子们的校舍已经腾出来，下学期上课没什么问题。

规模虽然小了，但影响照样很大。省城又顿时为之哗然。市委大门前的小广场上重新变得像闹市一般乱。

田福军紧急采取了措施。他先让办公室安排了这些人的吃饭和住宿。不能再把事情摆到大街上解决！通过和电视台与电影制片厂联系，把许多电影和电视录像片拿到了这些人住宿的地方。田福军指示：要武打片！要情节曲折热闹的录像！一部接着一部放！

这样，闹事的农场职工总算先安顿了下来。

市委同时召开紧急扩大会议，研究解决问题的办法。田福军先提了两点意见让大家讨论：一是农场退出一部分地给农民；二是农场出租土地给农民。他说这只是他的一些不成熟想法，让常委们和政府部门的同志充分发表看法，提出意见和方案。

会议从天黑一直开到了天明。伴随会议室吵嚷气氛的是外面哗哗的大雨。雨已经不断线地下了好几天。看来，一年一度的雨季提前到来了；而且雨量异常地大，据说全省所有江河的洪水都已经到了危险的程度。好在市区周围没有大河，这方面他们不必过分操心。只是市内某些街区的危房恐怕难以招架如此凶猛的雨水。田福军在会前就已宣布，等这个会一开完，市委和市政府的领导立刻分头去市内各处视察水灾情况。

会议临近结束的时候，秘书进来让田福军接省委副书记吴斌的电话。

田福军赶忙走出会议室，来到隔壁电话间。

当他听完吴斌的电话后，话筒从手里滑落下来，“当啷”一声掉到了桌子上。他像死人一般僵在了电话间。

外面的雨在哗哗地下着，下着……

第三十一章

……中亚高脊发展东移至西藏高原，到明日八时500毫巴强度为593位势什米……西太平洋……本省及南方邻省为辐合槽区……亚洲……乌拉尔山……贝加尔湖至本省分别为槽区……

我们不懂。

这是气象工作者的术语。

客观事实是：位于本省南部一条大江上的某地区所在城市，在近日来环流形势干预下，天机开始酝酿一场突降的灾变。

本省南部，夏季经常受西伸的太平洋副热带高压影响和康藏高压影响，地面则受黄河西部走廊、南方邻省盆地热低压影响，冷暖空气相遇而暴雨濒临。进入秋季时，锋面活动更加繁密，常常形成连绵的阴雨天气。两条大山脉横亘该地区，阻滞抬升气流运行，秋夏必然形成暴雨区，随时都可能引出灾祸。

几日前，大江上游的县份已出现50毫米的降水量；紧接着，大江中游另一地区雨量达到了日降85毫米。同时，由于中亚高脊东移发展，在西藏高原迅速建立一强大高脊；脊前冷平流加强，造成高原锋生。

同日下午，冷锋劲旅经过该地区东部上空。暴雨倾盆而泻，并以迅猛之势潜入该地区西部；范围之大，足数百公里。沿江最大日降雨量的县份，已高达 140 毫米。

第二天中午，副冷锋之旅掠过城市上空。大雨如注似倾，袭击了这座人口有十万之众的城市。

紧依城市的那条大江是长江的一条重要支流，洪水流量立刻突破了一万秒立方米。

入夜，该城上游一百多公里处江上最大的水电站，入库量一万六千秒立方米，出库量一万五千七百秒立方米。据水文部门预测，不久，该地区江段洪水流量很快将达到二万秒立方米！而且，这绝非最高位数——接下来只会增加而不会减少！

城市处于一发千钧的危急时刻！

据该城《历次洪水纪事年表》记载，历史上最大的一次洪水发生在明万历十一年（1583）。“江水涨溢，河水壅高城丈余，全城淹没，公署民房一空，溺毙者五千余人。”按当时河口摩崖刻字记载的水位换算，实际水位近二百六十米，流量接近三万四千秒立方米。

想不到整整四百年后，这座城市又面临相同的厄运。

市委和地委机关的领导们在慌乱中立刻行动起来。地市主要领导和军分区的司令员政委组成了抗洪指挥部，紧急召开会议。但是，地区防汛指挥部总指挥、行署专员高凤阁同志却没有在场。

高凤阁在省里参加完一个会后，回中部平原老家为儿子操办婚事去了。本来，近半月之中，防汛工作正进入最关键时刻，而且高凤阁前几天已经知道南部地区的江河都已处于危险状态，但这位地区的行政首脑还是带着秘书，坐着行署的“马自达”回家去参加儿子的婚礼。在当夜该地区领导们像热锅上的蚂蚁焦急不安的时候，高凤阁正喜气洋洋在家乡所在县城的招待所大宴宾朋。我们知道，在黄原时，高凤阁就梦想当专员。现在，这个梦想终于如愿以偿。他何必不借儿子的婚礼衣锦还乡，向父老们炫耀一番呢？

在总指挥不在的情况下，地委书记立刻任命自己为总指挥。由他主持的会议，开始起草紧急动员令。起草到第三条，他说：“不写了！立刻到广播站直接广播！”他向该市市长口授了内容，让他赶快先去广播站。

广播站马上开始播发市公安局让市民紧急撤退的通知。地委书记随后赶到了播音室，利用这个空隙起草了第一号命令；接着便由他直接在广播上向市民宣读。

此刻，黑云压城，大雨滂沱，加上车辆的噪音，压住了城内几个少得可怜的高音喇叭声。许多单位和家属院根本就没安装有线广播，大都没有听见这命令。有些人听到了，又以为是吓人话，不予理睬。再说，许多人不愿撤退。他们离不开自己的安乐窝，贪恋家里的那点盆盆罐罐。即使开始撤离的人群，行动也极其迟缓。

江水一浪高过一浪，如猛兽般的血盆大口，吞没了城堤之沿。一场不可幸免的厄运注定要临头了！

暴风雨中，城市完全陷入了混乱。地委书记穿过败兵般逃生的人群，摸黑蹚水赶到了邮电大楼，命令报务员向省委省政府和兰州军区发出紧急求援呼救电报。紧接着，他又返身奔往广播站。此刻，老城已经完全沦陷了；大水中到处传来呼喊救命的声音。

“我是地委书记！大家要丢掉坛坛罐罐，洪水已经进城了！快逃命吧！我是地委书记！大家快逃命哇！”

地委书记沙哑的嗓子带着哭音，在广播上绝望地作最后的呼唤。

逃命的人一边往高处撤退，一边心酸地抹着眼泪——亲爱的城市啊，眼看就要完了……

凌晨四点钟，一串急促的电话铃声把省委书记乔伯年惊醒。这时候的电话一定是有什么十万火急的事。他连衣服也没顾上披，跳下床抓起了话筒。电话是省防汛总指挥、副省长万国邦打来的——他报告了南部那个城市被水淹没的消息。

乔伯年头“轰”地响了一声，一阵眩晕几乎使他摔倒在茶几上。他立刻让万国邦和省长汪昭义直接去飞机场等他。

乔伯年先拨通了省军区司令员的电话，让他马上准备一架直升机，在省民航机场等候起飞。然后，他又用电话把常务副书记吴斌从床上叫起来，让他准备一块紧急飞往南部那个处于危难中的城市。

吴斌一听发生了这么严重的事情，赶紧起床穿衣。他老伴要给他弄点吃的，被他喝住了。家里一片纷乱，吵醒了隔壁的儿子。

因为是星期六，吴仲平从工大回家来住宿。他听见父母亲在这个时候起床，不知发生了什么事，也赶紧穿衣起来。

仲平很快从父亲那里弄清楚发生了什么事。

他突然想起了他在省报的好朋友高朗。高朗的父亲在市上任副市长，和他父亲交情很深，因此他和高朗也自然十分要好。吴仲平想到,对于一个记者来说,这是一个重大新闻。他应该立刻去找高朗，使他能争取搭乘省上领导的直升机到现场采访。他知道，高朗对新闻事业具有一种无畏的献身精神，这种采访对他来说是千载难逢!

出于友谊，吴仲平在父亲刚踏出门，就立刻冒着大雨跑到省委家属院值班室那里，叫起一个他所熟悉的汽车司机，迅速驱车赶到了省报。他让车停在报社大门外，自己用百米速度冲到报社单身宿舍楼上，拿拳头使劲擂高朗的门板。

半天没人来开门，也不见屋里亮灯。

吴仲平正在焦急之时，见旁边一个房间的门开了，走出一位披着衫子的女同志。仲平认出这是田晓霞。她是高朗的朋友，他们三个曾在“黑天鹅”饭店有过一次聚餐。

“高朗出差去了。你这时候找他有啥事？”晓霞问他。

吴仲平丧气极了。

他于是简短地向田晓霞说明了情况。

不料，田晓霞马上说：“我去！你带车了没有？”

“带了。”吴仲平说。他没想到一个姑娘要去冒这种险。他并不知道，这个姑娘的冒险精神闻名全报社。

田晓霞在说话之间便冲进自己的房子，不到两分钟就穿好衣服，肩上挂了个黄书包走出来，抓起楼道的电话，给值夜班的副总编打了招呼，就旋风一般跟吴仲平下了楼梯。她一边气喘吁吁往大门外跑，一边对吴仲平说：“谢谢你给了我一个机会！”勇敢的女记者情绪异常激动。他们此时还不知道双方都热恋着同一个家庭的兄妹俩。

小汽车在夜晚的风雨中驶过省城空无一人的大街，在西郊转了一个急弯，箭似的冲进了飞机场。

省委书记乔伯年等人都已经在候机室的大厅里。没有人坐。他们站着等待最后一个人——副省长万国邦；他正最后一次和兰州空军部队联系。

停机坪上，一架直升机隆隆地响着，红色的信号灯在雨夜里一明一灭。

田晓霞奔进候机大厅，直接对省上几个主要领导说：“我是省报记者。请允许我和你们一同前往灾区……”

省上的领导都异常惊讶：她怎么知道他们要搭机去南部灾区？

“飞机上没座位了！”省委常务副秘书长张生民不客气地说。

“报道这次特大洪水是我们的职责。如果误了事，你怕负不了这责任！”田晓霞语气强硬地对副秘书长说。在场的领导没有人知道她是田福军的女儿，但她的记者风度使所有的领导都注意到了这个姑娘。

“挤出一个位置，让她去！”乔伯年对张生民说。

生民无话可说了。但他显然很不满意。在秘书长看来，这么大的事，记者去能解决个屁问题！

副省长万国邦一到，田晓霞就跟着省上的领导们钻进了已经发动起来的直升机机舱中。

飞机轰鸣着升上天空，在漆黑的雨夜向南部飞去。

黎明时分，飞机莅临被水淹没的城市上空。从舷窗望下去，满眼黄水茫茫。城市的房屋半淹半露，一片极其悲惨的景象。所有的领导都不由紧捏着双拳；省委书记的眼里闪烁着泪花。

一个高地升起了一堆大火。这是地面上要求飞机降落的地方。

直升机掠过浪涛翻滚的水面，降落在地区师专的大操场上。

成千上万的人包围了飞机。省上的领导在一片恸哭声中走下来。地市领导像一群孤儿找到了爹娘，流着恓惶的泪水和上级领导紧紧握手。

于是，一个强有力的指挥中心在师专迅速建立起来。

本地邮电局的载波室被洪水吞没，城市和外界的联系已经隔绝了几个小时。随机来的无线电报员立刻按动了电键，把乔伯年口授的内容向省上、大军区、党中央、国务院和中央军委报发了出去。

与此同时，三级领导分头奔向各处，紧张地指挥抢险——主要是抢救生命！

谁也不知道，现在已经被洪水卷走了多少人。但有一点是肯定的：还有许多人处于严重的危险之中。仅被洪水围困在楼顶上的人就不计其数；而已经落水的群众到处都在呼喊救命……这个城市除过自救之外，焦急地等待着外援，等待着北京的关怀；它为自己的生存充满焦渴的希冀！

接到中央军委命令的兰州和武汉空军部队的飞机穿云破雾来到城市上空，救生器材、食物、医药品纷纷空投下来。总后的一支部队已经赶到了现场，在银行、商店、仓库周围布岗立哨，并立刻投入营救群众的紧张战斗中。不到二十分钟，该部队就有三十多人为抢救群众的生命献出了自己的生命。另外几支部队正奉命以强行军速度向这里赶来……

田晓霞走下直升机后，豁开大哭小叫的人群，走出师专，单枪匹马向洪水淹没的城内跑去。她把黄挎包大背在身上，衣服很快被瓢泼大雨浇得透湿。茫茫的洪水带着可怕的喧吼在眼前汹涌而过。在黎明的微光中，看见水面上漂浮着各种各样的东西。江面上，死尸和绝望的活人顺水而下。牛、羊、猪、狗、鸡、鸟，有的随主人移到了安全处，有的则在屋脊上和人一块待援；大部分却被水吞没，不免一死。人，昆虫，飞禽，走兽，各从其类，相依为命，有生有灭。树木皆以生存环境及机遇存亡不等。有的老树不幸连根拔起，却在水中作楫作桥，赐恩于难中之人，成为伟大的“诺亚方舟”……

未被水淹的地方，到处都是溃乱不堪的人群。成群的老鼠和吐着信子的蛇夹随在人群中奔窜逃命。

田晓霞在乱人群中，在洪水的边沿上奔跑而行，胸膛和嗓子眼似乎有大火在燃烧。她不知道她要跑向哪里，该做些什么；但她知道她有许多事可干！

她不知道自己已跑到了东堤上。

现在，她浑身糊满泥浆，一只鞋帮绽开，脚指头露在了外边。

因为水还没到这里，城内的大混乱此处人并不知情。尽管民警和军人竭力催促，三千多居民仍然滞留在堤外，不听从劝告。敬老院的人还在打扑克消遣，其中有倚老卖老者说民国，道清朝，明明水就要到来了，还在举例论证不会发水。

田晓霞一到这里，便很快弄清了情况。她找到气得快要发疯的市公安局副局长，从怀里掏出记者证，像足球裁判亮黄牌一样，在副局长面前一晃，说：“我是记者！请你命令民警端起枪，上起刺刀，强迫群众撤离！”

公安局副局长如梦初醒，听从了这个小女孩的指挥，立刻命令民警端起上了刺刀的枪，强迫这些恋家如命而又顽固不化的市民撤退。

三千人在刺刀的逼赶下，嚎哭着、咒骂着撤退了。半小时后这地方就变为一片汪洋。但除过一个疯子，这里所有的人都幸免于难。

公安局副局长对这位女记者佩服得五体投地，求她跟着他们一块做疏散群众的工作。

田晓霞欣然答应，立刻成了副局长的“高级参谋”，指挥警察四处奔忙着救人。她利用空隙，在屋檐下写成了她的第一条消息，交给副局长，让他过一会打发人送到师专，设法让指挥部发回报社。

田晓霞刚把用塑料袋装好的稿子交到副局长手里，突然发现不远处洪水中有一个小女孩抱着一根被水淹了一半的电线杆，在风雨水啸中发出微弱的哭声，眼看就要被洪水吞没了。她几乎什么也没想就跳进水中，耳边只传来公安局副局长发出的一声惊叫。

晓霞在学校时游泳不错，但那是在游泳池里。她在洪水中很快觉得她失去了控制自己的力量。不过，她在漂浮物中抓住一块木板，勉强推到那个小女孩手边。当她看见那女孩抓住木板的时候，一个浪峰便向她头上盖下来。在最后一瞬间，她眼前只闪过孙少平的面影，并伸出一只手，似乎要抓住她亲爱人的手，接着就在洪水中消失了……

当省委书记乔伯年和省上的其他领导人知道跟随他们来的女记者牺牲后不久，又弄清了这就是田福军的女儿。所有的人都在指挥部既难受又大惊失色。第二天凌晨，乔伯年指示回省城组织支援的吴斌，很快把这消息告诉福军同志。于是，吴斌坐直升机返回省城后，就在飞机场向田福军打了那个如同五雷轰顶般的电话……

第三十二章

雨刷刷地下着。大牙湾煤矿笼罩在一片水雾之中。地面上很少有人活动。就连矿部大楼前那个平时很热闹的小广场周围，也变得冷冷清清；只有几个从乡下来的零星小贩，拿着一点土特产，躲在职工食堂的屋檐下，筒着手，也不吆喝，听天由命地等待着买主。

各种机器所发出的声音，在雨中听起来格外清脆而响亮。到处都是淙淙的流水声。水流都像泥浆一般又稠又黑。

黑水河涨宽了。河上那棵根梢分别倒在两岸的柳树，躯干已全被黑水淹没，只露出一些嫩枝绿叶在水面上摇曳。这座有生命的“桥”已不再起作用；人们要过河对岸，得绕着走上游的石拱桥。

连日的大雨一扫长期积下的煤尘污垢，使得整个矿区变得清爽了许多。主井下面小山一样的大煤堆，被雨水洗得油黑发亮。通过矿区的铁轨蒙上了一层水珠，明晃晃地失去了那种有色金属的质感。铁道两旁青草的鲜绿和远山云缠雾绕的混沌，都叫人不由生出一缕愁情和伤感来。从山坡黑户区低矮的窝棚中，不时发出男人们粗野的哄笑和吆五喝六的猜拳声……

从井下上来的矿工，吃完饭就在雨声均匀的催眠曲中倒头大睡。即使无雨的日子，劳累过度的人们上井后主要的愿望也就是睡觉。

天气的好坏不会影响井下的生产。那里的一切都一如既往地进行着。井下的矿工通常难以想象地面上阴雨日晴的变化。只有当他们升上地面，泡过热水澡，穿着干燥清爽的衣服走出区队办公楼的大门，才使自己切实地置身于地面上的生活中。煤矿工人并不喜欢阴雨天气，因为井下常年四季都潮湿阴凉，到处嘀嗒着水；他们希望上井后看见灿烂的太阳照耀着一个明亮温暖的世界——没有什么人比他们更感到太阳的亲切和可爱了。

是的，倒霉的阴雨天气使得矿区这么冷冷清清！这么死气沉沉！人们除了吃饭就是睡觉。睡！不睡再干啥？

孙少平倒在自己的床铺上，却怎么也睡不着。

几天来，他一直沉浸在一种异常的激动之中。因为再过几天，就到了晓霞和他约定的那个充满浪漫意味的日子。他们将在黄原古塔山后面那棵杜梨树下相会，以不负他们两年前在那地方定下的爱的契约。呀！什么样的人生幸福能比得上如此美妙的时刻？年轻的朋友，只有你们才有这样的激情和想象力……

上个月，亲爱的晓霞又到大牙湾来过一次。她那次来是专门向他解释她和高朗的关系的。因为他流露出的痛苦使她感到不安，便亲自跑来和他谈这件事——他为此好长时间都没给她写信。

她告诉他，她已经和高朗谈过，他们之间除过友谊之外，不可能再有别的什么。她和高朗说明了她和他的感情，说她只爱他。高朗表示自己完全尊重他们的关系。

她解释了这件事后，他们紧紧拥抱着哭了。一个小小的插曲，使他们觉得犹如久别重逢，经历了一次生死般的离别。感情因误解的冰释而更加深切。两颗心完全交融在一起。他们甚至谈到了结婚；谈到了将来是要儿子还是要女儿；谈到了他们未来的许许多多事情。当然，他们都没忘记两年前古塔山上的那个约会——这将是他们一生中最有纪念意义的一天。他们再一次约定，各自在那天回到黄原，然后在那个老地方见面。晓霞并告诉他，两年前他们在杜梨树下拥抱的时候，她当时还瞅了瞅手表，时间是下午一点四十五分。她建议他们就在那个时间准时赶到杜梨树下……

其实，晓霞走后一个多月时间里，孙少平每一天都在激动地、焦躁不安地等待着那个日子的到来。那一天对他来说，犹如生命一般重要。他觉得，如果没有那一天，他一生都会黯然失色。青春啊！你深藏着多少令人赞叹的童话般迷人的故事呢？

一个多月来，孙少平天天不误下井。他要给自己积攒足够的假日；因为他和晓霞约定，古塔山相会之后，两个人还要一同相跟着回一次双水村。她说，这次回村不是以田福堂侄女的名义，而是以孙少平未婚妻的名义！少平能想来，双水村会为此事而怎样惊讶地议论纷纷；他父母亲又会怎样高兴得合不拢嘴巴……

孙少平的心情从来没有像现在这样好。是呀，他有了一个虽然艰苦但很稳定的工作；又有了完满而幸福的爱情生活。他将要不负生活的厚爱，好好度过生命中的每一天。

上井之后，他通常都是先到惠英嫂家里，帮她担水劈柴，或到矸石山上为她捡回一些煤块。

当然，他也得陪明明和那只被明明命名为“小黑子”的小狗玩半天。这个白耳朵的小黑狗已经长大了许多，和明明形影不离，连晚上睡觉都很难分开。明明也快满七岁，再过一个月开学时，就该入学了。

惠英嫂已从失去丈夫的悲痛中渐渐恢复过来，每天在矿灯房照常上班。他帮助她把家庭院落收拾得仍像师傅活着时一样清爽。三个人加上一条活泼的小狗，使得这个院落又充满了纷扰的生活气息。墙角下，天暖时他们种下的向日葵已经冒过了墙头；缠绕向日葵秆的菜豆蔓子，吊着一嘟噜一嘟噜的豆角。土窑上面的崖崖畔畔，野菊花开得霜雪般白粉粉一片。很多时候，少平上井以后都是在嫂子家吃饭。惠英像当年侍候师傅那样侍候他喝几杯白酒，以驱散井下带上来的满身彻骨般的寒冷和潮湿。

有时候，孙少平一旦进了惠英嫂的院落，不知为什么，就会情不自禁对生活产生另外一种感觉。总之，青春的激情和罗曼蒂克的东西会减掉许多。他感到，作为一个煤矿工人，未来的家庭也许正应该是这个样子——一切都安安稳稳，周而复始……

但是，当他回到自己的宿舍，躺进蚊帐中一人独处时，便又完全沉浸在他和晓霞所共同幻想的他们未来生活的憧憬之中。远的不说，仅就很快要来临的古塔山的那次相会，就会使他抛开一切最“现实”的想法。

这一天是越来越临近了。屈指一算，就只剩了三四天时间！

孙少平已经请了假，不再去下井。他要留两天时间，为回家而置办一些东西。

在临近回黄原的前一天，他准备先到铜城为两个老人买点衣料。这是他参加工作后第一次回家，应该给家里所有的人都带礼物，包括罐子村的大姐和两个外甥。

吃过早点，他背了个大挂包，带了那把新买的黑色自动伞，带了足够的钱，走出单身宿舍，踏入了茫茫雨雾中。他准备搭乘东面返回的第一趟火车下铜城，便径直向矿区那头的火车站走去。

当他路过矿部大楼前的阅报栏时，不由驻足而立，想浏览一下报纸上的消息。火车到本矿还得一个钟头，有的是时间；现在去那个破烂不堪的候车室，得呆坐很长一段时光，不妨在这里消磨掉。

孙少平自高中认识田晓霞以来，在她的影响下，一直保持着每天看报纸的习惯。不过，到煤矿后，区队的报纸常常被矿工们拿去包猪头肉，七零八落从未齐全，他一般都在矿部前的这个阅报栏前立着看。至于《参考消息》，过几天他才设法找齐，躺在床铺上作为一种“高级享受”来阅读。

现在，少平撑着雨伞立在这报栏前，按通常的习惯，先前后转着浏览了八版《人民日报》。当然，国际版稍微多费了一点时间。

接下来他才看办得很糟的省报。在少平看来，省报在内容方面连《黄原报》都赶不上。

不过，省报今天倒让他一惊。他突然被头版头条的大黑体字标题所吸引——南部那座著名的城市被洪水淹没了！

更让他大吃一惊的是，电头“记者田晓霞”几个字迅速跳入他的眼帘。啊？她已经在那里了？那么,她还能按时如约赶到黄原吗?

孙少平一边看田晓霞的这条惊人消息，一边在想她能不能赶回黄原的问题。他用这双重思维读完了这条简短的消息——他知道以后的几天才会有大量详细的背景新闻……

但是，对孙少平来说，真正爆炸性的新闻是紧接着这条消息的另外几行字——

……又讯：本报记者田晓霞发出这条消息后，在抗洪第一线为抢救群众的生命英勇牺牲……

牺牲？我的晓霞……

孙少平一下把右手的四个指头塞进嘴巴，用牙齿狠狠咬着，脸可怕地抽搐成一种怪模样。洪水扑灭了那几行字，巨浪排山倒海般向眼前涌来……

他收起自动伞，在大雨中奔向二级平台的铁道。

他疯狂地奔过选煤楼，沿着铁路向东面奔跑。他任凭雨水在头上脸上身上漫流，两条腿一直狂奔不已。他奔过了东边的火车站。他奔出了矿区。他一直奔跑到心力衰竭，然后倒在了铁道旁的一个泥水洼里。

东面驶来的一辆运煤车在风雨中喷吐着白雾，车头如小山一般急速奔涌而过——他几乎和汽笛的喧鸣同时发出了一声长嚎……

孙少平倒伏在泥水中，绝望地呻吟着。大雨在头顶哗哗浇泼。满天黑色的云朵，潮水般向北涌去。铁道那面的黑水河，发出呜咽似的声响。远处，矸石山那里，矸石噼噼啪啪在向深沟中滚落。滚落！整个大地都在向深渊滚落……

不知过了多少时候，当孙少平满身泥浆返回宿舍，那神态已经完全像一个疯子或纯粹的白痴。同宿舍的人看他这副样子，都吓住了，谁也没敢问他个长短。

他换了身衣服，便倒在床铺中，两眼呆呆地望着雪白的蚊帐顶。他无法相信一切是真实的。这是报纸的失实报道——这张报纸经常干这种事！

下午，同宿舍的人给他捎回一份电报。

他从床上跳起来，手抖得像筛糠一般，打开了这份电报——他希望这是田晓霞打来的！他相信会有奇迹出现！

可是，电报竟是她父亲的——

铜城大牙湾煤矿采五区孙少平请速来我处田福军

孙少平两眼一阵发黑，把电报纸丢在床铺上。是的，晓霞的死是真实的。可是，谁让她父亲给他拍电报呢？他根本不知道他和晓霞的事，他怎么知道他在这里？他为什么给他拍电报？速来？

孙少平神神魔魔，赤手空拳走出了宿舍。他很快赶到矿部前的小广场。每隔一小时发往铜城的公共汽车正在往上挤人。

他扑进车门，夹在人缝里，胸膛像压了一块大矸石。呼吸困难而急促。

一个多钟头后，他在铜城下了汽车，上了当天开往省城的最后一趟火车。

火车在茫茫大雨中驶过绿色的中部平原。

孙少平坐在靠窗户的座位上，也不看车窗外流逝的原野。他伏在茶几上，闭住眼睛。巨浪在心头一排排掀起，又猝然间落下。波浪中浮现出她美丽的脸庞。

你不可能死，晓霞！你会活着的——这也许只是一场恶作剧。你会发出那银铃般的笑声，不知会从什么地方突然出现在我面前。你那么鲜活而蓬勃的生命，怎么可能在这个世界上消失了呢？

不，你绝不会死！也许你已经在什么地方上岸了！是你让父亲给我打了这封电报。你或许只受了点伤，正躺在某个医院的病床上。你一定在等着我的到来……

孙少平内心紧张地做各种设想。所有这些设想的前提都是晓霞还活着。是的，她怎么能死呢？她怎么会死呢？活着，是的，活着！亲爱的人，你只不过受了点伤，受了点惊吓，说不定我们还会明天从省城出发，赶到黄原去——因为后天，下午一点四十五分，我们还要在古塔山后面的杜梨树下相会……

孙少平双手蒙面伏在茶几上。泪水糊满了手掌。他浑身酸疼，疲惫不堪；似乎不是火车载着他，而是他拖着火车在向省城飞奔……

当他恍惚地随着人群挤出省城的火车站，已经是夜晚了。

繁密的灯火在雨中大放光华。积水的街道被灯光映照成了一条条流金泻银的长河。电车甩着长辫子，在夜空中碰击出蔚蓝色的火花。透过雨帘，街道两旁五光十色的大橱窗看起来像德加的印象画。他感到一阵又一阵眩晕。这世界现在一切都和他毫不相干！他在这世界上惟一要寻找的，要看见的，是那张甜蜜的笑脸。难道她真的不存在了吗？她仍然还活着吗？对他来说，答案还都不是最后的！他同时又执拗地相信，过一会，他就能看见她——活着的她；并且会紧紧地拥抱她……

尽管他这样的昏乱，有一点还是清醒的——他先在旅馆为自己找了个住宿的地方，然后才搭上了去市中心的公共汽车。

他先并没有去找晓霞的父亲——他从晓霞不久前的信中知道，她父亲已经是这个城市的市委书记了。

他先来到了报社——只有这里才能证实他亲爱的人倒究是死了还是活着!

他的心狂跳着，走进报社大门。

“你找谁？”门房老头在窗户上探出头问他。老头当然不知他是谁。但他已经来过一次，认出这老头还是原来的老头。

“我找田晓霞。”他声音沙哑着说，眼睛盯着老头的脸色。

老头两眼瞪住他看了半天，才说:“这娃娃已经……死了。唉，实在是个好娃娃！连个尸首也没找见……你是她的什么人？”老头在自言自语中突然像梦中惊醒一般问他。

孙少平两眼一黑，腿软得如同抽了筋骨。他感到有热辣辣的东西从腿上淌下来——他禁不住小便在了裤子里……

他没有回答老头的话，就转身走出报社大门。

大街上灯火辉煌，人头在伞下攒动；车辆飞溅着水花急驰而过。然而，他面对的却是一片沙漠——人生的沙漠啊……

孙少平强忍着悲痛来到市委，打听了田福军的住处。

当他走到二楼那个房间的门口时，牙齿咬着嘴唇，停留了片刻。

过了一会，他才抬起软绵绵的胳膊，在门上敲了敲。

第三十三章

开门的是个男青年。

少平一惊：这张脸太像晓霞了！

不过，他很快明白，这是晓霞她哥田晓晨。

“你是少平吧？”晓晨在客厅里问他。

他点了点头。

“我父亲在里边等你。”晓晨指了指敞着门的卧室，便垂头不再言语了。

孙少平通过客厅，向里间那个门走去。

他在门口立住了。

首先映入眼帘的是小桌上那个带黑边的相框。晓霞头稍稍歪着，烂漫的笑容像春天的鲜花和夏日里明媚的太阳。那双美丽的眼睛欣喜地直望着他，似乎说：亲爱的人！你终于来了……

相框上挽结着一绺黑纱。旁边的玻璃瓶内插几朵白色的玫瑰。一位老人罗着腰坐在沙发上，似乎像失去知觉一般没有任何反应。这是晓霞的父亲。

孙少平无声地走到小桌前，双膝跪在地板上。他望着那张亲爱的笑脸，泪水汹涌地冲出了眼眶。

他扑倒在地板上，抱住桌腿，失声地痛哭起来。过去，现在，未来，生命中的全部痛苦都凝聚在了这一瞬间。人生最宝贵的一切就这样早早地结束了吗？

只有不尽的泪水祭奠那永不再复归的青春之恋……

当孙少平的哭声变为呜咽时，田福军从沙发上站起来，静静地立了一会，说："我从晓霞的日记中知道了你，因此给你发了那封电报……"

他走过来，在他头发上抚摸了一下，然后搂着他的肩头，引他到旁边的沙发里坐下。他自己则走过去立在窗户前，背对着他，望着窗外飘落的濛濛细雨，声音哽咽地说："她是个好孩子……我们都无法相信，她那样充满活力的生命却在这个世界上消失了。她用自己的死换取了另一个更年幼的生命。我们都应该为她骄傲，也应该感到欣慰……"他说着，猛然转过身来，两眼含满泪水，"不过，孩子，我自己更为欣慰的是，在她活着的时候，你曾给过她爱情的满足。我从她的日记里知道了这一点。是的，没有什么比这更能安慰我的痛苦了。孩子，我深深地感激你！"

孙少平站起来，肃立在田福军面前。

田福军用手帕抹去脸上的泪水，然后从桌子抽斗里拿出三个笔记本，交到少平手里，说："她留给我们的主要纪念就是十几本日记。这三本是记述你们之间感情的，就由你去保存。读她的日记，会感到她还和我们生活在一起。"

孙少平接过这三本彩色塑料皮日记本，随手打开了一页，那熟悉的、像男孩子一样刚健的字便跳入了眼帘——

……酷暑已至，常去旁边的冶金学院游泳，晒得快成了黑炭头。时时想念我那"掏炭的男人"。这想念像甘甜的美酒一样令人沉醉。爱情对我虽是"初见端倪"，但已使我一洗尘泥，飘飘欲仙了。我放纵我的天性，相信爱情能给予人创造的力量。我为我的“掏炭丈夫”感到骄傲。是的，真正的爱情不应该是利己的，而应该是利他的，是心甘情愿地与爱人一起奋斗并不断地自我更新的过程；是融合在一起——完全融合在一起的共同斗争！你有没有决心为他（她）而付出自己的最大牺牲，这是衡量是不是真正爱情的标准，否则就是被自己的感情所欺骗……

孙少平的视线被泪水模糊了。他合住日记本，似乎那些话不是他看见的，而是她俯在他耳边亲口说给他听的……

当田福军搂着他的肩头来到客厅的时候，晓晨旁边又多了一位穿素淡衣服的姑娘——她不是晓晨的妻子抑或就是他的未婚妻。他们要带他去吃饭。

但少平谢绝了。他说他已经吃过饭，现在就回他住宿的地方去。田福军让晓晨到值班室叫了一辆小车，把他送到了火车站附近的那个旅馆。

孙少平回到旅馆后，立刻又决定他当晚搬到黄原办事处住。他明天要赶回黄原——办事处每天有发往那里的班车。他明天一定要赶回黄原！因为后天，就是晓霞和他约定在古塔山后面相会的日子。她已经离开了人世，但他还要和她如期地在那地方相会！

他想起了《热妮娅·鲁勉采娃》。是的，命运将使他重复这个故事的结局。在这个世界上，在人的生活里，常常会有这样的“巧合”。这不是艺术故事，而是活生生的人的遭遇！

当天晚上，他就到了黄原办事处。

第二天黎明，他搭乘长途公共汽车，向那个告别了两年的城市赶去。

汽车天黑时才驶进黄原城。

又是华灯初上了。一切是那样熟悉。高原凉爽的晚风扑面而来。市声之外，是黄原河与小南河朗朗的流水声。暮霭围罩着远山，天边有几点星光在闪烁。

黄原，我的慈祥而严厉的父亲！我又回到了你的怀抱。我是来这里寻找往日那些失落了的梦？是寻找我的甜蜜和辛酸？寻找我的流逝了的青春和幸福？

他在东关当年去煤矿的那个旅馆住下后，也无心去隔壁找他的朋友金波。他一个人来到街头，漫无目的地穿行于人群之中。一时间思维关于往日的回忆大都已阻断，情感的焦点如焚似的全部汇聚在暮色苍茫里的那座大山之中。

他立在黄原河老桥的水泥栏杆边，抬起头久久地凝视着古塔山。山仍然是往日的山。九级古塔没高也没低，依旧巨人一般矗立在那里。可他心中的山脉和高塔却陷落了！留下的只是一抔黄土和一片瓦砾……

但是,爱情将永存。在那抔黄土和瓦砾中,会长出两棵合欢树来。那绿色的枝叶和粉红的绒花将在蓝天下搀和在一起；雪白的仙鹤会在其间成双成对地飞翔……我的亲人，明天，我将如约走到那地方；我也相信你会从另一个世界走来和我相会……

晚风把他脸颊上烫热的泪珠吹落在桥头。他伏在桥栏上，看着不尽的河水悠悠地从桥上淌过。岁月也如流水。几年前，他壮怀激烈，初次涉足于这个城市的时候，还是一个胆怯而羞涩的乡下青年。他在这里度过了许多艰难而酸楚的日子，方才建立起生活的勇气；同时也获得了温暖的爱情。紧接着，他像展翅的鹰一样从这里起飞，飞向了生活更加广阔的天地。在离开这里的一天，他就设想了再一次返回这里的那一天。只不过，他做梦也想不到，他是带着如此伤痛的心情而重返这个城市的——应该是两个人同时返回；现在，却是他孤身一人回来了……

孙少平一直在桥上呆到东关的人散尽以后。大街上冷冷清清，一片寂静，像干涸了的河流。干涸了，爱情的河流……不，爱的海洋永不枯竭！听，大海在远方是怎样地澎湃喧吼！她就在大海之中。海会死吗？海不死，她就不死！海的女儿永远的鱼美人光洁如玉的肌肤带着亮闪闪的水珠在遥远的地方忧伤地凝望海洋陆地日月星辰和他的痛苦……哦，我的亲人！

夜已经深了……

不知是哪一根神经引导他回到了住宿的地方。

城市在熟睡。他醒着。眼前不断闪现的永远是那张霞光般灿烂的笑脸。

城市在睡梦中醒了。他进入了睡梦。睡梦中闪现的仍然是那张灿烂的笑脸……笑脸……倏忽间成为一面灿烂的镜面。镜面中映出了他的笑脸。映出了她的笑脸。两张笑脸紧贴在一起。亲吻……

他醒了。阳光从玻璃窗户射进来，映照着他腮边两串晶莹的泪珠。他重新把脸深深地埋进被子，无声地啜泣了许久。

梦醒了，在他面前的仍然是残酷无情的事实。

中午十二点刚过，他就走出旅社，从东关大桥拐到小南河那里，开始向古塔山走去——走向那个神圣的地方。

对孙少平来说，此行是在进行一次人生最为庄严的仪式。

他沿着弯曲的山路向上攀登。从山下到山上的这段路并不长。过去，他和晓霞常常用不了半个钟头，就立在古塔下面肩并肩眺望脚下的黄原城了。但现在这条路又是如此漫长，似乎那个目的地一直深埋在白云深处而不可企及。

实际中的距离当然没有改变。他很快就到了半山腰的一座亭子间。以前没有这亭子，是这两年才修起的吧？他慢慢发现，山的另外几处还有一些亭子。他这才想起山下立着“古塔山公园”的牌子。这里已经是公园了；而那时还是一片荒野，揽工汉夏天可以赤膊裸体睡在这山上——他就睡过好些夜晚。

他看了看手表，离一点四十五分还有一个小时；而他知道，再用不了二十分钟，就能走到那棵伤心树下。

他要按她说的，准时走到那地方。是的，准时。

他于是在亭子间的一块圆石上坐下来。

黄原城一览无余。他的目光依次从东到西，又从北往南眺望着这座城市。这里那里，到处都有他留下的踪迹。

东关大桥头，仍然是人群最稠密的地方。他依稀辨认出了他当年曾驻足而立，等待包工头来买他力气的小土场，以及那个搁过破行李卷的砖墙。他的目光“走”到了北关。那不是阳沟吗？他的揽工生涯首先就是从那里开始的。他想起了曹书记一家人。他们的院落被山脉遮挡着，他看不见。但他们的面容依稀可见；想起当初他们对他的好心，至今还难以忘怀。

现在，他把忧伤的目光投向了麻雀山。那是他和她多次漫游过的地方。就是在那里，他心跳脸热，第一次产生了想拥抱她的强烈愿望。他想起了他们共同背诵那首吉尔吉斯人的古歌。他清楚地记得，那是一个黄昏，他仰面躺在一片枯草上，两只手垫在脑后，眼里涌满了泪水，念了这首古歌的第一个段落；而晓霞两只手抱着膝头坐在他身边，凝望着远方的山峦，接着他念了第二个段落……

麻雀山下，就是那座著名的常委小院。他们真正的感情交流是从那里开始的。他们曾在她父亲的那个套间窑洞里，有过多少次美好而快活的相会；最后，炽热的情感才把他们共同牵引到这山背后那棵杜梨树下……

少平看了看手表，时间又过去了一刻钟。他站起来，出了凉亭，继续向山上走去。

他在九级古塔下伫立了片刻——就在他们当年共同站立的地方。眼前的黄原城仍然是当年的格局。大街上照旧挤满了繁忙的人群。多少美好的东西消失和毁灭了，世界还像什么事也没有发生。是的，生活在继续着。可是，生活中的每一个人却在不断地失去自己最珍贵的东西。生活永远是美好的；人的痛苦却时时在发生……

他从古塔下面转过身，背对着繁华喧嚣的城市向寂静的山林走去。寂静。只有鸟儿在密林深处鸣啭啁啾。太阳垂直地悬在当头，如同火一般炽烈；雨后的大地上蒸腾起一团团热雾。

这是那片杏树林。树上没有花朵，也没有果实；只有稠密的绿色叶片网成了一个静谧的世界。绿荫深处，少男少女们依偎在一起，发出鸟儿般的喁喁之声。

他开始在路边和荒地里采集野花。

他捧着一束花朵，穿过了杏树林的小路。

心脏开始狂跳起来——上了那个小土梁，就能看见那个小山湾了！

在这一瞬间，他甚至忘记了痛苦；无比的激动使他浑身颤栗不已。他似乎觉得，亲爱的晓霞正在那地方等着他。是啊！不是尤里·纳吉宾式的结局，而应该是欧·亨利式的结局！

他满头大汗，浑身大汗，眼里噙着泪水，手里举着那束野花，心衰力竭地爬上了那个小土梁。

他在小土梁上呆住了。

泪水静静地在脸颊上滑落下来。

小山湾绿草如茵。草丛间点缀着碎金似的小黄花。雪白的蝴蝶在花间草丛安详地翩翩飞舞。那棵杜梨树依然绿荫如伞；没有成熟的青果在树叶间闪着翡翠般的光泽。山后，松涛发出一阵阵深沉的吼喊……

他听见远方海在呼啸。在那巨大的呼啸声中，他听见了一串银铃似的笑声。笑声在远去，在消失……

朦胧的泪眼中，只有金色的阳光照耀着这个永恒的、静悄悄的小山湾。

他来到杜梨树下，把那束野花放在他们当年坐过的地方。此刻，表上的指针正指向两年前的那个时刻：一点四十五分。

指针没有在那一时刻停留。时间继续走向前去，永远也不再返回到它经过的地方了……

孙少平在杜梨树下伫立了片刻，便悄然地走下了古塔山。

他直接来到黄原长途汽车站，买了一张明天去铜城的汽车票。他已不准备再回双水村；他要返回他生活和工作的地方。对他来说，如此深重的精神创伤也许仍然得用牛马般的体力劳动来医治。此刻，他对大牙湾煤矿更加充满了深情和挚爱。没有那里的劳动，他很难想象自己还能在这个世界上继续生存；只有踏进那块土地，他才有可能重新唤起生活的信念。是的，要活下去，就得再一次鼓起勇气……难啊！

当天晚上，他才找到了金波，告诉了他和田晓霞前前后后的一切。两个男人为他们各自的不幸命运痛苦得彻夜未眠。黎明以后，金波把他送上了去铜城的公共汽车……

第三十四章

孙少安破产以后，眼看着过了一年的时光，仍然还没有从窘境中走出来。

大自然依次变换了四个季节。现在又进入了金色的秋天。

双水村周围的山野，到处都是成熟了的庄稼；人们忍不住收获的喜悦，唱起了亮格哇哇的信天游。各家院子里、土场上，梿枷声从早到晚震天价响。有些嘴馋的家户，已经像过春节一样，炸油糕，做豆腐，蒸黄米馍馍，吃得满嘴流油喷香。像原一队副队长田福高这样满年缺好吃喝的人，而今蹲在茅坑上都忙得往嘴里塞枣子吃哩。

吃！这是一个大嚼大咽的季节——而且吃的都是新鲜东西啊！

双水村在这季节一片和平景象。吃圆了肚皮的人脾气也变得好起来。人们见了面，都笑嘻嘻地问候对方的收成。某些爱显能的婆姨还端着自己新收的东西，吆喝着送给四邻八舍，夸耀自己的光景日月过得如何红火。整个村庄都沉醉在一种喜气洋洋的繁荣气氛中。

只有少安两口子还是一脸的愁苦相。

论地里的收成，他们也不比村里其他人家差；少安闷头劳动了一年，粮食收得边边沿沿都是。他本来就是村里最出色的庄稼人，一旦他把功夫用到土地上，谁也不怀疑他能比别人收获更多的粮食。

可是，对他来说，收获这些粮食揭不去头上的愁帽。就是连庄稼的秸秆都卖掉，也抵不了他沉重债务的零头。一万块钱的贷款仍然在信用社的账上，而且利息越滚越大；欠村里人的钱依然欠着。庄稼人啊，一旦断了来钱的生计，手里要捉住每一分钱都是不容易的！拿什么变成钱呢？如果土疙瘩能卖钱，那倒有的是！

俗话说：人穷气短。

一年来，孙少安的精神状态一直不好。他的情绪低落到了极点。

是啊，他不是电影和戏剧里的那种英雄人物，越是困难，精神倒越高昂，说话的调门都提高了八度，并配有雄壮的音乐为其仗胆。他也不是我们通常观念中的那种“革命者”，困难时期可以用“革命精神”来激励自己。他是双水村一个普通农民；到眼下还不是共产党员。到目前为止，他能够做到的，除将自己的穷日子有个改观外，就是想给村里更穷的人帮点忙——让他们起码把种庄稼的化肥买回来。说句公道话，就双水村而言，他这“境界”也够高了。我们能看见，别说村里的普通党员了，就是田福堂这样党的支部书记，在眼下又给双水村公众谋了什么利益？现在福堂同志自己向我们更明确地证实：他在农业学大寨运动中口口声声“为众乡亲谋福”纯粹是一句哄人话。当然，福堂同志现在身体不好，在儿女的婚事上又受到了打击，我们出于善意，姑且也就不计较这个人对本村公众利益的冷淡态度了。

孙少安帮助村里没办法的困难户，并不是想要在村里充当领袖。他只是出于一种善意和同情心，并且同时也想借此发展他自己的事业。

可是，现在这两个愿望都落空了。

一年来，他精神状态的低落，除过沉重的债务和无力东山再起外，周围舆论的压力也是一个重要因素。田福堂等人的幸灾乐祸和冷嘲热讽这是必然的。使他更痛苦的是，原来那些信任他的村民，也开始用怀疑的目光来看待他了；他们对他再不像过去那样尊重。至于像他二爸这样的人，甚至都敢对他出言不逊，摆出一副真正的老人架子。

只有一个人对他的看法是一贯的。这就是原二队长金俊武。有时两个人相遇在山里，俊武还一再给他打气。俊武永远是精明强悍的；尽管他自己家里灾事一连串，但他时常保持对村中其他人的嘲笑权和口头攻击权。虽然是农民，也和文化水平高的人一样，有个精神相通的问题。孙少安和金俊武在双水村就是精神较能相通的一对。少安只有和俊武说说话，心情才稍有好转。

但是，俊武的一番顺气话，归根结底也并不能解决他的任何问题。自己头上的虱子要自己捉。一时的畅快过后，又是那无穷无尽的苦恼……

孙少安更痛心的是，他的妻子也跟他受尽了折磨。亲爱的人自跟他结婚到现在，还没有真正享过几天福。即使最红火的前两年，她虽然精神上畅快，但体力上实际是更劳累了。而现在，她体力上照样劳累，精神上却愈加痛苦；还要照顾他的情绪，安慰和开导他。他，孙少安，眼下活成个啥人了！他不能给家庭带来幸福，却把他们拖入了灾难，还要他们给自己说宽心话！

但是，也惟有妻子的怀抱，才使他凄苦的心情得到片刻的温热和宁静。一天的劳累和痛苦之后，他常常像受了委屈的孩子，晚上灯一吹，把脸埋进妻子的怀中，接受她亲切的爱抚和安慰。她的两只结实的乳房常常沾满他的泪水。

感情丰富的男人啊，在这样的时候，他对女性的体验是非常复杂的；其中包含对妻子、母亲、姐姐和妹妹的多重感情。温暖的女人的怀抱，对于男人来说，永远就像港湾对于远航的船、襁褓对于婴儿一般重要。这怀抱像大地一样宽阔而深厚，抚慰着男儿们创伤的心灵，给他温暖、快乐和重新投入风暴的力量！

孙少安在秀莲的怀抱里所感受到的远远不止这些。他无法说清秀莲的体贴对他有多么重要。他不仅是和她在肉体上相融在一起，而是整个生命和灵魂都相融在了一起。这就是共同的劳动和共同的苦难所建立起来的伟大的爱。他们的爱情既不同于孙少平和田晓霞的爱情，更不同于田润叶和李向前现在的爱情，当然也和田润生与郝红梅的爱情有区别。孙少安和贺秀莲的爱情倒也没什么大波大折，他们是用汗水和心血一点一滴汇聚成了这深情的海洋……

当我们怀着如此庄严的心情谈论少安和秀莲在痛苦中这美好感情的时候，不得不尴尬地宣布：由于他们频繁的两性生活使秀莲的节育环出了点问题，结果让她怀上了娃娃。

嗨！这个孩子来得实在不是时候——而生活就常常开这种令人哭笑不得的玩笑。

“把孩子打掉吧！”少安痛苦而温柔地对妻子说，“咱光景烂包成了这个样子，一天愁得人连头也抬不起来，怎有心思再抚养一个孩子呢？再说，咱又没有生二胎的指标！孩子出世后，连个户口也报不上，公家不承认，以后怎么办？”

“不！我非要这个孩子不行！我早就想要个女儿了。再愁再苦，我也不怕。娃娃生下后，不要你管，我自已一个人拉扯，你放心……

“你这狠心的人！你怎能不要咱的亲骨肉呢？打掉？那你先把我杀了！公家不给上户口，咱的娃娃就不要！反正这娃娃是中国人，他们总不能撵到台湾去！”

“台湾也是中国的……”少安苦笑着纠正妻子。

孙少安扭不过秀莲的执拗，只好承认了这个现实——这意味着，明年，他这个家就是四口人了！

既然秀莲要这个孩子，少安和她一样，也希望是个女孩子。俗话说，一男一女活神仙！他们甚至在被窝里已经给他们未来的“女儿”起了乳名——燕子。虎子，燕子，兄妹俩的名字都怪美的！

妻子怀孕后，实际上更增加了少安的苦恼。多一个人，就多一张吃饭的嘴。当然，养活儿女们长大，他还是有信心的。可是，作为一个父亲，他的责任远不止于把孩子喂饱；他应该有所作为，使孩子在生活中感到保护他们成长的人是强大的，并为自己的父亲而感到自豪！他绝不能让他们像自己一样，看着父母亲的愁眉苦脸长大。他的虎子和燕子，无论在体格上、精神上和受教育方面，都不能让他们受到委屈和挫伤——这是他自己苦难生活经历所得出的血泪般的认识！

这一切都取决于他——取决于他倒究能在这个充满风险的世界上以什么样的面貌来生活。

唉，就眼下这种灰样子，孩子照样得跟上他倒霉！他已经感到，马上就要上小学的虎子，这一年来看见他和秀莲愁眉不展，也懂得为他们熬煎了。是呀，他自己到这个年龄的时候，已经明白了多少事；当时家庭悲剧性的生活他都看得一清二楚了。

孙少安万分痛苦！万分焦急！他是一个有些文化的人，常常较一般农民更能深远地考虑问题。正因为如此，他的苦恼也当然要比一般农民更为深刻……

庄稼大头收过之后，少安有时也去石圪节赶集。他既去散散心，也在那条尘土飞扬的土街上出售一点自产的土豆和南瓜，换两个零用钱以买回日常用的油盐酱醋。债务是债务，每一天的日子还得要过呀。

这一天下午，他提着煤油瓶从石圪节蔫头耷脑往回走。在未到罐子村时，从米家镇方向开过来的一辆大卡车，突然停在了他身边。驾驶楼里即刻跳出来一个人，笑嘻嘻地向他伸出了手。

少安马上认出，这是他在一九八一年原西县那次“夸富”会上认识的胡永合。

他赶紧把油瓶从右手倒在左手，握住了永合的手。永合早已是闻名全县的“农民企业家”。少安和他虽交往不多，但两个人已经算是朋友了。在他开始销售砖的时候，正是永合对他进行了做生意的“启蒙教育”。他不仅感激他，也很佩服柳岔乡这个大能人。

“我路过你们村，发现你的砖场不冒烟了。怎？你又搞什么大生意去了？”胡永合笑着问他。

“唉……”孙少安有点羞愧地长叹了一口气，“还搞什么大生意呢！就那个小砖场，也倒塌了！”

“怎？”胡永合一脸的惊奇。

孙少安便一边叹气，一边简要地给他说了说自己的灾难。

胡永合听后，嘴一撇，说：“这算个屁事！你这个人到如今还不开窍。我原来还以为你很有两手哩！你说，难处在什么地方？”胡永合口大气粗地问。

“这还要问哩！主要是资金嘛！”少安对他的朋友说。

“要重新上马得多少？”

少安看出，胡永合似乎要对他慷慨解囊了。他在疑惑之中不免精神为之一振，说：“大约得四千块……”

“我知道哩，你这种情况，在咱们县贷款的确有困难！”

少安听胡永合这么一说，心里马上又凉了半截。

“不过，”胡永合紧接着话茬，“我在原北县认识个朋友，先前我在那个县有点小生意，不愿倒腾本钱，想让他在当地给我贷三千块款，他一口就答应了。他已经在银行里说好了这笔贷款，后来我又决定不做那点生意了，主要是利太小，划不来……这样吧！我给那人写封信，你去把这笔款贷了。你看怎样？”

孙少安一下子激动得不知如何是好。他又一次握住了胡永合的手，说：“哈呀，这等于救了我一命！”

“按你说的，还短一千块。这你自己再想点办法。”

“这不怕！我能想办法！”

胡永合对驾驶楼里的司机说：“把我的皮夹子拿下来！”

那位显然是永合雇用的司机，像卑恭的仆人一样赶快把一个大黑人造革皮夹拿下来，双手递到胡永合手里。

胡永合就趴在汽车头的铁皮盖上，用核桃大的字写了一封语句不通、勉强能看得懂的信，交给了孙少安，让少安拿着到原北县去找他的那位生意人朋友。

孙少安感激地收起了这封信，硬拉扯着让胡永合掉转车头，到他家去吃一顿饭。但胡永合说他还要忙着赶路，即刻钻进了驾驶楼，像救世主一样微笑着向他招招手，就坐着汽车跑得一溜烟不见了踪影。

孙少安提着油瓶，手里捏着那封信，高兴得像傻瓜一般在公路上独自笑了起来。

他实在没有想到，他会意外地碰见了胡永合，并且意外地得了这位财神爷的帮助。他感到，生活或许又将发生新的重大转机。俗话说，天无绝人之路——黑暗也应该有个尽头了！

孙少安不由放慢了回家的脚步。这件似乎从天而降的事情，使他的脑子又极大地活跃起来。

他一边走，一边思前想后，像运动员进入了竞技场，精神高度紧张而又高度兴奋。由于转机出现得太突然，使他的脑子有点混乱，许多具体要进行的事急忙想不清楚。但这混乱无疑建立在一种乐观的基调上：他甘愿当一会甜蜜的憨汉！

他不知不觉就走过了罐子村。

本来，他原先已想好要上姐姐家去看看他们的情况——秋收大忙季节，二流子姐夫又常年不在家里，姐姐肯定有不少困难在等他和父亲去解决。可是，现在他却忘了上姐姐的门……

他已经走到了双水村的村头上。

这时他才发现，太阳也落山了。暮色中，村庄上空飘浮着一团一团的炊烟。凉飕飕的秋风夹带着五谷的香气，直往人鼻孔里钻。噢，只要人的心情好，就会倍感到秋天的傍晚有多么迷人！多么美妙！

孙少安不由兴致勃勃从公路上转到了他那败落的砖场。

一种突发的激动使他忍不住背抄起手，挺起胸脯，像一位精神焕发的将军巡视战场一样，挨个巡视了他的每一个烧砖窑。然后，他又揭开油毛毡，查看了每一件机器。他耳边似乎又响起了制砖机轰隆隆的声音；眼前浮现出熊熊的火光和蘑菇云一般的浓烟……

好，一切都将重新开始；他要再一次在双水村发出他压抑了一年的吼声！

直到掌灯时分，他才提起那瓶煤油，嘴角浮着一丝笑意走进了家门。

敏感的妻子立刻发现他今天精神状态不同以往。还没等她开口询问缘由，他就激动地向妻子叙说了路遇胡永合的情景。秀莲大喜，把端上炕的饭盘收拾下去，重新到锅灶上给他另做了一顿好吃喝。

第三十五章

这几天，孙少安和贺秀莲就像绝症病人突然有了生还的希望，兴奋从心里一直洋溢到了脸上。乌云在溃退，云缝中露出碧蓝的天空，射出了太阳金箭似的光芒……

只不过，双水村的人现在还没有觉察到这对夫妇情绪上的变化。少安和秀莲只把这件事对父母亲说了。眼下还没有什么值得向外人夸耀的资本；他们只能等去外县把款贷回，使砖场重新开张，用事实向双水村说明他们已经从泥淖中走出来。

秀莲在为丈夫做出门准备时，向他提出了一个至关重要的问题：这次重新开办砖场，关键是要请到一个很有技术的师傅。如果这问题解决不好，将必定会雪上加霜，他们永世也别想再翻身！

少安十分感激妻子的这个重大提醒。用他二爸孙玉亭的语言说，秀莲已经在“斗争的大风大浪中成长起来了”。她的确成了他在事业上的“总参谋长”。

妻子说得对，上次正是那个吹牛皮的河南卖瓦罐师傅造成了他的大灾难。再要开办砖场，决不能重蹈覆辙！

他立刻想起了另一个河南人——他最初用的那位烧砖师傅——听说他如今在米家镇周围一个村庄干活。他要设法把这位师傅重新请回来。他们相处多时，关系很融洽；他的技术也是呱呱叫的。少安还想，等砖场重新上马，他不能再只顾跑着搞推销，办外交；他要认真跟这位师傅学各个环节上的技术，而且要搞精通。这样，万一师傅有个三长两短，他自己就直接可以上手——跑外交到时能另想办法哩……

所有这些还都是后话。要等到他把那三千块钱贷回来，另外再筹借一千块钱，才能进行下一步的工作……

几天以后，少安就一身“农民企业家”的装扮，从家里起身到原北县办那三千块贷款。因为这是去外地办事，要显出一点“气派”来，秀莲出主意给他买了一顶鸭舌帽，还把那个带系的黑人造革大皮包，换成了箱式手提包。另外，皱巴巴的西装口袋上，别了一支钢笔，笔帽在胸前银光闪闪。这副模样，看起来完全像个生意十分红火的“企业家”了。

孙少安兴致勃勃走了外县……

这个时候，孙玉厚老汉却心神不宁地走出走里，一副惶惶不可终日的样子。老汉正焦急地等待铜城二小子的一封信。

少安两口子并不知道，他们的父母亲也在为他们砖场的重新上马而处于无比的焦灼之中。

说实话，当孙玉厚老汉听说儿子的砖场又有了指望，一颗心也在胸膛里激动得乱跳弹哩。

儿子的砖场倒塌到现在，一年时光中，玉厚老汉的头发完全急白了。归根结底，儿子的灾难，也就是他的灾难。虽然他们已经分了家，可他们永远是一家人啊！他当年坚持分家，还不是为了让亲爱的儿子过好光景？

儿子决定扩大砖场，弄了村里的一群人来干活，还搞了那个铺排的“点火仪式”，老汉当时害怕得浑身索索发抖。他心中莫名地产生了一种恐惧。结果，他在冥冥中的恐惧眼看着变成了事实，灾祸劈头盖脑就压下来了……

砖场垮台后，儿子和媳妇就像嫩南瓜断了根蔓。他的精神也完全垮了。他早年间就未能给儿子帮什么大忙，甚至连累了孩子半辈子。现在，孩子有了这么大的灾事，他只有干着急而给他们凑不上一点劲！

在他的一生中，没有哪一年比这一年更难熬了。没有！无论是当年给玉亭娶媳妇，还是那年女婿被“劳教”，比起儿子的这场灾难，那都是些屁事！

一年里，他常常愁得整夜合不住眼。少安他妈也一样，说起这愁肠，就忍不住落泪。老两口只能相对无言，长吁短叹。他不知在心里祈祷过多少次，让万能的老天爷发发慈悲，把他儿子从灾难中解救出来。他甚至怀疑：是不是因为少安虚岁二十四“本命年”没有系避邪的红裤带，才引起了这场灾祸？完全可能哩！唉，儿子说这是迷信，没当一回事，结果……

现在，当儿子告诉他说能在外县贷三千块款后，孙玉厚老汉立刻感到，儿子“本命年”未系红裤带所遭受的命运的报复可能要结束了。是呀，已经一年了，那惩罚也该有个完结。

不用说，孙玉厚立刻高兴起来。他的高兴倒不全是因那三千块钱；而是基于他判断有关“红裤带事件”引起的命运之罚已经结束。他年纪越大，越相信有一种看不见的力量掌握着尘世间每一个人的命运；甚至掌握着大自然的命运。比如，为什么土地说冻就冻住了，而说消开就消开了呢？

不论怎样，只要儿子能翻起身来，这就叫他心花怒放；连走路时两条腿也感到突然有了劲。

他首先想到的是，儿子即使贷回那三千块钱来，还缺一千块。不怕！这一千块钱他手头有！

自从二小子当了煤矿工人，几乎月月给他寄钱。除过买化肥和其他零七八碎，他现在还积攒了一千元。当然，少平不止一次在信上叮咛，这钱是让他攒下箍新窑洞的。他也准备按少平说的办，原打算今年冬天就打石头，明年动工在现在住的那孔土窑旁边箍两孔石窑洞，捎带着再给这孔旧窑接个石口；这样，一线三孔窑，就是一院蛮不错的地方了。

可是现在，他决定要把这一千块钱先给大儿子垫上，让他把砖场重新弄起来再说。他知道，少安在其他地方再筹借一千块钱也不容易啊！娃娃屁股后面已经欠一堆账债，谁再敢给他借钱！

这样决定之后，他就和少安妈商量了这件事。

少安他妈还有什么可说的，一口就答应了！

但问题是，他还要征得少平的同意——这钱实际上不是他们的，是二小子的。虽说他相信少平肯定会同意把这钱给他哥先垫着用，可总得要娃娃亲口吐一句话。儿子已经大了，做老人的就应该尊重他们。他和老伴这两年对孩子的称呼也变了；再不叫“安安”、“平平”或“香香”这些昵称，当面时改叫他们为“虎子老子的”、“虎子他二爸”和“虎子他二姑”这些对大人的尊称……

在少安和秀莲说了能在外县贷款的第二天，他和老伴就说好了给儿子这一千块钱。接着，他马上给少平写信，以便征得他的同意，把钱先转交给他哥使用。

顺便说一说，孙玉厚老汉没像往常那样让他弟孙玉亭写这封信。老汉狡猾地想，少安还欠贺凤英的四十块工钱，要是玉亭知道少安手头有了钱，说不定会戳弄着让贺凤英向少安讨债去哩。哼！这两个没良心的东西！看不见我娃的一点死活！兄弟和儿子相比，他当然更亲自己的儿子！

这样，玉厚老汉经过一番盘算后，便蹚过东拉河，在二队原来的饲养院找到了小学教师金成——原来学校的窑洞因田福堂那年打坝炸山震坏了，因此搬到了这个当年喂驴拴马的地方。他口授内容，让金成给少平写了那封信。老汉当时想，金成父子有的是钱，不会为他有一千块钱就大惊小怪，传播的满村刮风下雨。再说，人家父子都是正相人家，不会干这种事……

现在，孙玉厚老汉正神不守舍地等待少平的回信。同时，他也担心：少安能不能在外县贷回那三千块钱来？

几天之后，少平的回信到了。

和老汉的预料一样，懂事的娃娃满口答应了这件事；还说如果紧急，让他哥直接写信给他，他还可以在周围矿工中再给他哥转借一些钱。

这可再不敢了！怎能再逼得让二小子也欠债呢？

孙玉厚老汉立刻又跑去找到金成，给少平写信说，这里都好了，千万不敢再借人家的钱；这几个月里，也不要给家里寄了。老汉还在信上询问：他不是说夏天要回一趟家吗？为什么又没回来？

巧的是，少平的信刚到的第二天，少安也从原北县回来了。儿子前脚刚进门，玉厚老汉后脚就跟着进来，赶忙问："怎样？"

"贷到了！"儿子高兴地说。

"多少？"他问。

"三千。"少安说。

"还得另转借一千块……"秀莲补充说。

"这一千块钱我给你们拿来了。"

玉厚老汉说着，便从衣服大襟的口袋里颤颤巍巍拿出了一捆子人民币，放在儿子家的炕席片上。他的钱从来不存银行，都在粮食囤里埋着，手伸进去就取出来了。

少安和秀莲看着父亲和炕席片上的那一捆子钱，都呆住了。

少安似乎反应过来这是怎么一回事。他赶紧说："爸爸！这钱是少平给你们箍窑的，我们怎能使用呢？

"本来，我应该领料着给你们营造地方。一来少平执意不让，说他要一个人负责为你们箍窑；二来我忙忙乱乱，紧接着又出了事，因此至今没能为你把新地方建起来，心里一直很难过。现在，少平已经把箍窑的钱攒得差不多了，我们怎能拿这钱办砖场呢？爸爸，你把钱收回去。我欠缺的，由我来想办法。再说，我们不言不传用了这钱，也对不起少平……”

“少平已经回了信，叫你们用去。还说有困难，叫你们给他写信，他还可以在煤矿给你们转借……”玉厚老汉把钱拿起来，揭开对面的小木匣，给他们放了进去。

少安背过脸，久久地站立着没有说话，眼里不由旋转起两团泪水。他深深地感激亲爱的父亲和弟弟。秀莲也在锅台那边用围裙揩眼泪。他们再一次感受到了骨肉深情；同时为有少平这样强有力的弟弟而无比骄傲！是呀，有什么必要灰心丧气呢？孙家有的是力量！他们还有一个让整个东拉河流域都羡慕的妹妹——她正在中国最“高级”的学堂里念书哩！

孙少安立刻感到身体轻盈得像能飞翔一般。他马不停蹄，调头向北，到米家镇去打问先前给他烧过砖的河南师傅。

他很快知道了这个人的下落——就在镇子北头的那个村子里。

在穿过米家镇红火热闹的集市时，他还没忘了到那个铁匠铺的门口停留了片刻。那年他给队里的牲口治病，晚上没个住处，曾在这铁匠铺过了一夜——也是一个好心的河南师傅让他在这里留宿的。铁匠铺仍然锤声叮当，火花飞溅，但不再是当年那两位师傅了。

孙少安穿过街道，在那个村子里很快就找到了他原来的烧砖师傅。巧的是，这师傅正好要在这里结工。但不巧的是，他准备拾掇着回河南老家去呀。孙少安几乎央告着求他，让他再为自己帮一段忙；哪怕几个月都行。他为了打动师傅，还详细给他叙说了他近一年来的悲惨遭遇。

这位河南人终于被他说动了心，跟着他返回了双水村。

孙少安接着又跑到石圪节街上，雇用了外村的几个农民来当小工。本村人他不敢再雇，而且眼下也没人再来为他干活——干过活的工钱到现在还都欠着哩！

秋天的一个下午，双水村南头又响起了制砖机轰隆隆的吼叫声——这声音已经整整沉寂了一年。

双水村的人再一次被震惊了！谁能想到，滚到黑水沟里的孙少安怎又爬蜒起来呢？

是的，他又站起来了。尽管他已碰得头破血流，却再一次挣扎着迈开脚步，重新踏上了创业的征程。人，常常是脆弱的；但人又是最顽强的！

十天之后，第一批砖窑开始点火。

滚滚的黑烟凶猛地冲天而起，再一次笼罩了南面的天空。

双水村人不得不又一次把目光移到了这里。

孙少安和他的砖场，重新成了全村人议论的话题！

当然，那些说风凉话的人还在继续说着。不过，他们一边说着，一边不安地瞧着南头那一片翻滚不息的黑烟。至于那些少安还欠着工钱的村民，都眼巴巴地盼望他起码能烧成几窑好砖，把他们的工钱开了——这点钱对他们是那么重要！

孙少安和贺秀莲兴奋地忙碌着。

秀莲的肚子已经大起来，但仍然门里门外不停地操持；既做好多人的饭，还要到砖场去忙丈夫忙不过来的事。即使帮不上手，她也要转着为丈夫发现漏洞，以防再出现什么意外的闪失。

但是，第一批砖还没烧成的时候，他们便又面临着一场严重的危机——当然，这倒不是砖又烧坏了。

这一天，原北县为少安贷款的胡永合的朋友，突然赶到了他门上，让少安立刻还那三千块贷款！

原来，少安刚离开原北，当地就有人把永合的朋友告下了，说他贷的三千块钱是给外县人的。这个县农业银行的领导大为恼火！如今钱这么缺，本县人贷款都很困难，怎么能让外县人把钱贷走呢？他命令下面的人立刻把这笔贷款追回来。胡永合的朋友和孙少安并不认识，他不会把这笔钱替他还了，因此便赶到他家，让他马上想办法，声称绝对不能超过五天！

天啊！这不是要他的命吗？这么短的时间，他到哪里去筹借这三千元呢？他正因为借了一年钱借不下，才到外县贷这款呢！

孙少安急得快要发疯了。妻子一边用好吃好喝款待那位讨债的外县人，一边安慰丈夫说："甭急躁，咱想办法。要不，让我再回一次柳林，让我爸和姐夫打掇着为咱借……"

"上次借人家的钱还没还哩！"少安头耷拉在胸前，丧气地蹲在脚地上用手抠鞋帮子。

"要不，你再到县上跑跑，找他周县长去！"秀莲又出主意说。

孙少安觉得，妻子这主意倒有点门道。也许他只能找周县长解决他的困难。上次周县长不在县里，他希望这次起码能见到他。

亲爱的秀莲腆着大肚子，把他送上了去原西的公共汽车。

临上车前，她一再给他宽心说："你放心走你的。砖场的事和那个要债的人，都有我应付哩！不管怎样，咱们的砖场又起来了。你千万不能灰心……"

少安在妻子如此热忱的鼓励下，羞愧自己白算个男子汉了！他立刻打起精神，跑到了县上。

万万没有想到，事情竟出奇地顺利！周县长不仅在县上，而且马上就抓起办公桌上的电话，三言两语就和县农行说妥了这件事。

少安兴奋得走路都有点失去了平衡，像他二爸一样绞着两条腿赶到农行，很快贷出了三千块钱，赶天黑就返回了家中……

坚冰打碎，一河水全开了！

第一批成砖呱呱叫出窑后，三天内就销售一空。欠村中所有人的钱马上还清；山西柳林妻哥那里的借款也立即寄还了。

这个塌垮了的砖场在接受了失败的教训之后，第二次起飞便以惊人的速度发展起来。一九八三年年底，孙少安就还完了银行两次大笔贷款的全部本息。砖场生产逐步进入了满负荷运行。当一九八四年开始的时候，盈利就滚滚地进入了孙少安的腰包……

第三十六章

伟大的生命，不论以何种形式，将会在宇宙间永存。我们这个小小星球上的人类，也将继续繁衍和发展，直至遥远的未来。可是，生命对于我们来说又多么短暂。不论是谁，总有一天，都将会走向自己的终点。死亡，这是伟人和凡人共有的最后归宿。热情的诗人高唱生命的恋歌，而冷静的哲学家却说：死亡是自然法则的胜利……

是的，如果一个人是按自然法则寿终正寝，就生命而言，死者没有什么遗憾，活着的人也不必过分地伤痛。最令人痛心和难以接受的是，当生命的花朵正蓬勃怒放的时候，却猝然间凋谢了。

人类之树谁知凋落了多少这样的花朵。零落成泥碾作尘，只有香如故……

美丽的花朵凋谢了也是美丽的。

是的，美丽。美丽的花朵永不凋谢；那花依然在他心头开放……

瞧，又是春天了。复苏的万物就是生命的写照。从矿区望出去，山野里到处都是盛开的桃花、杏花、梨花；一片如霞的绯红，一片如玉的洁白。小河边泛出了淡淡的浅绿。祭坟的纸钱在暖洋洋的春风中飘飞。矿医院后面的山湾里，间或传来上坟妇女如怨如诉的哭泣，犹如在唱一支眷恋往昔的歌。

这是一个伤感而断魂的季节……

孙少平上井以后，洗完澡换好衣服，便一个人走出喧腾不息的矿区。他看起来比过去消瘦了一些，眼神和脸色却更加严峻，头发总是被汗水鬈曲得零零乱乱。他匆忙而专注地走着，似乎要摆脱什么，抑或在寻找什么；又像是有谁在召唤他。

像通常那样，他从矿部旁那个小坡上走下来，走过黑水河上摇曳着绿枝的树桥，爬上了对面山，不停留地一直走向山野深处。然后，他随意在某个无人处停下来，或坐，或躺，或久久地驻足而立。

多少日子来，他天天都是如此。

现在，已是下午了。他斜躺在一片草地上，出神地看着眼前几朵碎金似的小黄花。偏西的太阳温暖地照耀着山野。春风轻柔得似乎让人感觉不出来。周围没有任何一点声响。过分的寂静中，他耳朵里产生了一种嗡嗡的声音。这声音好像来自宇宙深处，或沉闷，或尖锐，但从不间隔，像某种高速旋转的飞行器在运行，而且似乎就是向他飞来了。

他久久地躺着，又像往日那样，痛不欲生地想着亲爱的晓霞，思维陷入到深远的冥冥之中。眼前的景色渐渐变成了模糊缤纷的一片；无数橘红色的光晕在这缤纷中静无声息地旋转。他看见了一些光点在其间聚集成线；点线又组成色块；这些色块在堆垒，最后渐渐显出了一张脸。他认出了这是晓霞的脸。她头稍稍偏歪着，淘气地对他笑。这张脸是有动感的，甚至眼睫毛的颤动都能感觉到。嘴在说着什么？但没有声音。这好像是她过去某个瞬间的形象……对了，是古塔山杜梨树下那次……他拼命向她喊叫，但发不出声音来。不过，她肯定会看见他的泪水了。无论他怎样无声地喊叫，那张亲爱的笑脸随着色块的消失，最后消失在了那片缤纷之中……

不久，连这片缤纷也消失了。天空，山野，又恢复了原来的样子。他还斜躺在这块草地上。寂静。耳朵里又传来了那嗡嗡声。不过，这嗡嗡声似乎越来越近，并且夹带着哨音的尖锐呼啸。他猛然看见，山坳那边亮起一片橙光。那嗡嗡声正是发自那橙光。橙光在向他这边移来。他渐渐看清，橙光中有个像圆盘一样的物体，外表呈金属质灰色，周围有一些舷窗，被一排固定不变的橙色光芒照亮；下端尚有三四个黄灯。圆盘直径有十米左右，上半部向上凸起，下半部则比较扁平。

圆盘悬停在离他二十米左右的地方。那东西离地面大概只有几厘米。

他看见，从圆盘中走出了几个人，外形非同寻常。少平畏惧地看见，那些人只有一米二三高，脑袋上戴着类似头盔的东西，背着背包，或者说是箱子；其颜色和头盔相似，是暗灰色的。从背包上部伸出一根套管，经过脖颈与头盔相连。另一根似乎更细的套管同那些人鼻部与背部的背包相连。一共三个人。他们一走出圆盘，便用一个成反T字形的仪器，似乎在勘察地面。仪器两侧不时射出闪光，像电焊发出的电弧光一样。

他们发现我了吗？他想。

他索性咳嗽了一声。那三个忙于“工作”的人回头看了看他。两个人继续开始干活，没有理他；而另外一个人却向他走过来。他得到了心电感应：“你不必害怕。”

那人站到了他面前。他看见，这人两只眼很大，没有鼻子，嘴是一条缝。手臂、大腿都有，膝盖也能弯曲，戴一副像是铝制成的眼镜。身上有许多毛。脚类似驴和山羊那样的蹄子。

“你好！”这个人突然开口说话了，而且是一口标准的北京普通话。

孙少平吓了一大跳。不过，由于他说的是“人”话，这使他镇定下来。

他立刻产生了很想和这个人交谈的愿望。

他问："你们来自哪里？"

"我们来自银河系。就是你们地球人说的'外星人'。"

"我读过几本有关外星人的书，说你们用心电感应和我们沟通思想。是这样吗？"少平问。

外星人："是，我们能这样。"

孙少平："你们能猜测我们所思考的问题吗？"

外星人："那当然。不过，一般我们不想进入别人心中。如果不这样的话，我们连没有必要知道的事都知道了。"

孙少平："那么说，刚才我看见了我死去的女朋友，这是你们为我安排的？"

外星人："是的。你思念你女朋友的念力太强大，使得我们不得不捕捉。我们同情你，就用我们的方法让你看见她。我们储存着地球上所有人的资料。"

孙少平："你能让她再活过来吗？"

外星人："不能。连我们对自己的生命也做不到这一点。不过，我们的寿命很长，平均年龄要超过两千岁，当然是换算成你们地球标准的年龄。"

孙少平："那么你多少岁了？"

外星人："换算成你们的年龄是六百岁。在我们那里，算是年轻人。按你们这个国家的新说法，可以说属于'第三梯队'。"

孙少平："就我们看来，活得那么长，这已不是生命，而只是一种灵魂的存在了。"

外星人："对，也不对。某些生命达到了高度完美，精神就不再需要物质肉体，就好像是生活在纯粹的精神世界。因此用你们进化论的水准实际上不可能与他们接触。"

孙少平："你的中国话说得非常好……"

外星人："地球上自古到今的所有语言我们都懂。我们有这些语言的完整资料，学习某种语言用不了几天。一种特别装置把我们和类似电脑的东西连接起来，这些语言就像出自本心一样自动就说出来了。我现在可以用黄原方言和你交谈。”

孙少平：“你们对地球人抱什么态度？是好意还是恶意？”

外星人（用黄原方言）：“大部分外星人从不加害于你们。当然，太空中也有个别邪恶的生物，把你们的人抓回他们的星球做杂工。你们地球历史上常有大量人集体失踪的事件。你可能不知道，美国一位专门研究超自然现象的专家白赖特·史德加博士，就写过一本《奇异的失踪》的书，收集了不少集体失踪事件，所牵涉的人数，由最少十二人到最多四千人……”

孙少平：“呀，你的黄原话简直让我感到像老乡一样亲切！那么，我想问，你们的飞碟为什么降落在这地方？你们在这里干什么？”

外星人：“我们对地球上这一带的地质情况很感兴趣。我们想了解这里在地球第四纪以前所形成的基岩情况。你们也已经通过古地磁测定而知道，整个黄土高原至少从更新世起，就已开始堆积。按你们的时间算，距今已二百四十万年了。从那时以来，在整个第四纪期间，黄土沉积面积逐渐扩大，形成了大面积连续超覆，将第四纪前形成的基岩，除高耸的岩石山地之外，大都掩埋于其下了……”

孙少平：“老实说，我不太懂这些。你们一定都是无所不知的超人吧？有部美国电影就叫《超人》，是描写你们怎样完美无缺而又力大无穷的。”

外星人：“这是浪漫的美国人的幻想。我们不是超人，也绝非十全十美，和你们一样必须不断进化。当然，我们要比你们先进得多。我们的祖先和我们都对不断发达的地球人承担着某种义务，想对你们的某些人用心电感应来给予帮助，使你们的人种进化到更高的阶段。我们已经为你们做过许多事，不过你们不得而知罢了。”

孙少平：“那你们为什么不和地球上的各国政府接触呢？”

外星人："很遗憾，你们地球上的许多政府都被少数人占有。如果他们获得我们的技术，就会情不自禁想支配整个地球。我们绝不相信这些少数人能维持地球的秩序。他们连自己国家的和平都维持不了，怎么可能维持全球的和平呢？"

孙少平："噢，对了，我还想告诉你，我的妹妹在大学学的正是有关天体物理的课程……"

外星人："那里的情况我们知道。尽管那些课程过于原始和简单，但你妹妹无疑将是你们国家最为出色的天体物理学专家之一……"

孙少平还想问外星人一些问题，但他突然举起毛茸茸的胳膊前后摆了摆——这大概是他们和人告别的方式，就转过身向另外那两个同类走去。紧接着，他们就钻进那个发橙光的圆盘中了。嗡嗡声越来越强烈，类似一种发动机加速的声音。飞碟下面立刻喷射出巨大的火焰——不，不是火焰，而是光芒，然后在短短几秒钟内就消失得无踪无影。接下来，是一片黑暗……

……孙少平从草地上睁开眼，发现天已经完全黑了；夜空中星星在闪烁着，一弯新月正从山坳那边升起来。

他心惊地一下子坐起，从头到脚淌着冷汗。他有一种跌落在地的感觉。

发生了什么事？他问自己。刚才那一切是真实的，还是他做了一场梦？

他肯定这是一场梦。他曾在妹妹那里拿过几本有关飞碟的书，里面就有许多这样被称作为"第三类接触"的事件。他多半是把这些类似的事件带进了梦中。

可是，他心中又隐约地怀疑，这是否就是梦境？是不是他也真的发生了"第三类接触"？他睡了多少时间？他赶忙看了看手腕，发现没有戴表。要是戴表就好了，他可以知道是否"丢失"了时间。他记得他躺在这儿的时候，还是下午，现在天已经黑了。那么，时间没有丢失？这的确是一场梦？可一切为什么又那样具体，那样有头有尾？

孙少平环顾四野，一片苍茫，一片荒凉，只有归巢的鸟儿在昏黄的天色中发出叽叽喳喳的鸣叫声。

他突然感到一种莫名的恐怖。他一闪身站起来，摸索着向矿区那面的山冈跑去——他要很快看见灯火，回到人们中间去！

他紧张地气喘吁吁跑到了黑水河上面的地畔上。

对面，一片壮丽的灯火展现在了他眼前。选煤楼发出隆隆的声响，火车喷吐着白烟，鸣叫着驶过了矿区。俱乐部门前的体育场上，看电影的人群正喧哗着在入场。

他喉咙里堵塞着一团哽咽，静静地望着对面的景象。现在，他终于又回到了生活的现实里；而在此之前，当那个圆盘出现的一瞬间和接下来的遭遇，几乎彻底粉碎了他迄今为止的世界观……不过，假如他真的经历了所谓的“第三类接触”，那么他就又一次看见了晓霞，和她重逢了。这已使他感情上获得了很大的安慰。即便是个梦，也很好。能在梦中和亲爱的人相逢，也是幸运的；他早盼望能做这样的梦。但愿这样的梦还能出现。当然，最好不要再出现“外星人”了。无论他们有多么先进和发达，但他还是热爱他生存的这个星球，热爱本人类的生活——尽管生活中有这么多的磨难和痛苦……

孙少平从这地畔上慢慢转到沟里，然后走过黑水河上的树桥，返回了矿区。

他一路上想：要不要把他今天的遭遇说给妹妹听呢？她或许能判断这是梦还是“第三类接触”。

他很快打消了这个想法。他自己和这个世界都已经够乱了，何必再为自己和别人制造精神混乱呢！

无论这属于什么，都已经过去了。

其实，就是“第三类接触”又有什么了不起！他相信茫茫宇宙中，地球上的生命绝不是独一无二的！兰香对他说过，整个宇宙就仿佛是个宽阔无比的化学实验室；在这个实验室中随时都可能产生生命物质。既然外星体有更高级的文明，那里的人就完全可能做客于我们的星球。他孙少平接触了又怎么样？他还是他，地球还是地球；生活依然照旧，什么也不会改变；他仍然要为生存奋斗；要劳动、吃饭、睡觉；该笑时会笑，该哭时会哭；就是今天晚上，十二点钟还得准时换上臭烘烘的作衣，坐着铁罐笼到井下去掏炭……

但是，无论这是一场梦还是别的什么，他感到今天这场“经历”无形中打破了他思维已经达到的疆界，使他能以更广阔的视野来看待生活和生命了。

生活总是美好的，生命在其间又是如此短促；既然活着，就应该好好地活。思念早逝的亲人，应该更珍惜自己生命的每个时刻。精神上的消沉无异于自杀。像往日一样，正常地投入生活吧！即便是痛苦，也应该看做是人的正常情感；甚至它是组成我们人生幸福的一个不可欠缺的部分呢！

夜晚，当孙少平从宿舍走向区队办公楼准备下井的时候，一路上望着矿区闪烁的灯火，望着满天繁密的星斗，猛然感到了一种突发的激动，以致都情不自禁地微笑起来了。

第三十七章

不久以后，孙少平出人意料地被提拔为班长。不过，不是在他原来干活的采煤一班，而是到采煤二班去当班长。这个班老工人很少，大部分是新招来的协议工。

协议工可不是好领导的！他们一般合同期为三年，仍然保持农民身份，只不过在煤矿赚三年工资罢了；因此，很多人对煤矿没什么主人翁感。反正三年以后就又得回去当农民，能混着赚几个钱就行了；别说为煤矿舍命，最好连一点皮也别擦破！

副区长雷汉义竭力推荐他当这个班长。理由倒不全是他吃苦精神强，而主要是说他能打架，可以帅住这群踢腿骡子。区队其他领导都同意。也是！没有一种剽悍性，就别想当班长——这向来是煤矿选择班长的传统条件之一。

孙少平要调到采煤二班当班长的决定宣布后，一班的人倒都觉得十分正常。这小子是当官的料，大家心服口服。

只是一班的蛮汉安锁子找区长哭了一鼻子，说他要跟少平到二班去当斧子工。锁子被少平一顿老拳饱打之后，倒打成了真正的师兄弟。这个笨熊一样的家伙，现在舍不得离开孙少平。他感到跟上少平既不受气，又很痛快，也不会被人捉弄——尽管他常捉弄人，但又生怕别人捉弄他；要是井下被人捉弄可不是开玩笑的，常常意味着你得多流汗，甚至一个恶作剧就得让你出点血！

少平也对这个愚兄有了些感情。在他的请求下，安锁子如愿以偿跟他到了二班。当然，安兄干活时为他卖力是没有疑问的；同时还可以帮他在掌子面上“镇压”某些调皮捣蛋的协议工。当班长没几个好斧子工相帮，你就别想完成生产任务！

这煤矿上的班长和军队上的班长一样，实际上不是个啥官，只是个“上等列兵”罢了。同样，又像军队上的班长一样，总是在最激烈的前线冲锋陷阵——这意味着要带头吃苦，带头牺牲。

人数上，煤矿的班可比军队上的班大得多。孙少平领导的二班就有六十多人。其中协议工占了百分之八十。他们就像部队刚入伍的新兵，需要锻炼才能适应战斗的要求。这无疑给班长增加了大量的工作负担。

孙少平是个有文化的人，因此他尽量使自己把班长当得文雅一些。但在井下这种紧张激烈、时时充满危险的劳动环境中，他一急，也不由满嘴脏话，骂骂咧咧。不过，他在实际中很能体谅和关照人的态度，渐渐赢得了本班矿工们的尊重。权威是用力量和智慧树立起来的。

这个班的协议工分别来自中部平原北边的三个县份，煤矿工人中老乡观念向来很重——这是危险的生存环境所造成的。因此，协议工很快以县形成了三个“群体”。在井下，尽管三个群体的人都打乱划分到各个茬上干活，但一有个紧急情况，各群体的人总是更关心自己的老乡；而且三个群体间时有口角，甚至动不动就发生拳脚之战。当然，每个群体都有自己的“领袖”。

作为班长，孙少平要统帅住所有这些人。他先狡猾地设法把三个群体的领袖人物分别团结住。这三个人物是至关重要的！把他们帅住，就等于帅住了全部协议工。

另外，班里还有十几个正式工。他不怕这些人，因为他也是老工人了；井下掌子面上的任何活，他都能拿得起放得下。在井下统辖人的最大资本，就是你要比别人干得更好，干得更出色！

正因为如此，煤矿上的班长一般都胸有成竹，当得很有气派。生产环节上任何人捣一点小鬼，也不会瞒过班长的眼睛。干技术活的人要赖不干了？你不干老子干！但你也别想讨便宜，上井后不给你小子报工，让你小子白下这趟井。班长手里握的是实权。矿工对矿上的领导也不怎怯火，但怯火班长。班长有的是教训你的办法——你要奸溜滑？今天给你把煤茬多划一些，你小子干不完别想上井！

一般情况下，孙少平不会这样对待他的下属。他继承了已故老班长王世才的“遗风”，主要是用智慧和自己的实干精神来领导这群文盲的。他的师兄安锁子也卖命地帮助他。在掌子面上，锁子随时都为他留心各方面的事情，像一条忠实的牧羊犬。安兄无可争议是全班最出色的斧子工。当然，这家伙干活时仍保持不穿裤子的老传统。别看他平时笨手笨脚，绷顶架梁时手脚的灵巧简直令人惊叹——这是在长期危险紧张的劳动中反复磨炼出来的本领。这位光屁股大师在很短的时间内，就在协议工中带出了两个好样的斧子工。

孙少平领导的采煤二班立刻成为采五区乃至全矿出煤率最高的班。通过每日的报表，矿领导也开始注意这个班的情况了。

随着夏季的临近，煤矿又面对一年一度的头疼问题：协议工要跑回家去收割自家责任田的麦子。许多正式工也有这个问题。通常在麦收期间，煤矿就有一半人跑回家了，而且没有多少人请假。有的人麦子收割完了，还迟迟地不返回矿上。用开除矿籍威胁吗？那就开除呗，一半的人开除了，你的矿还办不办？

每到这个时候，也是矿领导最苦恼的时候。岂止是矿领导苦恼，局领导和煤炭部长高扬文也苦恼；每年夏天这一两个月，全国的煤炭产量就必定大幅度下降！

中部平原地区的麦子六月初就进入了大收割期。

随着麦收时间的临近，煤矿的气氛开始变得混乱了。

孙少平的班也不例外，许多人在做偷跑回家的准备。

少平有点着急起来。如果他的协议工都跑回家去收割麦子，几乎就没人下井了；谁都知道，他这个班主要是由协议工组成的。但是，停产对煤矿来说，如同火车到半路停开，是不能允许的大事故，要是某天一个班不出煤，甚至会惊动了局领导。

他开始在寻找解决问题的办法……

一天中班上井之后，他把中部平原三股人马的“领袖”连同他的师兄安锁子，一起拉到了一个本矿区最有名的个体户饭馆里。他掏腰包请这些人喝酒吃饭——其实他是想和这些人一块寻求解决他正熬煎的问题。

几个人喝得面红耳热时，少平就给“哥们”提出了他面临的难题。

这几个人酒正喝到好处，一个个都自认为是班长的生死朋友，便七嘴八舌开始给他出主意。

他们说，其实许多协议工家里有的是劳力，本人根本没必要回去收麦；如果家里没啥劳力，一般也不会来煤矿当协议工。大部分人都是想借此跑回去逍遥两天；因为谁都知道，在这大混乱中不请假跑回家，矿上也不会怎处罚。有的纯粹是想回去抱两天老婆。当然，也有确实存在困难的人，不回去不行……

“弟兄们看有没有什么好办法保勤呢？”少平问这几位“部落头领”。

大家的一致意见是：罚款。因为这些人来煤矿，都是为了几个钱的；如果一罚款，那些没必要回去的人就不回去了。

好办法！孙少平立刻和几位“头领”在饭桌上开始制定“土政策”：除过真正有困难请假的人，私自离矿一至三天，每天罚款五元；四至六天，降一级工半年，不给浮动工资；七至九天，降一级工一年，不给浮动工资……

制定完这项“土政策”，少平就去找区队领导，因为这种惩处最后得要通过区队执行。另外，他还想，如果在这段保勤期间，在惩处之外，同时对出勤者实行额外奖励的办法，效果必定会更好。当然，在惩处方面，要是有更严厉的条例就好了。

区队领导们听了孙少平的想法后，都大为惊讶：想不到这小子不仅能打架，脑子里的环环比他们都多！

不过，这问题重大，区队决定不了，便随即将他的意见反映到了矿部。

孙少平的建议马上引起了矿长的重视。

矿长亲自带着几个矿领导，来到孙少平的班里，和他一起研究这个问题，并很快形成了一个文件。此文件除过确定惩罚麦收期间私自回家的矿工外，还采纳了少平补充提出的保勤奖励办法：保勤期间采掘一线人员井下出勤在二十一个（含二十一个）班，每超一天奖三元；井下一线二类人员出勤二十六个班，每超一天奖二元；对请假期满能按期返矿无缺勤者，按正常出勤对待，达到奖励条件的按百分之五十折算奖励。同时，对保勤期间区队及机关干部的出勤也作了奖罚规定。在惩罚条例中还增加了更为严厉的两条：私自离矿十天以上者给除名留矿察看处分，支付生活费半年；情节更严重者给予除名、辞退处理……

矿上的文件一下达，协议工们的骚乱很快平息了；绝大多数人已不再打算回家。这状况是多年来从未有过的。

大牙湾煤矿的“经验”很快在局里办的《矿工报》上做了介绍，其他各矿如梦大醒，纷纷效仿。铜城矿务局局长在各矿矿长电话会议上，雷鸣击鼓表彰了大牙湾煤矿的领导。

当然，没有人再把这“成绩”和一个叫孙少平的采煤班长联系起来。

少平自己连想也没想他做了什么了不起的事。他只高兴的是，麦收期间，他们班的出勤率仍然可以保持在百分之八十五以上！

在这期间他也竭力调整自己前段的那种失落情绪。他尽量把内心的痛苦和伤感埋在繁忙沉重的劳动和工作中——这个“官”现在对他再适时不过了！他可以把自己完全沉浸于眼前这种劳动的繁重、斗争的苦恼和微小成功的喜悦中去。是呀，当他独自率领着一帮子人在火线一般的掌子面上搏斗的时候，他的确忘记了一切。他喊叫，他骂人，他跑前跑后纠正别人的错误，为的全部是完成当天的生产任务；而且要完成得漂亮！

当一天中他的班顺利上井之后，他光身子黑不溜秋安然倒卧在澡堂子的瓷砖棱上，美滋滋地一支接一支抽烟，打哈欠，身心感到了一种无比的舒展和惬意。

工余休息时，他也想办法改变自己的生活方式。他又重新开始复习数、理、化高中课程，以期今后能考取煤炭技术学校。另外，他还买了一台廉价的收录机和几盒磁带，有时候一个人闭住眼躺在蚊帐中静静地听一会。蚊帐一年四季不拆。因为是集体宿舍，蚊帐有一种房中之房的感觉；呆在里边，就是自己一个人的独立天地。

他最喜欢听的音乐是贝多芬的《命运交响曲》和《田园交响曲》，尤其是《田园交响曲》的第二乐章，他感觉自己常常能直接走进这音乐造成的境界之中。那旋律有一种美丽的忧伤情绪，仿佛就是他自己伫立和漫步在田园中久久沉思的心境。有时候，他就随着这音乐重新回到了黄原城麻雀山和古塔山的树林草丛中；回到了原西城外荒僻的郊野；回到了亲爱的双水村，漫步在静静的东拉河边……当夜莺用它伤感的歌喉和群鸟开始联唱的时候，他就忍不住两眼含满辛辣的泪水……

过一段日子，他就由不得要去翻一翻晓霞的日记本。每一次看她的日记，都像是要进行一次庄严的仪式。他打开箱子，如同虔诚的基督徒对待《圣经》，双手小心翼翼把那三本精美的日记本捧回到床上，然后端坐着轻轻打开。常常是看着看着，视线就被泪水所模糊。那些亲切甜蜜的话不知看过多少遍了；怕看，又常想看；每看一次，过去的生活就像潮水般扑来将他整个地淹没了……

唉，好在下一个班开始，繁忙便会把他强制性地从那一片洪水中拉回来，一直拉到眼前火爆爆的现实生活里；使他从那无尽的噩梦中惊醒过来，再一次投入严酷的掌子面的搏斗中。

是的，责任感要求他对自己现在负有的职责不能有半点马虎。如果稍有不慎，就可能造成伤亡；而他太害怕看见一个活生生的人意外地离开这个世界了。他不能再让死亡出现在他面前。尽管煤矿不死人是不可能的，但他要创造奇迹；他绝不能让手下这些青年失掉一个；他们许多人比他还年轻啊！

当孙少平感到心情实在不好受的时候，他总要不由自主跑到惠英嫂那里去。和嫂子、明明以及那条可爱的小狗呆一会，他的心情就会平伏一些。在失去晓霞以后，他潜意识里特别需要一种温柔的女性的关怀；哪怕是在母亲和妹妹的身边呆一会，他的坏心绪也许就能有所改善。

晓霞死后不久，惠英嫂很快就知道了这件悲惨的事；她没有想到，相同的不幸命运也降临到少平的头上。她已经失去了自己的亲人，因此完全能体会少平的痛苦。她千方百计用好饭、好酒、好话和一个女人的全部温情来安慰他。命运啊，对人是这样地乖戾！不久前，还是他在安慰她；而现在，却得要她来安慰他了……

唉，也许只有惠英嫂的安慰他才可以平静而自然地接受。因为她了解他，因此她理解他。要是换了另外的人对他这样，他不仅不能接受，反而会更痛苦的。

自从当班长后，他不像过去那样有时间常去惠英嫂那里——他实在是太忙了。惠英嫂也劝他不要操心他们；让他好好在井下熬威信，说不定将来还有大前途哩！她知道，他的前途也就是她和明明的前途——她毫不怀疑，他就是当了“皇上”也不会忘记她和明明的。

但少平无论怎忙，隔几天也总要去帮她劈柴、担水和干其他活。至于到矸石山上捡煤的营生，他安排给手下的人干了。他现在已经有了点权力；而他手下的那些人也乐意给班长干点什么活……

这一天吃过早饭，他心里惦记着嫂子和明明，赶忙去了她家——他整个白天都休班。

进家之后，惠英嫂先什么也不说，就给他把酒杯放在桌子上，接着便收拾着炒菜。他赶忙拦挡说：“我刚吃过饭。再说这是早上，怎还喝酒呢！”

惠英嫂不听他的，只顾给他往上端菜，并且提着酒瓶，把杯子都倒溢了。

因为是星期天，捣蛋鬼明明也在家。他正在耍弄一只蝴蝶风筝，小黑子绊手绊脚地缠着他。

明明看他推让着不叫母亲炒菜倒酒，就在旁边说：“少平叔叔，就是你不来，我妈妈每顿饭都把酒杯给你搁着哩！”

少平举起的酒杯在嘴边猛地停住了。他呆呆地怔了一会，然后便一饮而尽。这醇美的酒啊！

惠英嫂岔开话题，说：“我今天也休班，本来想洗衣服，可明明硬缠着要我和他到外面去放风筝。这娃娃惯坏了……”

“你又说我坏话啦！”明明噘着嘴对母亲嚷道。小黑子也为它的主人帮腔，朝惠英“汪汪”地叫了两声。

少平忍不住笑了，说：“我也跟你们去放风筝！”

明明高兴得嗷嗷价叫起来。

孙少平吃喝停当后，就和惠英嫂、明明和小黑子，拿起那只蝴蝶风筝，一块相跟着来到矿区东边的山野里。

他们到了一块平地上，说着，笑着，把那只风筝放上了蔚蓝的天空。少平把着明明的手帮他绽线团；小黑子“汪汪”叫着，跑去追撵越飞越远的大蝴蝶。惠英坐在旁边的草地上，把一些吃喝在塑料布上摆开，然后泪濛濛地看着儿子，看着少平，看着欢奔的小狗和蓝天上那只飘飘飞飞的花蝴蝶……

第三十八章

“……根据爱因斯坦相对论的原理，三维宇宙是一个具有封闭的三维球拓扑性的宇宙。这样的封闭宇宙必然会有它的始终点。时空以大爆炸为始，宇宙万物演化发展，以至最后塌缩成黑洞随之发生大崩溃到达时空奇点为终。时间‘终止’，空间成了一个点，时空曲率成为无穷大，所有物理定律失去意义，一切物质状态被撕得粉碎……”

“可是，新的四维宇宙观认为，真实的宇宙不仅是一个由常态质的形式存在为存在的三维空间，并以异态质的形式及以各种能的形式存在为存在的四维相空间，以及由它们所构成的一个多层次、互为开放和互为制约的无边无际的存在。这种宇宙显然是永恒的。它没有起点，也没有终点。因为它是互为开放和互为制约的，所以在各个层次上又是变化多端、循环不息、彼消此长和互为渗透的。这有点像我国古代的阴阳图。用哲学术语表达，就是‘阴极而阳生，阳盛而阴退’，即通常所说的物极必反。”

“相对论法则认为，要使某个物质——即使这个物质很小很轻，甚至只有一个分子，但要具有光的速度几乎是不可能的。当然，现代实验室中某些实验物质除外。”

“可是，宇宙中确实已观察到超光速现象了。”

“那么，你说伟大的相对论在某个地方出了问题？”

“我认为是这样。相对论的问题出在将四维相空间排斥在外。相对论只强调了运动的相对性——一般说来，就常态物质在三维空间中的运动它是对的。但异态物质在四维空间中的运动却是绝对的！比如，虽然卫星绕地球转是相对的，可卫星以比地球较大的速度在运动又是绝对的；卫星上的原子钟走时比地球上的原子钟要慢些就能说明这一点。所以，相对论只强调了运动的相对性，因而又使自己陷入了‘佯谬’的困境！”

“你的四维空间有点神灵味。恩格斯早在一百年前就批判了这种神灵世界！”

“你也别把恩格斯当神灵敬畏！我承认，对人类来说，四维相空间仍然是目前不可能跨越的禁区。但是，我认为，我们对眼前发生的不能用相对论法则或其他现有物理法则解释的事，千万不要轻率地说这是荒谬的。比如人体的特异功能现象。你知道，十九世纪麦克斯韦提出分子运动的速度分布律时，人们认为他的理论已经完美无缺了，就像现在我们认为相对论不可能被突破一样。可是，麦克斯韦的理论被突破了……”

…………

我们很难听懂这种艰深的辩论，录几段权作一幅文字插图而已。

这是我们的孙兰香和她的男朋友吴仲平在学校的中央林阴大道上，一边走路，一边交谈。他们正准备到学校后面的体育场上观看其他系同学们的军训分列式。他们系昨天就进行罢了。由省军区指导的这次大学生军训活动，很受同学们欢迎；大家感到过几天严格的军队生活很新鲜。尤其是这几天各系在体育场进行的分列式训练，吸引了许多人前去观看。看着平时吊儿郎当的同学们紧绷着脸，严肃地喊着口令，正步走过检阅台时，周围的人都被逗得乐不可支。

他们并排不紧不慢地朝体育场那边走。辩论继续进行。仲平在维护爱因斯坦的相对论学说，兰香则用新的四维宇宙观挑战性地反驳。这种辩论不知从何而起，当然还会继续进行下去。也许，过几天又会换另一个命题。学术方面的辩论，也是他们谈恋爱的一个内容。

他们已经深深地相爱了。爱的基础是他们能相互对话。两个高才生经常陷入到一些艰深理论的探讨之中。当然，他们也像普通人那样相爱。无论精神多么独立的人，感情却总是在寻找一种依附，寻找一种归宿。他们现在谁也离不开谁。几天不见面，就心慌意乱，连一般的逻辑思维都会出差错。只要有机会，他们就设法两个人单独呆在一块。无论是谈情说爱，还是进行学术辩论，甚至缄默不语，那都是多么令人愉快啊！

初夏的校园绿荫婆娑，空气中弥漫着鲜花的芬芳。年轻的恋人并肩而行，脚踏着路面斑驳的阳光。兰香雪白的短袖衫下摆塞进牛仔布裙里，稍稍烫过的头发从两鬓拢在耳后，看起来格外潇洒。她那漂亮的眼睛流露出自信与成熟；但即使辩论，也对身边的男友含情脉脉。

吴仲平上身穿一件白色和深红色条纹相间的T恤衫，下身是蓝色牛仔短裤，身材高大而挺拔，两条腿由于经常运动的缘故，皮下滑动着强劲的肌腱。如果不是在校园内，他的胳膊一定会搂着兰香的肩头。

他们一边说着，一边肩并肩走到体育场边的人群里。人们的笑声和那边传来的响彻云霄的口令声，使他们终止了有关三维宇宙和四维宇宙的争论。体育场中间，宇航器系的同学们在正步通过检阅台。方阵前列是两名行军礼的军人；学生们都身着橄榄绿军装，端着武器，想尽量像个军人的样子，但那正步走多少有点做作。方阵边上有个同学慌乱中竟然搁错了脚步，几乎把旁边的人绊倒，引得观看的人群一片哄堂大笑。

兰香和仲平看了一会就返回到电化教学中心去了。他们只是来这里换换脑子。今天课程太紧张，上午是复变函数与微积分、结构力学，下午又刚上完概率与随机过程。实际上，一路有关宇宙观的辩论就是一种休息。思维从一个命题转入另一个命题，对脑力劳动来说，也算是一种“休息”。

这两个人在电化教学中心看了两部有关苏联空间轨道站的录像资料片后，就在夕阳辉耀下的教学区分手了。

兰香刚走了几步，又被吴仲平叫住。这家伙是怎么啦？难道在众目睽睽的校园里，还要来一次“分别仪式”？

她红着脸等他走近前来。

吴仲平过来立在她面前，突然嗫嚅着说：“明天……是星期六。我想……晚上带你去我们家……”

“瞧，又来了！”兰香不好意思地望了一眼吴仲平。

过了一会，她才说：“等明天我再告诉你我去不去……”

吴仲平做出一副对此回答不满意的样子，笑着摇摇头走了。

自从他们“正式”恋爱后，吴仲平就不止一次提出，要带她去他们家，但兰香每次都婉言拒绝了。

她是后来才知道仲平的父母是干什么的——“官”还很不小哩！是的，在一个省里，省委副书记是个显赫职务。

不知为什么，兰香内心深处对此感到某种“遗憾”。本来，她希望吴仲平也是个一般人家的子弟。不是她自己有什么门当户对的观念，而是她怕别人有这种观念——她担心和难以忍受的正是这一点。

她是农民孙玉厚的女儿，是因为她的天资和刻苦精神，才使她来到这个令人瞩目的大学；否则，她就是乡下一个普通的劳动妇女，怎么可能结识吴仲平这样的男青年……

这个省委领导的家庭，能接受她这样一个农民的女儿吗？

正因为有这种疑虑，尽管吴仲平一再热心地要带她去他们家，她一直犹豫着没有答应。她无法对仲平说出她不去的理由。当然，她知道，不管他父母对她和她那卑微的家庭出身怎么看，仲平都不可能割舍与她的感情。但即使这样，她也同样难以忍受——因为尽管她出身低贱，可自小一直是在一个很重感情的家庭中长大的……

兰香归根结底是农民的女儿，又在一种艰苦的乡村环境中成长起来，不论她的思想怎样在地球以外的遥远太空飞翔，感情却仍然紧密地和北方那个荒凉的小山村联结在一起。她像她二哥一样，经常会带着无比温暖的感情想起亲爱的双水村。哦，东拉河水也流进了她的血管，一直渗透进她的精神气质中！

在外表上，我们是再也看不见原来的那个孙兰香了。但实际上兰香仍然是兰香。比如，她还曾想利用课余时间和星期天，到外面去干点什么活，以减轻二哥的负担——入学三年来，二哥每月都要给她几十块生活费。她并且把这想法写信告诉了二哥。她原来估计二哥会支持她，因为她忘不了上中学时，二哥那封关于人要自强的信；正是在二哥的教导下，她当时才去县医院的工地上提泥包赚钱的。

不料，二哥回信坚决反对她这样做。还问她是否钱不够用？如果不够，他每月再增加一些。慌得她赶忙打消了这主意，并写信让二哥千万不要再多寄钱给她……

去年夏季到现在，兰香一直操心着少平的情况。她知道，晓霞姐的死，对二哥的打击太大了。她真担心二哥会被这个创伤折磨得一蹶不振。她先是在仲平那里知道晓霞姐不幸遇难的消息——据仲平说，另一个喜欢晓霞的男人高朗也受到了沉重打击。她相信晓霞姐只爱她二哥。她虽然只和晓霞见过二面，就知道她是一个非凡的女性——这样的女性也许只能爱她二哥那样的男人。

眼下，在很大程度上，兰香不愿去吴仲平家，也和这件事有关系。她感到，她和仲平的恋爱就够幸福了；而在二哥这么不幸的时候，怎么能一门心思用到自己感情的得失中去呢？

孙兰香在教学区和吴仲平分手后，直接回了自己的宿舍。此刻，同宿舍的伙伴们正在换衣服，互相打打闹闹，准备去吃晚饭，屋子里充满欢愉的气氛。

兰香发现她枕头边有两封信——不知是哪位同学捎回来的。

她赶忙拿起来，看见一封是二哥的，一封是医学院金秀来的。

她先打开二哥的信。

兰香看完二哥的信十分高兴。二哥在信上一改前不久那种忧郁的情绪，重新流露出一种对生活的乐观态度；并告诉她，他已经当了个“班长”，忙得焦头烂额……

忙了就好！兰香知道，只要忙，二哥的精神就能大振！

不过，看了二哥的信，兰香还稍有点不满足。她上封信含蓄地对二哥说了她和吴仲平关系的发展情况，希望他能对这件事给她一些指导性的帮助。结果他只在信末尾写道：“我不说那些希望你冷静之类的一般化的说教；我只说：愿年轻人万事如意！”

这个二哥啊……

总之，二哥的信使兰香的情绪也随之激动起来。只要亲爱的二哥能从那个可怕的打击中重新振作起精神，这就使她最操心的一件事可以放心了。

之后，她拆开了金秀的信。因为她们都到了三年级，功课压力越来越大，顾不上多到对方的学校去会面，就只好用写信的方式来谈心说事。

秀在信中说的还是她和顾养民之间的关系。她说，她对这件事一直犹豫不决。她认为顾养民这个人优点和长处很多，但许多方面又不合她的脾性；在她看来，顾养民太学究气，是个好医生，但男人气质不够。因此，她现在不准备答应这件事，过一半年再说。秀还在信中让她定个时间，说她准备过来再和她好好“讨论”一下……

兰香一边看信，一边忍不住咧开嘴笑。按年龄，她们都二十二岁，秀还比她大一个月；但秀常开玩笑叫她“姐姐”；她有个什么事，总要找她来“讨论”。唉，有关她和顾养民之间的关系，她们不知已经在一块“讨论”过多少次！

兰香太了解她的好朋友了。从气质方面看，金秀很像死去的晓霞姐。她热情，在生活中像一团火。而顾养民文质彬彬，除医学以外，对其他事没什么兴趣。这当然很不合金秀的“脾性”。有时候，金秀想到野外去走一走，顾养民也没有什么热情，而只乐意在图书馆里“谈恋爱”。养民已经从医学院毕业，留在了本院第一附属医院。当然是个很出色的大夫，据说正准备考研究生。

说实话，她不可能在这件事上为这个“妹妹”做主。归根结底，最后还得取决于秀本人的判断。她忍不住想笑的是，秀也不知道怎么接受了眼下的新时尚，寻找起什么“真正的男子汉”来了……

看完两封令人愉快的信，一直到吃过晚饭以后，兰香的情绪仍然很激动。她没有回宿舍，也没去图书馆的阅览室，一个人在校园里的林阴路上溜达了好长时间。

初夏的夜晚不凉不热，轻风摇曳着树枝花叶，灯火在密林后面影影绰绰，闪烁着梦幻般模糊的光芒。宿舍楼里，传出了手风琴充满活力的旋律。

兰香漫步在这迷人的夏夜，心中涌动着青春的热潮。她突然渴望立刻找到仲平，对他说：我去你们家！

这么晚了，她当然不能到男生宿舍去找他。明天吧……

第二天早晨上偏微分方程数值时，她像往常那样坐在吴仲平早就为她占好的座位上。开课前，她从笔记本里撕下一张纸条，在上面写了“我去”两个字，悄悄推到他面前。

仲平看了看纸条，立刻有点坐立不安。他悄悄对她说："我下课后就给家里打电话！"

中午吃饭时，他们为一件小事争执了半天。吴仲平已打电话让父亲派他的小车接一下他们，但兰香坚决反对他这样做。

她开玩笑说："要是这样，那就和许多电影里的情节差不多了，一个老官僚的儿子，动用父亲单位的小车来接送女朋友……"

他也开玩笑说："电影里还可能有另一种情节，这样的时候，那位有革命觉悟的女朋友就带头抵制不正之风，坚决不坐老官僚的小汽车！"

两个人说笑了半天。最后，像通常那样，男人屈服了女人。仲平又给家里打电话让小车不要来了。因为刚才提起了电影，两个人就决定下午先到街上看一场电影——他们很久没一块看电影了；然后直接走回吴仲平家。

第三十九章

在省委大院里，常务副书记吴斌的住宿处比省委书记乔伯年的都要好一些。

同样是一座二层小楼，但外观和内饰都很漂亮雅致；把古典性和现代风格完美地糅合在了一起。庭院相当开阔，到处是北方名贵的树种，一年四季常有鲜花开放——春夏秋三季不必说，即便是冬天，也有好几丛腊梅开得一片金黄。院里还有几个相连的廊亭，纯粹是中国式的古色古香。

吴斌在本省担当这个职务已有相当的年头，因此多年来一直住在这里未动。他隔壁住着石钟一家，条件比他也要差一些。和石钟紧挨的是乔伯年的住处。虽然伯年是一把手，但住宿条件还不如石钟。乔伯年院子里没有花草之类的观赏植物（这是他自己拒绝搞），而种了一些庄稼！哈，人各有所好嘛！本来，伯年可以去住前省委书记腾出的地方——那当然是这个大院里最好的住处，但他硬是没有去，让省顾委主任住了。

下午，如果没有什么会议，吴斌一般也不去办公室，就在自己家里。现在领导人的许多工作要在家里进行。好多情况下，谈话就是工作，而有些谈话又只能在家里最为合适；气氛亲切，还走漏不了风声。

这一天上午，吴斌接到北工大儿子打来的电话，说晚上要带女朋友到家里吃饭。

这是一件大事！他和老伴早听儿子说有了女朋友，他们也让他把她带回来，但一直还没见也许是未来儿媳妇的面哩。

吴斌夫妇后来才知道，仲平的这个女朋友是从黄原农村来的。为此，老伴很有点不乐意，觉得不能理解儿子为什么要找个农村姑娘。

他一开始也不乐意。按他们老两口的意思，仲平将来应该和高维山的女儿高敏结婚。维山是市上的副市长，他们两家是多年的老朋友了；而维山的父亲高步杰又是中纪委常委，熟识许多中央领导，这门亲事很理想。维山的女儿高敏是省美院油画系学生，漂亮，聪敏，又懂事；她早就看上了仲平，但仲平却连一点兴趣也没有，结果找了个农村姑娘！

后来，他也想通了。这是儿子自己的事，父母亲怎能强人所难呢？

只是老伴一直对这事不高兴。

不管高兴不高兴，既然这个女孩子要上门来，家里就得准备一下！

吴斌赶忙给省档案局工作的老伴打了电话——她在那里当个副局长，事也不太多。

老伴在中午下班前一个小时就回来了。

她安排保姆去准备晚上的饭菜后，就又和他嘟嘟开了："农村人！哼，我们家将有个农村来的儿媳妇！"

"农村人怎？我也是农村出身！"吴斌反驳道。

"卫生习惯，智力……"

"你连面也没见，就知道人家不讲卫生？至于智力，她考入那个大学就说明她肯定超过了管理档案的水平！”吴斌不由讥讽地对老伴说。

副局长不敢顶撞副书记，只好一边嘟嘟着，一边提前准备这顿她不乐意的晚餐去了。

午休起来，老伴继续在做接待客人的准备——她完全按他们家的最高规格来安排这次隆重的晚宴；这在很大程度上是为了让他们的宝贝儿子满意。

这时候，吴斌就坐在客厅里等待事先约好的两次谈话——一次是别人通过常务副秘书长张生民约的；一次是省纪监委书记苗凯直接和他约的。

客厅很大，像个小会议室；地上铺着本省黄原出产的地毯，围了一圈大沙发。墙上除过几幅古画外，还有现代书法家舒同写的一首唐诗；看来是书法家的真迹——在这个城市里，到处可以见到此公书写的胖乎乎的毛笔字。

客人未到之前，吴斌先将一摞文件和材料拿到茶几上，戴起老花镜，手里握着红蓝铅笔，随时准备在文件和材料上用杠杠或三角形标出要点；看完一份后在自己的名字上画一个圆圈或打一个勾。当然，有时候他还得另换支钢笔，在材料或文件上写几句话——这几句话通常叫做“批示”，立刻就成了某件事权威性的处理意见。

第一批客人被保姆带进了会客室。

客人是省作家协会副主席黑白。黑白是名人，吴斌和他很熟悉，两个人见面先要笑了几句。

黑老把一支主要用以显示风度的手杖立在墙角，然后给吴书记介绍了随他而来的另外两个年轻人。这两个人我们都已经熟悉了，一位是黄原文联副主席贾冰，一位是省作协《山丹丹》编辑部的现代派诗人古风铃。黑老除介绍了这两个人的职务外，还说明了他们都是全省知名的中青年诗人。

吴斌和两位诗人握了握手，就让客人们在沙发里入座。

“咱们就直截了当说吧！什么事又让老将亲自出马了？是不是作协又没钱花了？”吴斌笑着问黑老。作家协会年年经费紧缺，一旦没钱花，作协几个老汉就纷纷出动找省上的领导。这些老汉不但资历很深，又是些名人，因此要起钱来理直气壮，省委领导一般只能满足他们的要求。本来，作协的经费由政府拨款，但单位又属省委这面管；他们通常不找省长，专找书记。

黑老仰头哈哈一笑，说：“吴书记有眼力！不过，这次倒不是为作协要钱，我们这一两月还能凑合……”

“那为谁家要呢？”吴斌问。

“事情说起来还麻烦！有这么个情况：咱们黄原地区近几年出了好些个诗人。他们创作了许多很有质量的诗歌，被外面称为‘黄土地派’，为咱们省争了光！”

“这好嘛。”吴书记说。

“比如像这位贾冰同志，写诗已经好些年了，作品在省内外都有影响。最近一首诗还被尼泊尔翻译过去了！”

贾冰谦虚而拘谨地向省委书记点了点头，紧张得不断在腿膝盖上揩手心里冒出的汗水。

另一位诗人古风铃倒不紧张，大大咧咧抽着茶几上书记的招待烟，并且还跷着个二郎腿。

“这好嘛。”吴书记又说。

“可现在的问题是，这些诗人出书很困难！省出版社只出能赚钱的书，而对真正的文学作品不感兴趣。这些同志写诗多年连个小集子都出不了。现在，他们想自己在当地印刷厂印一个小诗集，又苦于没钱，地区不给他们嘛！因此，看省上能不能支持一下？”

吴斌听说是这事，便顺手从文件堆里翻出一份材料，说：“你还提这问题哩！瞧，这是记者高朗写的一份内参，说黄原地区滥印非法印刷品，好些诗人在出版社出不了书，就找门道在地区单位搞钱自己为自己出书。光原副专员刘吉喜同志就花了行署近两万块钱，在原南县印刷厂印了他的五本顺口溜。群众讽刺说吉喜同志的诗集是‘原南县人民出版社’出的！”

能言善说的黑老嘴一张，一时竟不知该怎样为这事辩解了。这个多事的记者！把这事都写成了内参！

他问吴书记：“这高朗是？”

“市上维山的儿子，是省报记者。”

旁边坐着的贾冰羞得脸通红，赶忙低下了头。这次他来省上，是专门想弄几个钱，为他和他周围的几位诗友出诗集的。也正是在他的缠磨下，黑老才不得不亲自出马来找吴斌。一来黑老对黄原有感情，二来贾冰给他拿来一堆土特产，不办事就对不起人了。

古风铃仍然是那副满不在乎的样子；甚至还轻松地喷吐着烟圈。

这个人不熬煎自己的诗没地方出版。他之所以也跟黑老跑这趟，一是想见识一下省委领导住的地方，二是为了上次在黄原和他睡过觉的杜丽丽；丽丽也想“出版”一本她的诗集，并且托贾冰捎了一封信给他，让他帮助解决经费问题。他屁也解决不了！好在黑老愿为黄原这群可怜的诗人出马要钱，他跟上跑一趟，也算对那个多情的女人尽了点心。不管怎样，她上次使他的黄原之行充满了愉快，回来写了好几组诗哩！在写诗方面，他瞧不起贾冰，也瞧不起杜丽丽。哼，他们还都是那种老掉牙的手法，崇拜白开水一样的普希金！尤其是贾冰，还在歌唱什么黄土地哩！

这时候，吴斌看黑老陷入窘态，赶忙和颜悦色地说：“内参是内参，但文化事业我们还是要大力支持嘛！要大力搞好我们的社会主义精神文明哩！这样吧，你先不要着急，让我再想想办法。你知道，我给你拿不出钱，还得要通过政府那面才行。现在不是有人说，党委有权，政府有钱嘛！”

黑老精神一下缓了过来，马上补充说：“还有哩，说政协发言，人大举拳！”

众人大笑之后，黑老接着恭维了一番吴书记，又攻击了那个叫高朗的记者，并说：“维山我认识，我罢了找他，叫他好好管管他的儿子！”

这时，省纪监委书记苗凯到了。

黑白一行人就起身向吴斌告辞。苗凯也认识黑白，两个人一般性地握了握手，没话找话寒暄了几句。苗凯知道黑白是田福军的朋友，因此对这位倚老卖老的文人很不感冒。

送走黑白一行人后，吴斌就和苗凯在客厅里谈起了他们的事。

两个人所谈的是他们共同关心的高凤阁同志的命运。

去年南部那个城市被洪水淹没后，渎职的行署专员高凤阁就成了被追查责任的主要对象。

事件发生后不久，中央纪律监察委员会专门派工作组来，会同省纪监委一起追查这次特大洪水灾害中的领导责任。当然，所有的地市领导都有责任。但最严重的是专员高凤阁同志；他作为地区防汛总指挥，竟然在最紧急的关头，跑回家为儿子操办婚事去了！

本来，查清责任并不难。但这件事快拖了一年还不能进行最后处理。

问题的症结在于苗凯同志和中纪委工作组的意见不能统一。

作为过去在黄原时多年共事的“亲密战友”，苗凯当然要尽力找“根据”为高凤阁减轻一些罪责。

在这件事上，吴斌虽然不出面，但心理上和苗凯是相通的；因为高凤阁也是他多年器重的干部，又是老乡关系——正是在他的竭力举荐下，才使凤阁从黄原提拔到那个物产丰富的南部地区任了专员。可是，他和苗凯怎能想到，一场大洪水把凤阁同志的命运冲到了悬崖上，也把他俩冲到了一种极其尴尬的境地！

尽管一年来苗凯一直顽强地为高凤阁“据理力争”，拖延着想从轻处理，但中纪委工作组秉公执纪，寸步不让，一定要严惩这位渎职的行署专员。

现在，中央几位政治局委员都对此案作了批示，要求尽快严肃处理在洪水事件中负有责任的领导干部。

苗凯同志抗不住了。省委常委和中纪委工作组过两天就要一块讨论这件事，做出对有关人员的处理决定。

正因为如此，苗凯才匆忙地来找吴斌。

现在，这两个人坐在客厅里，都皱着眉头抽烟。

他们实际上都知道，他们不可能再挽救高凤阁的命运了。

“撤销职务可以，但开除党籍太重了！即使凤阁当时在工作岗位上，也无法阻挡老天爷下雨发水嘛！他在与不在，难道能改变那个城市的命运？”苗凯用发牢骚的语气对吴斌说。

“那总不能找老天爷去算账！”吴斌吐了一口烟，“凤阁太不争气了。现在有什么办法？只能自作自受！”

“如果省委能有个宽容的态度，我想中纪委工作组也会考虑他们提出的处理意见。但我估计乔书记、石钟和田福军恐怕和中纪委的意见是一致的……”

苗凯说完后，探询性地看着吴斌，目光中的意思是：这就看你的啦！

吴斌半天没有言语。他心里突然感到，他面前的这位纪委书记具有一种危险性；似乎就像此人衣服的某个地方发出了一股烧布的焦煳味，使得他不得不马上警觉起来。

是呀，尽管他和苗凯个人关系一直很好，但这个人在这样重大的政治问题上表现出如此不成熟的倾向，着实使他大吃一惊。哼，他根本不懂得高级政治生活！他看起来不像个省上的领导，倒像个区乡干部！开玩笑哩！为了个高凤阁，这人竟天真地希望他与中央和大多数省委领导对抗，这不等于要把他吴斌置于死地吗？

简直是可笑！

苗凯实际上从反面提醒了他。他立刻坚定了自己在这件事上将要表明的态度。是的，他才不会愚蠢地当这个反对派哩！对，中纪委的处理是公正的，他坚决拥护！真是的，那座城市死了几千人，损失了几亿人民币，而防汛总指挥竟然回家去为儿子操办婚事，别说共产党了，就是国民党也会开除这样的党员！

吴斌老半天沉默不语，就表明了他对苗凯的任何谈话再无兴趣听了。

苗凯自己也意识到了这一点，随即便起身告辞。

吴斌笑着抱歉说："本来，应留你在家里吃饭，可我那个儿子要带他的女朋友回来，第一次上门……"

"仲平和小敏的事定下了？"苗凯问。显然，他也知道高维山的女儿在追吴斌的儿子。在高层相互熟悉的领导人之间，孩子们的婚姻也是他们所关心的；因为某种联姻往往牵扯微妙的政治格局。

"不是维山的女儿，是黄原的一个女孩子，听说老家在原西县……"

"谁的孩子？"苗凯一听吴书记的儿子找了个黄原姑娘，不由敏感起来；因为黄原是他呆过多年的地方。不会是田福军的什么亲戚吧？当然，肯定不会是田福军的女儿；他女儿正是在那次该死的洪水中淹死了。

"我也不知道是谁的女儿！"吴斌笑了笑，"一个农村姑娘。"

"农村的？"苗凯大惑不解。不过，他马上又笑着说："那你得好好准备啰！"

两个人说笑着，吴斌一直把他送到门外的汽车旁。这融洽气氛，根本看不出刚才他们进行了一次双方都感到不融洽的谈话……

五点多钟，仲平终于和他的女朋友回到了家里。吴斌和老伴一见儿子带回来的是这么个潇洒漂亮姑娘，而且言谈举止没一点农村人的味道，高兴得不知如何是好。仲平他妈一改过去的态度，很快喜欢上了这个未来的儿媳妇。吃饭的时候，她坐在兰香身边，不断给她往小碟里夹菜……

第四十章

黎明，当这个近三百万人口的大都市从睡梦中醒来之后，即刻就像平静的大海掀起风暴，到处充满了喧嚣与纷扰。大街小巷，涌动着人和车辆的洪流；十字街口扭结着自行车的旋涡。嘈杂的市声如同炒爆豆一般令人心烦意乱。

田福军穿着一双圆口布鞋，从东大街的人群中步行着往市委走。他是刚从西门外的古城墙下打完一套太极拳返回来的。当他黎明前慢跑过这条大街时，还是一片空旷；瞧，现在已经是这样的拥挤了。

擦肩而过的行人，谁也不会留意，这个人就是赫赫有名的市委书记。

近一年来，田福军已经成了全市人纷纷议论的对象。当然，赞扬的是大多数。唾骂的人也不少；告状的，甚至闹到中央书记处的都有。

说实话，这个城市的市委书记也太难当了。在他初来之时，就迎面遇上了黑龙河农场大闹市委这样棘手的事件。历史遗留和现实滋生的问题堆积如山。总之，这是一条巨大而到处是漏洞的船。他既要为这条船掌舵，同时还要忙于修补船上各处的窟窿眼。市委这面改组了，但政府那面的班子仍然未动；市长和几个副市长之间矛盾重重，根本无力抓工作。他等于既当书记，又当市长。

这是一个惯于挑剔的城市。作为这个市的领导，没有相当的本事与胆识，根本压不住阵脚。当初，听说穷得叮当响的黄原地区的书记要来这个城市当书记，市民们大都不以为然，有的甚至嗤之以鼻。

是的，他的确没有领导大城市的经验。

可怕的是，他在工作上面临巨大困难的同时，又遭受了失去女儿的沉重打击。啊，那一月之间，他的头发就白了三分之二！

正是带着这样沉重的压力和心灵伤痛，他开始领导这个城市刷新它的面貌。

首先，除过一部分带有长期战略性的规划外，这个城市目前最紧迫的问题是什么呢？也就是说，他应该把精力和时间先往哪方面使用和支配？

问题很快有了明确的答案：必须首先抓城市建设和城市管理。卫生差，蔬菜供应短缺，公共交通紧张……所有这些，连外国人也给中央提意见！

是的，衣、食、住、行、吃、喝、拉、撒、睡，如果把群众生活安排不好，秩序不好，没有一个好的条件和环境，什么也就无从谈起；古人都讲安居乐业哩，不安居，何以乐业？

于是，他立即主持成立了市环境服务整顿指挥部，自己充任总指挥，召开各种动员会、调查会，在听取不同意见的基础上，由他亲自草拟了三十条要求，制定了奖惩细则。

全市上下总动员，抓环境卫生，抓服务质量，四处张贴着总指挥部内容详尽的公告。

先从“三点十线”开始！“三点”即市中心、飞机场及火车站；“十线”即全市十条主要大街。于是，到处都在清洗路面，建筑花坛，改换刷新门面；市委和市政府的领导跑着检查督战。自行车保管站一律压到人行道三米以外的背巷里；违章建筑、违章摊点，一律拆除；车辆行人，各走其道；临街门面，全部刷新；设立监督岗，严禁随地吐痰，乱扔果皮纸屑。田福军本人像巡视阵前的统帅，沿街每一段路，每一个店铺往过察看，一旦发现问题，即请来该段负责人，刀下见菜，马上罚款……

市民们根本不习惯这种“铁纪钢法”，他们已经在中国式的随意性中生活惯了，因此立刻对文明所带来的“不自由”怨声载道。许多卖小吃的个体摊贩，都因卫生不合标准没能逃脱罚款的惩处；国营单位也不例外……

直到田福军学习当年黄原市白明川的做法，将省委大院也因卫生不合格罚了款，并且摘下了那块编号为零零一的“卫生先进”牌子后，抗议的声浪才渐渐平息下来。因为大家看见，这个人是真心想把城市往好搞。这个大浪潮随即从“三点十线”扩展到了全市。

一个月以后，城市骤然间就像重新换了面貌。严格的制度使这个面貌一直保持了下来。仅此一举，田福军便在这个城市声望鹊起。当然，也有人攻击他是靠罚款来搞工作的。是的，罚了。尽管他强调以教育为主，但该罚的也没有手软。其实，在大整顿过程中，共罚三百多起，现金总额不足万元。就这个近三百万人口的城市来说，多乎哉？不多也！

瞧吧，换来的又是什么？是一座崭新的城市！不仅清洁卫生，光去年秋天和今年春天，就在城市内外又新栽了二百多万株树和三十五万多平方米的草坪；十条主要大街的两侧都修了花坛，搞了雕塑；市民们的养花兴趣也随之高涨起来，大部分宿舍楼的阳台上都摆上了花盆……

这阵儿，田福军还在清晨拥挤的人行道上踽踽而行。

尽管只有一年，他看起来一下子苍老了许多。头发大部分白了；身板瘦弱而单薄，肩背都有些佝偻。只有那双稍稍眯缝的眼睛仍不失当年的活色。那眼光挑剔着周围的一切。市民们挑剔地看这个城市的当家人，而他也挑剔地看这个城市一切不顺眼的地方。只有他挑剔得多些，别人才会少挑剔他。

唉，真是的，就因为这大城市的事繁琐，吃喝拉撒都要管，使他快成个啰嗦而爱挑剔的管家婆了！即使这样在街上行走的时候，他也留心什么地方不顺眼，随时准备纠正。

当他路过一个杂货铺的时候，便不由抬头望了一眼牌匾，见上面写着“日新杂货店”。嗯，对着哩，就是这个铺子！

田福军记起，昨天晚报上有一封读者来信，是作家协会一位诗人写的，说他在这个杂货店买了一只烧水的铝壶，刚用第一次就漏水，并且在信后面还写了几句讽刺性的打油诗。记得那位诗人的名字叫古风铃？

田福军现在便顺路走进了这个杂货店。

这是个集体单位。经理和售货员马上认出了他是谁——他们早在电视上就认识了市委书记。

田福军一开口便询问报上读者来信所提到的那只铝壶。经理立刻告诉他，他们一见报，昨天晚上就带了一只新壶，亲自到那位用户家里替他换了，并且还道了歉。

“这就好。”田福军表扬说。随即转出了这个杂货店，继续往市委那边走。

此间顺便提提古风铃买铝壶的事。

其实，那只铝壶是古风铃的爱人买回来的。她是个小学教员，过日子很仔细。当时见那只壶漏水，竟急得哭了。诗人吼住了她，说：“这是个屁事！才几块钱的东西！叫我给晚报写个稿子，既扬了他们的臭名，再赚他几块稿费，不照样能买只新的？”于是，他便写了那封“读者来信”。结果，杂货店赶忙登门将坏壶换成了新壶；而那封“读者来信”的稿费也确实能买两只新铝壶。“你看，一只坏壶换了三只新壶，怎样？”现代派诗人用现实主义方法创造的“杰作”，使他那实用主义的老婆破涕为笑……

现在，行走在大街上的田福军，又走进了另一家个体户店铺。他想抽支烟，但身上没装火柴。

“买盒火柴。”他对那位用肮脏绳子把石头眼镜拴在光头上的店主说。

那店主从镜框上面白了他一眼：“你再找一下，看这几天哪里有火柴哩？”

田福军一愣，问：“没火柴了？”

“早断了！”

他转身出来，走进旁边一家国营副食商店。一打问，也没有。

啊呀！火柴断了这么多天，他怎么不知道呢？

田福军索性不回市委去了。他走到街上的公共电话间，要到了他的秘书。

“让吴师把车开到东大街骡马市口来。”他对秘书说。

“农办张主任和农业局江局长正在办公室等着你呢！”秘书在电话上告诉他。

“让他们过一个半小时再来！”

“知道了……”

不到五分钟，他就在骡马市口坐上了小车。

他先去了市商业局，然后带着正副局长又去了火柴厂、仓库——都是为了解决火柴问题。

他当场做出决定：把所有库存火柴，全部拿到市场上去！他批评商业局长说：“你怕脱销，把火柴压了那么多！你压得越多，人们买不到火柴，买的人也就越多；这是无谓地制造紧张局面！让营业员给顾客讲清楚，这几天一人只准买一盒，就说先用着，火柴问题马上可以解决！”

田福军同时又在市火柴厂给黄原地委书记呼正文挂了个电话，

让他把黄原火柴厂的火柴给这里支援一部分；然后指示惊慌失措的商业局长立刻到外地组织货源……

上午九点半，他走进了自己的办公室。

农办主任和农业局长正在等他。

“我估计你们还没有解决化肥问题吧？”田福军焦虑地问他们。今年郊县所用化肥十分紧缺，到处都在告急，田福军为此对农办和农业局的领导发了火，让他们想一切办法解决化肥问题！

“搞到了……”农办主任小声说。

田福军眼一亮，问：“多少？”

“三万吨。”农业局长说。

“我的天！”田福军冲动地从办公桌后面转出来，笑呵呵地握住了两位下属的手。

“怎搞到的？”他把他们让进沙发，兴奋地问。

两位受宠若惊的下属却支吾着，一个推诿着让另一个给田书记汇报。

最后，农业局长只好开口说：“我们两个亲自跑了一趟北京。”

“去了北京？”

“嗯……我们没什么好办法，只好跑到部里去纠缠人家。那天我们一下飞机，就要了辆出租车直接去了部里，找到了主管司。可人家快下班了，正副司长都不在，只留个办事员。那位女办事员问我们有什么事，我们就照实说了……

“本来，我们是找司长，没想到那位女办事员问我们得多少？这下我们才赶忙说了咱们市的困难，并打问了这位女办事员的住宿处。人家给我们写了个地址。

“我们心想，只要留地址就有门！这样，我和张主任晚上就上她家登门拜访了一回。没想到这位女同志就是司里管化肥调拨的，马上就从内蒙古给咱们调了三万吨。当然……我们把所有带的名贵土特产都送给了这位女同志……”农业局长叙述完这个买化肥的“故事”后，满脸通红。

“那你们从哪里弄的土特产？”田福军惊讶地问。

“我们让市郊一个县农业局筹办的。说好搞到化肥后，可以多给他们县一些……”农办主任说完后又尴尬地补充说，“这是我出的主意……”

田福军坐在椅子里，半天不知该说什么。

是该表扬他们呢？还是该批评他们？

唉，这就是我们面对的现实。就连到中央部门办点事，也得来这一套！

但他能说什么呢？不管怎样，他们今年的化肥问题已经基本解决了！

他最后只好对两个下属说：“那就尽快组织力量，把化肥及时送到基层……”

农办主任和农业局长走后，田福军的心情一时仍然难以平静下来。在改革开放的新形势下，社会各个环节存在着许多令人忧虑的问题；而这些问题又在直接威胁和瓦解着改革本身。从宏观上来说，一个国家和民族的真正强大，不仅依赖于经济的发展，同时应该整个地提高公民素质的水准……

田福军发了一会愣怔，又叹了一口气，便在文件堆积如山的办公桌前坐下来，准备处理一些紧急事务。这时候，却听见有人又在敲门。

他极不乐意地打开门，却惊讶而高兴地看见，他过去多年共事的冯世宽笑呵呵地从门外走进来了。

他有点激动地握住了世宽的手，问：“刚到？”

“昨天到的。一个钟头后就得起飞！”

“往北还是往南？”

“当然只能是往南啰！”

“那么说，你就要去上任了？”

“省委催得紧嘛，黄原那面刚办完手续，就赶下来了。”

“世宽，你的担子不轻松啊！”

田福军亲切地拉冯世宽坐进沙发，喊叫通讯员弄来两杯茶水。

高凤阁被撤销了南部那个地区的专员职务后，省委就任命冯世宽去那里当行署专员。在省委常委会上，田福军竭力推荐冯世宽出任那个地区的行政首脑。为重建这座被水毁灭的城市，中央拨了几亿人民币。这样一大笔钱，需要一个认真负责的人去使用。冯世宽是合适的。省委经过考察，便任命了他。有趣的是，高凤阁和冯世宽都是从黄原提拔到那里去任专员。这两个人过去又都曾反对过田福军。田福军并没有因世宽过去和他闹过别扭，就对他存有偏见；我们知道，他们在黄原时就已合作得很好了……

“连一顿饭也顾不上吃？”田福军遗憾地问世宽。

“没时间了！我抽点空就是来看看你。你们可得要好好支援我们那个地区啊！再说，你也是省委领导，我们一块共事多年了，你很了解我的缺点，请能随时提醒我！”世宽很诚恳地说。

两个人只说了一会话，世宽要到飞机场去，就匆匆和田福军告别。田福军坚持要到机场去为他送行。

世宽知道田福军很忙，但没有拒绝他的好意。在这一刹那间，他们心里或许都想了许多事。是呀，即使高级干部，他们也同样具有普通人的感情。他们也闹别扭，闹意见；也为重新建立起友谊而感到一种热辣辣的喜悦。

田福军在机场一直把世宽送进安全检查口，才坐车返回市里。

已经到下班时候了，他没有回机关，让司机老吴把他直接送到一个区的医院里。他的爱云在这里上班。

田福军现在到这医院是来看望老岳父的。

自晓霞死后，徐国强老汉的身体就彻底垮了，三天两天就得住院。因为不是什么急症，通常就住进爱云上班的这个医院里，她还可以多照顾一下老人。这次老汉住院后，田福军一直忙着没顾上来看望他。

今天，他准备在医院呆到儿子晓晨来换他妈的时候，然后再和妻子一块返回家吃饭。晓霞死后，儿子和他的未婚妻给了他们老两口很大的安慰。

到医院门口时，田福军关切地叮咛司机老吴说："这儿能停车吗？要把车放到指定地点去，小心罚款！"

是呀！他也畏惧他自己立下的规矩。

田福军到医院后，和妻子一块在老人的病床前坐了好一会，说了许多空洞的安慰话。

可怜的徐国强老汉完全被外孙女的死击垮了。他那强壮的身体瘦成了一把干柴，生命之灯看来已接近熄灭。他两眼混浊地望着天花板，无意听女婿说些什么。他只从被单下面伸出一只鸡爪子似的瘦手，抚摸着那只黑猫。这只猫正是原来的那只老猫死后，晓霞在黄原东关的自由市场上为他买的。小黑猫如今也长成了大黑猫，正到了充满活力的年龄，膘肥体壮，四肢强健，两只眼睛闪着金色的光芒。它和徐老形影不离；当然从未捉过一只老鼠。本来住院部不让带动物进来，鉴于老汉有"特殊情况"，医院才破了例……

晓晨赶来替换他妈。田福军于是就和爱云一同起身坐车回家——晓晨的未婚妻在家里已为他们做好了晚饭。

汽车在灯光如银的大道上飞驰。城市的夜晚华丽多彩，弥漫着初夏令人沉醉的芬芳与温馨。

田福军侧过脸，瞥见了旁边妻子那张忧伤的脸和一头花白的头发；眼前倏忽间浮现出女儿的身影……他不由鼻根一酸，伸出胳膊温柔地搂住了妻子的肩头。

第四十一章

从责任制开始到现在的几年里，双水村尽管仍然还是个主要以农业生产为主的村庄，但农业以外的其他经营活动和商品性生产却也在缓慢地发展起来。

当然，最早和规模最大的还是首推孙少安的砖场。这个砖场经过一次破产的风险之后，现在成了全石圪节乡最引人注目的农民个体企业。去年年底，少安就还完了所有公家的贷款和私人手里借的钱，并且开始盈利了。这半年来，村里人谁也算不清这小子倒究赚下了多少钱。有人估计肯定超过了两万，甚至还要更多。

除少安之外，在金家湾那面，金俊山既养奶羊，还喂了两头大奶牛。金光亮养了“意大利”蜂。光亮的弟媳妇马来花天天在公路上卖茶饭。而全村的“粮食大王”金俊武也和县林业站签订了合同，开始育树苗。金家户族里还有一些木匠石匠常年在外做活——有的人还跑到原西和黄原搞了营业执照，卖起了有利可图的风味小吃。

田家圪塄这面还是种庄稼的人居多。从群体上看，田家圪塄这面“闹革命”很有些人才，但做生意搞买卖就比不上金家湾那面的人了。田姓人家中，眼下只有田海民夫妇办了个养鱼场。

当然，说起来，田家圪塄还有一个从事非农业生产的人。这人就是神汉刘玉升。刘玉升那一套装神弄鬼的把戏越来越吃香，全家人不愁吃不愁穿，光景过得绿格茵茵。去年冬天，这位神汉竟然买回来一台黑白电视机——这是全村第一台电视机，当时引起了东拉河两岸人家的轰动。只是电视买回来后，有人指出，本村没有电。刘玉升这才不得不又把这台电视机转卖了。前不久，他还带了一个徒弟。这徒弟是原一队会计田平娃。田平娃小学毕业，有点文化，因此“学”起来相当快，已经跟着师傅出马“治病”了。据有人说，在看“麻衣相”方面，平娃比他的“教父”都要高出一筹……

除过孙少安的砖场，双水村眼下最瞩目的赚钱生意就是田海民夫妇的养鱼场了。精明的小两口按“书上说的”养鱼，事业发展极快，从去年夏天就开始大量向原西县城卖鱼。一斤鱼两块钱，那收入也够他妈叫人眼红了！

今年，他们又按“书上说的”，在所有鱼池里搞了增氧机，每亩水平均增加了一千多尾鱼。

入夏以来，这家人进入了黄金季节。每过几天，海民就把大量的鲜鱼运到了原西县城。有时候，县上甚至黄原的一些单位，都亲自开着车来村里买鱼。

海民夫妇除过捞鱼临时雇几个人外，平时就他们俩自己经管。他们给鱼池撒麦麸，撒草叶，撒大粪，撒煮熟的玉米瓣，活路相当紧张。再紧张他们也不雇人。即使捞鱼临时雇几个人，也尽量不用本村的。因为他们连父亲和四爸都拒绝入伙，也就不可能再让村里其他人沾他们的光。正因为如此，双水村的人虽然眼红他们的收入，也佩服他们的本事，但在他们的人缘方面却颇有微词。村民们认为他们夫妇既自私，又缺乏同情心。是呀，两旁世人的死活可以睁眼装个看不见，怎能连自己的老人都不管呢？看田五田四恓惶成啥了！一个冬天老弟兄俩都穿着开花破棉袄！

虽说都是年轻人，村里人普遍认为海民夫妇和少安两口子差远了。这两家现在都发了财，但村里有些穷家薄业的人想借几个急用钱，谁也不会找海民，而都跑到少安家里去借；只要少安手头有，就不会让任何一个求他的人失望。

实际上，海民和银花也知道村里人对他们有看法。银花根本不管这些外人的指责。她生性就是如此。在她看来，谁有本事，吃香的喝辣的和外人屁不相干！谁没本事，谁受穷受恓惶，也和他们屁不相干！连她的公公也不例外！她甚至对村民们的攻击很不理解：我们有钱，是我们自己用劳动和本事赚的，又不是偷的抢的，外人有什么权利说三道四？为什么有些人自己不为自己想办法，光想沾别人的光呢？

她这思想也不是完全没道理。甚至可以说，这是农村新萌发的“现代意识”。只不过，这种意识和中国农村传统的道德观念向来都是悖逆的。

海民倒不全像他妻子这样看事情。他也知道自己活得确实有些自私；同时也为父亲和四爸的穷光景而难受和痛苦——他终究是那条根上长出来的根芽。但他畏惧银花。他不敢公开帮助老人，只是偷着给他们塞几个零用钱——这点钱还是精明的妻子因偶然的疏忽漏算了的收入。

不过，海民越来越难以忍受村民们对他吝啬的攻击了。归根结底，他要在双水村这个世界里生活啊！如果这个环境中的人都对他有了看法，就是赚了钱也活得不畅快！

于是，他一直在盘算着想做点什么事，以改变一下众人对他夫妻俩的不良印象。

当然，重新改变对老人们的态度，让他们入伙养鱼，这根本不可能；银花会和他闹个头破血流。

因为海民急迫地想尽快改变旁人对他们的指责，急中生智，突然灵机一动想：能不能给村里每家人白送一两条鱼，让大家尝尝新鲜呢？

得，这也许是个好主意！村里人大都没有吃过鱼，他田海民白送着让大伙吃个稀罕，也许多少能堵一些众人的嘴巴。虽然损失一二百斤鱼怪心疼的，但这牵扯他们的名声问题，还是值得的。

晚上睡觉，当他和妻子亲热得正到好处时，便把这主意提出来和她商量。

银花一听心里就很不痛快，但也总不能因此将趴在她肚子上的丈夫掀下去。

趁精明女人这个难得的糊涂机会，田海民又立刻加添了许多甜言蜜语说服她；那话句句听起来十分中耳，使得银花觉得损失了的鱼不知能换回来多少好处。

银花“恢复”精明以后，才认定丈夫给村里人献这殷勤实在是愚蠢透顶。不过，这是一个硬正女人，答应了的事绝不会再反目不认账。因为丈夫鬼迷心窍，对此事这样热心和执拗，她就得依他。她厉害，但在丈夫那里也有限度。她从来不冲破这个限度。她满心炽烈地热爱海民，绝不至于厉害到蓄意破坏丈夫生活中那点突发的“诗情”。

银花自有银花的可爱！

当双水村的人听说海民夫妇要白让他们吃一顿“海味”的时候，不免造成了全村性的轰动。一来海民夫妇突然变得如此大方，让众人觉得就像驴头上长出来两只牛角；二来双水村绝大部分人的确没吃过这东西，因此都有点莫名的激动。

“哈呀，俗话说山珍海味，这就是海味！过去皇上吃的就是这东西！”有人在加深这件事的神秘性。

和海民夫妇关系较好的几家人，手里提着送饭罐，先到了他们的鱼池边。海民和银花就把刚捞出来的鲜鱼，分别给他们的饭罐里放了几条。这些人就兴致勃勃地回去了。

紧接着，许多人家也都拥到了鱼池边，手里提着各种盛鱼的家具；盆、罐、桶、坛，应有尽有；有的还端个黑老碗。今天海民夫妇对人特别仁义友好，满脸堆着笑，不论谁家来，都一视同仁，分别赠送鲤鱼几条。当然，也有些人家没来。没来要鱼的人大都是因为不敢吃这面目狰狞的怪物。田四田五不用说，他们无意吃不孝之子施舍的这点“稀罕”！

这一天中午，双水村大部分人家都吃鱼。

完全可以把那条歇后语改成这样：双水村人吃鱼——头一回。的确，这个村的大部分人谁也没吃过这玩艺儿；但又听说这是“皇上吃的东西”，因此每个人都想享享口福。

怎个往熟做哩？

这实在难倒了许多婆姨！有的女人对这“怪东西”吓得不敢动刀，只好让胆大的男人上手；而男人们又几乎用了杀牛的勇气来对付这些只会摇摇尾巴的可怜动物。

但不管怎样，总不会像神汉刘玉升说的那样，让鱼把人给吃了。至于每家人的吃法，却大不相同。那真是五花八门：有蒸的，有煮的，有炒的，有炸的，有红烧的，还有像粗人田福高那样外面糊上泥巴放在炉灶里用火灰烧的（受小时候烧着吃麻雀的启发）；有的竟然不知去鱼鳞和挖内脏，里里外外一点不剩全都吃了……

午饭过后不久，双水村突然惊慌地骚动起来。

发生了甚事？

呀，不知有多少人的喉咙上扎了鱼刺！

听吧，到处都传来了娃娃的哭声和大人惊慌失措的喊叫声！

一时三刻，喉咙上扎刺的人纷纷拥到了田海民的院子里，让他们夫妇看怎么办？许多人面带怒色，对海民大为不满，似乎他是存心整治大家哩。婆姨和娃娃们因不知这鱼刺的深浅，连哭带叫，一片惊慌，似乎到了世界的末日。田海民的院子刹那间乱得像捅了一棍的马蜂窝。

和海民一墙之隔的邻居刘玉升，穿着那件麻绳子大纳的破棉袄，也闻讯赶过来。他立在人群里一言不发，只是神秘地微笑着，似乎证实他那可怕的预言终于应验了——哼，我早就说过，那池子里会养出鱼精的！

海民夫妇万万没有想到，他们打算用来笼络人心的鱼，现在却为他们招致了一片怨骂声。银花气得对颓丧的丈夫痛心疾首地喊叫："大大呀！谁叫你给众人骚这杨柳情嘛……"

正在这混乱之时，孙玉亭出现在了大家面前。玉亭看来也刚吃过鱼,嘴上都沾着一圈油晕。但玉亭同志的喉咙没扎上鱼刺。甭奇怪，他是双水村少数几个吃过鱼的人。他年轻时在太原钢厂当过几年工人，多少吃过几次鱼，因此有"经验"。

玉亭到来之后，立刻对慌乱的人群说："大家不要怕！回去喝些老陈醋，喉咙上的刺就化了！"

啊啊，醋能治这病？

人们就像得了灵丹妙药，纷纷张着嘴巴跑回家喝醋去了。

尽管醋又把人喝得胃疼肚子疼，但这是"常见病"；重要的是，喉咙上的鱼刺总算被"化"掉了。见多识广的玉亭同志解救了一村人的危难。

在整个"鱼刺事件"过程中，金家湾的金光亮掼烂鞋底子跑遍了东拉河两岸的家户。除过刘玉升，对这事最幸灾乐祸的就数光亮了。

金光亮对田海民白送鱼让村里人吃心里很不是个滋味。他知道，这小子是要抬高自己的声望哩！除过孙少安，眼下双水村就是他和田海民世事闹腾得最红火，同时也都具有小气吝啬的坏名声。现在，这小子如此破费财产抬高自己，就等于是贬低他金光亮！另外，这不是逼着让他也把自己的蜂蜜白送给村里人去开一回洋荤？因此，当他听说海民得不偿失，弄巧成拙，让许多人喉咙扎上鱼刺的时候，便端着一缸子蜂蜜水，吧咂着嘴一边喝，一边串着兴奋地看海民闹出的大笑话。直等到众人用“玉亭疗法”化掉喉咙上的鱼刺后，他才心情舒展地回去抚哺他的“意大利”蜂去了……

不久,双水村就传开了田五为儿子编排的第二个“链子嘴”——

鲤鱼好吃难消化，
鱼刺倒把个喉咙扎。
大人娃娃嘴张开，
哭爹叫妈害了怕。
海民本想落好人，
引得全村一片骂！
幸亏咱玉亭有办法，
陈醋才把鱼刺化……

吃鱼事件平息没几天，另一件事又使双水村热闹了一阵子。不过，这件事倒霉的却是金光亮！

这几乎是造化的安排：正在金光亮为田海民弄巧成拙而幸灾乐祸时，厄运突然降临到了他头上。

这一天上午十点钟左右，金光亮正在自己家里往那只黑瓷瓮里摇蜜。像往常一样，每摇净一片巢脾，惜东西如命的金光亮还忍不住要伸出舌头，贪婪地想把上面的最后一滴蜜舔掉，结果老是忘了他戴着面罩，常常把自己的舌头捉弄得空欢喜一场。

当他正摇最后一片巢脾时，猛然感觉外面似乎发生了什么事——他听见一阵刮大风似的嗡嗡声。

金光亮跑出来一看，顿时傻了眼：只见所有蜂箱里的蜜蜂都像流水一般在往出涌！院子上空黄漠漠一片——顷刻间，这一片黄云

“嗡”一声，又刮风似的消失了……

妈呀，这看来不是分群，而是他的蜂要跑了！

金光亮在危急之中，赶忙在院子里拉起发洪水时捞河柴的芦根笊篱，也不管上面糊满泥巴，就在黑瓮瓮的蜂蜜里蘸了一下，大撒腿冲出了院子。

这时候，金俊武的老婆李玉玲正在隔壁院子里推磨，亲眼目睹了金光亮这灾难性的一幕。李玉玲早对金光亮的蜂恨之入骨——她认为这些蜂把她院里院外果树庄稼上的“养料”都采光了；如果不是丈夫拦挡，她早给庄稼果树都喷了“六六六”。现在，她突然看见金光亮的蜂跑得一干二净，激动得浑身发抖，赶忙叫住了磨道里的驴，不管一群鸡跳到磨顶上哄抢着吃麦子，也大撒腿跑到了另一个仇视金光亮的人——光亮弟媳妇马来花的院子里。李玉玲强压住兴奋，但仍然激动得声音都变了调，对来花说：“老天爷作怪哩，三锤家的蜂猛然价都跑了……”

正在洗茶饭碗的马来花一听她大哥家的蜂都跑了，双手在腿膝盖上一拍，高兴得大声喊叫说：“老天爷咋睁眼了啊！”

两个妇女丢下各自正在干的活，在金家湾上下院子里传播这消息。不一会，连田家圪捞那面的人也都知道了。

这时候，金光亮悲壮地举着那个蘸了蜂蜜的芦根笊篱，正连喊带哭在东拉河湾里晕头转向地寻找弃家而逃的宝贝蜂。有几个小孩立刻跑来告诉他：蜂已经在庙坪的一棵老枣树上挽成了一个大疙瘩！

金光亮一听蜂有了着落，竟咧大嘴巴哭开了——这蜂是他的财神爷啊！

光亮像揭竿而起的义勇军挺举着捞河柴的笊篱，一路哭着赶到庙坪。东拉河左右两岸闻讯而来的大人娃娃，也纷纷奔跑着从四面八方赶去看这稀奇事。

光亮跑到那棵老枣树下，果真见那蜜蜂团成几颗大疙瘩吊在粗壮的树干上。他在一群人的围观下，不顾体面地继续哭叫，同时把那笊篱举在蜂团下面，呜咽着反复念那几句招蜂的口歌——

蜂，蜂，上笊篱，
家里给你盖庙哩……

尽管他虔诚地拉着哭调念这口歌，但没有一只蜂上笊篱。几分钟之后，又听见“嗡”一声，蜂团解体，刹那间就飞得一个不剩，再也找不见了踪影。有人看见，蜂群过了哭咽河，一直飞到神仙山后面去了。

绝望的金光亮一屁股坐在老枣树下，双拳捶地，放开声嚎了起来……

当天，村里又传开了田五的另一段“链子嘴”——

如今世事不一般，
怪事接二又连三。
海民的鱼刺扎喉咙，
光亮的蜜蜂又跑完！

但是，对于金光亮来说，他的灾难还没有完。两天以后，趁他倒霉之机，弟媳妇马来花又把他在支书田福堂那里告下了！

第四十二章

田福堂的状况，还像我们上次看到的那样，没有什么改观。咳嗽气喘成了“家常便饭”；身板干瘦，脸色灰暗，络腮胡子黑森森围了一圈。

满年四季，只要有阳光，白天大部分时间他都照旧蜷曲在院墙外那个破碾盘上。我们再也见不到当年那个叱咤风云、咄咄逼人的田福堂了；我们现在看到的是一个被命运打倒在地的老人。如果我们在某个地方遇见这样一个老头，我们肯定会产生恻隐之心，同情和怜悯这不幸的人。

唉，身体垮了，儿女的婚事又是那么叫人不顺心，他田福堂在这世界上活得还有什么乐趣？

想不通啊！过去毛主席讲的革命道理他一下子就理解了，但他现在却怎么也理解不了自己儿女的所作所为。

女儿润叶先前不和女婿一块生活，他理解不了；后来女婿断了双腿，成了终身残废，她偏偏又和他生活在一块，他也理解不了。更叫他难以理解的是，死小子润生丢下他老两口，竟然撵到外县农村，和那个拉扯着前夫孩子的寡妇结婚了……

他理解不了归他理解不了，现在生米都做成了熟饭，他这个为老人的又有什么办法!

不过,外人并不了解,最近一些日子,田福堂在无限的酸楚之中,心头似乎多少产生了一点温热之情。女儿和儿子先后给他们来了信,说身边都有了孩子。女儿生了个男孩,儿子添了个女孩。噢,不论怎说,一丝欣慰之感油然而生。他田福堂有了孙子?这可终究是田家的骨血啊!

为此,他老两口不由心热地哭了一鼻子。老伴提出,让他到儿子和女儿那里走一趟,看看他们的小孙孙。同时,她还小心翼翼试探着问他:能不能把润生一家人接回双水村来?他当时尽管没言传,心也不由一动。当然,所有这些也许还得要过段时间,让他把自己的别扭情绪理一理再说。去女儿那里问题不大。虽说向前成了残废,可他和女婿在感情上一直好着哩。腿砸断不由人啊,正如他的肺气肿一样。现在,他只不过为女儿一辈子的不幸命运感到难过罢了。但他无法原谅润生。啊,不孝之子!哪里找不下个媳妇,为什么偏偏和一个寡妇结婚呢?再说,这女人还带着前夫的娃娃,成份也不好!

可是,想来想去,儿子还是自己的,并且就有这么一个儿子,他亲他。而今,他和老伴都老了,身边没个人照料,日子也难过。唉,也许润生他妈说得对。不论他们怎样反对这门亲事,可现在既然豆蔓子缠到了玉米秆上,他最终不得不承认这个他不愿承认的事实……

田福堂一整天蜷曲在那个破碾盘上,一边合住眼晒太阳,一边在心里反反复复盘算儿女们的事。至于村中大大小小的"工作",一般他都推给金俊山去处理了。现在这村里还有什么正经工作可做?都是些民事纠纷!让不嫌麻烦的金俊山和爱管闲事的孙玉亭这些人调解去吧!

当然,即使这样,一把手的职位他可绝不会让给别人。某种程度上，他现在就靠这个徒有其名的职务和“止咳片”来维持生存的。有两件东西从不离他身：药瓶子和拴在羊毛裤带上的原大队部门上的钥匙。另外，本村权力的象征——大队党支部的章子，也锁在他家放钱的小木匣里。

田福堂虽然常不出去，一整天躺在自家院墙外的破碾盘上，但实际上仍然严密地关注着村中发生的每一件事。他的消息也特别灵通。只要村中有个什么事，总会有人及时到这个破碾盘前向他通报或传播。双水村这盘棋他是熟悉的；他推演这盘棋的智慧足可以和诡诈的古拜占庭人相比！是呀，村里哪个人他不知底？有些事的内涵和外延，他睡在这里也能品见哩；甚至某个时间里谁心中想些什么，他也可以猜个十之八九！

这几天海民两口子引起的“吃鱼事件”和金光亮的“意大利”蜂跑得一个不剩，他都在事发的当天就知道了。这些事只能让他窃笑。他尤其对金光亮的蜂跑得干干净净而感到一种特别的快意。这几年，仗着新政策，前地主的大儿子就好像“翻了身”似的，气焰十分张狂，据说经常在村中的“闲话中心”骂他田福堂。哼，在阶级斗争那些年里，他装得像一只鳖！因此，当他听田福高说金光亮因蜂跑掉而急得坐在庙坪的枣树下嚎哭时，忍不住一边咳嗽，一边“嘿嘿”地笑了……

就在金光亮的“意大利”蜂跑掉的第二天，他弟媳妇马来花来到这个破碾盘前，高喉咙大嗓门告状说，金光亮在庙坪自家的枣树边上又栽了许多泡桐树；这些泡桐树的根都扎在了他们的枣树下，使他们的枣树失掉了养料，今年树上的枣子结的稀稀拉拉，比别人家至少要少收三分之一。她强烈要求田福堂处理这事；说如果他不处理，她就天天到这个碾盘前来让他不得安生！

以前所有来告状的人，田福堂都推说他有病，让他们找金俊山或孙玉亭去。但今天是马来花告金光亮，田福堂不免心中一动。这也许是给金光亮一点颜色的好机会！他早就想对这个搞“阶级报复”的人反报复一下了，只是找不到个合适茬口。现在好！这是他弟媳妇告他，拾掇他个哑巴吃黄连！这不是他田福堂搞反报复！这是他们自家人告他哩！

田福堂这样想的时候，就对辣女人马来花和颜悦色地说：“你反映的情况我知道了。这要会议上处理，我田福堂一个人处理不了。你先回去。要是会议处理不了，你再闹也不迟嘛！村里解决不了，你不会到石圪节乡上去？好，就这样。你路过给玉亭捎个话，叫他到我这里来一下……”

马来花走后不久，得到口信的孙玉亭就一路小跑着来了。他好长时间都没有得到过福堂的召唤，因此情绪异常地激动，直跑得人还未到，一只烂鞋就飞到了田福堂的面前。

玉亭来到破碾盘前，把那只先到的鞋重新拖拉到光脚上，问：“什么事？”

田福堂等一阵咳嗽过后，才说了马来花告金光亮的事。

“嗨，村里这种事太多了！如今吃是吃好了，但问题也越来越多了。许多纠纷一直搁着没解决……”孙玉亭圪蹴在田福堂对面，大为感叹地说。

“我想咱们开个支部会，对有些事总得做个处理。咱们大概一两年都没开个支部会了……”

孙玉亭一听说要开会，兴奋得一下子从地上站起来。啊啊，他已经开罢会很久了，甚至对开会都有点想念哩！

孙玉亭兴奋之余，也有点惊讶：超脱了几年的支书为什么突然心血来潮，对工作积极了起来？是不是他有了“内部消息”，政策要转变呀？可能哩！他弟弟已经成了省上的大官，说不定写信给他透露了些什么！

田福堂当即从裤带上解下大队部公窑门上的钥匙，交给孙玉亭，说："你把会议室收拾一下，再给俊山、俊武和海民通知到，叫他们晚上来开支部会。"

"要不要扩大一下？"

"不了！这是我们党的会议嘛！"田福堂断然否定了玉亭的意见。

福堂知道，扩大一下，就把孙少安也"扩大"进来了。在这些"政治问题"上，他依然透彻的精明。说实话，在双水村只有孙少安才使他感到了一种真正的威胁。尤其是眼下，这小子已经成了双水村头号财主，而且乡上县上都有了名气。他田福堂虽然再折不断这小子的翅膀，但在他的权力范围内，能排斥他的地方，他绝不会放过；哪怕给他制造一点小小的不满足呢！哼，你小子有钱有名，可村子里的事你连毛也沾不上一根！我们开党支部会议，你小子和社员（他习惯这个称呼）一样，站到圈外去吧！

孙玉亭也不在乎扩大不扩大——反正他能参加上哩！

尽管到了农忙季节，地里有一大堆活，但孙玉亭下午不再出山去了。他拿了原大队部公窑门上的钥匙，匆忙地来打扫这个多年封门闭户的地方。

玉亭情绪激动地打开公窑门，脸却一沉。他在公窑积满尘土的脚地上呆立了片刻，实在有点心酸。他看见，往年这个红火热闹的地方，现在一片凄凉冷清。地上炕上都蒙着一层灰土，墙上那些农业学大寨运动中上级奖励的锦旗，灰尘蒙的连字也看不清楚了。后窑掌间或还有老鼠结队而行。

孙玉亭发了一会愣怔，头上像妇女一样反包起毛巾，便开始打扫这间公窑。

忙了几乎一个下午，办公窑终于被玉亭重新收拾得一干二净。地上，炕上，还有那个小炕桌，都被他弄得清清爽爽；墙上的锦旗揩抹了灰尘，又满目光彩。说实话，玉亭在自己家里干活也没这么卖力。他是充满感情在做这无偿的营生；他在此间获得的是精神上的满足！

傍晚，当他给其他几位党支部成员通知了开会的消息后，又赶回公窑用破报纸团蘸着口水擦了煤油灯的玻璃罩子。灯罩擦净后，他才发现灯壶里连一滴煤油也没有了。公而忘私的玉亭决定拿回家把自家那点不多的煤油灌上一灯壶。

天一擦黑，玉亭赶回家胡乱吃喝了一点，又给公家的灯壶里灌满了自家的煤油，就拖拉起烂鞋，兴致勃勃赶到公窑里。

他当然是第一个到会的人。

他把煤油灯点亮，放在小炕桌上，就专等其他四个人的到来。

支书田福堂，副支书金俊山，另外两个支委金俊武和田海民，都先后来到了这个他们已经久违了的地方。

五个人凑到一起，都感到怪新奇的。大家一时有点反应不过来：怎么？他们又开会了？

是呀，他们对开会都有点陌生了！现在，相互间就好像久别的熟人，不由一个看一个。除过田福堂，所有人身上的劳动痕迹都加重了，脸也比过去晒黑了许多。

由于多时没在一块，五个人气氛倒很融洽。大家先说闲话。主要是说前不久的“吃鱼事件”和“跑蜂事件”。由于海民在场，“吃鱼事件”说得少一些，集中说笑金光亮的“意大利”蜂逃跑一事。金俊武开玩笑说：“那蜂可能是想了老家，跑回意大利去了！据说那是个资本主义国家，生活比咱们这里好！”这话惹得大家哄笑起来。田福堂拿出了一盒“大前门”纸烟，扔在炕桌上，让大家随便抽。这盒烟是两年前买回来的。一年前孙少安的砖场倒塌后，田福堂启开破例抽了一支，就一直在小柜里搁着未动。

在党支部的成员们开会的时候，公窑窗户上亮起的灯光却让全村人为之震动。

出了什么事？那地方可是好几年没亮过灯光了！是不是像已故田二所说，世事又要变了？分开的土地是不是又要合起来，重新办大集体？哈呀，完全有可能哩！据有人看见，孙玉亭一个下午激动得跑里跑出，在清扫那个公窑；而且把农业学大寨时的锦旗都拿到院子里晒了太阳……

在双水村普通人疑虑地纷纷议论的时候，公窑里的支部会正开到了热闹处。

田福堂给众人叙述了“案由”以后，感慨地说：“过去集体时，哪会出现这样的事！枣树是集体的，由队里统一就管理了。如今手勤的人还精心抚哺，懒人连树干上的老干皮也不刮。据说每家都拿草绳子把自己的树都圈起来了。这是为甚？难道怕树跑到别人地里？人都自私得发了昏！”

“就那也不顶事。树枝子在空中掺到了一起，这几年打枣纠纷最多，一个说把一个的打了。另外，都想在八月十五前后两天打枣，结果枣在地上又混到了一块，拣不分明。光去年为这些事就打破了四颗人头……”金俊山补充说。

“唉，回想当年的打枣节，全村人一块就像过年一样高兴！”田福堂感叹不止地说。

“枣堆上都插着红旗哩……”孙玉亭闭住眼睛，忘情地回忆说。

“说这些顶球哩！现在看金光亮的泡桐树怎处理呀？”金俊武打断了那两个人对“革命岁月”的美好回忆。

大家这才又进入了正题。

孙玉亭说：“如果是过去的话，一绳子把这个地主的孝子贤孙捆起来！”

“你就说现在吧！”田海民插嘴说。

“现在……”孙玉亭想了一下，“现在人家外面都兴罚款……”

“对，好办法！咱们也按改革来，罚款！限他金光亮十天时间刨泡桐树；如果不刨，一棵树一年罚十五块！”田福堂像当年一样有气派地说。说完后猛烈地咳嗽了一阵。

大家看再也没什么好办法，便一致同意用罚款的形式强迫金光亮刨树。不处理也的确不行！如果都在自家的枣树旁栽泡桐，过不了几年，整个庙坪的枣林就要毁了；而这片枣林是双水村的风光之地，人人在感情上都不能割舍。

处罚金光亮的事定下来之后，副支书金俊山顺便提起了孙玉厚在分给个人的责任田里栽树的问题。他婉言对玉亭说：“你回去劝劝你哥，他有的是栽树地方，栽到责任田里，这以后是谁的？”

“世事一变,都是公家的！叫栽去！”田福堂沉下苍白的病容脸，心怀不满地说。

大家因为玉亭在场，没再对此事发表意见。

金俊山又提起另一件事，说：“这两年我最头疼的是新建家的人窑顶上面留水沟的问题。过去都是集体的地，水沟走哪里都行。而现在地分到个人手里，谁也不愿让别人家的水沟走自己地里。可有些水沟不经另外人的地，就只能让山水在自己窑面子上往下流……福堂，你看这有个什么办法可以解决？”

“过去这些事还要咱两个管哩？玉亭就解决了！现在咱不管！让他们到石圪节乡上打官司去！”田福堂怨气十足地说。

“还有哩！”田海民补充说，“现在有人把坟往水地里扎……”

大家都知道海民说的“有人”是指他的邻居刘玉升。刘玉升根据神的“指示”，说他父母的老坟地风水不好，新近便挪到了分给他的川道水地里。而村里曾有过决定，坟地一律不能占水地。海民对住在自家隔壁的神汉成见很深，借机提出了这问题。

但大家都没言传。一般说来，这些世俗领袖都不愿惹那位神鬼的代言人。即使他们不信神鬼，但他们的家属或亲戚都不同程度有迷信思想……

除过金光亮的“泡桐树问题”，看来其他事虽然提出来了，也只能不了了之。

最后，孙玉亭提出了他女婿金强要地盘子新建窑洞的“议案”。玉亭此刻私而忘公，提出了田家圪塄这面一块人人垂涎的好地皮；其理由是他没儿，老了要靠女婿，两家住近一些，好照顾他们。

没有任何一个人反对玉亭提出的要求——尽管按各种条件论，这块好地盘怎么也轮不到金强！大家不反对的原因既复杂又简单。除过玉亭本人，田福堂不会反对玉亭；玉亭终究是“他的人”。金俊武更不会反对，因为金强是他的亲侄儿。自从孙玉亭的女儿卫红和他的侄子金强联姻后，金俊武就不可能再和孙玉亭过不去了。至于当年玉亭和他弟媳王彩娥的“麻糊事件”，也早已烟消云散；那个风骚女人几年前就改嫁，成了纯粹的外人，而玉亭现在却成了他的亲戚！

在金强的地盘子问题上，金俊武、孙玉亭和田福堂都心照不宣地站到了一块。金俊山和田海民怎么可能向这个强大的临时联盟挑战呢？

瞧，中国农村的政治已经“发达”到了何种程度！

这个多年来的支部会哩哩啦啦一直开到鸡叫二遍才结束。令人惊讶的是，其他人都熬得打起了哈欠，而福堂同志自始至终精神饱满！

是的，通过这个会，给了田福堂一点小小的精神刺激，使他几年来的颓丧情绪神奇地得到了改观……

会后不久的一天，田福堂竟然回心转意，真的决定动身去看望自己的女儿和儿子。是啊，说心里话，几年来，他急是急，气是气，但梦里都在想念自己的儿女。再说，现在又有了孙女和外孙子，他急切地盼望能很快见到这两个亲亲的亲骨肉！

老伴一听说丈夫要出门去看望儿女，高兴得一边抹眼泪，一边用发抖的手为他准备上路的行囊——主要是为两个小孙子打闹礼物。

田福堂准备先到黄原去看女儿。他担心弟弟调到省里去当官后，他女儿在黄原就失去了靠山。当然，还有她公公李登云哩。但他亲家是个卫生局长，不掌什么大权！

他打算在看完女儿返回的途中，再去看儿子。至于是不是要把润生一家人接回双水村，他还没有拿定主意，只能等他到那个陌生的外县村庄见了他们再说……

在金光亮撅着屁股，一脸哭丧用镢头在庙坪刨他命根子一样的泡桐树的时候，田福堂就暂时告别了那个破碾盘，咳嗽气喘地在村中上了长途公共汽车，动身到外地看望他的儿子和女儿去了。

第四十三章

润叶在四月上旬顺利地生下一个儿子。

三十一岁生头胎孩子，往往是令人担心的。临产前四五天，婆婆刘志英就坚持让她住进了自己任党委书记的黄原市医院。妇产科最好的大夫已经做好了剖腹产的准备，结果孩子却顺利地自然出生了。

孩子取名“乐乐”，官名李乐。

乐乐的出生确实乐坏了这家人。母子从医院回家后，向前高兴得哭一阵又笑一阵。李登云和刘志英更不用说，他们不仅雇了保姆，而且两口子都失去了上班的热情，在整个月子里轮流帮保姆侍候小孙子和儿媳妇。向前满怀激情，以轮椅代步，一天忙着亲手做六七顿饭。

儿子的出生，使润叶真正体验到了一种更为丰富和深刻的人生内涵。一个过了三十岁的女人，第一次做了母亲，那心情完全可以想得来。

现在，她已经上班了。再有一个星期，乐乐就过“百日”。

去年秋末，润叶由原来的少儿部长提成了团地委副书记，因为工作责任重大，也更繁忙了。她主要还是管少儿部和文体方面的工作，经常要组织一些学生职工的娱乐活动和体育比赛。

关于她的提拔，社会上也有一些攻击性的传言，说她是她二爸调到省上后，逼着让黄原地委提拔的。另一种传言是，地委有人为了讨好升迁的田福军，便提拔了他的侄女。前一种说法显然是恶意制造的谣言。至于是否有人为了讨好田福军而在提拔她的问题上“做了工作”，我们就不得而知了。但愿不是这样。

不管怎样，对田润叶来说，她在生活和工作中都面临新的考验。她要照顾孩子，还要照顾残废的丈夫；新的职务又要求她在工作中投入更多的精力。团的工作特点是社会性强，她得经常离开机关，到外面去活动。

好在孩子的许多事不要她过分操心。丈夫、公公和婆婆，加上保姆，四个人相帮着抚哺。公公和婆婆把乐乐像命根子一样看待，孩子正常哭几声，婆婆就赶忙把医生叫到了家里——反正她管着一群医生！

润叶基本没有奶汁，因此不必经常跑回家给孩子喂奶。公公和婆婆为了照顾儿子和孙子，已经把宿舍调整到了他们单位下面的二楼上。白天，孩子就经常在他们家——因为那里房屋宽敞，条件也好一些。只有晚上，润叶才把孩子接回自己家。

虽然丈夫是个残废，但润叶现在对这个家感到很满足。全家人都爱孩子，也爱她，尽量减轻她在家里的负担，使她能集中精力搞好自己的工作。

现在，我们的润叶心情像湖水一般平静。生孩子以后，她变得丰满起来，脸颊上又出现了少女时期的红润。因为她的工作是和青少年打交道，所以衣服穿着也不像一般搞行政工作的女干部那样刻板规正。她穿的通常都是那种流行的较为自由的式样，但又给人一种高雅的朴素感。

对一个女人来说，这是一个最富魅力的年龄。花朵是美丽的，可成熟的果实更让人喜爱。年轻漂亮的团地委副书记出现在公众面前，许多男人都不由得对她行“注目礼”。当人们又知道这样一位出色的女人，丈夫竟然断了双腿，整天靠轮椅生活的时候，不免大吃一惊，表现出一副难以理解或不可思议的样子。其中有几个自认为出类拔萃的年轻中层领导，曾先后试图替她弥补个人生活的“不幸”，结果发现不幸的是他们自己。当然，田润叶已经是个成熟和具备一定文化素养的女性，她不会极端地对待这些男人们的“好意”；通常微笑着用几句尖酸的话使这些“同志”羞愧地退开了。

不！如果她的丈夫是个健康而强大的人，他们感情不和而又不得不生活在一起，那么，她田润叶也许会寻找另外的感情——作为生活在眼下时代的青年，尽管她还是个什么团地委副书记，但她理解别人类似的感情。她不能同意上一代人对此类感情抱有的那种绝对的谴责态度。当然，她也不赞成她的好朋友杜丽丽的做法。至于她自己，情况和别人不大相同。她现在对自己的丈夫有一种深厚的怜爱的感情；不仅有妻子对丈夫的感情，而且还有一种母亲对孩子的感情。

唉，他已经那样不幸，又那样热爱她；她如果做出某种对不起他的事，首先自己的良心就无法忍受。最终受伤害严重的也许不是向前，而是她自己。真的，如果是那样，她怎能再忍心面对他儿童一样善良和纯真的笑容呢？这将不仅是妻子对丈夫的残忍，而是母亲对自己孩子的残忍。

他不能不让人心痛啊！每次下班以后，她一进门，总是看见他把饭菜做好用碗扣在桌子上，自己坐在轮椅里静静地等她。他见她回来，确实像孩子盼回了母亲，高兴得用舌头舔着嘴唇，跌跤马趴地张罗着为她添汤夹菜。好多情况下，她都忍不住想流泪——这很难说是因为幸福，而是一种深深的人生的感动。人啊！很难仅仅用男欢女悦来说明我们生命大地的富饶与贫瘠……

这是七月里一个细雨濛濛的下午，田润叶匆匆地走过水迹斑斑的南大街，往家里赶去。本来是星期天，但市上举行“青少年宫”落成典礼，她不去出席不行。

拐进家属区时，她的外衣都淋湿了，两只布鞋也糊满了泥浆。她没带任何雨具；因为离家时，天虽然阴着，但没有落雨的迹象。

她本来想顺路到二楼婆婆家看看儿子，但浑身水淋淋的，只好先回三楼自己家去换衣服和鞋袜。

保姆和孩子都在下面，家里只有向前一个人。不过，她进门后，见通往客厅的门闭着，听里面向前不知在鼓弄什么，叮叮咣咣的。润叶因急着换衣服，也没看他干什么——丈夫闲着没事，经常搜寻着做点零碎活；有时把还能用的东西都“修理”得不能用了。让他干去！他闲呆着也实在是寂寞。

她进了卧室，扒掉身上的湿衣服，从大立柜中拉出另外的一身换上。这时，她听见那边叮叮咣咣的声音停止了；他显然已经知道她回到了家里。

润叶换好衣服，把头发用干毛巾擦了擦，就弯腰在床下面寻一双布鞋，以便换掉脚上又脏又湿的那双。

但她却怎么也找不到她要找的那双旧鞋。

奇怪！哪儿去了呢？其他人一般从不进他们的卧室，鞋怎能不翼而飞？是保姆拿去卖给了收破烂的老头？这不可能！保姆是个很规矩的农村姑娘，不会干这种事。

润叶又在床下仔细翻搅了半天。她这才发觉，不仅那双鞋没有了，她的另外几双鞋和向前的许多鞋也没有了。她一刹那间紧张地想，是不是家里进来过小偷？但很快又否定了这种想法——新鞋一双没少，贼娃子偷那些旧鞋干啥？再说，向前一整天都不离家，小偷怎能进家来呢！

正在疑惑之时，她看见向前坐着轮椅从客厅那边拐过来，停在卧室的门口，舌头舔着嘴唇，很不自然地看着她，脸上甚至有一种抱愧的神色。

怎么啦？她也停止了找鞋，不解地看着丈夫。

“你先把胶鞋换上，那双鞋……”向前吞吞吐吐说。

“怎么啦？”她开口问。

“那双鞋……让我拆开了……还没弄好。”向前仍然有点咄讷。

“拆开干啥？”润叶越来越莫名其妙。

向前低倾下头，说：“我想学着钉鞋，因此……”

“钉……鞋？”润叶还是反应不过来丈夫究竟是怎么了。

“嗯……我让过去一个开车的朋友捎着买了一套钉鞋工具。”

“咱们就那么几双鞋，破了再买新的，何必专门买个工具钉呢！”

“不是钉咱们的鞋。我准备学会钉鞋后，办个营业执照，到街上去做这营生……”

啊啊，原来是这样！

润叶这才恍然大悟。她走过来，手托在丈夫轮椅的扶手上，惊讶地看着他，问：“你这是为什么？”

向前仍然低垂着头，说：“自咱们的乐乐出生后，我感到幸福，又感到痛苦。幸福在于我有了儿子。我想不到自己成了这个样子，还会有这么大的福气……

“可是我心里又太痛苦了，我是这样一个废物父亲！叶，一个不能养活自己孩子的父亲，有什么脸面对孩子？有什么脸活在这世上？再说，我父母亲总有一天会离开人世间，到时，怎么能让你一个人养活我和孩子呢？想到这些，我的心就像锥扎一般！

“因此，我盘算来盘算去，总得要学着做个什么，赚点钱，也减轻你的一些负担。我寻思，其他活我干不成，但钉鞋主要靠两只手而不需要动腿；我的两只手劲大着哩，这你也知道……所以我瞒着你和父母，捎着让人买了钉鞋工具，在家里先练着……”

润叶蹲在他面前，两只手搭在他的断腿上，静静地听他说。她看见，丈夫说话的时候，眼里噙着泪水。

“你不要这样，”她说，“到任何时候，我都能养活了你和孩子。你现在身体不行，能帮我料理点家务就蛮好了。”

“我知道，你和我父母亲都不愿我去干这营生！你们都是领导人，有身份的人，而我却蹲在街头当个钉鞋匠，会给你们丢脸的……可是，我再干不了其他活哇！叶，让我一辈子这样闲呆着，还不如让我一死了事！”向前的脸在剧烈地抽搐着，转向了一边。

润叶被他的痛苦深深触动了。她完全能理解丈夫的心情。他感到这样活着是一种屈辱。他是个男人，不劳动而靠老婆养活，便失去了活人的尊严。是的，尊严。只有劳动才能使人尊严地活着啊！

她应该支持他？

还用说吗？当然应该支持！这劳动对他来说，已不仅是一般意义上的生存需要，而是在体现一个人生命的价值！

她温柔地把自己的手放在他的手上，说：“我现在完全明白了你的想法。我支持你！至于去钉鞋，这又有什么丢人的呢？这是劳动。任何劳动都会受人尊重。只有四肢健全而不劳动的人才是丢脸的。你肢体不全还去干活，谁都知道这不容易。你放心，没人笑话你！只不过，你先试试；不行了，你可千万不要硬撑。啊？”

向前抬起头来，感激地将泪水斑斑的脸颊紧贴在妻子的手臂上。亲人，我的亲人！别说因为爱你而失去了双腿，就是献出我的生命也心甘情愿！

过了一会，他才忧心忡忡地说：“就怕爸爸和妈妈不同意我去干这营生。”

她用手拢了拢他额前的头发，说：“别担心，我给他们做工作……”

这时候，她站起来，说：“走，让我看看你把我那双鞋破坏成啥样了！”

向前抬起头不好意思地笑了，说：“你要是迟回来十分钟，我就会把你的鞋重新钉好的。”

于是，润叶推着丈夫，来到了客厅。

向前赶快在一个小柜后面拉出了他的“百宝箱”。

润叶看见，卧室床下所“丢失”了的鞋都在这里。有她的，也有他的。有些完好无缺的鞋被丈夫拆成一烂包；有些拆烂的鞋又被他重新钉缀了起来。她刚才要寻找的那双灰颜色的布鞋，一只显然拆烂后已经钉好，另一只鞋头部分只有不大一点小口了。她这才想起，她刚进门时听见这里有叮叮咣咣的声音——原来他不再是修理其他东西，而是在学着钉鞋哩！

润叶不免饶有兴致地拉了把小凳坐在丈夫面前，说：“你钉，叫我看看你手艺怎样了！”

向前立刻摆开架势，操起工具，开始为妻子“表演”。他两只手有力而灵巧，已经蛮像个熟练的钉鞋匠了！不过，由于在妻子的注目下操作，显得有些紧张，锥子好几次险乎戳在指头蛋上！

润叶看着，一直忍不住笑。这不是为他的窘态失笑，而是她真的感到高兴。那双长期转方向盘而磨练出来的手，是那样充满活力和机巧！他现在就可以说是个出色的钉鞋匠了！

还不到十分钟，那只鞋就钉好了。

向前把鞋递给她，舌头舔了舔嘴唇，不好意思地说：“你试试，看什么地方不合适？”

润叶把脚上的泥鞋脱掉，穿上了那双被“钉好”的灰布鞋，站起走了几步，高兴地说：“和原来一样合脚！”

有什么能比得上妻子的夸奖更令他兴奋呢？

几天以后，润叶就把向前要去钉鞋的打算，给公公和婆婆说了。

李登云和刘志英都惊得张大嘴巴。他们当然马上就表示了反对的态度。

“家里又不是没钱花嘛！我和你爸除过你们，这辈子还有什么牵挂！只要你们需要，你们就尽量花，何必……”刘志英着急地对儿媳妇说。

“不是钱的问题……”润叶说。

“那是？”李登云瞪大了眼睛。

润叶接着就给两个老人讲了许多道理。虽然局长书记都是一辈子“说道理”的人，但有些道理他们原先未必就懂。经儿媳妇一番开导，才使他们接受了一些有关生活的“新思维”。

既然儿媳妇这样在“理论上”和“实践上”支持儿子去当钉鞋匠，登云夫妇尽管心里仍然有些“那个”，最后也都勉强同意了。唉，是呀，对他们来说，仍然还存在个“面子”问题，但只要儿媳妇乐意，他们还再能说什么呢？

润叶立刻亲自出马，为丈夫办好了营业执照。按市工商局市场管理规定，鞋匠一律要在二道街熟食摊对面营业。向前在家做各种准备，润叶又跑着为他“买”了个干活的地皮和一个按市容要求而特制的铁框阁；铁框阁挂上一些醒目的红布条以及写着“李记钉鞋铺”的招牌……

这其间，武惠良曾匆匆到他们家来过一次。地委已决定调他去润叶和向前的家乡原西县去任县委书记。前团地委书记是来向他们夫妇告别的。惠良已和丽丽办了离婚手续。这对当年的恩爱夫妻终于在时代的大潮中分手了。他们的分手是友好的；因为迄今为止，他们实际上仍然存在着相爱的感情。关于他们各自未来的个人生活安排，现在还很难预测。杜丽丽声称，她一辈子准备过独身生活。她举例说，当代中国许多著名女作家都离了婚过独身生活，这有利于创作事业。她和省上“第五代”诗人古风铃的关系依然照旧；尽管见面不多，但两地书不断。

武惠良正是因为家庭关系破裂，才主动要求到下面去工作的——他要离开这伤心之地。他将是黄原地区最年轻的县委书记。最近，据说他读了许多书。他肯定还是一个前程远大的青年。青年，青年！无论受怎样的挫折和打击，都要咬着牙关挺住，因为你们完全有机会重建生活；只要不灰心丧气，每一次挫折就只不过是通往新境界的一块普通的绊脚石，而绝不会置人于死命。人啊，忍、韧、仁……

润叶最少在近几天抽不出时间去看望与丈夫离异的丽丽，因为她要忙着让自己的丈夫“出山”。

一切手续就绪以后，李向前就在二道街重新“就业”了。他旁边是其他十几位钉鞋匠——这将是他以后生活中主要的竞争对手。他斜对面就是诗人贾冰的老婆卖羊杂碎的小饭铺。由于妻子和贾冰是熟人，向前和贾冰的老婆也很快熟悉了；顾客不多的时候，这两个个体户生意人还隔街拉呱家常话哩！

早晨，向前是自己坐着轮椅去“上班”的；他的钉鞋工具通常都寄存在贾冰老婆的饭铺里。

傍晚，每当下班的贾冰来到对面帮老婆卖羊杂碎的时候，他的润叶也会准时来到这里——她是来接他回家的。

她把他的钉鞋工具寄存在对面的饭铺，然后就扶他坐上轮椅。她推着他，走过了熙熙攘攘的人群，走过了夕阳辉映的橘红色的大街……

第四十四章

近一年里，是孙少安有史以来最为辉煌的时期。他的砖场越办越红火，利润像不断线的水一样流进了他的腰包。村里人的估计保守了，他的纯收入实际上已经有了四万块钱!

那位河南烧砖师傅一改初衷，没有回老家去，一直在他的砖场充任“总工程师”的角色。他把他的工资提到了比外面高出一倍的数额。同时，另外从本乡招收的两名初中文化程度的青年，也被这位师傅培养成了出色的技术人才。

入夏以来，在那次大失败中为他干过活的本村人，也看清了他的大好形势，又纷纷要求来他的砖场当临时工。

这事首先遭到了秀莲的强烈反对。她忘不了他们落难的时候，其中的某些人怎样嘲弄和逼迫他们开工资的情景。如今看他们闹好了，这些人便又想来沾光，秀莲在感情上转不过弯，坚决不同意再让本村人来干活。她宁愿多掏点钱雇用外乡的村民，也不愿再用本村这些廉价劳力了。

但少安是个软心肠人，他知道这些要来干活的村民，实在是没有办法才又求他的。他不能见死不救。他反复给秀莲做工作，甚至说好话，让这些穷困的乡亲再来他这里干活，好让他们赚几个买化肥的钱。

秀莲说到底也不是个糊涂人，最终还是同意了丈夫的意见。

于是，像田四田五这样的人，再一次来到他的砖场。这些人拿了钱，得了好处，开始唾沫星子乱溅，一哇声说孙少安的好话，孙少安“好财主”的名声扬遍了双水村和东拉河一带的许多地方。他成了全石圪节乡最有声望的“农民企业家”。

孙少安这阵势几乎把他父亲也弄成了石圪节集市上的“明星”。要是玉厚老汉上集走过这条灰尘飞扬的土街，庄稼人就会互相指画着说：“看，这就是孙少安他爸！”他到小摊上买肉，卖肉的人也把最肥的刀口肉割给了他。

每当孙玉厚老汉提着一条子肥肉，在乡民们羡慕的议论声中走过石圪节街头时，他脸上平静如常，但内心却常常不由得感慨万端。

啊，他一辈子已经不知多少次从这条土街上走过，什么时候受过这么多人的抬举呢？旧社会，他冬闲时给这里的掌柜吆牲灵到山西柳林驮瓷，每次都是天不明就从这街上起身，双手筒在破棉袄袖里，清鼻涕都冻在了嘴唇上。以后，他又不知多少次到过这里，出售几个南瓜和一把旱烟叶，以便买点盐和点灯的煤油。那时间，谁能看得起他这个穿破衣裳的穷老百姓？更忘不了的是，那年公社开广播大会批判少安扩大猪饲料地，他和可怜的小女儿立在这土街上，怎样为儿子的命运担心骇怕呀……

做梦也想不到，他孙玉厚老汉能有今天这等荣耀！

玉厚老汉骄傲的是，除过大女儿的光景叫人熬煎外，他含辛茹苦抚养的几个孩子，都成了好样的。大儿子现在不用说，一道川都是好名声。当然，少安以后免不了还会有些跌跌绊绊，但最叫人担心的时期也许已经过去了。

二小子当了煤矿工人，虽说那营生又苦又不安全，但他对这孩子放心着哩！少平人虽年轻，但处事老成，不会出什么大差错。眼下，他惟一关心的是这孩子的婚姻问题。听说煤矿女的少，找个对象难。他已提醒少安在本地为少平瞅个女娃娃。可少安说这事家里谁也替少平做不了主……那就等孩子探亲回家时再和他商量这事。

至于小女儿兰香，已经上了“大学堂”。据识字人说，这是中国的什么“重要学堂”；有人还推断说，他的兰香将来会“留洋”哩！

唉，惟一使他晚上熬煎得睡不着觉的仍然是大女儿兰花。该死的女婿一年逛得不归家门，丢下那母子三人受了多少恓惶！可怜两个小外孙，从小到大等于没有父亲。眼下两个娃娃总算被不幸的女儿拉扯大了。娃娃也都是些好娃娃。外孙女猫蛋十三岁，在石圪节上了初中，听说像她姨兰香一样，回回考试都是头名。外孙子狗蛋再有一年也要上初中了。可是，那个挨刀子的王满银却还在门外当逛鬼！少安曾建议让他姐离婚。兰花不同意，他也不同意。人常说好女不嫁二男嘛！女婿再不是个东西，也不能走离婚这条路；离婚女人名声不好听啊！再说，两个娃娃都大了，怎能离婚？这少安，出得啥混账主意！

孙玉厚尽管有大女儿不幸所带来的痛苦，其他方面我们能看来，如今没一点遗憾。就是他本人的光景，也发达多了。钱不用说，有两个小子给哩；至于粮食，村里除过金家湾那面的俊武，也许就数上他了。许多粮食都吃不了，又舍不得卖，只好用泥巴糊着封在石仓子里。麻烦的是，过一段时间又要把这些存粮倒腾到外面晾晒一下。院子里所有粗点的树木上，一年四季都挂着未划粒的玉米棒；灿黄如金，显出了殷实人家的一派大好风光。今年夏天麦子又大丰收，他支架起饸饹床子，叫了村中十个后生用两天时间才打完……

这一段日子，孙玉厚老汉动不动就到石圪节街上来买猪肉。这倒不是他嘴馋或故意给公众能他的光景，而是他最近正在箍新窑。

本来，二小子早给他攒够了钱，让他去年就整修一院新地方。但大小子当时正在难处，他便征得少平的同意，把一千多块准备整修地方的钱，先垫给了少安。

今年，不用他说，大小子主动张罗着为他雇人打窑洞，接石窑口。当然，按少安的铺排，少平的那一千多元根本不够。短缺的钱都是少安出的，并且还不让他给少平说；因为个性强的二小子早就说过，这院新地方要他一个人出钱修建。

按他们老两口的想法，他们这个院落不必这么排场。别说少安他奶了，就是他们老两口，也都是快入土的人，而家里再没有其他拖累，何必修建那么好的地方！

但大小子二小子都坚持要把这院地方修建成村里最好的。他后来也没坚持反对。他理解孩子们的心情。孙家穷困潦倒几辈子，孩子们现在为他们修建这院地方，多半是给村里人证明：孙家再不是过去的孙家了！

这些日子里，全家人都忙得不可开交。尤其是他的少安，真是八下里忙啊！又要为他箍窑，还要照料砖场的事。最近几天，听说他还要谈什么“判”，准备承包乡上的砖瓦厂。另外，儿媳妇马上就要生娃娃，行动不方便。因此，一些具体事，他和老伴能做的，尽量不麻烦少安和秀莲……

入夏以来，孙少安也的确是太忙了。砖场正走上坡路，他得特别经心，以免再导致一次意外的灾难。同时，他还要招呼着为父亲营造新地方。

为老人建新家，这是孙少安多年的心愿。他决心要把父亲住的地方修建得比他自己现在住的那院地方更好。他要瞒着好强的弟弟，再添进双倍的钱，把这院地方搞漂亮。正如少平说的，某种意义上，这是为孙家立一块“纪念碑”。他不仅要用细錾出窑面石料，还要戴砖帽！另外，除过围墙，再用一色青砖砌个有气派的门楼——他有的是砖！

卫红的女婿金强给他站场任总指挥。金强在村里年轻一代匠人中，石活水平是最高的。另外，又是为妻子的大爹干活，因此特别经心。

尽管有金强在现场总料理，但少安在大的方面还得分出好多精力来管这件事。他里里外外忙得一塌糊涂，一天跑下来腿都疼得瘸了。糟糕的是，他最得力的助手秀莲马上就要临产，不能像过去那样给他强有力的帮扶。尽管如此，妻子腆着大肚子，仍然一阵儿也不闲着。

自父亲那边开始新建地方，老祖母和父母亲都暂时搬到他这边来住了。另外一孔窑洞腾出来给两面的匠人做饭。母亲和妻子一块上手都忙不过来，没办法只好又把妹妹卫红叫过来帮忙。

一年多来命运的升降沉浮，使秀莲和老人的关系一下子变得特别亲密。她甚至又主动提出，让老人再和他们把家合起来。只是因为父母亲坚决不愿再连累他们，才使秀莲放弃了这打算。

不过，实际上他们现在又像一家人了。如今秀莲除不干涉他给老人使用钱，还常提醒他应该给老人们买个什么东西或添置衣物铺盖。在为父母建新家垫钱的问题上，他们的认识高度一致；而且筑院门楼的建议就是秀莲提出来的。

生活如此叫人感慨万端！贫困时，这家人风雨同舟；日子稍有好转，便产生了矛盾，导致了分家的局面。而经过一次又一次生活风暴的冲击，这个家又变得这样亲密无间了。

是的，所有人的心情从来也没有像现在这样和顺和畅快！

当然啰，老祖母基本上还生活在她的世界里。

祖母的视力是越来越不行了，几乎已处于失明状态。一身老病依然照旧，只不过看起来还没有恶化的迹象。尽管她骂儿孙们浪费，但她的衣服和被褥还是都换成了新的。吃喝更不用说。从去年开始，少安在金俊山那里为祖母每天订了一斤牛奶。当然，若要叫她到医院去看病，那是怎样都搬不动她老人家的。她拒绝吃药打针，理由还是怕费钱。贫穷已经成了她一生主要的恐怖。

现在，她仍然围坐在炕上的被褥里，眨巴着一双几乎看不见什么的红眼，竭力还想弄明白家里发生的某些事。母亲和妻子都忙得要命，有时还不得不大声地费上半天口舌，解释她一再询问的许多“问题”。

当老人平静的时候，通常都是摸索着数一瓶止痛片——倒出来，又数着一粒粒装进去。我们不知是否还记得，这瓶止痛片是少平上高中时用润叶姐给他的钱买的。已经近十年了，尽管老祖母每次数时都有短缺或长余，但实际上这瓶已经像羊粪蛋一样又黑又脏的药片一粒也没少——我们的老祖母舍不得吃啊……

正在孙少安忙里忙出的时候，他突然听说石圪节那个快要倒塌的乡办砖瓦厂，要承包给个人去经营了。

这消息不由使他心一动。他知道，石圪节的乡办砖厂比他现在的砖场大几倍，设备和条件都不错，只是管理不行，根本赚不了多少钱。后来虽然内部实行承包制，看来也没有解决大问题，因此乡上才下决心干脆往出总承包呀！

他敢不敢去冒这个险呢？

少安开始周密地考虑这件事的可行性。

他想，如果放开胆量把这个大型砖厂承包了，往后的发展肯定要大得多！

说实话，随着现在这个砖场的盈利，他的野心也逐步大起来——他已很不满足这个小土摊场，而早想谋算干件更大的事。手头赚下的几万块钱，也使他的这种谋算有了一种踏实的心理保障。人就是这样，得一步，就想另一步！如果将来那个大砖厂盈了利，那说不定还能干更大一点的事！他有一种虽然朦胧，但却十分强烈的冲动：他一辈子真正要在石圪节或者说原西县闹腾它一番世事哩！

孙少安进而又想，如果他承包了乡上的砖厂，就把他现在这个砖场也承包出去。对，干脆来个“双承包”！他承包乡上的，让别人承包他的！的确，若是他承包了乡上的砖厂，他实际上就无法具体管理现在这个砖场；他要把主要精力集中到乡上那个砖厂去。再说，妻子要生孩子，一两年内又给他帮不了多少忙，把现在的砖场包给别人，他在双水村一身轻快，也不必连累家属……

孙少安周密考虑了几天，就把他的想法提出来和妻子商量。秀莲又从弊端方面替他进行了反证。最后，两口子一致认为，少安的想法是可行的。冒险就冒险！他们已经经历过大风大浪的考验，并且走过来了，因此心并不怵！

这样决定之后，孙少安立即跑到了乡上——他生怕别人抢了这生意。

他的担心是多余的。就目前而言，石圪节乡还没有另外的人敢承包这个烂摊场。

合同很快就顺利签订了。

接下来，少安马上着手往出承包他的砖场。没料到，这比他承包乡上的砖厂更顺利。

他的砖场被一直替他当技术总指导的河南师傅承包了。河南人写信把自己的老婆孩子也叫到了双水村。少安答应，等父亲的窑建好后，河南师傅的家属可以借用他的一孔窑住宿；而河南师傅答应，他一定在技术上帮助他把乡上的砖厂尽快搞上去……

在石圪节全乡各村农民一片议论声中，孙少安走马上任，当了乡砖瓦厂厂长。因为这是他个人承包，理所当然地成了这个砖瓦厂的主人。

在河南师傅的帮助下，他大刀阔斧改变了这个濒临倒闭的企业，生产很快走上了正轨。即使最保守的估计，这个砖瓦厂不出一个季度就要开始盈利。

这样，孙少安现在实际上就有了两个盈利企业。当然，原先那个小砖场，见利的是他和河南师傅两个人了；而乡上这个砖瓦厂一旦开始盈利，那收入将更会使全石圪节的干部和农民咋舌！

孙少安，这个当年因给社员扩大猪饲料地被公社一场批判弄得出了名的家伙，如今又一次成了各村民众谈论的对象。有人敲怪话说，这小子早就学着“走资本主义道路”了，所以现在才把世事闹了这么红火！

在孙少安意气风发开始干“大事业”的时候，他的生意人朋友胡永合路过石圪节，听说了他的情况，就专门来拜访他。永合看了这个砖厂的阵势，问：“这砖厂赚了钱，你还准备干什么？”

少安还没来得及想更长远的事，就说：“到时再看吧，说不定还可以办个什么罐头加工厂……”

胡永合不以为然地笑了，说：“那算个什么气派？咱们农民不能光满足办个什么小厂子；咱们还应该干更大的事。别看现在把政策给咱放宽了，其实呀，咱们土包子农民在这社会上还是没什么地位！钱赚到一定的程度，拿一把票子活着也没滋味！”

“那你的意思哩？”少安一时倒不能明白永合说的这些话。

“咱们要出大名！要往外面扬！叫全中国都知道有你我这样的农民！”

“怎个扬法？”

“比如，咱们也可以参加它文化上的事。文化上容易出名。只要出了名，手里又有钱，咱们就不能在它政府里坐一把交椅？哼，说不定将来县委县政府都叫咱承包了呢！”

少安对抱负非凡的永合笑了笑，问他：“你说文化上的事咱怎么能插进去腿？”

“我最近在省电视台认识了一位导演，请他在最好的馆子里吃了一顿，成了朋友。我们已经商量好，由我牵头找些农民企业家出钱，拍电视连续剧《三国演义》！刘备、关公、张飞、鲁智深、曹操，这些人你又都知道，红火着哩！你要是愿意，也入个股！”

“我那点钱……”少安难为情地说着，用手掌揩了揩永合溅在他脸上的唾沫星子。

“钱主要有我哩！你多少出点，在电视剧后面挂个名字，全中国也就知道你了……你如果同意，今冬我带你去一趟省城，见见那位电视台的导演。这也是见世面嘛！怎样？”胡永合问他。

尽管这听起来是些云里雾里的事，但少安又不好拒绝胡永合的好意。他忘不了，在他最倒霉的关键时刻，正是这个人为他伸出了救援之手。哪怕这纯粹是件吃亏事，他也得答应他——他向来是个讲义气的人！

少安只好为胡永合应承了下来。说实话，他自己也被胡永合煽得心里怪热呼的。如果真的投上点资，参加拍《三国演义》电视剧，自己的名字也就能上电视台。再说，电视剧不一定就是赔钱生意！如果赔钱，精明人胡永合也不会白把票子扔给电视台的！

胡永合和他说定这件事后，声称还要给县委书记张有智汇报他的“计划”，就坐进他那辆大卡车的驾驶楼去了原西县城。

第四十五章

胡永合并不知道，张有智同志已经不是原西县县委书记了。

不久以前，黄原地委出了文件，免掉了他的县委书记职务，任命原团地委书记武惠良为这个县的新任县委书记。据说，有智同志将被安排任原西县人大常委会主任。只是县上有些中层领导担心，弄不好，他在人大代表会上很有可能落选。

听说新任县委书记是个年轻人，过几天就来上任。被免职的有智病了，正在进行中西医结合治疗。实际上，有智一年四季都在吃药——当然以滋补药为主。

几年来，原西县各方面的工作一直在全区处于最落后的状态。说实话，责任很大程度上在于县委书记张有智没有一点开拓精神。岂止是没有开拓精神，他连最起码的负责精神也没有！工作应应付付，整天把大夫叫到办公室或家里为他看“病”。

县长周文龙倒跌跤马趴地扑着抓工作。但因他在“文革”极“左”时期犯过错误，思想包袱很沉重，整党几乎过不了关。在张有智等人的坚持下，还是给他定了个“犯有一般错误”。“一般错误”也是错误，因此小伙子不太敢放开手脚工作。周文龙这几年一直在乡下跑，倒很有些设想，但有智不支持他。常务副县长马国雄又只爱搞些花花哨哨的出风头事，也给他撑不上劲。

在这种状况下，原西县的工作怎么可能搞上去呢？有些乡镇出了点成绩，主要是那里的干部比较扛硬，和县上几乎没什么相干。

原西的落后状况有目共睹。中纪委常委高老去年又回了一次家乡，痛心地哀叹：三中全会以来这么多年，原西县大部分老百姓连一孔新窑洞也没建起来！

如果黄原干部中对前任地委书记田福军有意见的话，主要是不满他对张有智的姑息态度。

应该指出，田福军在这个问题上是有错误的。他明明知道张有智早不宜担当原西县的县委书记，就因为过去个人关系要好而抹不开情面，直到自己调离了黄原，还没有把张有智调换下来，结果使原西县蒙受了重大损失。毫无疑问，尽管田福军在黄原地区普遍受到了称赞，但他过去在原西县的威信，由于张有智的问题处理不妥而大大地降低了。

我们无意对田福军求全。只是我们从中再一次看到，作为一个重要领导干部，由于自己的弱点会造成什么样的后果。个人失去威信算得了什么！严重的是，成千上万的人要为他个人的过失而付出惨重的代价！

不客气地说，田福军对不起他深情热爱的原西人民。他的错误是不能原谅的……

福军调进省城后，黄原新任地委书记呼正文一上任，第一个重大的人事变动就是改换原西县委书记。正文过去长时间当过地委管组织工作的副书记，他很熟悉全区的干部情况。客观地说，个人能力田福军要胜过呼正文；但在用人方面，正文比田福军水平高。

呼正文一上任就撤换张有智不是和福军唱对台戏。实际上，他和福军、有智的个人关系都不错。但不能因个人关系就把一个县交给亲朋好友去糟践嘛！连自己的父亲和儿子也没这种权利！作为多年搞组织工作的正文，他最反感和痛心现在某些高级干部千方百计利用权力安插自己的亲信和子女当官。这是一切社会风气不正的总根源。上梁不正下梁歪！如果我们自己胡作非为，还在喋喋不休地谈论纠正不正之风，谁都会知道这是庄严的谎话……

张有智的下台和新县委书记的任命，在原西县引起了极大的震动。无论干部还是群众，都由衷地欢迎县委“改朝换代”。

下台的有智同志这次是真的生了病——不幸的是，这病又是药吃出来的。

张有智今年五十四岁。

五十岁左右是人生一个极其重要的时期。俗话说，岁数不饶人。一到这个年龄，人都有一种衰老的感觉，随之生理上也会产生一些重大变化；生理上的变化又会影响心理上的变化。因此，人们通常把这一时期称作男人的“更年期”。

我们常常在生活中可以感觉到，并不是进入“更年期”的男人就一定要“变态”。相反，一些人进入老年期，却由原来的不可爱变为可爱了。这是一个对自己一生的总结期。人往往到此时才心平气静地回顾自己已经走过的生命历程，洞若观火地审视自己半个世纪生活中的那些失误和不当；同时更广阔和透彻地认识了人生的意义——即所谓“知天命”。因此，这样的人就能在这样的时期极好地调整自己，用更宽容、善良、豁达和优雅的态度去对待生活。甚至一个恶人，到此年龄真正总结了他的人生，也可能一改前非，而生出对人和世界的慈爱之心。五十岁六十岁实际上应该是一个人重新开始生活的另一个起点。

但也有些人一到这个年龄，却变得不可爱了，甚至叫周围的人感到越来越讨厌。这些人到此年龄，便觉得自己的一生已“大势已去”。想过去，尽是遗憾；望未来，满目黄昏，夕阳西下。因此，他们一方面悲观厌世，做出看透了一切、一切都没意思的超然于世的姿态；另一方面又怀着阴暗的心理妒忌一切年轻的生命——年轻的人，年轻的生活，年轻的世界，甚至刚出土的青草和枝头上初成的蓓蕾都在妒忌之列。他们整日被死亡的恐惧折磨着，心理极度的扭曲，在超然于世的外表下又掩盖着贪婪地攫取一切的欲望，想发财，想升官，想女人的青睐；即使没有这些安慰自己空荡荡的灵魂，最少也应该得到人们哪怕是虚假的抬举！当看到人们开始讨厌自己的时候，又生硬地要求别人原谅他进入了“更年期”；因为医学上要求男人们要体谅进入“更年期”的妇女……

并不是所有进入“知天命”年龄的男人，都具有以上所说的那些状态。实际上，大多数人即使到了这个年龄，仍然一如既往正常地工作和生活着。

张有智的问题倒不全是因为他进入了“更年期”。其实，这个人老早就开始变了；变得满腹牢骚，一腔怨气；不谋工作，只谋仕途。而一旦升迁无望，干脆无所用心，在现有的位子上养尊处优，能享受就好好享受！

他一天首先关心自己的两顿饭。菜要八个，酒要“名优”。有些干部知道他爱“喝两口”，就投其所好，常设家宴款待；有智场场不推，谁请即到，吃喝得天昏地暗。对“美食”之嗜好，大有路易十四之古风！

县上只一辆“上海”小车最好，当然成了他的专车。即使到城内某干部家赴宴，他也要坐这辆车去——倒不是怕累，而是要显个派头。要办事的人，只要找到那辆车，也就找到了张有智。

实际上他最花费精力的是保养自己的身体。不是通过锻炼的方式，而主要是吃滋补药品。人们经常看见他那辆黑色“上海”牌小轿车停在名中医顾健翎老先生的门口。

前不久，顾老先生到省里去开政协会——他是省政协委员。就在顾老走后的几天里，张有智感到自己四肢无力，甚至腔内像是被挖空似的都没劲把气吸进去了。

他慌了。顾先生不在，他赶忙让司机把先生的一个“门生”接到自己家里，为他号诊看病。

顾先生的门生是个二十几岁的年轻大夫，刚从省中医学院毕业。因为他是大学毕业生，尽管人年轻，但张有智还是把他叫来了——他相信学问大，医术也自然高明。

这位年轻大夫是本县人。第一次为原西县的“一号人物”看病，不免有点受宠若惊。

诊断为“气虚”。

可想而知，虚症要补，因此人参、鹿茸、枸杞、黄芪、蛤蚧全用上了。

接连几副补药下肚，张有智感到“气虚”稍有好转。不料，紧接着发生了一个大病：他感到喉咙和胸腔里到处沾满了黏痰，可是连一点也吐不出来！

年轻中医依然按“气虚”给他开名贵补药。张有智越吃越感到痰吐不出来。他为此折磨得白天晚上都在用劲地“吭”着，但连点痰丝丝都吭不出来。

这真把人难受坏了！晚上他吭得睡不着，常常把被褥从炕上挪到脚地上，又从脚地上挪到炕上。他甚至歇斯底里骂孩子，神经质地抱住老婆哭鼻子。他记起了一句乡俗话：女人怕哼，男人怕吭。天啊，难道他得了不治之症？

正在这时，地委又下文把他的县委书记也给免了。

对张有智来说，这是雪上加霜！

他知道，这是不讲情面的呼正文对他下了“刀”。尽管众人对田福军姑息张有智有看法，其实有智对田福军也是一肚子怨气。本来他想当地委组织部长，结果田福军没任命他。哼，原来在原西都是一级领导，你当了地委书记，我当不上个副书记副专员，连个组织部长也不能当吗？这是平调，又不是提拔！如果他是组织部长，呼正文现在能这样砍切他吗？

张有智既得病又丢官，简直痛不欲生！

贤惠的妻子劝慰他说：“你不要生闷气，官又不是老先人赚下的，不当就不当。不管怎样，身体要紧！赶快到省里去检查一下！”

张有智只好听从了妻子的劝慰，准备马上起身去省城治病。

他还没动身，顾健翎老先生开会回来了。

张有智先放弃了去省城的打算，赶快找这位老神仙。

顾先生号完脉，让他把舌头伸出来。老先生探头瞧了瞧，说：“你到镜子前看看你的舌头。”

张有智在镜子里看见，他的舌头竟黑得像一块焦炭。他大惊失色地问顾老：“这是不是不治之症呀？”

老先生笑了笑说：“你不要紧张。这是恶热所致。像你这样的好身体，根本不敢大补。我刚才看了小杨给你开的方子。他弄错了。你先前感到的四肢无力，吸气不畅，主要是活动太少，且又过食……俗话说，黄连治好病无功，人参吃死人无罪啊……”先生说着，便给他开好了方子。

张有智接过方子，大吃一惊。顾老的方子只有两味极普通的药：生地五十克，硼砂零点五克。

虽然药钱只花了二角八分，但第一剂药下肚，那发绿带黑的黏痰就接二连三地吐出来了！

张有智兴奋得暂时忘记了免职一事，跑到没人的马路边上，痛快地吐出一口又一口浓痰，然后蹲下百感交集地看半天。这该死的痰啊！为了更清楚地看见他吐出来的确实是痰，他竟然把最浓的一口吐在了路边一根水泥电杆上。直到以后的几天，他还不止一次到这根水泥电杆前来“欣赏”那堆脏物。

这一天，他感到身体不错的时候，门里进来一位穿西装的人，笑嘻嘻地说："张书记，听说你病了？"

张有智认出这是柳岔乡闻名全县的"农民企业家"胡永合。这人曾经给他送过一根特别好的"高丽参"和其他一些东西。

"我已经不是什么书记了！"张有智让他坐下，问，"有什么事哩？"

胡永合讪笑着说："没什么……就是……"

接着，这位"农民企业家"就迫不及待地把他准备和省电视台合拍《三国演义》的事，又天花乱坠说了一通。

"好事嘛……"张有智漫不经心地说，"我已经不管事了，你去找周文龙和马县长谈谈……"

这时候，胡永合从黑人造革皮包里拿出五盒高级滋补品"人参蜂王浆"要给书记留下。

张有智一看见"人参"二字，就像看见了毒蛇，恐怖地手一摆："你拿走！赶快拿走！以后再不准搞这一套！"

胡永合见书记是这个态度，一下子慌了。他盘算，这人大概是刚被免了职，心情不好才对人这么不客气。以前……唉，他来得实在不是时候！

胡永合赶忙收起"人参蜂王浆"，有点狼狈地退出了张有智的家门。

但不屈不挠的永合马上决定去找马县长汇报他的"事业"；他一定要让县上更加认识他是个人物。尽管周文龙是正县长，但他决不会去找他。这小子当年在柳岔当主任，说他搞投机倒把，组织人批判过他好几次。哼，这号"四人帮"分子还当县长哩！

胡永合和马县长同样是熟人——他也曾送过他一根"高丽参"和几瓶真假难辨的茅台酒。

当胡永合走进马县长的办公室时，马县长正和几个中层领导人谈话。他先让他坐在椅子上等一等。

常务副县长马国雄虽然年龄比张有智还大一岁，但看起来精神和过去一样昂扬。他身体肥壮，红光满面，穿一身深蓝带条纹的西装，还结着领带，看起来蛮像个“改革型”干部。国雄即使在办公室里也戴着墨镜，观者只能看见他的一张阔脸和一口结实的白牙。

办公室里的几位中层干部分别是：县乡镇企业局局长徐治功；城关镇镇长刘志祥——此人曾在柳岔当过周文龙的副职，胡永合也认识。另外一个是石圪节乡乡长刘根民。

这几个人是和马县长商谈关于在省城合资搞土特产销售中心的。

本来，由乡镇企业局徐治功出面撮合，城关镇和石圪节乡准备联合在省城租二亩地皮，搞个土特产销售中心。但马国雄知道后，硬要县上也插一手；将来盈利，县上要从中抽三成。乡镇抗不过县政府，只好委屈认了账。

现在，这几个人商定，明天就动身去省城洽谈租地皮的事。

临毕，马国雄指示：刘志祥和刘根民都跟徐治功坐乡镇企业局的吉普车；县政府那辆小车要拉他和他的老婆娃娃。本来那点事不需要马县长亲自跑一趟省城——他主要是想借机带家属去逛一回大城市。

事情说完后，那三个中层领导就告辞了。

胡永合马上把张有智拒绝接受的五盒“人参蜂王浆”掏出来，放在马县长的办公桌上。

马县长没有拒绝。他眉开眼笑将五盒“补药”放进了他的文件柜。

胡永合又把一条“良友”烟搁在马县长文件柜后面的小桌上，这才把拍《三国演义》的事向他吹了一通。

“好！好！好！”

马国雄一连说了三个“好”。

“我看你能当咱们县的文教县长哩！”马国雄接着又抬举这位

“农民企业家”。

“怎不能当？共产党的官，给了谁，谁就能当！”胡永合狂妄地说。

马国雄竟然点头表示同意胡永合的看法。

也是！他本人不就是一个证明？

第四十六章

寒露前后，大牙湾煤矿周围的山野，许多乔灌木的树叶就开始发红了。这时间，满山遍野如同花团锦簇般艳丽。大片深深浅浅的红色耀眼夺目；到处都像燃烧起熊熊的火焰。

雨季结束后的天空纯净而湛蓝。糜谷黄了。苹果在枝头如羞涩的少女露出红艳艳的笑脸。有些性急的雁群，此时已经从鄂尔多斯茫茫的草地里飞来，嗷嗷地掠过清净如水的天空，到南方寻找温暖去了……

这样的大好时光常常使人不由生出许多莫名的激动来。

孙少平上井以后，如果是白天，他总会迫不及待地走出矿区，走向如火如霞的山野之中。

他面对满山红叶，回首往事，默想未来。或驻足伫立于林间小路；或踽踽漫步于溪流河畔。折一枝红叶在手，听万顷松涛澎湃，欢欣与忧伤共生。在这一片无声的热烈之中，人既想流泪又想唱歌……

这样的时候，他就忘记了他是刚从喧嚣激烈如同战场一般的井下上来的。

噢，他现在看起来不像个煤矿工人，倒像个多愁善感的诗人！

难道只有会写诗的人才产生诗吗？其实，所有人的情感中都具备诗情——而普通人在生活中的诗情是往往不会被职业诗人们所理解的。

不必指责一个煤矿工人会产生如此的情调。尽管他们干又脏又累的活，看起来粗粗笨笨，有时候还说脏话，但在他们中间，又有多少外人所不了解的丰富的内心世界和细腻的心理情感呢？

孙少平在这红叶如火的山野里想了些什么？

他也说不清楚——这也正如诗人们通常所具有的那种情况。

不过，每当他从大自然的怀抱里返回来的时候，就像进行了一次沐浴似的爽快。这是精神的沐浴。

他的心情因此而格外地好。

最近，生活中还有些值得高兴的事。他已经被命名为铜城矿务局的“青年突击手”，过几天就去出席表彰大会。他不全是为荣誉高兴，而是感到，他的劳动和汗水得到了承认和尊重。他看重的是劳动者的尊严和自豪感。在这个世界上，只有人的劳动和创造才是最值得骄傲的。

另外，他最近分别接到了父亲和哥哥的来信，说他梦寐以求的新窑洞已经修建好了。哥哥还在信中详细描绘了这院地方的“气派”和双水村人的“反应”。

他激动得一次又一次想象那地方。只有像他一样从贫困农村走出来的青年，才能深刻体会他为这件事的激动；那地方的荣辱盛衰永远牵动着他的心肠！

现在，老人们终于住进了新窑洞，这了却了他此生最大一桩心愿。

少平也从家里的来信中知道，哥哥已经承包了石圪节乡的砖瓦厂，事业正到了红火处；而嫂子违反目前的计划生育政策，又生了个小侄女，取名为燕子……

妹妹兰香也来信了，说她和那个叫吴仲平的同班同学已经基本确定了关系；说她还去了男朋友家，他父母都待她很好云云。少平只是没想到吴仲平是省委领导的孩子。不过，他既没感到“荣幸”，也不为兰香担忧——他的妹妹谁的儿子也配！

他当即决定，给妹妹每月寄的钱再加十元。他知道，妹妹有了男朋友，也就有了社会交往，总得多些花费。她现在还没有结婚，除过上饭馆，她不应该花男朋友的钱。不知她懂不懂这一点？她会懂的！他想。

几天以后，他便以“青年突击手”的身份，到铜城去参加了那个表彰大会。会议只开两天，他也没认真参加，而到街上逛着看能给明明买个什么东西。他每出门，无论到铜城，还是到省城，首先想的就是给明明买个什么。明明也习惯了他的“习惯”，每次只要他从外面回来，他首先就问：“叔叔，你给我买了什么？”说着便自己动手在他的提包或衣袋里翻起来，惹得惠英嫂常怨他给他惯下了“坏毛病”。这没有办法。他和明明之间建立了一种无法言传的感情。说实话，他对哥哥的虎子也没这样厚爱过。

让少平高兴的是，他在广东来的一个小商贩手里买到了一个香港出的儿童书包。这书包式样新颖不说，面料是十分考究的丝绸，有一种波光闪闪的细腻质感。他同时也买到了明明嚷嚷了多时的彩色铅笔。另外，他还给“小黑子”买了个铜铃铛。这也是明明盼望已久的东西；他说人家孩子的狗脖项里都拴这么个铃铛……

会议开完以后，少平就满意地带着他给明明买的礼物，以及局里奖给他的奖状和其他奖品，回到了矿上。

到大牙湾正是中午刚吃完饭的时光。他知道他的班是晚上十二点下井，现在人都在地面上。

他先找到他的师兄兼下属安锁子，问了他走后这几天的生产情况。安锁子说都好着哩，就是他把一个协议工在掌子面打了一顿。

“谁叫你打人哩？唉，你呀！”少平抱怨他的师兄。

“那小子头茬炮放了，还在回风巷里睡觉，我就……嘿嘿……”

“打得重不重？”少平着急地问。

“不怎重。鼻子口里流了点血……”安锁子龇着牙不在意地笑了笑。

“能不能再下井？”

“怎不能？澡堂子里还给我巴结了一根带嘴纸烟哩！”

孙少平也就没再管这事。井下不好好干活，挨几个耳光子也不是什么大不了的事。

他先回宿舍把自己的东西放下，就匆匆向惠英嫂家里走去。他没有吃午饭；惠英嫂肯定给他准备好了——她知道他今天中午回来。

孙少平带了给明明买的东西，沿着二级平台上的铁路线往东，一直向那个熟悉的院落走去。

上水管旁的小土坡时，他就看见了那一串串爬出院墙的紫红色的牵牛花和结子的沉甸甸的向日葵的圆盘。啊，每次走向这个院落，他都有一种按捺不住的激动。这里，是他心灵获得亲切抚慰的所在；也有他对生活深沉厚重的寄托。这个院落啊！

少平进了惠英嫂的家门，见饭桌上的菜用碗扣着，酒杯搁在了老地方——惠英已经为他准备好了午饭。

只是他进得门来，看见明明正哭着，惠英嫂急得撩起围裙不停地擦手；而“小黑子”蹲在明明旁边，朝惠英“汪汪”地叫着，显然是嫌她惹小主人生了气。

“怎么啦？”少平把装东西的提包搁在柜台上，弯腰抱住了明明。

“他说下午学校开什么运动会，其他孩子的家长都去喊‘加油’，硬缠着让我也去。可我下午要上班……”惠英嫂絮叨说。

“你不会请个假？人家大人都去为自己娃娃喊‘加油’，就没人给我喊！”明明一边哭，一边嚷着对他妈说。小黑子也在旁边“汪汪”叫着帮腔。

“叔叔下午不上班，给你去喊‘加油’！”少平说。

明明一下子不哭了，笑着连眼泪也顾不得揩，就用两条胳膊搂住了他的脖项。小黑子将两只前爪搭在他肩头——这通常也是一种欢欣的表示。

惠英转过身，悄悄揩掉了眼角的两颗泪珠，然后就拿起了酒瓶倒满杯子，脸上是那种想哭的笑容，招呼让少平吃饭。

“先别忙！”少平说着，便从柜台上取下提包，掏出了他为明明买的那个漂亮的书包和两打彩色铅笔。明明高兴地跳了几跳，嗷嗷价欢叫起来。

“你又惯他……”惠英嫂虽然这样说，但脸上露出由衷的喜悦。

接着，少平又拿出了给“小黑子”买的铜铃铛。惠英赶紧从箱子里翻出一条红带子，于是一家人都动手，说笑着把那个铜铃铛拴在了小狗的脖子里。

“走一走！”明明命令小黑子说。

聪敏的小狗真的在脚地上走起来，那铃铛便发出怪中听的声响。

由于少平的到来，使这个刚才还不愉快的家庭很快充满了欢乐。

吃完饭后，惠英嫂赶着去矿灯房上班。少平就和明明以及小黑子，一块相跟着去矿小学。明明穿上了他那套天蓝色带白杠的运动服，显得挺神气。小黑子吐着舌头，在他们前后乱跑。他们沿着铁路，通过选煤楼，来到西边医院下面的小学大门口。

在校门口遇到了一点小小的麻烦：门房老头不让小黑子进去。

明明都快急哭了——他很想让小黑子也进去为他加油。

少平好说歹说，最后给那老头敬上一根纸烟，并且亲手划火柴为他点着，老头才为小黑子开了“后门”，让它进去了。

今天这学校实在是热闹！孩子们穿上了漂亮的运动衣，都有母亲或父亲前来为他们喊“加油”。矿工们对孩子的溺爱十分出格——他们艰苦生活中的许多安慰都是孩子带来的。如果是大城市的小学，此类活动大概不会有家长前去助兴。但对矿工们来说，孩子的这类活动似乎是生活中的一件大事，岂有不来为娃娃喊“加油”的道理！因此，有的人为了满足孩子的愿望，竟连班也不去上，专门误一个下午来参加这个“运动会”。

有人认出了孙少平，奇怪地问：“你怎也来了？”

少平只好如实说：“我是为王师傅的孩子来的。”

这些人“噢！”一声，表示出一副“恍然大悟”的神色。

少平不管这些。他知道，关于他和惠英嫂之间的长长短短，早有人传播开了。煤矿说两性之间的事，就像说市场上的菜价一样，说者听者都不当一回事。

在小学大操场上，用白灰画出了许多道道和圈圈。比赛有各年级的跳绳、跑步以及孩子们的各类运动项目。

二年级的比赛项目是：女孩子跳绳，男孩子赛跑。

明明参加的是五十米赛跑。

开始前，少平一再叮咛他：不要向两边看，只管往前跑！

当孩子们在起点上各就各位后，他们的家长也分别集中到了跑道两边，紧张得如同自己在参赛。少平带着小黑子也挤在人群中，准备为明明喊“加油”。

口令一下，孩子们就争先恐后跑开了。两边的大人们也在跑道外撵着娃娃们跑，并且嘴里叫着自己孩子的乳名或官名，给他们呐喊助阵，声音响彻了云霄。

少平和小黑子相跟着奔跑，嘴里不断喊叫：“明明，加油！明明，加油！”这一刻里，他似乎也变成了孩子，专注而狂热地渴望一种胜利！

明明小胸脯一挺，第一个冲过终点。

随即赶来的少平一把抱住他，笑着，喊叫着，滚在了一起；小黑子也扑上来，和他们乐成了一团……

当明明骄傲地站在冠军台上，领取那张奖状和一个塑料铅笔盒时，少平的眼睛都潮湿了——这比他自己领那张“青年突击手”的奖状更激动！小黑子竟然蹿上了领奖台，前爪搭在明明身上，用舌头舔他的手，逗得全场一片大笑。

运动会结束后，他们就像凯旋的士兵一般返回到家中。惠英嫂高兴得不知说什么是好。他们一齐动手，把明明赛跑冠军的奖状贴在了那张“三好学生”的奖状旁。

直到吃过晚饭，天完全黑了的时候，少平才带着一种满足的心情离开了惠英家。

当他走到坡底下的水管旁，却意外地发现安锁子正站在那里。

“你干啥哩？”他惊奇地问。

“我来找你哩！”安锁子手里还提一把电筒。

“什么事？”

“黄原来个人，说找你哩！我寻思你大概在这里……”

谁呢？

少平一时想不起黄原谁会来找他。

“你刚到这儿？”他问安锁子。

“我来好一阵了。”安锁子咧嘴一笑。

“那你为什么不上来找我？”

“嘿嘿……我怕你们正……”安锁子怪眉怪眼笑着，把脸扭到一边。

少平真想扇这家伙一记耳光。他显然是暗示他和惠英有什么不能见人的“勾当”。

第四十七章

来的人是金波。金波没有开他心爱的汽车，而是坐班车来到了这里。这里也不是他此行的终点；他只是路过来看看他的朋友。他的目的地在青海——那个他当年当过兵的地方。

岁月的流逝，似乎并没有给这个青年留下什么明显的痕迹。

瞧，他依然是那么漂亮。白净的脸，浓密的黑发，大眼睛流动着热情的光波。个子当然也没再长，可看起来很匀称。

岁月也没冲刷掉心中的伤痕。

八年过去了，他的梦魂还在远方的那片草原上游荡，寻找失落的马群和那个黑眼睛红脸蛋的牧马姑娘……

他和少平一样，今年二十六岁了。

二十六岁，不仅到了谈恋爱的年龄，甚至也可以结婚了。

他仍旧孑然一身，只和汽车为伴。

几年来，他也和别人介绍和自己认识的几个姑娘谈过恋爱，但最后都“吹”了。不是姑娘们看不上他，也不是这些姑娘不出色，而是他常常在快要“成功”的时候，一种深深的痛苦就开始强烈地折磨他。他不由痛心地想起了那个藏族姑娘。他似乎看见她正在那遥远的地方，深情而忧伤地望着他，唱着那首令人断肠的青海民歌。

结果，他一次又一次用冰凉的态度拒绝了那些热心爱他的黄原姑娘。

多年来，他一直保持着那个习惯：用藏族姑娘留给他的白色搪瓷缸每天泡着喝一杯茶水。对他来说，这几乎成了宗教仪式。有时候，他也会在黄昏中爬上城边的山峦，热泪涟涟地反复唱《在那遥远的地方》……

是的，在那遥远的地方，有他心爱的姑娘。他不能忘记她。这是永远的爱，永远的伤痛！

爱，就能使一个人到如此的地步。一次邂逅，一次目光的交融，就是永远的合二而一，就是与上帝的契约；纵使风暴雷电，也无法分解这种心灵的粘结。两个民族，语言不通，天各一方，甚至相互间连名字也不知道……真是不可思议！

不可思议吗？

世界上又有多少事不可思议！而最不可思议的正是人，人的感情。

但是，金波不可思议地谈一个"吹"一个，首先让他的父母万分焦急。尤其是他和两个普遍认为打着灯笼也找不见的黄原姑娘"吹"了以后，他父母先后急得都当着他的面哭了——因为姑娘都已和老人们建立起了一家人的那种感情。

"你倒是个什么值钱人嘛！"他父亲说。

"你倒究要个什么贵人呀！"他母亲说。

他不是什么"值钱人"，他只是个汽车司机。他也不稀罕什么"贵人"，他只是愿意和那个牧马的藏族姑娘生活一辈子。

可是，她只是一个保持在自己心灵深处的姑娘……

我心爱的姑娘，你此刻在哪里？你是否还珍视那些永远不会淡忘的甜美日月？你，还唱那支歌吗？如果还在唱，那么，你现在又是唱给谁听呢？是仍然唱给我听吗？我也在不息地唱这支歌——永远唱给你听！你是否在倾听我的歌声？愿你听见这支歌，听见我心灵的呻吟和飞溅着血泪的呼唤……

痛苦的金波在父母的压力下和那种无时不有的自我折磨，都快使他精神失常了。有一次，他要去包头，却在无定河的桥头弄错方向；一直朝山西那边开出一百多公里，才发现他“南辕北辙”了……

就在前不久的一个夜里，他突然梦见他又回到了八年前的那片草原，并且在军马场的门口，和他心爱的人相逢在一起。梦中的藏族姑娘已经学会了汉话。她伏在他胸前，哭着说，她一直在等他；为什么他这么多年不来找她……

金波醒来之后，发现他的枕巾被泪水浸湿了一大片。

虽然这是一场梦，但他突然得到了一个启示：真的，他为什么不到青海去找他亲爱的人呢？她说不定在他走后，又调回了那个军马场；而且真的像她梦中所说，她一直在等着他！

这也许是上帝的旨意——用梦的形式向他昭示幸福之路！

对，我要立即动身，去青海，去那片梦牵魂萦的草原！

金波像着了魔似的，马上请了假，把他个人的全部存款取出来，就带上那只白搪瓷缸子——这惟一的信物，离开黄原，踏上寻找青春和爱情的旅途。他是那样心切，只准备在少平这里停留一下，连省医学院的妹妹也不去看望，就直接搭乘西行的列车，奔赴青海……

因为金波第二天早晨就要离开大牙湾煤矿，当天晚上孙少平就没有去下井。

他先陪他的朋友到矿区那家最好的饭馆吃了饭。他自己已经在惠英嫂家里吃过了，只是陪金波喝酒。

饭后，他们先没有回宿舍去。两个人顺着马路，在矿区中心转了一圈。少平还引他到井口看了看。

然后，他们沿着铁路线，肩并肩慢慢朝西走去。他们一边走，一边谈论各式各样的事。多时不见面，两个好朋友有拉不完的话。

朋友之间的亲密感情，往往要胜过父母兄弟之间的感情。

两个朋友不知不觉走出了灯火辉煌的矿区，来到野外的一条小土路上。月光朦胧地照出了收获过庄稼的土地。无风的秋夜凉意中给人以洁净清爽的感觉。

“但愿你能如愿地找到那位藏族姑娘。我等着你的好消息！”少平吸着烟，祝福行走在他旁边的金波。

“唉，你大概会以为我发了疯，为一个几乎可以说是陌生的少数民族姑娘，苦苦思念了七八年，如今又像堂·吉诃德一样不远万里去寻找她……”

“我怎么会那样想呢？你记得，去年夏天，我的晓霞已经死了，我仍然发疯地回黄原去赴我们当年订下的约会。而那位藏族姑娘仍然活在这个世界上，你为什么不去寻找她呢？你本来早就应该这么做了！人为了爱情和幸福，付出什么样的代价都是值得的！”

金波激动地用胳膊紧紧搂住了少平的肩头，说：“如果晓霞还活着，我又找到了我心爱的人，那咱们这辈子活得该多好啊！”

“我现在只能盼望你如愿地找到那姑娘。我们之间总应该有一个人获得完美的爱情……”少平说着，眼里似有泪光闪烁。

金波沉默了一会，问：“你现在有自己喜欢的人吗？”

“说不清楚……”少平不知道自己为什么这样回答这个问题。

“有件事，我早想对你说了，但一直找不到合适的机会……”金波掏出一支烟，往正在燃烧的那支上接。

少平停住脚步，疑惑地看着他。

“去年夏天你离开黄原后，我就想，也许我妹妹可以和你在一块生活……”

少平震惊地呆住了。

半天，他才说：“秀不是已经和养民好了吗？”

“有这事。她起先写信问过我一些养民的情况。我如实告诉她，顾养民是个很好的人。可是后来，秀一直犹豫着没有答应顾养民。她说尽管顾养民各方面都好，但她不喜欢他的性格和气质。她说她希望找一个像你一样的人，而不管这个人是干什么的……正是这句话，才使我产生了向你提这件事的想法……”

孙少平感动地看着他的好朋友。他不仅为他的好意感动，也为他们的成长和成熟而感动。是的，他们过去怎能想到，今天他们会进行这样一种谈话呢？

“如果你……不反对，我可以对秀说这件事。”金波用目光询问他。

“别这样，”少平说，“我一辈子是个煤矿工人，秀是医学院的大学生，这样会毁了她的。我这样说，并不是出于世俗的考虑，而是从客观现实出发。再说，我知道养民对她爱得很深，秀也不是完全不喜欢他；他们的结合才是合理的……”

“合理？”金波不解地问。

少平点点头。

这样，他们就不再提说这件事了。两个人折转身，又慢慢往灯火闪闪的矿区走去……

这一夜，两个人就一块挤在少平的床上。

他们几乎通夜没合眼，从过去说到现在，从一个话题又转到另一个话题，一直兴奋地说到天明。

天明以后，金波就搭上去铜城的公共汽车，离开了大牙湾煤矿。两个人在汽车旁约定，如果金波找到了那位藏族姑娘，返回时他们将一块再来这里看望少平……

金波坐火车到省城后，连火车站也没离开，就又搭上了西行的列车。

列车在向前飞驰，穿过宝鸡，穿过兰州，穿过无边的山峦，驶向青海。

思绪逆着时光在向后倒退，退回流逝的岁月，退到当年，退到那片绿色的草原和那些个红霞艳艳的傍晚……

金波带着那个搪瓷茶缸，带着一颗狂热执迷的心，眼里含着酸楚的泪水，风尘仆仆，来到了青海。

他在西宁下了火车，即刻又搭上驶往当年部队驻地那里的长途汽车。

随着目的地越来越近，他在车厢里激动得坐立不安。

已经瞭见了远方地平线上那一列列戴雪冠的山脉。无边的草原在视野中一直铺向天边。深秋的草原已经开始发黄了。

一切都是那样熟悉！马群在哪里？为什么没有听见那支歌？

他百感交集，脸紧贴着车窗玻璃，难以相信他真的又回到了这地方。

当金波来到当年的部队驻地时，大吃一惊：呀！这里竟然变成了一座小镇？

他看见，一片密密麻麻的房屋和几座大楼组成了一个繁荣的市镇。一条街道通过镇中心，两边是各种小店铺。街上行走的人，有藏族，也有汉族。像内地一样，到处都有出售衣服的小摊贩，竹竿上挑挂着从全国各地流来的时新服装，花花绿绿，在深秋的冷风中飘扬招展。卖小吃的生意人吆喝声四起。

部队的营房呢？军马场呢？

营房还在。不过，大门口挂着一块贸易货栈的牌子。军马场已经不见了踪影，而变成了一个交易牧畜的场所。

金波站在当年熟悉的地方，面对着眼前陌生的一切，恓惶得真想哭一鼻子。

但是，这并不意味着他此行的愿望就要落空。不，也许他亲爱的人现在就生活在这个市镇上。他发现这里有许多藏民。他已经留心过街上的那些藏族姑娘，看是否能意外地发现他要寻找的人。

他在一个小旅馆里住下来。然后，便立刻跑到各种机关去打问他当年的部队和那个军马场的下落。

没有人能回答他的问题。

当别人听说他要找一个连名字也不知道的藏族姑娘时，都忍不住笑了。

大概有人发现他不太正常，第二天晚上就有个民警找到他旅馆的房间来，详细查看了他的证件，并询问了有关的问题。

这位民警听了他的叙述，感到十分惊讶。不过，他看来受了点感动，答应帮助他查问一下他要找的人。

三天过去了，金波仍然一无所获。他自己几乎跑遍了镇上的所有单位，在街头辨认了所有往来的藏族姑娘，但没有发现他要找的人的任何一点踪迹。他只有寄希望于那位民警了。

又过了一天，民警来告诉他：这里没有他要找的那个人。

“那么，军马场迁到哪儿去了呢？”金波含着泪问民警。

“这个军马场早就撤了！”民警说。

金波感到整个草原都旋转起来。

他绝望了。

但他又迟迟不愿离开这个小镇……

他每天都在草原上踉踉跄跄地漫游。

他长久地立在那个小湖边，立在白花花的盐碱地上，望着深秋碧蓝的湖水，热泪在脸颊上淌个不停。波涛轻轻舔着他的脚尖，水鸟在空中盘旋飞翔。远方，草原、山脉、落日、晚霞，仍然是当年的景象。天空是永恒的，大地是永恒的，幸福却流逝了。是的，流逝。他真想喝令时光再退回到当年，让他重温自己一生中再不会有的青春和幸福……

别了，草原！别了，雪山！别了，我亲爱的姑娘！无论你此刻在什么地方，我都向你祝福；祝福你美满地生活在人间。我会永远珍藏着你的微笑，你的歌声，一直到我闭住眼睛的那一天。我同样会不息地唱那支歌，那支青春和爱情的歌；愿你听见这支歌。我仍然在焦渴地企望，某一天，甚至我们已白发苍苍，我们或许还能相见；如若不能，哪怕是在梦中，或在死后的另一个世界里……别了，我心上的人啊！

一切都结束了。他告别的是人生整整一个段落。青春之花，永远地凋谢在了这片草原上。这是壮丽的凋谢。他失去的，也正是他收获的。在他那深情而富有的心灵土地上，怎么会没有绚丽的花朵重新开放呢？

他终于决定明天离开这个小镇。

当天傍晚，当夕阳沉落，满天飞起霞光的时候，他忍不住心潮澎湃地来到当年那个老地方。他曾在这里观看归牧的马群，和她对唱那支燃烧的歌。现在，这地方已经是一个小小的十字街口了。

他遥望着远方，竟然又忘情地唱起了那首歌——

在那遥远的地方，
有位好姑娘；
人们走过了她的帐房，
都要回头留恋地张望。
…………

他立在十字街口，泪流满面地唱着这支没有回声的歌。许多过路的藏汉行人，都惊奇地驻足而立，听他旁若无人地歌唱。人们多半认为，这是一个外地来的精神病人。不过，他却把这支美丽的歌儿唱得如此让人揪心啊！

第四十八章

上海。

入夜的南京路和外滩成了灯火的世界。灯火是变幻莫测的，正如这个城市的生活一样。

亚洲大陆和太平洋衔接处的这个大都会以热情兼冷酷而闻名全球。它是一个庞大的蜂巢，一个复杂的矛盾体，混乱而井井有条；令人神往也让人望而生畏。它是排外的；却把友谊之手伸向四面八方。它是那样精细，为一分钱一根菜一两肉斤斤计较；它又是那样慷慨，把它巨大的财富和创造力与五十六个民族十亿人口共同分享。上海啊……

入夜的上海和白天一样热闹，甚至比白天还要热闹。

外滩现在成了情侣们的世界。外地人在伟大的上海面前，各方面都由不得自惭形秽；但也有值得骄傲之处——比如，男女青年谈恋爱的地方总要比上海宽敞。瞧，包括那个巴掌大的“黄浦公园”在内，双双对对的情侣们拥挤得像煮饺子似的稠密。能在马路边占一席之地绝非易事。尽管人挨人，但亚当夏娃们拥抱亲吻旁若无人。远处，江海相汇的浩瀚水面上，轮船的声声汽笛在向甜蜜的外滩祝福。

夜间十二点左右，这个“伊甸园”的爱情潮水有所减退。但仍然还有不少青年男女在萧瑟的秋风中火热地依偎在一起。

这时候，从繁华的南京路口走出一个手提破人造革皮箱的人。他头发零零乱乱，脸上带着明显的风尘之色。衣服穿得不伦不类，既时髦又土俗，既不像夏装又绝非秋衣。从外观上一看便知道这不是本市人。再细看一下，也不是南方人。从衣着神色判断，多半像来自北方的小本生意人或者纯粹的流浪汉。

借着马路上的灯光，我们才渐渐认出：这不是王满银吗？

这的确是王满银。

哈呀，罐子村的这个逛鬼怎么又逛到这儿来了？

这是他的“职业”——为什么就不能逛到这儿来？几年里，他不知多少次来过这个大城市。岂止是这里！全国哪个大城市他没逛过？他甚至都逛到了沙头角；如果不是人家拦挡，他说不定就走了香港。哼，要是到了香港的话，他王满银就和中国“拜拜”了，这阵儿还不知在哪个国家呢！

他从十一届三中全会以后一直逛到了现在。他既不讨吃，也不偷窃，而是个生意人。

可是好多年来，除过手中拎着的这只破人造革皮箱和怀里的一片简易计算器外，他仍然等于一无所有。他只是在上海广州这样的城市买些廉价的袜子、手帕、针头线脑和其他小玩艺儿，然后到北方一些乡村集镇高价出售，勉强混着没让自己饿死。

像往常一样，他一旦逛到门外，脑子里就很少再想起罐子村的那个家。他一年四季无忧无虑浪迹祖国大地，过着那种虽说捉襟露肘却也悠然自得的日子。

只是每年临近春节，全国掀起回家高潮的时候，他也才匆匆忙忙提着那只破皮箱，给儿女买点小礼物，赶回到罐子村。年节一过没几天，他的两只脚片就发痒，于是又提起破皮箱跑出来了……

说实话，这小子逛门外也够受罪了。身上常装不了几个钱，到上海这样的城市，无异于一个叫化子。在南京路的那些大商店里，他只能买点不值钱的东西。他最羡慕那些操着生硬汉话的维吾尔族生意人，一买就是整卷整卷的高级布料，钱都是用大箱子提着。

另外，还有个“性”的问题。他一年四季基本等于打光棍。广州上海倒有的是拉客女人，但他和这些女人睡不起觉。尤其是广州，那些女人还要外国钱和港币哩！去他妈的，老子连人民币也不揣几个！

至于吃饭睡觉，他能凑合就尽量凑合。天暖和好说，任何地方都能睡觉；天当被子地当毡，怪美气的。天一冷就麻烦了。一般到了秋冬，他总是像候鸟一样往比较暖和的南方跑。

南方也不暖和啊！像现在这样的季节，一入夜，呆在上海也够冷的。

他这次来上海，是买一些较为厚实但又廉价的袜子——因为北方开始冷了。

袜子已经买好，就在手里的破皮箱中装着。

可是，买过袜子，他身上就不剩几个钱。如果他要住一两晚上旅馆，几乎连回北方的车票钱也不够了。因此，他现在才逛到了外滩。根据夏天的情况，这是个彻夜谈恋爱的地方，在这里过夜似乎没人管。他已经买好了明天的火车票，心想在这里凑合到天明，还能节省几个旅馆费。

提破皮箱的王满银来到外滩，虽然是深秋，又到了深夜，但他看见还有不少抱成团的男女。看到人家都搂搂抱抱，王满银感到心烦意乱。但正因为有这些红男绿女，才可以掩护他在此处度过这难熬的一夜。

王满银来到公园外墙根旁一丛叫不上名字的树下，放下那只皮箱。他自己也跟着坐下来。

本来，他想双手抱头伏在腿膝盖上迷糊一阵儿，可眼睛又不由挨个观察那些勾肩搭背、没完没了亲嘴的男男女女；直看得他浑身筛糠般发抖，直吧咂嘴。

“你在这儿干什么？”

王满银正看得入迷，却听见有人问话。

他扭过头一看，原来面前站着个警察！

他慌了，支吾着，掏出了揉得皱巴巴的原石圪节公社的介绍信，以此证明他不是个歹徒。至于“你在这儿干什么”的问题他却不好回答。

“我在这儿歇一会！马上就回旅社呀！”王满银急中生智，提起皮箱就站起来。他生怕再磨蹭一会，被这位警察带到“局子”里——他还忙着要回去卖他的袜子哩！

警察见他准备离开，而“手续”又是合法的，也就没理他。

满银狼狈地赶紧就走，做出一副回那个虚构的旅社的样子。

一路上，他大为不满地想：哼，什么警察！不去管那些亲嘴的人，来管一个老老实实坐着的人！这方面上海就不如小地方！在他们黄原，警察一到晚上，就专门撵着管这些谈恋爱亲嘴的人！决不会管他这号人！哼……

但不论怎样，他今晚上又到什么地方去过夜呢？

王满银骨子里是个胆小人。他尽管对警察不满，但又很怕警察。他不敢再在街上打过夜的主意了，决定忍痛破费去住旅馆。

他当然找了个最破烂的旅馆——反正过几个小时天一明，他就坐火车离开了这个该死的城市。

王满银进了那个刚能展起腰的旅馆房间里，把箱子扔在地上，先为自己倒了半杯白开水。他喝了几口热水，让身上的寒气散了散，然后又用暖壶里剩下的那点热水浇湿了干毛巾中间的一片，擦了把脸。

现在，他疲惫地叹息着，坐在那张油漆剥落的小桌前。

他呆坐了一会，无意间拿起桌上的那面破镜子，用袖口揩了揩镜面上的灰尘，举起来端详了一下自己的尊容。

他大吃一惊！他发现，镜子里面竟不是他，而是一个陌生的家伙。瞧，眼角额头全是皱纹，两鬓角有许多白头发！

这是他吗？他奇怪地问。

不是他又是谁！

王满银那颗愚顽痴蠢的心，就像被利锥猛戳了一下。

这是我？我老了？脸上有了皱纹？头上有了白发？

他在这镜子前面久久地发呆。

在这寂静的深夜里，这样呆坐着的时候，他耳边似乎突然传来远方猫蛋和狗蛋喊“爸爸”的声音；他恍惚地看见儿女们戴着红领巾和他们的母亲一块立在罐子村的公路边上，在等待着他回来……

他看见镜子里的那个家伙嘴咧了几咧。

这个逛鬼不由伏在桌子上哭开了，鼻涕涎水泪珠子搅混着糊了一脸……

王满银似乎从这面破镜子里才认识了他是谁，是个什么人，过去曾过着什么样的日子。

“我得要回去！”他对自己说。

这个逛鬼猛然间开始想念起了他的孩子、老婆和那个破墙烂院里的家。人啊，真是不可思议！

的确，有时候，往往一个极偶然的因素，就可能会改变一个人的生活。

王满银得感谢大上海小旅馆里的这面破镜子。它不仅照出了他的嘴脸、他的衰老，而且也照出了他前半生荒唐而愚蠢的生活。

王满银一旦“觉醒”，也没有太多的心理过程。反正他一下子开始对他过去的生活厌倦了，而立刻想回到老婆和孩子们的身边——

他甚至都等不得天明了！

这一夜他无心再睡。他就坐在这张小桌前，尽管脑子很乱，但想的完全是罐子村、老婆、猫蛋、狗蛋……

他真奇怪自己不呆在罐子村家里享福，为什么这么多年逛到外面来受罪呢？两个娃娃多亲！听说念书都很能行。老婆也多好！带孩子种地，侍候他好吃好喝；而且他什么时候想和她睡觉都由着他，何必到外面看人家搂抱亲嘴呢？自己的老婆情愿怎亲哩，还不要花钱！

天一明，王满银便火烧屁股一般急着蹿上了西行的列车。这个一改旧性的人，归心似箭，恨不得马上就回到罐子村。

他下了火车，便跳上了汽车。一路上任何新奇事都再不能吸引他了。

到黄原时，他在东关把那一箱袜子胡乱卖掉，钱全部给老婆和孩子买成衣服，就又蹿上了开往老家的汽车……

逛鬼王满银没到年根而破例在秋天回到罐子村，立刻成了本村的一条大新闻！

又据到兰花家串过门的人回来说，这家伙此次返家不准备再出去逛了。人们更是惊奇不已。

哈呀，这不是半夜里出了太阳？

“狗改不了吃屎！”有人不相信地摇头说。

但是，王满银的确是不准备再出门了。

这个逛鬼竟然真的开始依恋起了这个家。

唉，细细一算，他已经是快四十岁的人，逛了多年门外，逛白了头发，却依然两手空空，一无所有。他又不是个天生的白痴；一旦悔悟，也会像正常人那样思考问题。他现在才意识到，他一生中惟一的财富，就是这个含辛茹苦的老婆和两个可爱的娃娃。现在回想起门外风餐露宿的生活，他都有点不寒而栗，甚至连去黄原的勇气也丧失了。他突然感到自己脆弱得像个需要大人保护的儿童。在他眼里，如今身强体壮的兰花不仅是他的妻子，也是他的母亲。他甚至感到连猫蛋和狗蛋都比他强大。两个孩子说书上的事，他在旁边敬畏地听着。而当孩子们亲切地依偎着他，叫他“爸爸”的时候，他感到“荣幸”并为此而心酸……

过了一些日子，王满银竟然对妻子说：“我也跟你到山里去。”

“甭！你多少年没劳过动，款款在家里盛着！那点地我能种了哩！”

可怜的兰花坚决不让男人去劳动。只要丈夫不再离开她，夜夜搂着她睡觉，这就是她的最大幸福了。现在，别说那些地，就是再给她一些地，她都有心劲种哩！只要满银在她身边，她不仅不让他劳动，还想办法让他吃好喝好。家里好一点的东西她都舍不得吃一口，总是让男人和娃娃吃。她确实也把男人当娃娃来亲——她满心爱他啊！

王满银尽管不是好庄稼人，但在农村妇女的眼里，他是个很有情趣的男人。他性格活泼，爱耍爱笑，唱起信天游来嗓音震得崖坬坬响。正月里闹秧歌，鼻子上画块白，身上斜挂驴串铃，手里甩着蝇刷子，能把人笑死！

当然，夜里的炕上生活，他也能让兰花心满意足。

满银如今也对妻子产生了一种缠绵感情——这是长期单身生活的自然结果。真的，要是兰花白天出山去劳动，他呆在家里还怪想她哩！

因此，他不听妻子的劝说，硬跟着她出山去了。当然，他已对农活相当生疏，又确实吃不下苦，也干不了什么活。他只是在妻子劳动时，中间跑回家给她提一罐喝的，或拿一点吃的。要么，就给她说些外面的新奇事，说些怪话，或唱一段子信天游。兰花高兴得都忘了劳累。有时候，这个二流子也转悠着在附近的地里捡一点柴火。他就像一只老绵羊，天天跟在妻子身边。这使我们想起几年前狗蛋跟他妈出山的情景……

每天傍晚，太阳快要落山的时候，兰花肩着劳动工具，王满银胳膊窝里夹着几根他捡来的柴火，夫妻二人就双双从山里往家走；王满银一路上还咧着嘴唱信天游哩！

到家以后，兰花做饭，满银烧火，儿子狗蛋趴在小桌上做作业。女儿已在石圪节上初中，星期六才回家来……

王满银收心务正的“事迹”立刻传遍了东拉河一带的村庄。据说罐子村的土艺术家王明清已经把满银的事编成了秧歌剧，准备春节作为罐子村在石圪节乡汇演的压轴戏；同时还听说王满银自告奋勇要演他自己！

孙玉厚全家人也都知道了王满银的情况。玉厚老汉虽然对这个“坏松”女婿照旧满怀怨恨，但心头总算舒展了一些。不过，自女婿回来，他还没去罐子村——他的别扭情绪也许得很长一段时间才能消除。

但少安却到姐姐家走了几趟。他对姐夫的归来感到高兴。尽管王满银劳动不行，但总可以使姐姐的日子过得不再寂寞。少安很了解姐姐，她对这个逛鬼的感情很深。再说，两个外甥都大了，又都是好娃娃；只要姐夫不再出去瞎逛，这个家还是完整的。

后来，少安看姐夫确实有回心转变之意，心想能不能让他到他的砖厂去干个什么事呢？他知道这个二流子也干不了什么活，但只要去立个桩桩，他就可以给他开一份工资——某种程度上等于给姐姐家一些资助。反正这是他的砖瓦厂，他情愿让谁来干活哩！

当他把这件事给姐姐和姐夫提出来后，王满银高兴地说：“我去！我歪好还识几个字着哩，写写算算都能来几下！”

兰花当然不反对。她知道把丈夫交给大弟去“管理”，放心着哩！

这样，王满银就在石圪节他小舅子的砖瓦厂“上班”了。当然，少安不会让他去做那些“写写算算”的事；也不敢让他去跑“外交”——他生怕他又跑得不见了踪影。他让满银去大灶上做饭。虽然伙房不再需要人手，但少安压根儿也没把王满银当人手使用，只是应个名义，拿一份工资罢了。

不料，没过多少日子，王满银却在伙房里真的干起活来了，而且干得相当卖劲；除过烧火切菜，竟然还学会了蒸馒头！

孙少安十分高兴，把他的一辆新“飞鸽”牌自行车也送给了姐夫。于是，每天吃过晚饭，王满银就用自行车把石圪节上中学的猫蛋带上，回罐子村和老婆孩子共享天伦之乐；第二天早晨把女儿送到学校，他自己又赶到砖瓦厂的灶房来“上班”……

第四十九章

没过多少日子，孙少安所承包的石圪节砖瓦厂就开始盈利了。

这没有什么奇怪的。人们早就预料砖瓦厂会在这小子手里成为一棵摇钱树。

孙少安从双水村走向了石圪节。就一个农民而言，其意义就等于说他“冲出亚洲”了。至少在目前，他成为全乡经济活动的首要人物。不容易啊！在黄土高原这样的穷乡僻壤，一个农民腰别几万块钱，那简直是一件了不得的事！

如今，少安白天的大部分时间都在石圪节照料砖瓦厂的事。有时他也得去原西城甚至黄原去推销他的砖瓦。

晚上，要是没什么紧要事，他也像他姐夫一样回家过夜。

那辆新自行车送给姐夫后，他又通过县百货公司经理侯生才走后门另买了一辆。像副乡长杨高虎和石圪节食堂胖炉头胡得福这样一些人，曾鼓动他买一辆摩托车；但他考虑再三没有买。不是他没钱买，而是怕周围的老百姓说他张狂。他是双水村曾经穷得出了名的孙玉厚的儿子，谁不知道他的老底子？不敢太能俏！

别说自寻着出风头了，现在他即使装成个鳖，他还是在石圪节踩得地皮响！

每当他走过这条土街，没有人不对他笑着打招呼的。他要是在食堂请外地来买砖的人吃饭，胖炉头胡得福会拿出为县上领导炒菜的本领，给他精心操办酒席。

他后来的头发也再不用田海民理了，而固定在胡得禄和王彩娥的专业“夫妻店”理。通常他一到，两口子都一齐上手，得禄理，彩娥洗，把其他顾客撇在一边不管，以此显出对他这颗头的特别关照。有几次，少安觉得王彩娥为他洗头时，曾用手在他头上明显地传达过一些“肉麻”的意思。这使得他以后尽量瞅胡得禄一个人在时，才进这理发店。这个王彩娥！谁都敢下手！

现在，孙少安感到，门里门外的事都十分顺心。不久前，妻子如愿以偿生了个女儿。虽然因计划外生育，还没上了户口，但夫妻俩再还管他个户口不户口！要是几天不回去看看女儿，他就心慌意乱，甚事也干不成！妻子奶水和生虎子时一样旺，麻烦事也不是太多。少安只生气的是，孩子有个小病，父母亲和秀莲不好好到石圪节医院来看，常常把神汉刘玉升和他的徒弟田平娃叫到家里瞎折腾……

父母亲已经搬回了新建的家院。少安满意的是，这院地方现在成了双水村最有气派的。新窑新门窗，还圈了围墙，盖了门楼，样样活都精细而讲究。他还打算在他不忙的时候，请米家镇的著名石匠雕打两只石狮子蹲在门楼两边。据村里人回忆，旧社会只有金光亮他爸大门口有过石狮子。而那时，他父亲就在这老地主门上揽工种地。现在，孙玉厚的大门口要有威风凛凛的石狮子了……

正在孙少安的事业炙手可热的时候，有一天，胡永合突然到石圪节来找他。老朋友上门，他赶紧在胡得福的食堂里为他摆了一桌子。

永合是叫他一同去省里和电视台“洽谈”合资拍《三国演义》的事。

孙少安这才想起，他曾给永合应承过这么一档子事。说实话，他早把这事忘了。他原来以为胡永合不过说说而已，没料到他却这样认真！

他被这家伙逼入了死角。这也许是一件相当没把握的事，他根本摸不着深浅。但是他既然给这家伙应承了下来，就不好推辞。再说，这是个有恩于自己的人，他怎么能不讲信义？

经胡永合又一番鼓动之后，少安的心也再一次热起来。

去他妈的，什么事倒不是人干的！几年前，他能想到他弄起这么大的摊场？可是现在不是弄得轰隆隆价把石圪节都震了？也许永合说得对！不能满足一辈子当个土财主，也不能只在石圪节有点名声；而应该把事干得响州震县！

于是，他马上回去对妻子说了他要去省城的事。秀莲一个妇道人家，她会把要卖的砖瓦数得一块不差，但对生活中如此重大的抉择，却两眼墨黑，当不了丈夫的参谋。这事只能由丈夫自己来决定。少安也知道秀莲出不了啥主意，他只是尊重她，才征求她的“意见”。

妻子一放话，他便把砖瓦厂的事委托给一个可靠的师傅，就和永合一块动身去省城了。

我们姑且不评论这件事的可行与否，也不谈另有所谋的胡永合；仅就孙少安来说，这件事也暴露出初发达起来的农民的一种心态。一方面，普遍的贫困所引起的社会红眼病，使他们像传统的财主一样不愿“露富”；另一方面，自身长期社会地位的低下，又使他们不甘心寂寞无闻，产生了强烈的出人头地的欲望。两种心态都情有可原，不必指责。

需要指出的是，财富和人的素养未必同时增加。如果一个文化粗浅而素养不够的人掌握了大量的钱，某种程度上可是一件令人担心的事。同样的财富，不同修养的人就会有不同的使用；我们甚至看看欧美诸多的百万富翁就知道了这一点。毫无疑问，我国人民现在面临的主要是如何增加财富的问题。我们应该让所有的人都变成令世人羡慕的大富翁。只是若干年后，我们许多人是否也将会面临一个如何支配自己财富的问题？当然，从一般意义上说，任何时候都存在着这个问题。人类史告诉我们，贫穷会引起一个社会的混乱、崩溃和革命，巨大的财富也会引起形式有别的相同的社会效应。

对我们来说，也许类似的话题谈论的有些为时过早了。不过，有时候我们不得不预先把金钱和财富上升到哲学、社会学和历史的高度来认识；正如我们用同样的高度来认识我们的贫穷与落后……

我们的少安此次省城之行，准备破费自己刚积累下的那点钱去投资拍电视剧《三国演义》，最少也属于一种盲目行为。我们知道，一年前，他还在破产的泥淖中绝望地挣扎。抹不开胡永合的情面是事实。但在他本人内心深处，也不是没有一些浅薄想法——用钱买个虚名或者企图用小钱赚个大钱。他不想想，电视台的钱就那么好赚？现在有多少国营单位和一些响马式的干部，用“赞助”、“合资”一类的诱饵来套弄像他这样一些浅薄的“万元户”！

但孙少安既然踏上了进军省城之路，心情倒很有些激动。已经到了这个地步，我们也应该公正地赞扬他的勇敢的进取精神；不管盲目还是失败，只要敢出征的将士，就应该受到敬重。

胡永合和他商定，到黄原时两个人在他哥胡永州那里住一夜；到铜城时，再拐到大牙湾捎着看看少安的弟弟。少安也很想见见少平了——弟兄俩见罢面已有好长时间。

胡永州如今还当他的包工头，在北关为一家公司盖楼。我们知道的那个可怜的女孩小翠已被他一腿踢到了东关暗娼的行列中，最近又为自己物色了一个仍然只有十六岁的小女孩陪他睡觉。

胡永州大方地在黄原街上最好的餐馆请弟弟和少安吃了一顿酒席。席间，少安从胡氏兄弟的言谈中，才知道他们在南面一个地区当专员的表兄弟高凤阁，因为水灾问题，官被撤得一干二净。这兄弟俩在饭桌上大骂了一通他们双水村当了大官的田福军。少安当然不解其中之意，只是吃菜喝酒，不插一句话。

第二天，他们就坐汽车下了铜城；然后在车站广场又买票搭乘东去的一辆运煤车的闷罐客厢，拐到了大牙湾……

哥哥意外地来到煤矿，使少平大吃一惊。

不过，他很快弄明白，不是家里出了什么灾祸。那个家时至今日也常叫人提心吊胆——对突降灾变的心理恐惧像遗传病一样在他身上扎下了根。

随哥哥而来的另外一个人也叫孙少平吃了一惊；因为他把这个人认成了他曾揍过的包工头胡永州。他也很快弄明白这不是胡永州，而是胡永州的弟弟胡永合。尽管如此，他对这个胡永合一见面就反感。因为是哥哥的朋友，他才竭力克制着厌恶情绪，装出一副热情的样子，请他们吃了饭，又把这家伙安排在矿招待所的一个单间客房里。他和哥哥晚上要拉话，就共同住了一间两张床位的房子。

吃过晚饭，胡永合早早就睡了。尽管一路上孙少安一再吹嘘他这个弟弟如何有本事，但胡永合连和少平拉两句闲话的兴趣都没有。有个屁本事！有本事还要到煤矿来掏炭？

少平首先领哥哥到浴池洗了一回澡。他知道哥哥虽然腰缠万贯，但一年也不洗几次澡。一来原西县也没个公众洗澡的地方；二来农村人习惯认为洗澡不只是讲卫生，而是一种不属于他们的奢侈行为，因此平时连想也不想。

洗澡时正好下井的工人还没上来，一大池水就他们两个人，少平直把他哥的脊背搓得像水萝卜一样红。

洗完澡，少平照例又把他哥引着在井口和矿区转了一圈。他是怀着一种骄傲的心情让哥哥看看他生活和工作的环境。可少安却看得直皱眉头——他显然对这煤矿没留下啥好印象。

晚上，他们只脱了裤子，把腿伸进被窝，上身靠着床栏，少平又买了一些点心和啤酒，弟兄俩都做好了熬夜长谈的准备。这使我们想起了那年在黄原宾馆他们共宿一室的情景。

少平又一次详细询问了哥哥去省城要办的事。

少安说完后，少平皱起了眉头。

“你为什么要做这样一些事呢？”少平不解地问他哥。

“农民也不能光当个土财主，应该参加文化上的事嘛！”少安用胡永合的话回答弟弟。

“这道理听起来不错。可是你应该考虑自己的具体情况。说实话，你的事业才刚开始，只赚下那么一点钱，就东跑西颠搞这些事，实在有点不自量力！”少平不客气地说。

少安被弟弟说得一愣。他原来还以为有文化的弟弟会支持他搞文化事业，没想到他当头给自己浇了一盆子凉水。

“钱……是不多。”他嘟囔说，“不过，对我来说，这也就够多了。咱穷惯了,一有这么多钱,心里倒有些慌。一来我抹不开永合的情面，二来想疏点财就疏点财，反正没这社会的变化，咱也不会有这么多钱……”

“思路完全正确！”少平欠起身，“钱来自社会，到一定的时候，就有必要将一部分钱再给予社会，哪怕是无偿地奉献给社会；有些西方的大富翁都具有这种认识。

“是啊，我们过去太穷了，我们需要钱，越多越好。可是我们又不能让钱把人拿住，否则我们仍然可能活得痛苦。我们既要活得富裕，又应该活得有意义。赚钱既是目的，也是充实我们生活的一种途径。如果这样看待金钱，就不会成为金钱的奴仆。归根结底，最值钱的是我们活得要有意义……不过，钱可不能乱扔！”

“乱扔？我想电视台赔不了钱！说不定还能赚点……再说，还挂个名字……”少安这才道出了最深层次的心里话。当然，他也确实做好了白扔点钱的准备；因为他现在有赚钱的砖瓦厂，心里是踏实的。

少平明白哥哥的真实心理。他叹了口气说："你现在还没必要拿钱买个虚名。再说，你什么情况也不了解，就准备到电视台去赚钱？而要是白扔一两万块钱给电视台，你还不如拿这钱给咱双水村办个什么事……"

"拿一两万块钱白给村里人办事？"

"那又怎样？你不是也准备白扔给人家电视台吗？"

"我还准备赚它电视台的钱呢！"

"赚不了呢？"

"那只怪运气不好！"

少平笑了："说来说去，你这个财主看来并不是像你说的，想给社会疏点财……"

"要是白给村里人办事，还不如把这钱咱们一家人分了！"

"两回事，哥哥。你对家里人都已尽了责任。父母新建的家院，按你们来信说的情况，我推算我那点钱建不起来这么排场的地方。你出了至少多出我两倍的钱。就是妹妹，她假期回去，你都给了她不少钱。最近又听说你把姐夫也拉扯到了你的砖瓦厂……

"至于我，你很了解，我现在不会用你的钱。我赚的钱我够用。不够用我也不愿使用你的钱。这不是我和你之间有了隔阂，不，我们永远是亲密的兄弟。我以前就说过，最好的兄弟首先应该是朋友，然后才是弟兄。不知你听说没有，在外国，有些百万富翁或亿万富翁的子女拒绝接受父母的遗产，而靠自己的劳动来度过一生。我理解这些人。如果我处在他们的位置上，我也会这样做。比如说吧，要是爸爸不是个农民，而是个什么大官，有许多钱，我也不会要他的。那是他赚的，他自己情愿怎花哩！花不了扔到河里也可以！反正我不会接受他的馈赠……"

孙少安难以理解弟弟这些"高论"。不过，他也开始认真地检讨起他此次的省城之行是否适当……

的确，他什么情况也不了解，就准备拿一两万块钱去冒险。一两万块对于拍《三国演义》来说实在微不足道；但对他个人来说，等于拿自己的一半积蓄去开一次玩笑。他本质上可不属于这种胆大妄为的人！

可是，现在上了胡永合的钩杆，怎样才能下来呢？他如今已经被这家伙引到了半路上！

“你倒究欠那家伙多少人情？”少平问哥哥。他已经看出，哥哥对他的行为有点动摇了。

少安说：“实际上也没什么。我困难时，他给原北县一个熟人写了封信，让我去那里找这人替我贷了点款。可没过几天，那个人就撵来要钱，逼得我几乎要上吊……”

“那就去他妈的，你不去省城了！”

“怎找借口哩？”

少平看哥哥真的有了转意，想了一下，出主意说：“你就说今晚上家里打来长途电话，虎子和燕子住了医院，急病！”

少安白了弟弟一眼，嫌他出了这么一个不吉利的主意。

少平赶忙笑着改口说：“干脆说奶奶病了！反正她老人家一年四季都有病！”

少安也笑了。他踌躇了半天，终于决定听从弟弟的劝告，准备半路回头了。

这样商定后，他们都似乎有一种轻松感，于是便开始拉谈双水村的事。他们的兴致高昂起来。少安详细对弟弟描绘了村里的“吃鱼事件”和金光亮蜂跑走的情况；两个人说一阵笑一阵。最后，又谈到了少平的婚姻问题。少安只是传达了老人们的愿望。少平说让他们不要操心，他的事由他自己解决……

孙少安觉得，这一夜过得很愉快。是的，每次他都能从弟弟这里受到许多启发。虽然他是兄长，但他尊重自己的弟弟。真像少平说的，他们已经成了“朋友”！

第二天早晨，当胡永合听少安说他因为祖母突然病重要返回家时，气得嘴张了半天，不知该说什么是好。既然是这样，他总不能把这个孙少安用绳子捆到省城去！

孙少平这样还不放心，又一直把他们送到铜城，直看着胡永合上了南去的火车而哥哥上了北返的汽车后，他自己才回到大牙湾。

第五十章

秋末冬初，地里的庄稼收割完毕，禾场上的活路也随之结束，庄稼人便渐渐消闲下来了。

山野里绿色褪尽，裸露的大地重新变得荒凉起来。庙坪的枣林显出了一片严峻的铁黑，枝头挑挂着稀疏的黄叶。东拉河的水流却到了旺季，朗朗地喧响着，把潮湿的凉气扩散到了东西两岸。

早晨，地上已经开始结霜。只是在接近中午的时候，天气才暖和那么一会。大部分农人的棉衣都上了身。

这时候，有些人即使没什么买卖，也要到石圪节或米家镇的街头去溜达一圈。更多的人闲着没事，就三五成群蹲在村子各处的阳崖根下说闲话。近一两年不像责任制刚开始，人们都忙于改变自己的穷光景，谁也顾不上找别人说闲话；经过几年的拼命劳作，大部分人家都有了些存粮，因此在冬闲的时候有时间凑到一块说说古朝今世了。

双水村各处的“闲话中心”又都自然地恢复。要是闲话说得有了兴致，大家还会凑着拿几升软小米，割几斤羊肉，“打平伙”吃一顿小米羊肉丁子饭。另有一些爱红火热闹的人，等不到正月里闹秧歌，现在就聚在一块吹拉弹唱，闹得不亦乐乎；某些破窑洞里不时传出悠扬的丝弦声和庄稼人的欢歌笑语……

双水村一片歌舞升平景象。

就在这个时候，一件相当神秘的事正暗中在这个村庄进行着。

这件事的主角是神汉刘玉升。

双水村的这位“精神领袖”最近被北方一个以搞迷信活动著称的大寺庙任命为这一带的头领，负责收缴为神鬼许下口愿的老百姓的布施。这使刘玉升在无形中增强了自己在公众中的权威。现在谁也不知道这家伙在暗中搜刮了多少愚昧庄稼人的钱财。据有人估计，他足可以和著名的财主孙少安一争高低。

神汉也有乡土观念。刘玉升在一两月前突然萌发了一个宏大抱负：他要为双水村做件好事，把庙坪那个破庙重新修复起来，续上断了多年的香火。他准备自己拿出一部分浮财，另外让村民们以上布施的方式每家再出一点钱，一定要把这座庙修得比原来更堂皇！

实际上，刘玉升是以凡人的心理谋划他的“壮举”的：他要在双水村的历史上留下他自己的一座纪念碑。

他立刻成立了一个“庙会”，自任“会长”，同时挑选金光亮任他的“副会长”。

金光亮对这个职务受宠若惊又深感荣幸。作为地主的儿子，他生不逢时，这辈子大部分时间在村里一直是“人下人”；别说当个什么领导人了，当个平顶子老百姓都不得安生。政策松宽后，虽然头抬起了一些，但在村里还不是受制于人？人家让他刨庙坪的泡桐树，他只得刨掉……好，他现在成了“副会长”，虽然共产党不承认这个官，但许多老百姓承认哩！哼，让他也坐上几天官位！

光亮自“意大利”蜂跑掉，又被村中的党支部勒令刨掉庙坪的泡桐树后，灰了一段日子。

后来，他用积攒的钱，又买了几箱蜂。不过，他没敢再买该死的“外国蜂”，而买的是“东北黑蜂”。当然，他并不知道，“东北黑蜂”

也属于西方蜜蜂的品系。

重新买了“国产蜂”，又当了“副会长”，使得光亮再次“光亮”起来。另外，他感到腰硬的是，他还是个“革命军属”——他的二锤都在南方的国界上立了功哩！

这些日子里，金光亮动不动就神气地蹚过东拉河，到田家圪塄这面来，一整天钻在刘玉升昏暗无光的黑窑洞里，筹划在庙坪重新修庙的事。与此同时，有些村民也在深更半夜神秘地出没于刘玉升的院落——他们是来交建庙钱的……

这件事起先尽管秘而不宣，但不久就在村中成为公开的秘密。

所有村中的中共党员和队干部都大吃一惊——他们很长时间被蒙在鼓里！

但是，村里的领导制止不了这件事。也无人去制止。因为大部分村民都卷入了这一活动，使得问题变得相当复杂。

令人难以置信的是，随着改革开放，黄土高原许多地方的群众都开始自发地修建庙宇。双水村某些人甚至感慨他们在这一潮流中都有些“落后”了。而我们的感慨是：如果不能从根本上提高农民的文化素质，即使进行几十年口号式的“革命教育”也薄脆如纸，封建迷信的复辟就是如此地轻而易举！

这一段时间里，村里人已很少再谈论什么田福堂和孙玉亭，甚至连田海民和孙少安也很少谈论，而刘玉升和金光亮的名字却日益响亮起来！

当然，尽管制止不了这种迷信活动，但还没有哪个共产党员去给刘玉升上布施——这点起码的觉悟他们还是有的。

对这事最气愤的是孙玉亭。为此，他对田福堂和金俊山等人大为不满：为什么不召开党支部会呢？哼，完全可以一绳子把刘玉升和金光亮捆到乡上去！

孙少安返回村中后，还不知道这些事。在此之前，他大部分时间在石圪节忙他砖瓦厂的事，对村里新出现的事态并不是很了解的。

另外，这一段时间里，他有了新的熬煎。不知怎搞的，秀莲最近身体猛然间垮了。整天咳嗽气喘，原来很丰满的身体消瘦了许多；脸色憔悴而枯黄，显得两只大眼睛像扩开的铜环。

尽管妻子一再说没事，拒绝到医院里去看病，但少安还是强行带她去了一次石圪节医院。医院也没检查出个所以然，开了些类似田福堂吃的咳嗽药，建议他们到大医院去用“仪器”检查。可固执的秀莲别说去黄原，连原西县也不去。她又是个挣性子人，尽管身体不好，仍然像过去一样门里门外忙个不停。这也使家里人对她的病情麻痹了，以为真像她说的没什么事。少安只是痛切地感到，妻子的身体是在这七八年间繁重的劳动和熬苦中累垮了；这是为了幸福而付出的不幸代价啊！

少安决定，等明年天暖后，不管秀莲怎反对，他一定要带她去黄原或省城去看病！

这一天晚上，少安回家后不多工夫，就被父亲有点神秘地把他从家里叫到院子里。

“什么事？”少安惊慌地问。他看见父亲一脸的诡秘。

孙玉厚就把刘玉升要重建庙宇的事给儿子大约说了说。

“我已经上了二十块布施。我品玉升的意思，想叫你多出一点哩，因为你这二年赚了几个钱……”孙玉厚呫讷地对儿子说。

孙少安有些生气地吧唖了一下嘴，对父亲说：“哎呀，我怎能出这号钱哩？就是你也不应该出！”

玉厚老汉对儿子的态度大为惊讶。

“你娃娃不敢这样！神神鬼鬼的事，谁也说不来！咱又不在乎那么两个钱。万一……”

“万一怎？”少安看着父亲的可怜相，强硬地说，“我不会出这钱！哪里有什么神神鬼鬼！神鬼就是刘玉升和金光亮！他们愿干啥哩，和咱屁不相干！”

玉厚老汉看儿子如此不恭神灵，急得两只手索索地抖着，不知该怎样指教这个造孽的逆子……

第二天上午，少安本来要去石圪节砖瓦厂，但他无意间产生了一个小小的愿望——想到金家湾那面去转一转，瞧瞧他的宝贝儿子。

虎子这半年已经上了小学一年级。他很想在外面悄悄看看儿子坐在教室里的样子。是啊，他的儿子也上学了！由此他又想起了自己当年上学的情景，心里不免有点酸楚。现在，亲爱的儿子再不要像他当年一样，为上学而受那么多的委屈和折磨。虎子，只要你爱念书，哪怕将来到美国去上学爸也要把你供出来！

孙少安怀着一种惆怅而激动的情绪，一个人慢慢溜达着，蹚过东拉河，走过初冬荒凉的庙坪，跨过了哭咽河上的那座小桥。他一副游手好闲的样子——他也好长时间没有这种闲情逸致了。

他习惯地走到原来的学校院子，却猛然意识到：学校已搬进了原二队的饲养院里！

不过，他倒一下子无法把自己的双脚从这个破败的老学校的院子里挪出来。

他看见，这个当年全村最有生气的地方，竟是这样的荒芜衰败了！院子里蒿草长了一人高；窑面墙到处都是裂缝，麻雀在裂缝中垒窝筑巢，叽叽喳喳，飞进飞出。那副篮球架已经腐朽不堪，倒塌在荒草之中……

这就是当年他和润叶上过学的地方啊！以后，他的弟弟、妹妹，都在这里上过学。而现在，他的儿子却不得不离开这地方，搬到曾经喂驴拴马的棚圈里去念书了。这是历史的耻辱，也是双水村的耻辱。田福堂和他二爸那些人不知是否为此感到羞愧？当年异想天开，炸山打坝；结果人亡坝破，把个好端端的学校也震垮了。哼，田福堂口口声声要给双水村人民造福，瞧，这就是他造下的“福”！

“不过，你孙少安大发感慨，可又给双水村做了些什么事？”有一个声音突然在内心中问他。

孙少安怔了怔，忍不住仰起脸向天空长长地吁了一口气。

仅仅在这一刹那间，某种想法便不由得主宰了他的意识。他猛然想：是呀，我为什么不可以把这座学校重新建造起来呢？连神汉刘玉升都有魄力重建庙坪的破庙，我为什么没勇气重建这个破学校？

一种使命感强烈地震撼了这个年轻庄稼人的心，使他浑身不由滚过了一道激奋的颤栗！

孙少安立刻想起了不久前在大牙湾煤矿和弟弟的那次谈话。少平说的有道理！他既然慷慨地准备把一大笔钱扔到“三国”去，为什么不拿这钱给村里人办点事？电视台有的是来钱处！国家、省上、县上、乡上，那也自有人治理呢！而农村，就得靠生活在其间的人来治理。双水村是他生存的世界，他一生的苦难、幸福、屈辱、荣耀，都在这个地方；无论从哪方面说，他都应该为亲爱的双水村做点事。他有能力这样做——他的能力实际上也许只够在这个天地里施展！

孙少安这样一想，便很有些激动。他甚至把他将要做的事放到了本村近代史中去考虑。人的这样一些活动，通常也不可避免地要受一种历史意识的支配。

在双水村最近的几代人中，曾有过几个人用不同的方式给这个古老贫困的村庄打上了深深的印记。

首先是金光亮他爸。这位老地主几乎占据过本村三分之二的土地，使得许多人牛马般活了一生就无声无息地睡到了黄土地里。另一位是俊武他爸。深孚众望的金先生精通孔孟学说，用他的道德文章为村里村外的人做过许多好事。东拉河一带像他父亲那个年龄的人，如果有识字知书者，都是受惠于这位老先生；连赫赫有名的田福军，也是在金先生膝下完成的启蒙教育……

双水村最近的一位历史性人物当然是田福堂了。这是一个难以评价的人物。他统治了双水村近三分之一世纪，客观地说，有功也有过。至于功过哪个大哪个小，这就不好说了，有待于未来的历史做出结论。

而眼下,另一个人物正在崛起。谁也想不到双水村出了个“神职”人员！是的，刘玉升正以他的方式，开始强有力地影响双水村人的生活。

可现在却又给他孙少安提供了一个与之抗衡的机会。好，你刘玉升修庙，我孙少安建校！咱们就唱它个对台戏！

一个重大的行动就这样在刹那间决定了。事情往往就是如此。甚至某些改变人类历史进程的划时代行动，很多情况下也往往是由某个伟人这样决定的。

孙少安旋即走出这座颓败的学校院子，转而来到不远处的原二队饲养院。

孩子们正在上课。他蹑手蹑脚来到“教室”窗户前。窗户是临时垒的，栽几根粗糙的木棍，破麻纸被风吹得哗哗价响。

他透过窗户上的破纸洞，看见姚淑芳老师正领着孩子们读拼音。里面黑乎乎的，一股牲畜的粪便味直冲鼻子。他半天才看见虎子背抄着双手，小胸脯挺着在念拼音。他鼻根一酸……

孙少安拧转身急速地走出了这个破院子。他更加迫切地感到，他有责任让孩子们尽快和这个饲养院永远地告别，重新回到更好的环境中去念书。

他没有忙着去石圪节他的砖瓦厂，也没有回家，直接去找他的朋友金俊武。

俊武听他说了自己的打算，也很兴奋，立刻表示，只要他出钱，他将全力支持他办这件大事。

两个人同时还商定，他们也成立一个会，叫“建校委员会”，由少安任会长，俊武任副会长。俊武对少安说，他如果砖瓦厂的事忙，只伸个头，具体事由他替他领料，马上就动手！两个人估算，原来的学校只是裂了缝，拆下的石头都能用，因此不会花太多的钱。少安表示，他准备拿出一万五千元。如果剩余下钱，还可以建立“奖学金”什么的。今后村中有人考上中专或大学，就给奖一部分学费。另外，还可以高薪请个小学英语教师。农村学生高考主要吃亏在外语上；如果他们的孩子从小学就开始学英语，那升学率就可能大大提高……

双水村的两个“中层领导”说得津津有味。尽管他们不是村中的龙头人物，但生活似乎不知不觉把他们推到对这个村庄负责的位置上。

是的，我们一眼看见，这个古老的村庄已经需要新一代领袖来统帅它进入新的时代了！

当天晚饭后，少安也是神秘地把父亲叫到院子里，给他说了他的打算。

玉厚老汉嘴一张，结果连什么也没说出来。他万万没有想到，儿子连敬神的几十块钱都不愿出，却拿这么一大笔钱修田福堂震坏的那个破学校！

不过，这是儿子的事。他向来在儿子们的大事上采取不干涉的态度——实际证明这种当老人的态度是明智的。当然，这事他倒不必像上次扩大砖场那样为儿子担心骇怕——白把钱给公众花还有风险吗？

孙玉厚老汉对儿子白花这一大笔钱是否值得，还需要他长时间在心里慢慢思谋……

出乎少安预料的是，平时勤俭的秀莲却特别痛快地支持他搞这件事。生病以来，秀莲的性情有些改变，变得十分和善，对老人，对孩子，都关怀备至；对他也更依恋了，一进门，就扑进他怀里，非让亲一亲她以后再去干其他事。当听他说完出钱修学校的抱负后，她除支持不说，还精明地告诫他：一定要以主事人的身份亲自出面领料；而不要让他们花了钱，却叫金俊武领了大头人情！女人啊……

事情由生病的妻子最后画了“圈”，就算敲定了。

当天夜晚掌灯时分，少安心潮涌动，毫无睡意。他侍候着让妻子吃了（毫无用处的）咳嗽药，对她说自己要到金家湾那面和俊武商量一些具体事，就走出了家门。

正是月亮满圆的日子，外面一片清亮：村庄和周围的山野在月光下清晰可见。

少安踏着一片银白，蹚过淙淙流淌的东拉河，没有去找俊武，却从枣林里穿过一条小土路，一个人爬上了庙坪山。

他蹲在山顶的梯田棱边，没有抽纸烟，而像先前那样卷起一根旱烟棒，一边抽着，一边静静地环视着月光朦胧的双水村……

此刻，他一下子想起了许许多多的事。从少年时期的生活，一直想到了现在。噢，他已经在这块土地上生活了半辈子。他的后半辈子也要在这块土地上度过。往日的生活有苦也有甜。重要的是，他现在才感到腰板硬了一些。过去，日日夜夜熬煎和谋算的是怎样才不至于饿死；如今却有可能拿出一大笔钱来为这个他度过辛酸岁月的村庄做点事了。当然，比起一些干大事的人来说这实在算不了什么；可这是他孙少安呀……总之，就他而言，整整一个历史时期已经结束，他将踏上新的生活历程。只有一点不能改变：他还应该像往常一样，精神抖擞地跳上新生活的马车，坐在驾辕的位置上，绷紧全身的肌肉和神经，吆喝着，呐喊着，继续走向前去！

月亮是这样皎洁，夜是这样宁静；村庄沉浸在睡梦之中，东拉河却依然吟唱着那支永不疲倦的歌……

几天以后，孙少安要出钱重新修建学校的事就传得家喻户晓了。不用说，这非凡之举博得一片赞扬之声。许多村民出罢修庙宇的钱，又找到少安和俊武，也要为建学校多少出一点钱。就是呀，神鬼要敬，可孩子却是天使！

于是，双水村出现了“今古奇观”：党支部一筹莫展立在圈外，而两个民间组织——以孙少安、金俊武为首的“建校会”和以刘玉升、金光亮为首的“建庙会”，用竞争和对抗的形式领导起本村公众生活的潮流。更叫人哭笑不得的是，许多人竟对这两个“会”同时都抱支持的态度。

第五十一章

生活的大轮在铿锵地前行，时间却在无声地流逝——一九八四年就要结束了。

在这个将要成为历史的年份里，中国和世界都有过些重要的事件。世人瞩目的第二十三届现代奥林匹克运动会七八月间在美国洛杉矶举行。如果古希腊的圣贤们转世再生，一定会对现代人类道德水准如此之低而摇头叹息：在神圣的奥运会期间，全球各地的战争和杀戮依然如火如荼地进行……

对中国来说，本年度最重大的历史事件，是中英两国政府签订了香港问题的联合声明。英国人保持了体面，中国人获得了尊严。

结束了，一九八四年！人们怀着各式各样的心情将要和这个年头永远地告别了……

一九八四年的最后一天，铜城地区落了一层鸡爪子荒雪。

中午前后出了太阳，那层薄雪顷刻间就融化了。因为刚开始数九，天气还未大冻；地上甚至有种潮润润的气息。

在大牙湾煤矿各个黑户区的窝棚土窑里，到处都在炒、炸、蒸、煮……空气中弥漫着混杂的香味。矿区虽没有显出像大城市那样的过年气氛，但也不像农村那样轻视这个“洋”年；他们起码要准备一顿丰盛的晚餐来打发这一年。明天就到了明年，那顿传统的饺子当然也不能不吃。

矿区的许多公共场所，也有了一些过年的热闹景象。矿部楼门口已经贴了一副对联；楼顶临马路的一边，插起十几面彩旗，在寒风中哗哗招展。两个职工食堂的大餐厅里，俱乐部的干部们正忙着布置灯谜晚会。沟底平台上的体育场，职工们的新年篮球比赛进入了决赛高潮。体育场旁边影剧院的大门前，旋转着两颗大红宫灯，并贴出海报，晚上免费放映两部电影。有些地方传来锣鼓乐器声和男女声歌唱——这是俱乐部为灯谜晚会后准备的小节目……

在地面上节日气氛越来越浓的时候，井下成千上万的矿工依然在掌子面上汗水淋漓地劳动着。不管什么节日，井下的工作不会停止。矿工们已经习惯了在节日里照常下井。虽然大家知道这是个什么日子，但都很平静——该做什么照样得做！

孙少平的班是早晨八点下井的。

他们在井下整整干了九个小时，直到下午五点钟才陆续上井。

像往常一样，这些满身污黑、累得半死不活的人，沉默地把矿灯盒从小窗洞里扔进去，就进了浴池。衣服一扒拉，先顾不上洗澡，赶忙把两支烟接在一起，光身子横七竖八仰躺在衣柜或水池边的瓷砖棱上，香得嗞嗞价一口跟上一口地抽。外面，已经有模糊的热闹声息和零星的鞭炮声传来。

过足了烟瘾，这些人才先后跳入黑泥汤一样的热水池里，舒服地呻吟着，泡上半个钟头。不过，今天人们从黑水池里爬出来，还在水龙头上接点清水，再冲冲身子；因为今天大家都带来了自己最好的换洗衣服。

当这些人换掉那身污黑酸臭的工作衣，穿上里外簇新的过节服装，脸上抹点面霜，足登锃亮的皮鞋走出区队办公大楼，就好像换了另外一个人，潇洒得连自己都有点不好意思了。尽管明天早晨八点他们又得换上那身污黑酸臭的衣服下井，但这是过年，哪怕是几个钟头，他们也要让自己漂漂亮亮度过这一段短暂的时光。

孙少平同样是这种心理。今天他洗完澡，换上了雪白的衬衣和一件深蓝夹克衫，牛仔裤，旅游鞋，还把衬衣的领子翻在外面，显得格外英俊。穿着这身衣服走过区队办公楼的水磨石地板，他感到脚步比平时轻快了许多。他准备直接去惠英家——这顿不比平常的晚餐早就说好了。

“叔叔！”

少平刚走出区队办公楼，就见明明喊叫着和小黑子一块向他跑过来。明明也穿上了不久前他给他买的那身漂亮童装，脖子上结着鲜艳的红领巾。

少平迎上去抱起他，问：“你刚到这儿？”

“我和小黑子来好一会了！妈妈叫我们来接你！妈妈做了好多好吃的！”

少平脖项里架着明明，引着那条欢蹦乱跳的小狗，沿着铁路向惠英家走去。薄云中模糊的太阳正在西边的远山中坠落。矿区增添了节日的喧闹，沉浸在沸沸扬扬的气氛里。阴凉潮湿的空气中不时传来炮仗热辣辣的爆炸声……

惠英已经把酒、菜和各种吃食摆满了饭桌，正立在门口，用围裙搓着被水浸泡得红红的手，笑眯眯地迎接他们回家来。

在暖融融的房间里，三个人一块坐下，围着小桌，一边喝酒吃菜，一边看电视。小黑子蹲在明明身旁，也在破脸盆里吃惠英嫂为它准备的“年食”。

一种无比温暖的气息包裹了孙少平疲惫不堪的身心。他感觉僵直的四肢像冰块溶化了似的软弱无力。内心是这样充满温馨和欢愉。感谢你，惠英！感谢你，明明！感谢你，小黑子！感谢你，生活……

他不由含着泪水，抬头望了一眼惠英。她脸红扑扑地，亲切地对他一笑，便用筷子给他小碟里夹菜。

“我……敬你一杯酒。”少平提起小香槟瓶子倒满了一杯，双手举到惠英面前。

她无声地一饮而尽。

接着，她倒起一杯白酒，敬到他面前。

他也一饮而尽。

孙少平第一次放开了酒量。他一杯又一杯地喝个不停。不知为什么，今夜他真想喝醉——他还没有体验过酒醉是一种什么滋味。

他竟然真的喝醉了，而且醉得不省人事……

……当孙少平睁开眼睛的时候，只看见一片微白的光亮。

后来，他又看见糊着花格纸的天花板。

怎么？蚊帐呢？他惊异地问自己。

他猛地调过脸，见惠英嫂正在旁边包饺子。

现在是什么时候？晚上？早晨？他为什么躺在惠英嫂的床上？

他一下坐起来，惊慌地问包饺子的惠英：“怎？天还没黑？”

惠英嫂低着头没看他，说：“你问的是哪一天？”

“不是过年吗？”

“年已经过了。”惠英嫂转过身，牙轻轻咬着嘴唇望了他一眼，“好些了吗？”

“这是早晨？”他惊骇地问。

“天刚明。你从去年睡到了今年……”她有点不好意思地笑了。

“啊呀……这！”

孙少平这才反应过来，他昨晚上喝醉了酒，竟然在惠英的床上过了一夜！

这该死的酒啊……

一种说不出的羞愧使他一只手按住额头，在被窝里呆坐了片刻。

你这是怎搞的！他谴责自己说。

但是，懊悔也来不及了。他已经在这里睡过了，而且睡得十分舒服，十分酣畅，十分温暖！

温暖……真想哭一鼻子。想哭的原因不是因为自己干了一件荒唐事。

当他把手从额头上放下来后，惠英却过来伸手在他额头上按了按，说：“头不疼吧？昨晚好像有点发烧，我还怕你病了呢！”

不知为什么，那种羞愧和懊悔的情绪渐渐在他心中消退。他反倒觉得，他在一刹那间，似乎踏过了那条燃烧着熊熊火焰的痛苦的界线，精神与心灵获得了一种最大的自由和坦然。这或许是他生命和生活的重大转折点。

他立刻用成熟了的男子汉的正常心理，接受了这无意间造成的错误事实。

他赶忙穿起了外衣。现在他推断，他昨夜是醉倒在外间饭桌旁沙发上的。

那么，他难以想象，惠英嫂是怎样把他一百多斤死沉沉的躯体搬运到这个床上的，抱过来的？拉过来的？背过来的？

他当然不好意思问惠英。但他能想来，她是费了一番周折的。说不定明明也帮了忙。明明呢？他大概到外面玩去了……

他下了床，沉默地来到外间。

他从地上的残痕判断，他曾呕吐过。真该死！他一定让惠英嫂忙乱了半晚上。唉，她昨夜睡觉了吗？在什么地方睡的？就在他旁边？

或许她一整夜都没有睡……

少平有点颓丧地坐在沙发上，点着了一支烟。他现在重新又难受起来。不是因为醉酒——这已经过去了。他难受的是，这一夜他睡在惠英家，周围那些爱管闲事的邻居肯定会知道；俗话说，没有不透风的墙。说不定明明都会出去说孙叔叔在他们家睡了。又不能给孩子安咐说不能这样说！那他会在给别人说后再补充一句：叔叔不准给你们说！

如果旁人知道了这事，惠英嫂肯定要受到风言风语的攻击。他真不该要二杆子喝那么多酒！

在他这样思量这件事的时候，惠英已经把煮好的饺子给他端上来了，说："你赶快吃！八点钟还要下井。你是班长，不去也不行；要不，过个节，你也歇息上一天……"

惠英嫂看起来和平时一样，像任何事都没有发生。他感激她的这种看来平静如常的态度。

当她又把酒杯放在他面前的时候，他笑着挪到一边，说："还敢喝？"

惠英也抿嘴笑了。她不再勉强他，只招呼让他赶快趁热吃饺子……

少平匆匆忙忙吃了一盘羊肉饺子，七点半准时赶到了区队学习室。

尽管一夜荒唐使他情绪复杂，但一进入工作状态就不能马虎了——他是班长，今天又是一九八五年的第一天，他要格外操心。这不，他在学习室布置生产的时候，发现有好几个人还醉意十足。按规定，醉成这个样子的人是不能让下井的；如果发现，带班的班长就要受处分。但少平不忍心卡住他们，因为今天是元旦，赚双倍的工资，还有很可观的节日入坑额外奖金。只要他们能挣扎着下去就行了。不过，掌子面上可得要留心关照这几个家伙哩！

八点钟下井以后不久，头茬炮就放完。

少平一声喊叫，人们立刻从机尾的回风巷扑进了烂碴碴的掌子面。栽柱，挂梁，绷顶，无比紧张繁忙的时刻来临了。溜子隆隆的响声和地压造成的惊心动魄的"叭叭"声从四面八方传来——这样的时刻，即使是一个历尽艰险的老矿工也会感到心悸。

孙少平一边熟练而飞快地挂茬，一边低声吼喊叫骂动作迟缓的助手；同时还用眼睛留心观察另外地方挂梁绷顶的情况。作为一个班长，最重要的就是在这千钧一发的当口，头脑和手脚高度灵敏，视野宽广，综观全局，于分秒之间闪电般处理随时都可能出现的突发性事故。

少平刚把自己负责的一茬梁挂完，猛然发现不远处未绷的碎顶上有一块大矸石摇摇欲坠，眼看就要砸在一个协议工的头上——而这家伙却带着醉意独个儿在傻笑！他立刻箭一般蹿过去，连喊一声都来不及，便一掌把那个协议工打在了老坑里。在他自己还没有反应过来的时候，那块矸石就哗啦一声掉了下来！他只感到脸一热，就什么也不知道了……

大家一看班长倒在血泊中，都惊叫着围过来。安锁子一把抱起师弟，还没忘记腾出一只手，把老坑里爬出来的那个协议工扇了一记耳光。

安锁子抱着满脸糊血的少平，牛嚎一般喊叫着让几个人跟他上井，另外的人赶快绷剩下的碎顶，以防大冒顶！

有人提醒要上井的安锁子：他还光着屁股哩。

“我操你个亲妈！不会把裤子给老子围到腰里？”

众人赶快七手八脚把他的裤子、衫子，胡乱束在他腰里，勉强算遮住了羞丑。

安锁子背起少平，和四五个人急速地爬出掌子面，跑出巷道，大撒腿奔向井口。他赤膊露体，腰里只缠着几块布，简直像个土著生蕃。

受伤的少平立刻被送进了矿医院。

伤势显然是严重的。大矸石的一角从右额扫过，伤口的某些地方都露出了头骨。最严重的是右眼积满淤血——至于眼睛内部的损伤情况，这个医院的水平无法搞清楚。

需要立即转院治疗！最好是转入省上的医院！

闻讯赶来的矿领导马上用电话和铜城机场联系。

正好！有一班飞机一个钟头以后要飞往省城。

于是，少平被抬进了救护车。救护车鸣叫着尖锐的警报器开出了矿区。而刚刚得知消息的惠英和明明晚来了一步；他们没有能见上受伤的少平，哭叫着在救护车扬起的灰尘中绝望地撵了好一段路……

一个钟头以后，飞机载着昏迷中的少平从铜城起飞。又一个钟头以后，他就被送进了省医学院第一附属医院……

第二天凌晨五点左右，孙少平慢慢恢复了知觉。

他脑子吃力地想着发生了什么事？首先想到的是：他受伤了！

那么，我如今在哪里？

接着，他朦胧地回忆起，他好像在惠英家的床上睡过。

那么，我现在还睡在惠英家里？

眼睛！眼睛为什么看不见……噢，是蒙着什么东西。眼睛很疼。头很疼。怎么没听见惠英嫂的声音？明明呢？耳朵不疼！应该听见些什么……怎么这样静啊？人呢？世界上为什么突然没有了声音？

他并不知道这是在深深的夜晚。

他挣扎着动了一下，并且叫了一声："惠英嫂……"

"哥哥！"

他听见旁边传来一个女孩子的声音。

哥哥？这是兰香？

"兰香！"他叫道，并且伸出一只手，试图抓住她的手。

一只小巧的手紧紧握住了他的手。

"哥哥，我是金秀！"

"秀？"

"嗅！"

“我……在哪儿？”

“你在省附属医院……”

“我……要紧吗？”

“不要紧！哥哥，你放心！”

他亲切地握了握金秀的手，同时感到有两颗烫热的泪珠滴在了他的手背上……

第五十二章

生活中的某种巧合常常使人感到像是天意的安排。金秀怎么能想到，她在这样一个地方和少平哥相遇呢？

当她面对受伤的少平时，心中不知是喜还是悲！喜的是，她这样意外地见到了他。悲的是，她见到的是一个受了重伤的孙少平。

悲喜交加的金秀现在既顾不上喜，也顾不上悲；她要全神贯注、全力以赴护理好亲爱的少平哥。也许这的确是一种天意的安排，使她有机会能以这样一种方式接近他……

不用说，金秀太熟悉躺在眼前的这个人了。在她童年和少年的全部生活中，他都是她周围少数几个最亲近的人。他是她哥金波的朋友；是她的朋友兰香的哥哥。他们两家人一直亲密无间地生活在双水村，每个人都像自家人一样可亲。

可是虽然如此，由于年龄的差别，以前她和少平哥之间犹如隔辈之人，不像她和兰香那样交往自如。从她记事开始，她就一直把少平看做是大人，而自己在他面前永远是个小孩子。

直到她自己感觉自己也成了大人后，细细一盘算，才有点惊讶地“发现”：少平哥只比她大四岁呀！

他们实际上是同代人。只因为少平哥成熟早，她才老早把他看成大人自己好像一直是小孩。就是现在，她也很难完全把这种心理调整过来。

自从她考上大学来到大城市，进入另一个生活世界以后，双水村、石圪节、原西城，以及过去生活中亲近的人，似乎渐渐变得遥远而模糊了。新的天地和新的人物占据了她的生活。与此同时，她也告别了孩子的时代，进入了成年人的行列。这种急速的变化，使人马上感到过去十几年的一切都成为久远的历史，被纷乱地存放在了记忆之中。生活中的金秀成了另一个金秀。接着，风度和学识俱佳的顾养民走进了她蓓蕾般的情感世界。她恋爱了。爱情之火烈焰熊熊燃烧了一些时候。后来，不知为什么，心灵中的这簇火焰跳荡得不像当初那般欢快。她渐渐感到她和顾养民之间有某种不太和谐的东西。不是他有什么明显的缺陷；恰恰相反，他各方面都很出色。但是，对她来说，他身上总是缺点什么。而这种缺憾是不能通过其他途径所能弥补的。什么缺憾？归根结底是性格不合。他太学者气，而她需要一个性格刚健的男友。当然，这种学者风度绝非什么缺点，对某些女孩子来说，她们对男人所追求的正是这一点。可是，这一点正是她所不满足的！

就在这种情况下，她想到了少平哥。这次，是她自己主动走进了一个男人的感情世界，而且自然得让她感到惊讶。她爱上了少平哥？爱上了！爱得如此强烈，以至都不由向她哥金波含蓄地流露了她的心思。在她迄今为止的生活范围内，她感到只有少平哥具备她所要求的男人的素质。是的，他许多方面都无法和优越的顾养民相比。他没有上大学。他是煤矿工人。但他强健的体魄，坚定深沉的性格，正是她最为倾心的那种男人。另外，他们从小就像兄妹一般相亲，如果一块生活，那种甜蜜也许是外人所难以替代的。至于煤矿工人又有什么关系！她已经是一个能超越世俗观念的人；她懂得幸福不在于自己的丈夫从事什么样的职业，而在于两个人是否情投意合。金钱、荣誉、地位和真正的爱情并不相干——从古到今，向来如此！到时候，她要求分配到他所在的矿医院就行了。只要和自己所爱的人在一起，即便到天涯海角去生活也是幸福的。

所有这一切实际上都还是她自己的一种单相思。她没有机会向少平哥表白她的心意。她曾想给他写一封信，但提起笔又鼓不起勇气。唉，这在很大程度上是因为他们之间太亲近了，反而有一种难言的障碍。另一方面，也是因为养民太爱她，使她的感情受到了牵制；她也急忙鼓不起勇气斩钉截铁地断绝和顾养民的关系。初恋中类似的犹豫不决是允许的，也常常是不可避免的。这肯定是暂时现象，事情到最后总会有个惟一不二的结局。因此，我们先不必匆忙地责备我们亲爱的秀！

现在，一次意外的事故，终于把孙少平送到了她面前。

不过，尽管看起来这似乎是一种天意的安排，但事情究竟会怎样发展，我们还很难预料……

得要顺便交代一下：顾养民已经在去年夏末的时候，考上了上海医科大学的硕士研究生，恋恋不舍地离开了他亲爱的姑娘，到那个庞大而杂乱的大城市深造去了。半年来，几乎每星期都要给金秀寄一封情意绵绵的信。他也能不断收到金秀的回信。但是，他并不知道，他所热爱的姑娘，很大一部分心思早已飞到了铜城那条小山沟的煤矿上……

秀是不久前来医院实习的。这次实习的同学分散在城内各个大医院，她们宿舍只有她一个人留在附属医院。白天在医院搞实习，晚上要回去照门。

今天晚上，她不能回宿舍睡觉去了。她要守护在亲爱的少平哥身边……

现在，天色已经发白。

远处传来车辆行驶的隆隆声。她没有一丝睡意，手一直握着少平的手。她知道，他此刻需要一个亲人在自己的身边。她为他的伤痛焦急难过，又为她能在这样的时候守护在他身边感到幸福……

孙少平慢慢才弄清楚了他自己发生了什么事。

伤势不轻，这他心里明白。他庆幸他还活着。

但这伤将给他留下什么后遗症，他估摸不来。头剧烈地疼。右眼像戳进了一颗铁钉。会不会成为白痴或至少会成为“独眼龙”？如果是这样，那还不如死掉！像师傅和晓霞那样干干脆脆离开这世界。

是的，他才二十七岁，还没好好活几天人。但他不愿以白痴或残疾人的身份在这个世界上活一辈子。秀说“不要紧”，这多半是安慰他。如果“不要紧”，为什么要把他弄到省城来治疗？

现在，他紧紧握着秀的手不愿放开。在这样的时刻，他承认自己的精神是脆弱的。他感谢命运把秀及时地安排在他身旁，使他有个依托。

“现在……是什么时候？”他问秀。

“天已经明了。”

“太阳出来了吗？”

金秀抬起头，透过落地式大玻璃窗户，看见远方亮起大片的玫瑰红。

她对他说：“快了！”

“太阳……”他叹息了一声，“以后还能再看见太阳吗？”

“怎么不能？哥哥！一切都会像过去一样。等你好了，咱们一块到郊外的山上去看太阳！”

“不过，秀，还是咱们双水村的太阳好。早晚又圆又红，中午像金子一般黄亮。城里的太阳有时候像蒙了灰尘，模模糊糊。秀，你不知道，矿山的阳光也好，只是我们一年四季很少能看见……”

“哥，等你好了，咱们一块回双水村。要不，我跟你去矿山……”

“噢……你应该很快给兰香打个电话，让她来顶你。你一晚上没睡了！”

“兰香不是到四川西昌实习去了吗？你不知道？”

“噢！我忘了……她是半月前走的。”

“要不要我给她发一封电报？”金秀问。

他没有回答。显然有点犹豫——他不愿耽误妹妹的实习。

“不要给她发吧！”金秀自己先开口说。她愿意此间由自己一个人陪伴他。

“嗯。”少平肯定了她的意见。

“也不要让双水村家里人知道。他们来也不顶事，只会着急。”秀又补充说。

少平用劲握了握她的手，说：“那这就要麻烦你了……”

“这就是我的专业！哥哥，你放心，一切都有我哩！”

“秀……”他叫着她的奶名，但不知该说什么。

他感到，又有两滴烫热的泪珠洒在了他的手背上。

一层热浪漫过了他的心间。他还能对生活有什么抱怨呢？生活是这样地厚爱他，使他在任何时候都有温暖的感情包裹自己的身心。

孙少平！就因为如此，你也应该重新走向生活！二十七年来你付出得太少，不值得接受生活如此的馈赠。你应该在以后短暂的岁月里，真正活得不负众爱……

他在内心向自己发出忠告。

不知为什么，他猛然间想起了叶赛宁的几句诗：不惋惜，不呼唤，我也不啼哭……金黄的落叶堆满心间，我已不再是青春少年……

在以后紧接着的日子里，本院享有国际声望的一位眼科教授为他的右眼做了手术。

手术十分成功。据专家称，以后也不会影响视力。

在他整个卧床期间，金秀既是护理，又是亲属，日日夜夜守在他身边。他眼上缠着绷带，看不见他的“守护神”。他只能呼叫她的奶名，传达他内心那种亲兄妹般的感情。他已不记得金波曾提起的那桩事。他还和过去一样，把金秀和兰香一同看做是自己的亲妹妹。

在这些漫长的没有白天的日子里，由于有金秀在身边，他并没有感到过寂寞。他和秀用外人所难以体会的美妙的原西土话拉家常；有时候，秀还给他读小说，读诗；或者两个人一块听音乐……

在他重见天日的那天，妹妹兰香也赶回来了。当然，和妹妹一起来的还有她的男朋友吴仲平。

绷带和纱布一层层在揭开……当他时隔多日，再一次真实地看见立在他面前的亲人时，忍不住眼里含满了泪水。他有一种重新回到人间的感觉。

他泪花闪闪的目光依次在秀、兰香和仲平脸上停留了片刻；然后有点不好意思地扭过头，透过玻璃窗户，久久地望着室外灿烂的太阳。太阳，太阳，在任何地方都美好地照耀着我们！

因为脑震荡还没有痊愈，他要继续住院治疗。

这下子，陪伴他的是三个人了！秀因为还在医院实习，经常在他身边；兰香和仲平隔一天就来医院看望他一回，吃的东西堆得满房子都是。

这期间，少平接到惠英嫂的一封焦急万分的信，说她等轮休假一到，就带着明明来看他。他赶忙给她回了一封信，说自己一切都平安无事，不久就能出院，让她千万不要来，免得折腾不算，还要耽误明明的学习……

几天以后，吴仲平和兰香与他单独谈了一件重大的事情。仲平提出，等少平出院后，由他给父亲做工作，把他从大牙湾煤矿调到省城来工作。

“我已经从侧面打听清楚了，我父亲和你们铜城矿务局局长是老相识。我让父亲给你们局长写封信，你带回去直接找他也行，或者我跟你去一趟也行。估计问题不大。”仲平热心地对他的“妻哥”说。

少平也知道“问题不大”。省委常务副书记通过局长调个煤矿工人，那的确易如反掌。

但他没有马上对这件事表态。他不愿用一些堂皇的高调拒绝仲平的好意，以此证明自己的“思想境界”不凡。

但说实话，他至少在目前对来大城市生活产生不了热情。不是他对大城市有什么偏见。不，大城市的生活如此丰富多彩，对任何人都是有魅力的。

最主要的是，他对煤矿有了一种不能割舍的感情。感情啊，常常会令人难以置信地决定一个人的行为！正如男女结合，决定的因素往往不仅仅是因为对方漂亮，而正是那种说不清道不明的刻骨铭心的感情。是啊，大牙湾是他生活的恋人。他深沉地爱着这个“黑皮肤的姑娘”；他不能在感情上和它断然割舍。他在那里流过汗，淌过血，他怎么会轻易地离开那地方呢？一些人因为苦而竭力想逃脱受苦的地方；而一些人恰恰因为苦才留恋受过苦的地方！

在我们的生活中，总会有一些人的认识超出一般的水平线。这种认识当然出自这些人非同一般的生活经历，而不在于读了多少伟人们的“生活指南”书。当然，这不是说，一定要在某些不协调甚至对立的认识中分出是非来。比如，孙少平自己不愿来大城市生活，并不意味着他对大城市和生活在其间的人们有丝毫鄙视的情绪。不，恰恰相反！这个人常常用羡慕和祝福的眼光看待大街上红光满面的男女老少。每个人都有权利选择自己的生活。只不过，对孙少平来说，他感到他目前的生活只能在大牙湾煤矿——那里有一缕深深的情愫在缠绕着他的心灵啊……

兰香帮仲平打劝他：“二哥，我知道你的性格哩。但你现在受了伤，继续在井下劳动身体怕吃不消了。你到这里来，找个稍微轻松一点的工作，有个什么，我们也能照顾你……”

他指了指自己的脸，开玩笑对妹妹说：“我这副尊容，生活在这里，实在对不起这么漂亮的城市！漂亮的地方应该让漂亮的人们生活！”

三个人都笑了。笑中都深藏着酸楚。

仲平和妹妹走后，少平脸上的笑容即刻消失了。是的，他说了一句玩笑话,但确实反映了他的真实心境。他知道,他的容貌被毁了。他脸上已经留下了一道永远不能消失的疤痕。对于一个二十多岁的青年来说，这道疤痕是太可怕了。疤痕永远地留在了脸上，痛苦永远地留在了心上。直到现在，他还没有勇气去照镜子——他怕看见生活赠给他的这枚“纪念章”……

在这里，春天的讯息要比北方的山区早来近两个节气。寒冷不知不觉消退了，户外的阳光有了一种暖烘烘的感觉。风带着潮湿的柔情，开始亲吻这座城市。杨树和柳树的枝条已经泛出了鲜活，绿色的生命浆汁在看不见的地方悄悄地涌动。谁都能感觉到，春天迈着轻盈柔曼的脚步走来了。

那是一个无风的阳光金黄的中午，孙少平无意间向窗外瞥了一眼，突然看见外面院墙下爆开了一丛金灿灿的迎春花。

他按捺不住激动的心情，起身走出病室，来到这丛迎春花前。他久久地凝视着那丛黄亮耀眼的花朵，由衷的喜悦使他不由自主满脸堆起了笑容。

这就是生命！没有什么力量能扼杀生命。生命是这样顽强，它对抗的是整整一个严寒的冬天。冬天退却了，生命之花却蓬勃地怒放。你，为了这瞬间的辉煌，忍耐了多少暗淡无光的日月？你会死亡，但你也会证明生命有多么强大。死亡的只是躯壳，生命将涅槃，生生不息，并会以另一种形式永存。只要春天不死，生命就不死，就会有迎春的花朵年年岁岁开放。哦，迎春花……他在那片黄花中依稀看见了一头白发满脸皱纹的母亲。为什么此刻想到了母亲？母亲……

他抬起头，一群白鸽掠过蔚蓝色的天空，羽翼发出了嗡嗡的震荡声……他听见远方传来海的呼啸；他看见，晓霞偏歪着脑袋，微笑着，赤脚踩踏光滑如缎的浪脊在遥远的地平线上跳跃着奔来，鬓角上插一朵金灿灿的迎春花并闪射着耀眼的光芒……

“哥……”

他听见背后传来一声呼唤。

他转过身，眼睛被阳光晃得一阵发黑。

一个黑色的瞬间之后，他才辨认出站在他面前的是金秀。秀的脸就是一朵花。到现在他才惊讶地发现，秀竟然不再是个小孩子，而是这样一个漂亮妩媚的大姑娘了。

他看见他面前的秀有点偈促。为什么？她从来不会在他面前感到不自然。为什么……

他突然想起了自己的脸——那块该死的疤痕。一定是这道可怕的疤痕使秀感到难堪。一种无名的痛苦即刻涌满他的心间。你这副该死的丑陋的面孔，怎么配立在这里像一个江南白面书生优雅地观赏美丽的花朵？你怎么又可以面对这花朵一样美丽的秀呢？你应该立刻滚回大牙湾，滚到井下，滚到黑煤堆里！你只有和那个环境才是协调的！

“哥……”

秀又叫了一声，抬起头看了看他，欲言又止。她是同情他，为他的不幸而难过。瞧，孩子的眼里都旋转着泪水！

“我……什么时候能出院？”他只是这样问了一句。他渴望立刻离开这地方，离开省城！

“还得一段时间……你别着急。”秀说着，从自己的衣袋里摸索着掏出一封信。

她把这信递到他面前，说：“这是……给你的信。”

信？谁给他来的信？家里？惠英嫂？

他刚把信接过来，金秀就背转身走了。

信皮上无一字。封口也没封。

少平立刻抽出信纸。他只看见“哥，我爱你……”几个字，就闭住眼发出一声呻吟般的叹息……

第五十三章

一九八五年清明节前后，尽管山野仍然是一望无际的荒凉，但双水村却随处可见盎然的春意了。东拉河和哭咽河两岸的柳树，绿色柔嫩的枝条已经在春风中摇曳摆动。无论是田家圪崂，还是金家湾，一团雪白的杏花或一树火红的桃花，从这家那家的墙头上伸出来，使得这个主要以破窑烂院组成的村庄，平添了许多繁荣景象。

灿烂的阳光一扫冬日的阴霾，天空顿时湛蓝如洗。山川河流早已解冻，泥土中散发出草芽萌发的新鲜气息。黄土高原两类主要的候鸟中，燕子已经先一步从南方赶来，正双双对对在老地方构筑新巢；而大雁的队列约摸在十天之后就会掠过高原的上空，向鄂尔多斯无边的北草地飞去……

农事繁忙起来了。神仙山，庙坪山和田家圪崂这面的山山洼洼上，不时传来庄稼人唱歌一般的回牛声。女人们头上罩起雪白的羊肚子毛巾，孩子们手里端着升子、老碗，跟在犁犋后面点籽撒粪。西葫芦、南瓜、黑豆、绿黑豆、小日月玉米、西红柿、夏洋芋、夏回子白、西瓜、小瓜、黄瓜，都到了播种时节。麻子已经出苗；水葱、韭菜可以动镰割头茬。所有的麦苗都已经返青，庄稼人正忙着锄草追化肥……

但是，一九八五年春天，双水村的庄稼人不像往常那样特别留意大自然的变化。人们怀着各式各样的心情，集中关注着哭咽河那里正在进行的事情。从去年秋末冬初开始，孙少安个人掏腰包出资一万五千元重建的双水村小学，现在眼看就要最后竣工了。

现在，田福堂当年拦河打坝震坏的校舍窑洞，已经被一排气势宏伟的新窑洞所替代。当年的学校操场也扩大了一倍，栽起一副标准的篮球架，还有一些其他庄稼人叫不出名堂的玩艺儿。操场四周砌起了围墙。铁栏式大门上面，拱形铁架上“双水村小学”五个铁字，被红油漆刷得耀眼夺目。据说一两天内就要举行“落成典礼”，到时乡上县上的领导都来参加；听说黄原还要来人拍电视哩。哈呀，孙少安小子虽然破了财，但这下可光荣美了！

当然，新学校的庆祝典礼不仅是孙少安的大事，也是双水村所有人的大事。几天来，全村人都有点激动不安地等待这一非凡的红火时刻。

庆祝仪式的准备工作实际上也已进入了最后阶段。这件事的总料理是双水村一贯的风云人物孙玉亭。一来玉亭是少安的亲属，二来他是村里的领导人之一，又善于搞这些轰轰烈烈的工作。时代变了，玉亭对公众事务的热情没有变。他仍然拖拉着两只烂鞋，在东拉河两岸不停地奔忙。

需要告诉诸位的是，双水村的领导阶层已经在去年冬天进行了大换班。金俊武接替著名的田福堂出任了村党支部书记；而孙少安接替金俊山出任了村民委员会主任。这个变化看来有点突然，实际上也很自然，我们不会过分惊讶。这样，福堂同志和俊山同志就成了普通老百姓。当然，如果农村也设顾问委员会的话，他们二位完全有资格当正副主任。另外，玉亭同志不但没有退到“二线”，反而由支部委员升成了副支书。田海民的委员职务没变。新任支部委员有原一队副队长田福高和金家湾入党不久的前地主的小儿子金光辉。光辉进入双水村的“政治局”，使他们一大家人十分荣耀，金光亮都有点巴结弟弟和弟媳妇马来花了……

在双水村新校舍正式举行仪式的前一天，大忙人孙玉亭跑前跑后指挥人做最后的准备。因为这个仪式是以村党支部和村民委员会的名义举行的，因此村里人都有义务参与工作。此外，大部分人家都有娃娃上学，村民们对这件事都自动表现出十分积极的热情。许多人一大早就跑来，听候玉亭的吩咐。窑洞式教室布置一新；操场打扫得干干净净。因为上面的领导要来；还因为要破天荒第一次在村里拍电视，情绪激动的田福高甚至领着人把哭咽河到东拉河所有的土路洒上水清扫了一遍。“文化人”金成和田海民按玉亭拟定的口号，正在红绿纸上赶写标语——等明天一早，这些标语就将在学校的墙上和村中道路两旁的树干电线杆上张贴起来。

村民委员兼妇女主任贺凤英，充分发挥自己的特长，正领着一些妇女精心地布置主席台和会场。

玉亭夫妇的忙碌，不能不使我们想起十年前在这同一地方召开的那次批判会。我们会想起当年的二流子王满银，死去的老憨汉田二和下山村那个“母老虎”……十年过去了，玉亭夫妇和村民们又在这里忙着准备会场。不过，这里将要举行的不再是批判“资本主义”的大会，而恰恰是为了表彰一个发家致富的人为公众做出的贡献。这完全可以看做是整个中国大陆十年沧桑变迁的缩影。十年，中国的十年，叫世人瞠目结舌，也让我们自己眼花缭乱！

在金家湾小学院子里众人忙乱成一团的时候，田家圪塄这面原一队的禾场上，全体小学生正排练欢迎乡县领导人的入场仪式。孩子们手里拿着彩色纸做的假花，分成两行，跳跃呼喊，向中间那些臆想中的领导人致敬。指导孩子们排练这场面的是两位女老师。一位我们已经知道，是金光明的爱人姚淑芳。另一位却使我们大吃一惊：这不是郝红梅吗？

这的确是郝红梅。

红梅和润生在外县生下孩子后不久，田福堂夫妇终于彻底回心转意，承认了这桩姻缘，把儿子儿媳妇和两个同母异父的孩子都接回了双水村。福堂像城里离退休的老干部一样，从领导岗位上下来的时候，理直气壮地向组织提出：他可以退，但要安排他的儿媳妇在村中的小学教书。没有人对他的要求提出异议。是呀，无论怎样，福堂在村里当了几十年领导，现在他要下台，这点人情全村人都情愿送他。这样，红梅就当了双水村小学教师。这也给了我们一个情感上的满足——我们多么愿意不幸的红梅能有一个良好的生活开端。现在，丈夫田润生和她热恋如初。福堂两口子也抛弃了世俗的偏见，开始喜爱她了。田福堂拿出全部积蓄，向前和润叶又支援了一千元，给润生买了一辆四轮拖拉机，这小伙现在走州过县搞起了长途贩运……

为准备明天的庆祝仪式，金家湾和田家圪崂两处的人马一直忙乱到天黑才停歇了下来。

在人们各回了各家，四处窑洞窗户上亮起灯火的时候，孙玉亭才一个人离开小学院子，摸黑在哭咽河的那座小桥上走过来。他盘算他已经把一切都准备得完美无缺了。现在，他要赶到村南头侄儿的家里，向他全面汇报明天学校“落成典礼”的准备情况；并捎带着在那里美美价吃一顿可口饭。他估计金俊武也在少安家，这样就省得他再跑回金家湾来向新支书汇报。

过了哭咽河的小桥，孙玉亭克服着破鞋的累赘，想尽量走快一些——因为肚子已经饿得咕咕价直响。

他突然停住了脚步。他似乎听见不远处的破庙里有什么响动。他不顾饥饿，折转身警惕地猫下腰向破庙那边走去，想发现是谁又借黑夜偷偷摸摸敬神搞迷信活动哩。

以巫神刘玉升和金光亮为首的“庙会”，在中途就塌垮了。“庙会”的塌垮很大程度上要归功于玉亭。在刘玉升等人刚把庙里的主神塑造完毕，庙窑翻修了一半的时候，共产党员孙玉亭激愤地自己掏钱买车票跑到县上把这些“牛鬼蛇神”告了一状。在乡县有关人员的干涉下，刘玉升等人的建庙活动被制止了。虽然如此，村里照样有人来到这个破庙，向那个新塑起的偶像顶礼膜拜，以求消灾灭病。庙内不时有香火缭绕，墙壁挂上了“答报神恩”、“我神保佑”等红布匾。村中其他领导对此睁一只眼闭一只眼，惟有玉亭明察暗访，一旦发现谁敬了神鬼，重则批评，轻则讲一通当年“政治夜校”学下的“唯物论”观点……

现在，玉亭猫着腰，蹑手蹑脚来到破庙前，身子码在烂石片墙上，支棱起耳朵听里面的动静。听了半天，玉亭不由颓丧地悄悄叹了一口气。原来庙里竟是他哥玉厚！他听见他哥正在向神祷告，让他们老母亲的身体快一点康复。玉亭知道，母亲这几天病很重。但哥哥却偷着求神为老人家治病！这不是……唉，他哥是为了他妈；他总不能跑进去给他去宣传“无神论”！

孙玉亭于是又折转身，过了庙坪枣林间的小路，走过东拉河的列石，上了公路，然后调头朝南，匆忙地向少安家走去。

第二天早晨，庙坪山那面初升的太阳光芒四射的时候，整个双水村便纷乱地骚动起来。人们一吃完早饭，就心急火燎走出家门；婆姨娃娃甚至像过喜事一样穿戴起簇新的见人衣裳。村子四处都在为双水村小学的“落成典礼”作最后的忙碌。哈呀，除过正月里闹秧歌，双水村什么时候在农事大忙中这样全体一块儿热闹过？

瞧，在学校那边，姚淑芳和郝红梅给娃娃们都抹了红脸蛋，把他们摆布在了校门外的道路两旁。孩子们手里拿着纸做的假花；没有假花的分别在自家院子里折了一把桃花或杏花。一旦领导人们走过哭咽河的小桥，他们就准备连喊带跳摇动花束表示欢迎。学校大院里已经有了不少没“任务”的村民。大家纷纷转悠着看这摸那，议论的中心话题当然是孙少安干下的这不同凡响的“伟业”。

贺凤英正领着几个妇女，拿一块红绸子被面，往校舍中间大墙上的一块黑色碑石上蒙盖。这块碑石记述了孙少安新建本学校的经过和情况。因为这是全县第一个由农民个人出资办教育事业，所以县宣传部和教育局都很重视，请文言文功底很深的县文化馆长亲自撰写了碑文；并由石圪节著名的匠人雕刻在碑石上。这可以看做是孙少安夫妇的一块人生纪念碑。

今天在碑石上蒙红绸子的主意也出自玉亭。他说到时作为“压轴戏”由县领导和少安夫妇亲自揭碑。只是当下急忙找不到单纯的红绸布。玉亭曾建议用当年农业学大寨时上级奖给双水村的锦旗——把有字的一面压在里面，反蒙到碑石上。结果遭到秀莲的反对。生病的秀莲特别看重今天这个显示他们活人价值的仪式，不让二爸用不三不四的东西蒙盖那个神圣的东西。她咳嗽气喘翻了半天箱柜，拿出了这块红绸被面。她或许已经忘记了，这块被面还是当年她和少安结婚时，润叶送给他们的。

现在，这块结婚礼品被贺凤英等人庄严地蒙在了碑石上。

在金家湾这面诸事齐备的时候，田家圪塄那面的公路上传来了热闹的锣鼓声。孙玉亭为了烘托气氛，即兴决定把正月里的秧歌队也拉起来了。等乡县领导人一到，就由秧歌队在前领头，从公路上一直迎过庙坪；而在金家湾学校那边，又有学生娃们的欢迎队伍——那阵势很是壮观了。

这阵儿，田五已经腰扭得像风摆杨柳，手中伞头转得团团飞旋。几十个男女青年紧跟其后，披红挂绿，甩胳膊扬腿，在公路上预演开了。前一队饲养员、田五他哥田四也捺不住性子，耳朵上拴了两个棉花蛋，装扮成“蛮婆”跟在秧歌队尾拧晃起来，其丢丑神韵足可以和罐子村的王满银相比。在众人的哄笑声中，已故田二的憨小子田牛也手舞足蹈跑到队伍中捣乱去了。在大乐器那边的人堆里，巫神刘玉升的接班人田平娃在打鼓。他的师傅不会来参加这世俗的红火热闹。建庙失败后，刘玉升除过不误给人“治病”外，没事都倒在炕上蒙头大睡。经常上他家的只有他的原“副会长”金光亮……

现在，村中的领导人都先后来到了公路边上，准备迎接上面来的领导人。我们看见新任支书金俊武脸被剃头刀刮得净光，上唇上留一丝刮破的血痕，潇洒地披着黑布大氅，派头决不亚于前支书田福堂。他周围立着支委田海民、田福高、金光辉。支部副书记孙玉亭现在仍然拖拉着破鞋马不停蹄四处跑着张罗，声音已经沙哑得像老绵羊叫唤一般。双水村当年的头面人物田福堂引人注目地没有露面。不过,他的儿子田润生没去出车,正兴高采烈在大乐器那边敲锣。

在其他人红火热闹的时候，金强遵照岳父的指示，手里提一桶糨糊，正和小学教师金成一块沿路张贴标语。东拉河这面的人并不知道，金成的父亲、原大队副支书金俊山没有像下台的田福堂那样躲在家里。他现在已经出现在学校院子，和一些老者诚心实意夸赞孙少安为本村办了一件大事。

这时候，在金俊武和金光亮弟兄几家的院子里，村中许多妇女都聚在一起忙着准备招待上面领导人和来宾的午饭。俊武知道少安那面除忙乱不说，秀莲又在生病，因此这顿饭就由他家来张罗。俊武准备像过事情一样闹腾一回吃喝。他刚当了村里的“一把手”，就有这么多上级领导光临他领导的村庄，不好好招待一回他心里过不去。另外，他也是给他的朋友带面子——他宣布，这顿饭是由他和少安共同筹办的。

此刻，在这几家院子里忙碌的除过俊武的媳妇李玉玲和光亮的媳妇外，还有光辉的媳妇马来花，海民的媳妇高银花，金强的小媳妇孙卫红和她的婆婆、正在监外服刑的张桂兰。金波他妈由于做饭手艺闻名全村，是这伙妇女的总指导。金波他爸金俊海已经提前退休，大部分时间都住家中，现在正撵着在公路上看热闹……

孙玉厚家第一批出现在公众面前的是他们的亲戚。王满银全家人都从罐子村赶来，专门参加他们家的这场光荣活动。满银拉着狗蛋的手，兰花拉着猫蛋的手，一家四口人穿戴得像过节一样来到了人群里。和他们一块相跟的是秀莲她爸贺耀宗、姐夫常有林——他们倒不是专门为此而来。他们是来看望生病的秀莲却正好碰上了这件喜庆事。

现在，孙玉厚老汉也出了门。他脸上倒看不出特别的激动和愉快。这个活动他非去不行——这是儿子出钱为孙家几代人买来的荣耀啊！不用说，老汉今天将是村中最受尊重的老者。少安他妈去不了，她要留下照看生病的少安他奶。另外，她把小孙女燕子也抱过来了——儿子和儿媳妇是今天这场大戏的主角，他们要双双出门。

在孙少安家里，秀莲和少安还在为穿衣服的事亲切而友好地拌嘴。

生病很长时间而显得有些瘦弱的秀莲，今天情绪格外好。她已细心地把自己打扮穿戴得像新媳妇一样。我们知道，秀莲结婚时是多么的恓惶。她似乎说过，等光景闹好了，还要和亲爱的丈夫举行一次像样的“结婚仪式”。那么，秀莲，你的愿望在今天实现了！

秀莲精心地打扮完自己后，坚持要少安也把最好的衣服穿上。少安本来对二爸将事情闹腾得如此铺排而心烦意乱，根本不愿再穿一身新衣服去显能。他已经够荣耀了，何必再用衣服去表现自己的浅薄呢？他在某种程度上已对人生有了新的理解——这是生活不断教育的自然结果。但他不能不迁就亲爱的妻子。为了不使生病的秀莲生气，他只得换了一身新衣服。他让秀莲先走一步，但秀莲又坚持要和他相跟着一块出门——这可是一次最荣耀的露脸呀！当我们的秀莲和丈夫一块相跟着出现在村民们面前的时候，她内心骄傲的程度也许与南希·里根并无差别……

上午九点多钟，一行小汽车鱼贯相随从南头的公路上开过来，摆溜停在了原大队部下面的路边上。锣鼓唢呐立刻响成一片，秧歌队在田五的带领下手舞足蹈，应声而起。

我们看见，第一个从小车中走出的是年轻的县委书记武惠良——他去年就从黄原来这里上任了。乡县有关部门的领导都纷纷走下车来。新成立的黄原电视台的几位记者一下车，就扛着摄像机乱跑着忙开了。

在乡县领导中我们熟悉的人有：县乡镇企业局局长徐治功——该同志双水村的老百姓也很熟悉；本乡乡长刘根民，副乡长杨高虎。其他还有县宣传部、教育局、人大政协文教组的负责人。本来县长周文龙也想来——我们知道，他曾专门为少安的砖场点过火——但因有会，没能起程。

金俊武、孙少安等人迎上去和上面的领导握手问候。紧接着，由秧歌队在前面引路，这些领导被热情的双水村人迎过了东拉河，迎过了庙坪和哭咽河。小学门口的孩子们立刻挥动花束，一边跳跃，一边齐喊欢迎的口号，与秧歌队的锣鼓唢呐混合成一片巨大的喧响声。玉亭几乎把这场面搞成了迎接外国国家元首……

经过一番必然的纷乱，领导们终于在贺凤英精心布置的主席台上就座了。俊武是会议主持人。不用说，男女主角孙少安和贺秀莲也在主席台上。

在庆祝会就要开始之前，主席台上的孙少安突然看见田福堂也来到了人群里。

田福堂是来了。他有勇气在最后一刻出现在这个场所，证明他不愧还是一条好汉！不过，福堂看起来再不像过去那般气势雄伟。他在很大程度上成了一位平凡的农村老人，脸上甚至带着看开世事的超然和善的笑容。他不是一个人站在人群里。他手里拖着红梅前夫留下的孩子，背上背着润生和红梅生的女儿。他还给两个小孙子一人做了一个高粱秆皮儿编的“风葫芦”玩具。比起往常，福堂的身体看来倒好多了。

孙少安立刻离开座位，穿过人群，走到田福堂面前，拉他到主席台上就座。福堂谦虚而客气地推让着。懂事的红梅走过来，把两个孩子从公公手里接过去。孙少安硬把前支书拉到主席台上，并向县委书记作了介绍。受到启发的金俊武也在人群里把金俊山拉到了主席台上。双水村新旧两任领导历史性地同坐在一起。

接着，庆祝仪式开始了。乡县领导分别发表了热情洋溢的讲话，表彰孙少安夫妇劳动致富后不忘为乡亲们谋福的光荣行为。县教育局还给少安夫妇颁发了一块大玻璃框奖状。

在乡县领导人讲话的时候，孙少安几乎连一个字也没听见。他的目光在人群中搜寻到了父亲。父亲头低倾着。少安猜测，老人说不定在哭。他在学生娃中间也看见了儿子。红脸蛋的儿子举一束红艳艳的鲜花，在笑。哭，笑，都是因为欢乐。哭的人知道而笑的人并不知道，这欢乐是多少痛苦所换来的……透过这五彩缤纷的场面，他又回到了那似乎并不遥远的过去；回到了他辛酸的童年。他想起他穿着破烂衣裳，和扎着羊角辫的润叶在这同一地方念书的情景……

有人在肩膀上碰了碰他。他回过头，才发现庆祝仪式到了尾声，领导们都朝那块蒙着红被面的碑石走去；县委书记正含笑招呼他一同前往。

孙少安在喧腾涌动的人群中站起来，扭过头准备叫妻子，却猛地惊呆了！他看见，刚立起来的秀莲嘴里鲜血喷涌，身子摇晃着向地下倒去！

他大叫一声，发狂地张开双臂抱住了她……

我们无比沉痛地获悉，原西县医院对秀莲的诊断结果是：肺癌。

第五十四章

暖洋洋的太阳照耀着都市的大街。公园里和道路旁已经处处绿意朦胧。风中飘飞着一团团雪白的杨絮。街心花园的第一批鲜花，也在不知不觉中竞相开放了。古城的春天稍显即逝，人们立刻就有一种身临初夏的感觉。

街头的行人稠密起来。人们纷纷走出户外，尽情享受阳光和暖风的抚爱。那些时髦的姑娘已经过早地脱掉了外套，穿起单薄的、色彩鲜艳的毛衣线衣。到处传来春游的孩子们的歌声。城市一改冬日的灰暗，重新显出了它那多彩的风貌。

孙少平的伤已经完全好了。雷汉义区长代表矿上来为他办出院手续。他准备过几天就返回大牙湾。

在这期间，妹妹兰香和她的男朋友仍然一直给他做工作，让他调到省城来。他到现在也还没有完全拒绝他们的好意。尽管他对自己未来的生活心中有数，但他不好当面向他们进一步解释他的想法。他们应该意识到，他和他们的处境不尽相同。不同生活处境的人应该寻找各自的归宿。大城市对妹妹和仲平们也许是合适的，但他在这里未必能寻找到自己的幸福。他想等以后适当的时间用另外一种方式向他们说明自己的观点和态度。

其实，这期间最使他伤神的倒不是兰香和仲平一再劝他来省城工作。他苦恼的是金秀对他表示的热烈感情。自从她把那封恋爱信送到他手中，他就一直苦苦思索自己该怎么办?

秀可爱吗?非常可爱!她是那样热情，漂亮；情感炽烈而丰富，一个瞬间给予男人的东西都要比冷血女人一生给予的还多。她使他想起死去的晓霞。她也是大学生，有文化，有知识，有很好的专业。她无疑会是一个令男人骄傲的妻子。双方感情交流也没什么障碍，他们自小一块长大，一直以兄妹相待；这种关系如果汇入夫妻生活，那将是十分美好的。

秀要成为他的妻子?他要成为秀的丈夫?他一时又难于转这个弯。他一直把秀当做小妹妹看待；在他眼里，她永远是个小孩子，怎么能和她一块过夫妻生活呢?想到这一点，他就感到别扭。

当然，最重要的是，他和秀的差异太大了。他是一个在井下干活的煤矿工人，而金秀是大学生，他怎么能和她结婚?秀在信上说她毕业后准备去他所在的矿医院当医生。他相信她能真诚地做到这一点。但他能忍心让她这样做吗?据兰香一再给他说，按金秀的学习情况，她完全可以考上研究生。他为什么要耽搁她的前程?如果因为他的关系，让秀来大牙湾煤矿，实际上等于把她毁了。他现在才记起，他曾给金波也说过这个意思。

所有这一切考虑，不是说他没勇气和一个女大学生一块生活。当年田晓霞也是大学生、记者。但秀和晓霞又不一样。晓霞在总体素质上是另一种类型的女性。虽然他和秀一块长大，但秀决不会像晓霞那样更深刻地理解他。他和秀之间总有一种隔代之感。

怎么办?这比兰香和仲平要他来大城市工作更难以回答。他知道秀在热切地等待他的回话。给他交了那封信后，她尽管和往常一样细心而入微地照料他，但他们之间已明显地产生了一种极不好意思的成份……

生活是这样令人感慨不已！

孙少平不由想起十年前他的初恋。他想起了他爱上的第一个女人郝红梅。富有戏剧性的是，十年前的那场感情纠葛发生在他和顾养民之间；没想到十年后，他又和顾养民纠缠在一起。不同的是，十年前，郝红梅离他而去爱顾养民；而今天，金秀却要离开顾养民而爱他了！

生活似乎走了一个令人难以置信的圆。

但生活又不会以圆的形式结束。生活会一直走向前去！瞧，十年过去了，所有人的生活都发生了多么大的变化。就拿他们几个说吧，养民已经到上海去读研究生；而前不久他震惊地获悉，郝红梅带着前夫留下的孩子，竟然和他同村的另一个同学田润生结了婚，现在就生活在双水村。而他，当了一名干粗活的煤矿工人，现在受了伤，住了院，却被养民爱着的金秀爱上了……

直到现在，他也不知如何与金秀谈这件事。他能感觉来，秀对他的爱是多么强烈！他不能用简单的三言两语来拒绝她，这样会伤害孩子……是的，孩子。他到现在还认为秀是个孩子！

但是，他又不能简单地响应她爱情的呼唤。如果是那样，那伤害的不仅是秀，还有他自己的心灵。

孙少平左思右想，不知该怎么办。

想不出个妥当的结果，他就不能轻易对她表示什么。好在他很快就要离开省城；等离开时，说不定他能对这件事做出结论性的决定……

区长雷汉义帮他结完手续后，他就算和医院告别了。他让区长先回去，他自己还想在省城逗留几天；他知道，他还有些“事”需要处理。

雷汉义临走时，才迟疑着从衣袋里摸出两份矿上的文件给了他。

孙少平一看，这两份文件都是有关他自己的。一份是通报表彰他舍己救人的献身精神；另一份是批评他作为班长，元旦那天让喝醉酒的工人下井，违反了规章制度，决定给他记大过一次。

孙少平把两份文件揉成一团，塞进了自己的衣袋里。

雷汉义安慰他说："不管是表彰，还是处分，都是些球！回去只管掏咱的炭！"

但孙少平的心情却是沉重的。这是一种永远不能互相抵消的存在，就像他五官正常的脸和脸上那道丑陋的疤痕。他倒并不特别看重这两份让他哭笑不得的文件，而是由此伤感地想到，这正好说明了他那负重前行的生存处境。

仲平竭力要求出院后的少平住到他家去。但他谢绝了。兰香理解二哥的心情，也没有再坚持。少平随即住进了一家个体户开办的小旅店。

他住进旅店后的第一件事，就是给惠英和明明写了一封信，告诉他们什么时候回大牙湾煤矿。

几天之后，在少平即将离开省城的时刻，金秀和兰香相跟着来旅店找他，想陪他出去到街上转转。但少平推诿着不想去。最少在眼下，他不愿带着脸上的疤痕，和任何女性相跟着逛大街。他无法忍受陌生人用异样的目光看他和身边两个漂亮的妹妹。说实话，对脸上的那道疤痕，尽管他显得不在乎，但内心却为此而万般痛苦，爱美之心人人有，更何况，他正当青春年华！至于他的脸倒究被毁到了何种程度，直到现在他都没勇气去照镜子。

金秀见他执意不到街上去转，就提议他们三个人一块到她的宿舍去坐坐；她说她们宿舍实习的同学都没回来，就她一个人。医学院离这儿很近，少平也就同意了。金秀本来不想让兰香去，但她有口难言。

三个人到医学院金秀的宿舍后，秀特意让少平坐到她床上休息。

她让少平先一个人待一会，自己随即又拉了兰香，到外面去采买吃的——她想好好款待一下少平哥。

兰香和金秀走后，少平一个人没事，就在秀的枕头边拿了几本医学杂志看。他在无意间发现秀床铺那头的墙上挂着一面圆镜子。他犹豫了一下，过去摘下那面镜子。当镜子就要举到面前的时候，他闭住了眼睛。

他闭着眼，举着镜子，脚步艰难地挪到了靠近房门的空地上。他久久地立着，捉镜子的那条胳膊抖得像筛糠一般。在这一刻里，孙少平不再是血性男儿，完全成了一个胆怯的懦夫！

我看到的将会是怎样一个我？他在心里问自己。你啊！为什么不敢正视自己的不幸呢？你不愿看见它，难道它就不存在吗？你连看见它的勇气都鼓不起来，你又怎样带着它回到人们中间去生活？可笑。你这可笑的“鸵鸟政策”！

他睁开了眼睛。呀！他看见，那道可怕的伤疤从额头的发楞起斜劈过右眼角，一直拉过颧骨直至脸颊，活像调皮孩子在公厕墙上写了一句骂人话后所画下的惊叹号！

他猛地把那面镜子摔在水泥地板上；一声爆响，镜子的碎片四处飞溅。接着，他一下伏在金秀的床铺上，埋住脸痛哭起来……

他听见了敲门声——是秀和兰香回来了。

他爬起来，用秀的毛巾揩去了脸上的泪痕。接着，匆忙地拿起扫帚，把满地的碎镜片扫到门后。在手捉住门锁柄的时候，他停留了片刻，以便使自己镇静下来——尽管他知道这是徒劳的。

在门打开的一刹那间，他看见两个妹妹都怀里抱着一堆吃的东西，脸色苍白地愣住看他。她们显然感到这屋里曾发生了什么事。其实，他自己的神态就说明了这一点。

不过，她们很快说笑着走进来了。以后，她们一直装着没有看见门背后的那一堆碎镜片。

两个女孩子像演戏一样，大声说笑着，甚至有点咋咋唬唬，在桌子上铺开一块干净的白布，然后把那些罐头、啤酒、果子露、牛肉、面包等等吃的东西都摆好，让他坐到“上席”上，并且开玩笑称他“革命老前辈”……

吃过东西后，少平没让她们送他，自己一个人来到大街上。

啊，最为严重的时刻也许已经过去了！

现在，他行走在这人流如潮的大街上，不管有多少含义复杂的目光在他脸上扫射，他也坦然如常。不知为什么，他甚至感到自己的情绪渐渐亢奋起来。

他在个体户的小摊上买了一副墨镜，随即就戴起来——部分地遮掩了脸上那道疤痕。接着，他又到商店买了一件铁灰色风雨衣穿在身上。这打扮加上那道疤，奇特地使他具有了别一种男子汉的魅力——这正是他想象中自己的“新”形象。在下午剩下的最后一点时光里，他还到新华书店买了几本书。其中他最喜欢的一本书是《一些原材料对人类未来的影响》。

当天晚上，他静静地坐在小旅店的房间里，分别给妹妹、仲平和金秀写了两封信。在给兰香和仲平的信中，他向他们“阐述”了他为什么现在不想来大城市工作的想法。他说他也许一辈子都可能和煤炭打交道。在给金秀的一封很长的信中，他主要向她表明为什么他不能和她结合的理由。他祝愿亲爱的金秀妹妹和顾养民或别的一个男人幸福地生活……

第二天，孙少平提着自己的东西，在火车站发出了那两封信，就一个人悄然地离开了省城。

中午时分，他回到了久别的大牙湾煤矿。

他在矿部前下了车，抬头望了望高耸的选煤楼、雄伟的矸石山和黑油油的煤堆，眼里忍不住涌满了泪水。温暖的季风吹过了绿黄相间的山野；蓝天上，是太阳永恒的微笑。

他依稀听见一支用口哨吹出的充满活力的歌在耳边回响。这是赞美青春和生命的歌。

他上了二级平台，沿着铁路线急速地向东走去。他远远地看见，头上包着红纱巾的惠英，胸前飘着红领巾的明明，以及脖项里响着铜铃铛的小狗，正向他飞奔而来……

准　备：1982—1985 年

第一稿：1987 年秋天—冬天

第二稿：1988 年春天—夏天

图书在版编目（CIP）数据

平凡的世界. 第三部 / 路遥著. -- 北京 : 北京十
月文艺出版社, 2019.12
（路遥全集 : 典藏版. 长篇小说卷）
ISBN 978-7-5302-2009-2

Ⅰ. ①平… Ⅱ. ①路… Ⅲ. ①长篇小说－中国－当代
Ⅳ. ①I247.5

中国版本图书馆 CIP 数据核字（2019）第 222991 号